Zum Buch:

Der neue Winterroman von Erfolgsautorin Petra Schier verspricht Liebe, Hunde und gleich zwei Happy Ends! Doch vor dem friedlichen Weihnachtsfest gibt es noch einige Hürden zu überwinden, denn zwischen unseren Helden Lena und Martin und Maria und Arndt fliegen ordentlich die Fetzen. Es scheint, als müssten einige Geheimnisse gelüftet und so manches Rätsel gelöst werden. Zum Glück gibt es den kleinen Havaneser Buddy, der auf vier Pfoten zum flauschigen Helfer des Weihnachtsmannes wird.

Zur Autorin:

Seit Petra Schier 2003 ihr Fernstudium in Geschichte und Literatur abschloss, arbeitet sie als freie Autorin. Neben ihren zauberhaften Liebesromanen mit Hund schreibt sie auch historische Romane. Sie lebt heute mit ihrem Mann und einem deutschen Schäferhund in einem kleinen Ort in der Eifel.

Lieferbare Titel:

Nur eine Fellnase vom Glück entfernt
Plätzchen gesucht, Liebe gefunden
Kleines Hundeherz sucht großes Glück
Auf tapsigen Pfoten ins Glück
Das Kreuz des Pilgers
Das Geheimnis des Pilgers

Petra Schier

Vier Pfoten und zwei Weihnachtswunder

Roman

HarperCollins

1. Auflage 2024
Originalausgabe

Umschlaggestaltung von zero Werbeagentur, München
Umschlagabbildung von S_Photo, marina shin, Picture-Pets,
Olga Kri / Shutterstock
Gesetzt aus der Stempel Garamond
von GGP Media GmbH, Pößneck
Druck und Bindung von GGP Media GmbH, Pößneck
Printed in Germany
ISBN 978-3-365-00824-9
www.harpercollins.de

Druckprodukt mit finanziellem
Klimabeitrag
ClimatePartner.com/15109-2009-1001

MIX
Papier
FSC
FSC® C014496

1. Kapitel

»Papaaa?«

Martin Liebrecht zuckte zusammen. Die Stimme seiner Tochter war ein lieblicher Singsang, der sich am Ende leicht anhob.

»Nein.«

»Du weißt doch noch gar nicht, was ich sagen will.« Nun klang Jeanine ernüchtert, jedoch immer noch mit einem hoffnungsvollen Unterton.

Er grinste in ihre Richtung. »Ich kaufe dir keine neuen Schuhe.«

»Will ich auch gar nicht.« Die Vierzehnjährige warf triumphierend ihr langes, welliges kastanienbraunes Haar über die Schulter zurück. Die Farbe hatte sie von ihm geerbt, die Bewegung wahrscheinlich ihrer Mutter abgeschaut.

»Auch keine neuen Klamotten. Wir waren erst vor den Herbstferien shoppen.« Er warf ihr über den Rand seiner Zeitung einen weiteren Blick quer über den Küchentisch zu. »Dabei bin ich ein kleines Vermögen losgeworden, wie ich hinzufügen möchte.«

»Du hast aber selbst auch ganz schön zugeschlagen«, konterte sie, nun ebenfalls grinsend. »Ich bin also nicht allein für deinen finanziellen Ruin verantwortlich.«

»*Unseren* finanziellen Ruin«, verbesserte er. »Denk daran: Wenn ich pleite bin, dann du auch.« Glücklicherweise waren sie von diesem Zustand weit entfernt, doch seine Tochter sollte nicht glauben, dass sie einen Goldesel im Keller hätten.

»Was mich daran erinnert, dass ich noch mein monatliches Taschengeld bekommen muss. Heute ist schon der vierte November.«

»Der Erste war ein Feiertag und am Wochenende hattest du keine Gelegenheit, Geld auszugeben, also ist die kleine Verzögerung wohl zu verschmerzen.« Gemächlich zog er seine Geldbörse aus der Hosentasche und öffnete sie, dann hielt er inne. »Es gibt auch keine Taschengelderhöhung. Nicht vor deinem Geburtstag.«

»Schon klar, ich will auch überhaupt keine.«

Er ließ die Börse in gespieltem Entsetzen auf den Küchentisch fallen. »Wer bist du und was hast du mit meiner Tochter gemacht?«

Jeanine kicherte. »Also zu meinem Geburtstag natürlich schon, ist doch klar.«

»Aha.« Langsam griff er wieder nach der Börse.

»Aber heute brauche ich keine.«

»Womit wir wieder beim Thema wären«, schloss er. »Was willst du?«

»Aaaalsooo …«

»Oh, oh.« Er wappnete sich.

»Weißt du, Miriam aus meiner Klasse hat am Samstag Geburtstag.«

»Soso.« Er hatte bereits begriffen, gab dies aber nicht zu erkennen.

»Und du bist doch der liebste, süßeste und beste Papa auf der Welt, oder?«

»Das kann ich nicht beurteilen.« Er spielte das Spiel mit. »Ich gebe mir zumindest alle Mühe.«

»Ja, und außerdem bist du auch der, der mit Abstand am besten aussieht.«

»Großer Gott!« Er schauderte.

»Das sagen echt alle!«

»Wer ist alle?«

»Na, alle in meiner Klasse und der Parallelklasse und sogar ein paar Lehrerinnen, das hab ich zufällig gehört.«

»Uff.«

»Und Lehrer auch.« Jeanine lächelte breit.

Er hustete. Zumindest wusste er, woher dieses Statement kam. Ein Lehrer an Jeanines Gesamtschule war ein ehemaliger Klassenkamerad von ihm, der ihm, als sie sich zum Schuljahresbeginn wiederbegegnet waren, gestanden hatte, dass er während der Schulzeit in Martin verschossen gewesen war. Dies hatte sich jedoch mittlerweile längst gegeben, immerhin waren seither fast anderthalb Jahrzehnte vergangen, und Janosch hatte sich längst anderweitig orientiert und datete wohl auch gerade jemanden. Allerdings hatte sich zwischen ihnen stattdessen eine Freundschaft entwickelt, die Martin in der ersten Zeit geholfen hatte, sich in der neuen Stadt einzuleben. Zwar stammte er nicht gerade aus einer Großstadt, es sei denn, man wollte Münster als solche bezeichnen, aber sein Beruf hatte ihn in den vergangenen Jahren mehrmals in große bis sehr große Städte geführt. Um seiner Tochter und sich selbst den Stress weiterer Umzüge zu ersparen, etwas zur Ruhe zu kommen und sich beruflich anders aufzustellen, hatte er sich nun für diese hübsche Kleinstadt im Rheinland entschieden, die, auf zwei Seiten umgeben von Wald und auf den beiden anderen von Wiesen und Feldern, genau seiner Vorstellung von Entschleunigung entsprach. Außerdem war Köln nur eine halbe bis Dreiviertelstunde Fahrt entfernt, je nachdem, wie sich die Verkehrslage gestaltete. Eine Dosis Großstadt hin und wieder war also durchaus drin.

»Papa! Hörst du mir überhaupt noch zu?« Unter dem Tisch trat Jeanine ihn unsanft gegen das Schienbein.

»Entschuldige.« Sofort konzentrierte er sich wieder auf seine Tochter. »Miriam hat also Geburtstag. Am Samstag.«

»Genau.« Sie nickte eifrig. »Und du bist der beste, liebste …«

»Das hatten wir schon«, unterbrach er sie. »Wozu soll ich Ja sagen?«

Jeanine holte tief Luft. »Miriam gibt eine große Party, weil fünfzehn ein wichtiger Geburtstag ist.«

»Ah ja?«

»Na klar! Anderthalb Jahrzehnte!«

»Natürlich.« Er schmunzelte standhaft nicht.

»Die Party ist im Partykeller ihrer Eltern.«

»Was du nicht sagst.«

»Abends.«

Er hatte es gewusst. »Ab wann?«

»Um sechs Uhr geht es los.«

»Gut, dann kann ich dich ja um neun wieder abholen.«

»Papa!« Entgeistert starrte sie ihn an. »Die Party geht bis Mitternacht.«

»Im Leben nicht.« Er kannte Miriams Eltern gut genug, um nicht darauf hereinzufallen.

»Aber alle dürfen mindestens bis elf bleiben.«

»Miriam vielleicht, weil sie dort wohnt.«

»Doch, ganz bestimmt. Wir sind doch keine Babys mehr!«

»Ist mir bekannt.« Er zog zwei Zwanzig-Euro-Scheine aus der Geldbörse und schob sie ihr hin. »Du bist vierzehn, und mit vierzehn ist um … halb zehn Feierabend.«

»Halb elf!«

»Vergiss es.« Ebenso gemächlich, wie er sie hervorgezogen hatte, schob er die Börse in seine Hosentasche zurück. »Du kennst die Regeln, Jeanine. Partys, noch dazu mit Jungs, wie ich doch wohl annehme, sind eigentlich vor deinem fünfzehnten Geburtstag nur nachmittags gestattet. Oder eben bis maximal halb zehn. Ich fahre dich hin und hole dich ab. *Take it or leave it.*«

Jeanine stöhnte und verdrehte die Augen. »Du bist gemein!«

»Eben war ich noch der beste, liebste Papa der Welt.«

»Da wusste ich ja noch nicht, was für ein Despot du sein kannst. Du bist strenger als alle anderen Eltern!«

»Das bezweifle ich.«

»Ist aber so.«

»Vielleicht, weil dieser Despot mit gerade mal siebzehn nach so einer Party ein Kind gezeugt hat, das jetzt, vierzehn Jahre und zehn Monate später, mit bockigem Gesicht vor mir sitzt. Ich weiß also, wovon ich rede, meine Süßeste.«

»Iih!« Erwartungsgemäß schüttelte Jeanine sich und hielt sich die Ohren zu. »Muss das sein?«

»Und wie das sein muss. Damit gehe ich dir auf den Keks, bis du dreißig bist. Mindestens.«

»Es ist bloß eine Party!«

»Das dachte ich damals auch, ebenso wie deine Mutter, die übrigens erst sechzehn war, wie du sehr wohl weißt.«

»Jahaaa«, kam es lang gezogen und deutlich kleinlauter von seiner Tochter. »Aber das ist doch was anderes! Ich habe nicht mal einen Freund, und selbst wenn … Das würde ich nie, nie tun!«

»Das freut mich zu hören.« Er bedachte sie mit einem beredten Blick. »Trotzdem sollten wir uns mal ausführlich unterhalten.«

»Papa! Echt jetzt?« Entsetzt starrte Jeanine ihn an. »Das hatten wir doch schon.«

»Doppelt hält besser.«

»O Gott!« Theatralisch schlug sie die Hände vors Gesicht. »Wie peinlich.«

»Daran ist überhaupt nichts peinlich, Süßeste, das weißt du ganz genau. Glaub einfach deinem überhaupt nicht alten Vater, dass Vorsicht besser ist als Nachsicht.«

»Aber ihr habt damals doch verhütet«, warf Jeanine ein. »Niemand konnte was dafür, dass das Kondom kaputt gegangen ist. Soll ich deshalb etwa nie im Leben Sex haben, bis ich uralt bin? Das kann es doch wohl auch nicht sein.«

»Das habe ich auch nicht gesagt.« Er blickte auf die Uhr an der Wand über der Tür. »Obwohl es mir, ehrlich gesagt, sehr lieb wäre, wenn du dir damit wirklich noch Zeit lässt.«

»Mach ich doch.«

»Viel Zeit.«

»Klar.«

»Sehr viel Zeit!«

»Papa!«

»Jeanine!« Er ahmte ihren Tonfall nach. »Es wird Zeit, dass du dich auf den Schulweg machst. Zum Glück regnet es nicht.«

»Ich habe doch diesen uncoolen Regenmantel fürs Fahrrad.«

»Den wirst du heute nicht brauchen.« Er verfolgte seine Tochter mit Blicken, wie sie sich erhob, ihre giftgrüne Jacke anzog, den pinken Fahrradhelm, wie sie ihre Schultasche ergriff und sich noch einmal kurz im Flurspiegel musterte. Sie war eine junge Frau geworden, daran würde er sich noch gewöhnen müssen. »Wünsch mir Glück für den ersten Tag in der neuen Firma.«

»Viel Glück in der neuen Firma.« Sie drehte sich zu ihm um und sah ihn durch die Küchentür an. »Du wirst den Laden schon rocken, Papa.«

»Hoffentlich.«

»Die können froh sein, dass sie dich eingestellt haben.« Sie ging Richtung Haustür, wandte sich aber noch einmal um. »Du hast dich übrigens verrechnet.«

Er runzelte die Stirn. »Wobei?«

»Wir haben jetzt nicht vierzehn Jahre und zehn Monate, nachdem ich gezeugt wurde. Du hast die neuneinhalb Monate vergessen, die ich in Mamas Bauch war.« Sie grinste breit. »Mach's gut, Papa, ich hab dich lieb, auch wenn du ein Despot bist.« Schon war sie bei der Tür.

»Ich hab dich auch lieb, auch wenn du eine nervige Teenagerin bist, Süßeste!«, rief er ihr hinterher. Er hörte ihr Glucksen und gleich darauf, wie die Haustür sich hinter ihr schloss.

Entschlossen wandte er sich wieder der Morgenzeitung zu, an deren Lektüre er sich während des längeren Urlaubs, den er sich vor dem Beginn seines neuen Jobs gegönnt hatte, sehr gewöhnt hatte. Er kam aber nicht dazu, sich wieder in den Sportteil zu vertiefen, weil sein Handy klingelte. *She drives me crazy* von den Fine Young Cannibals. Dieser Klingelton verhieß nichts Gutes, denn es gab nur eine Person, für die er ihn eingerichtet hatte. Rasch nahm er das Smartphone vom Tisch und atmete tief durch, bevor er den Anruf annahm. »Hallo, Alice! Wie geht es dir? Du hast dich ja in letzter Zeit rargemacht.«

»Hallo, Martin!«, schallte es gut gelaunt aus seinem Handy. »Mir geht es fantastisch. Ich hatte so wahnsinnig viel um die Ohren mit dem Engagement in Stuttgart und dieser Werbefilmserie, da bin ich zu rein gar nichts gekommen. Aber jetzt habe ich phänomenale Neuigkeiten für euch. Ist Jeanine auch da?«

»Sie hat sich gerade auf den Weg zur Schule gemacht.«

»Ach, wie schade! Aber egal, ich kann sie ja später auch noch anrufen.«

»Bitte nicht während der Schulzeit. Sie ist gegen vier wieder zu Hause.«

»Du liebe Zeit, so lange kann ich nicht warten. Ich bin doch so aufgeregt!«

»Das merke ich.« Martin runzelte argwöhnisch die Stirn. »Was für phänomenale Neuigkeiten sind das denn?«

»Ich habe einen neuen Job!«

»Tatsächlich. Herzlichen Glückwunsch.«

»Ja, danke, aber das Beste kommt noch.«

Die Nackenhärchen stellten sich ihm auf. »Ich kann es kaum erwarten.«

»Der Job ist in Köln! Es sind wieder Werbefilme, gleich eine zehnteilige Serie, und ich kriege die weibliche Hauptrolle.«

Verdammt! »Wirklich?«

»Der Wahnsinn, oder?« Alice lachte fröhlich. »Ist das nicht einfach toll? Und weißt du, da dachte ich, zumindest für die erste Zeit könnte ich doch bei euch wohnen. Du hast doch jetzt ein großes Haus und alles, und mit dem Auto ist es nicht weit von euch bis Köln. Ist das nicht geradezu ideal?«

Martin schluckte hart. Schon sah er vor seinem inneren Auge, wie Jeanines Mutter seinen Haushalt vollkommen auf den Kopf stellte. »Das ist ja …«

»Ich weiß, überwältigend. Ich bin spätestens am Wochenende bei euch. Wie findest du das?«

Das sagte er lieber nicht laut. »Alice, ich weiß nicht, ob das so eine gute Idee ist.«

»Natürlich ist es das! Endlich kann ich wieder mal mehr Zeit mit Jeanine verbringen. Das wird einfach wundervoll. Oh, Martin, ich muss rennen, die Maskenbildnerin ist da. Heute ist mein letzter Tag am Theater, stell dir das nur mal vor. Ich freue mich so auf euch! Bis dann!« Und schon hörte er am typischen Sound, dass sie einfach aufgelegt hatte. Für einen langen Moment starrte Martin sein Smartphone an, nicht sicher, ob er fluchen oder auswandern sollte. Am Ende schrieb er seiner Tochter eine Textnachricht.

Papa: Achtung, Mama-Alarm! Sie will dich anrufen.

Die Antwort kam erst eine knappe Viertelstunde später, als er sich gerade in seinen silbernen Hybrid-SUV gesetzt hatte.

Jeanine: OMG! Was will sie?

Papa: Bei uns einziehen.

Jeanine antwortete mit exakt sieben Schrei-Emojis.

Papa: Sie hat einen neuen Werbefilm-Job in Köln.

Jeanine: Kannst du sie nicht aufhalten?

Papa: Wann hätte ich das jemals geschafft?

Jeanine: Ich will nicht, dass sie bei uns wohnt. Sie ist … Du weißt schon. Ich hab sie lieb, aber …

Papa: Ich weiß. Ich versuche, mir etwas einfallen zu lassen.

Jeanine: Ja, please, please, please!

Papa: Hab trotzdem einen schönen Tag.

Jeanine: Wann will sie hier sein?

Papa: Am Wochenende.

Jeanine: Uff.

Es folgte das Äffchen-Emoji, das sich die Augen zuhält. Martin konnte es seiner Tochter nachfühlen.

2. Kapitel

»Papa!« Lena Overbeck stand mit verschränkten Armen in der Glastür, die zum Büro ihres Vaters führte.

»Tochter!« Lächelnd sah Arndt Overbeck von seinem Computerbildschirm auf. »Was gibt es? Du siehst aus, als wolltest du jemanden fressen.«

»Fressen?« Lena schüttelte den Kopf. »Ermorden schon eher. Hast du mal das jüngste Tutorial gesehen, das dein ach so geschätzter neuer Mitarbeiter auf seinem YouTube-Kanal veröffentlicht hat? *Vorsicht vor Phishing – Für Blondies!* Kannst du mir mal verraten, wie du darauf verfallen bist, so einem machohaften, selbstgefälligen Typen einen Job anzubieten?«

»Für Blondies?« Arndt unterdrückte ein Schmunzeln.

»Lach nicht! Ich bin auch blond und diese Blondinenwitze echt leid!« Lena ging einen Schritt auf ihren Vater zu. »Wir haben vielleicht momentan einen Personalengpass, aber du glaubst doch nicht im Ernst, dass ich mit einem Mann zusammenarbeite, der so wenig Respekt vor Frauen hat, blonden insbesondere. Ich kann dir jetzt schon prophezeien, dass das keine drei Tage gut geht, ohne dass ich ihn lynche.«

»Das wäre aber bedauerlich«, erklang hinter ihr eine dunkle Männerstimme. »Ich wollte eigentlich mindestens hundert Jahre alt werden. Übrigens heißt das Video aus guten Gründen eben nicht *für Blondinen*, sondern für Blondies und richtet sich an alle Geschlechter, biologische wie soziale. Meine Anfänger-Tutorials mit dem Zusatz *für Blondies* sind mit die erfolgreichsten meines gesamten Kanals, weil sie mit Humor Sachverhalte verständlich vermitteln. Tutorials *für Dummies* finde ich viel schlimmer, und ein langweiliges *für Anfänger* lockt niemanden hinter dem Ofen hervor.«

»Sie!« Lena war erschrocken zu ihm herumgefahren. Auf seine Worte fiel ihr so schnell keine passende Antwort ein, deshalb tippte sie stattdessen auf ihre Armbanduhr. »Sie sind zu spät.«

»Höchstens dreißig Sekunden«, konterte er lächelnd. »Ich war überpünktlich, als ich das Gebäude betreten habe. Dass ich hier nicht einfach hereingeplatzt bin, liegt daran, dass ich aus Respekt vor Ihnen gewartet habe, bis Sie fertig waren.«

»Ach.« Lena ärgerte sich unsagbar, dass sie auch darauf nichts zu erwidern wusste. Sie war doch sonst nicht auf den Mund gefallen!

Derweil hatte ihr Vater sich erhoben und begrüßte Martin Liebrecht mit Handschlag. »Herzlich willkommen im Team! Wie wir ja bereits vereinbart haben, sprechen wir einander alle mit Vornamen an. Ob wir auch irgendwann zum Du übergehen werden, hängt davon ab, wie gut wir miteinander auskommen.« Er warf Lena einen vielsagenden Blick zu. »Lena wird Ihnen Ihren Arbeitsplatz zeigen und Sie über die aktuellen Aufträge informieren. Sie ist neben der Computersicherheit auch für unseren Verkauf verantwortlich, sowohl online als auch persönlich. Ich hoffe, ihr werdet trotz des etwas holprigen Starts gut miteinander auskommen.«

»An mir soll es nicht liegen.« Martin streckte Lena die rechte Hand entgegen, die sie nach kurzem Zögern ergriff.

»Solange Sie mich nicht auch als Blondie bezeichnen – oder behandeln.«

»Das käme mir nie in den Sinn.« Er klang eindeutig zu amüsiert.

Lena entzog ihm die Hand wieder. »Hier entlang.« Ohne darauf zu achten, ob er ihr folgte, verließ sie das Büro und steuerte ihr eigenes schräg gegenüber an, in dem sie bisher allein gearbeitet hatte.

»Groß ist das hier«, stellte Martin fest, als er das Büro hinter ihr betrat.

»Das links ist Ihr Platz, rechts meiner.« Sie deutete auf die beiden großen, höhenverstellbaren Schreibtische, die sich nebeneinander an der langen Wand gegenüber der Tür befanden und mit umfangreicher Computerausrüstung ausgestattet waren. »Am besten gebe ich Ihnen zuerst einen Überblick über die Aufträge, an denen ich bereits arbeite und bei denen Sie …« Sie stockte, weil er sich noch nicht von der Tür wegbewegt hatte, sondern sich nur stirnrunzelnd umsah. »Stimmt etwas nicht? Warum setzen Sie sich nicht, damit wir …«

»Das ist kein guter Arbeitsplatz«, unterbrach er sie.

»Wie bitte?« Perplex starrte sie ihn an. »Wir sind mit brandneuer Technik ausgerüstet und der besten Software am Markt, nicht zu vergessen, die ich selbst programmiert habe. Die ist sowieso einzigartig. Es wird hoffentlich nicht lange dauern, bis Sie sich eingearbeitet haben.«

»Dieser Raum verbreitet negative Energie.«

»Negative … was?« Hatte sie sich verhört?

»Haben Sie die ganze Zeit schon mit dem Rücken zur Tür gearbeitet?«

Verständnislos hob sie die Schultern. »Auf diese Weise habe ich jede Menge Platz für Notizen an der Wand vor mir, und die Bildschirme lassen sich auch gut dort aufhängen.«

»Und müssen jedes Mal verstellt werden, wenn der Schreibtisch rauf oder runtergefahren wird«, ergänzte er und trat nun doch einige Schritte in den Raum. »Ich wette, Sie fühlen sich ständig getrieben, so ein ganz kleines bisschen?«

Sie starrte ihn an. »Der Job ist nun mal manchmal stressig.«

»Wenn man mit dem Rücken zur Tür sitzt, weiß man nie, was hinter einem vorgeht. Durch die Tür könnte Gefahr hereinkommen, und dadurch verfällt man in einen unterschwelligen Fluchtmodus. Wohl ein Erbe unserer Vorfahren aus der Steinzeit.«

»Ist das so?« Skeptisch beäugte sie erst ihren Schreibtisch, dann ihn.

»Ich kann es Ihnen beweisen. Setzen Sie sich mal.« Er deutete auf ihren Stuhl.

Zögernd gehorchte sie und hörte, wie er zur Tür zurückging. »Und was jetzt?«

»Schalten Sie den Bildschirm ein und fangen Sie mit einer beliebigen Arbeit an.«

»Okay.« Immer noch skeptisch, öffnete sie eine Datei, an der sie am Vortag gearbeitet hatte. Von Martin war kein Geräusch zu vernehmen. Nach einer knappen Minute verschränkte sie die Arme. »Das ist albern. Natürlich bin ich jetzt abgelenkt, weil ich weiß, dass Sie hinter mir stehen.« Als er nicht antwortete, drehte sie sich um und sah ihn ganz ruhig am Türstock lehnen. »Das beweist gar nichts.«

»Und wie oft haben Sie sich in der Vergangenheit schon umgedreht, weil Sie dachten, es wäre jemand da?«

Sie zuckte mit den Achseln. Ganz unrecht hatte er nicht. Diesmal hatte sie gewusst, dass er hinter ihr stand, aber manchmal hatte sie tatsächlich das Bedürfnis, sich zur Tür umzudrehen, weil sie sich vergewissern wollte, dass niemand dort war, selbst wenn die Tür geschlossen war. »Und was nun? Diagnostizieren Sie bei mir jetzt einen Verfolgungswahn?«

»Nein, nur ganz normale Reaktionen Ihres Unterbewusstseins.« Nun stieß er sich vom Türstock ab und ging zu seinem neuen Arbeitsplatz. »Fassen Sie mal mit an!«

»Wie bitte?« Eilig sprang sie auf, als er begann, den Tisch von der Wand abzurücken. »Was soll das werden?«

»Wir sorgen für einen besseren Flow der Energien.«

»Himmel!« Unschlüssig, was sie davon halten sollte, trat sie näher und half ihm, den Tisch in die Mitte des Raumes zu schieben und dabei keines der Geräte, die sich darauf befanden, zu Boden zu stoßen. »Warten Sie doch mal, hier ist alles verkabelt!«

»Kein Problem.« Kurzerhand riss Martin wahllos alle Kabel aus ihren Buchsen.

»Hey!« Verärgert fiel sie ihm in den Arm. »Wissen Sie eigentlich, wie viel Arbeit es ist, das alles wieder anzuschließen?«

»Das mache ich schon, keine Sorge.« Unbeeindruckt machte er weiter, bis der Tisch so stand, dass man vom Sitzplatz aus sowohl die Tür als auch die beiden Fenster, die zur Straße und dem Parkplatz zeigten, im Auge hatte. »Und jetzt Ihrer.«

»Meiner?« Argwöhnisch blickte sie ihn an, und da sie direkt neben ihm stand, fiel ihr auf, dass er fast einen Kopf größer war als sie. Ungünstig, aber leider war sie nun mal nur eins achtundsechzig.

»Ihr Schreibtisch«, erklärte er und machte sich bereits daran zu schaffen. »Wir stellen ihn Kopf an Kopf zu meinem, sodass wir uns ansehen können, wenn wir miteinander reden, ohne eine Genickstarre zu bekommen.«

»Finger weg von meinen Sachen!« Erbost stellte sie sich ihm in den Weg. »Sie haben ja Nerven, gleich am ersten Tag das Büro ins totale Chaos zu stürzen. Meinen Schreibtisch und alles, was sich darauf befindet, fasst niemand an außer mir.«

»Okay, okay, dann helfen Sie mal mit. Ich verspreche, Sie

werden hinterher viel entspannter arbeiten. Wir beide werden das tun.«

»Sie haben doch noch gar nicht hier gearbeitet«, konterte sie giftig.

»Nein, aber es würde mir sehr schwerfallen, wenn ich ständig gegen eine Wand starren müsste und gleichzeitig die Tür im Rücken hätte. Wie soll man da auf Dauer kreativ bleiben?«

»Kreativ?«

»Unsere Arbeit besteht aus kreativen Elementen, nicht bloß aus Nullen und Einsen, das werden Sie doch wohl nicht abstreiten, oder? Abgesehen davon macht es einen viel herzlicheren, offenen und einladenden Eindruck, wenn Kunden, die hier hereinkommen, nicht als Erstes mit Ihrem Rücken Bekanntschaft machen.«

»Für Verkaufsgespräche haben wir einen eigenen Raum.«

»Und wie oft hat sich trotzdem schon mal ein Kunde oder eine Kundin hier herein verirrt?«

Schnaubend begann Lena, die Sachen auf ihrem Schreibtisch zusammenzuschieben. Viele waren es nicht, weil sie sich streng anerzogen hatte, jedem Teil einen festen Platz zuzuweisen, sodass es im Büro stets aufgeräumt und wie im Prospekt aussah. Sorgsam schaltete sie Computer und Bildschirm sowie Drucker und Scanner aus, bevor sie alle Geräte vom Strom trennte und die übrigen Kabel löste.

Interessiert trat Martin neben sie und nahm ein kleines Bündel Kabel in die Hand. »Die sind ja alle beschriftet.« Lena hob die Schultern. »Es ist einfacher, sie auf diese Weise schnell wieder an den richtigen Platz zu stecken.«

»Sie sind also ein Ordnungsfreak?«

Sie schnaubte. »Freak?«

Sogleich hob er beschwichtigend die Hände. »Das war nur eine Frage, ganz wertfrei. Ich weiß gerne, mit welchem

Menschentyp ich es zu tun habe. Ich bin selbst mehr der Typ kreatives Chaos. Warten wir mal ab, wie sich das vertragen wird.«

Nicht gut, argwöhnte sie, schob aber schließlich doch ihren Tisch ebenfalls in die Mitte des Raumes und gegen seinen. Tatsächlich waren beide Tische so konzipiert, dass sie problemlos auf diese Weise harmonierten. Es gab sogar passende Aussparungen für Kabel, damit alles auch passte, wenn die Tische auf unterschiedliche Höhen eingestellt waren. Sie hatte nur nie darauf geachtet, weil sie sich das Büro seit der Verlegung der Firma von Düsseldorf hierher vor wenigen Jahren nie mit jemandem geteilt hatte. Auch in Düsseldorf war sie allein in einem Büro gewesen. *Securifant* war kein großer Betrieb. Sie legten viel Wert darauf, die Firma familiär zu halten und die Belegschaft überschaubar. Zuletzt hatten sie allerdings einige Erfolge verbucht und sahen sich nun gezwungen, das Team doch um einige Personen zu ergänzen. Statt fünf Wachfrauen und -männer beschäftigten sie nun zehn, und Martin war ihr zur Seite gestellt worden, weil die Aufträge im Bereich IT-Sicherheit enorm zugenommen hatten, sodass sie allein mit der Arbeit nicht mehr hinterherkam. Immerhin musste sie sich auch noch um den Verkauf kümmern. Möglicherweise würden sie auch in dieser Sparte bald noch jemanden einstellen. Außerdem war ihre Empfangsdame und Betriebsassistentin Marita vor drei Wochen in Rente gegangen, wodurch sich die Arbeitslast noch einmal vergrößert hatte.

Glücklicherweise hatten sie bereits einen Ersatz gefunden. Die Mutter ihrer Freundin Melissa hatte sich angeboten, für eine Weile einzuspringen. Zwar besaß sie keine Ausbildung im Sicherheitssektor, oder überhaupt eine, aber sie schien sehr motiviert zu sein, alles zu lernen, was für den Job wichtig war. Melissa hatte erzählt, dass ihre Mutter sogar diverse

Kurse bei der Volkshochschule belegt hatte, um ihre Kenntnisse in Büroführung zu erweitern.

Melissa und ihre Mutter Maria hatten ein eher kompliziertes Verhältnis, das sich erst allmählich zu entspannen schien. Lena wusste, dass es dabei um Melissas Kindheit ging, ebenso wie um Marias schwierige Ehe mit Melissas Vater, der die beiden Frauen auf subtile, aber effektive Art und Weise beherrscht hatte. Melissa war nach seinem Tod sehr jung von einem nicht minder dominanten Mann schwanger geworden und hatte ihn geheiratet, nur um wenige Jahre später mit ihrem kleinen Sohn bei Nacht und Nebel vor den Gewalttätigkeiten zu fliehen, die seitdem ihr Leben bestimmt hatten. Auf Umwegen war sie hier in der Stadt gelandet und Lennart begegnet.

Lena bewunderte ihren Bruder dafür, mit wie viel Liebe und Geduld er Melissas Vertrauen und das ihres kleinen Jungen Andy gewonnen hatte, und schließlich auch ihr Herz.

»Sie sind ja auf einmal so still«, riss Martins Stimme sie aus den Gedanken. »Ich hoffe, Sie planen nicht bereits heimlich mein gewaltsames Ableben.«

»Äh … nein.« Sie fluchte innerlich. Äh? Was sollte das denn? Demonstrativ sah sie sich um. »Und was mache ich jetzt mit meinen Plänen und Notizen an der Wand?«

Interessiert trat Martin an die Stelle, wo vorher ihr Tisch gestanden hatte. »Das meiste sieht mir aus, als hätte es sich schon vor langer Zeit erledigt. Wir könnten große Whiteboards anbringen, auf denen wir Schaltpläne in Großformat entwerfen. Ich mache das in der ersten Phase gerne mit der Hand. Und wenn wir hier seitlich noch einen weiteren Tisch aufstellen, können wir ein paar unserer Gerätschaften dorthin auslagern und dahinter ein weiteres Board oder einen großen Bildschirm anbringen, auf den sich unsere Daten spiegeln lassen, wenn wir gemeinsam an einem Projekt arbeiten oder zwei Bereiche miteinander verschmelzen müssen.«

»Verschmelzen?« Das Wort verursachte ihr aus unerfindlichen Gründen eine Gänsehaut.

»Zusammenführen.«

»Schon klar.« Warum reagierte sie heute so eigenartig? Was er sagte, war ja nicht falsch. Sie wusste nur nicht, was sie von ihm halten sollte. Dafür, dass heute sein erster Tag hier war, seine erste Stunde, um genau zu sein, legte er eine ganz schön fordernde Attitüde an den Tag. Wenn das so weiterging, konnte sie sich auf etwas gefasst machen. Zwar hielt sie sich nicht für unflexibel, aber sie hatte sich in der Firma wie familiär eine gewisse Grundordnung anerzogen, um ihr Leben im Griff zu behalten. Veränderungen jeglicher Art prüfte sie lieber auf Herz und Nieren, bevor sie ihnen zustimmte. Ins kalte Wasser ließ sie sich nicht gerne stoßen, und im Moment hatte sie das Gefühl, als tauche sie bereits bis zum Kinn ins kalte Nass ein.

»Allmählich sollten wir hier fertig werden«, wechselte sie das Thema. »Wir haben baldige Deadlines für einige Aufträge, und ein kompletter Umbau des Büros war nicht eingeplant.«

»Tut mir leid.« Er lächelte leicht, was sie ärgerlicherweise noch mehr aus dem Konzept brachte. »Ich arbeite nun mal besser, wenn die Energie fließt.«

»Wenn die Energie fließt?«, echote sie, immer noch skeptisch.

»Das wird sie nun definitiv tun«, bestätigte er. »Warten Sie es nur ab!«

3. Kapitel

»Ach, ist das schön!« Mit einem zufriedenen Seufzen ließ Santa Claus, auch als Weihnachtsmann bekannt, sich auf die Couch in seinem Wohnzimmer fallen und bedeutete seiner Frau mit Gesten, es ihm gleichzutun. »Es ist Anfang November, und ich habe ganz fleißig bereits alle eingegangenen Wünsche bearbeitet. Wenn das so weitergeht, wird die Vorweihnachtszeit dieses Jahr endlich einmal ruhig und entspannt. Kein Chaos, keine scheinbar unlösbaren Probleme oder Wünsche, die wir nur mit jeder Menge kosmischer Hilfe in letzter Sekunde erfüllen können. Einfach nur eine besinnliche Zeit, in der wir uns zusammen mit den Menschen auf den Heiligen Abend freuen dürfen.«

»Beschrei es nur ja nicht!« Lachend ließ Santas Frau sich neben ihm nieder und kuschelte sich an ihn, als er seinen Arm um sie legte und sie an sich zog. »Eine kleine Verschnaufpause von all den nervenaufreibenden Wunscherfüllungen der vergangenen Jahre hätten wir uns ja wirklich verdient. Aber bei den unberechenbaren Menschen weiß man ja nie.«

»Zumindest habe ich bisher keine sonderlich schwierig zu erfüllenden Wünsche erhalten, und weder das Weihnachtswunsch-Radar noch sonst eine Warneinrichtung, die unsere IT-Elfen für mich eingerichtet haben, hat bisher auch nur einen Mucks von sich gegeben. Das lässt doch hoffen, mein Schatz, nicht wahr?« Lächelnd küsste der Weihnachtsmann seine Frau auf die Schläfe. »Wann hatten wir in den letzten Jahren schon mal Muße, so gemütlich zusammenzusitzen –

zumindest um diese Jahreszeit!« Er hielt inne. »Ich hoffe, ich halte dich jetzt nicht von einer deiner wichtigen Arbeiten ab, meine Liebste. Wolltest du nicht dieser Tage anfangen, Plätzchen, Stollen und Lebkuchen zu backen?«

»Ja, das hatte ich vor«, bestätigte sie lächelnd, »aber auf einen Abend kommt es wohl nicht an. Ich sitze gerne mit dir hier zusammen und genieße die Ruhe und den Frieden.«

»Ob wir mal schauen sollen, was das Fernsehprogramm hergibt?«, schlug Santa Claus vor. »Bestimmt bringen sie schon wieder viele schöne neue Weihnachtsfilme. Oder wie wäre es mit einem alten Klassiker?«

»Gute Idee.« Santas Frau zückte ihr Smartphone und rief die App mit dem digitalen Programm aller Fernsehsender und Streamingdienste der Welt auf. Rasch tippte sie ein passendes Suchwort ein und lachte, als sie die Liste mit den Ergebnissen sah. »Da werden wir aber weit mehr als nur einen Abend brauchen, wenn wir die alle anschauen wollen.«

Auch der Weihnachtsmann lachte, als er die lange Liste mit Vorschlägen sah. »Na, dann nehmen wir uns eben mehr Zeit. Wie gesagt, wenn alles so schön ruhig bleibt, haben wir ja nicht so viel Stress und Aufregung wie in den vergangenen Jahren. Das tut uns ganz sicher gut.«

»Mhm.« Seine Frau blätterte sich durch die Ergebnisliste. »Vielleicht können wir ja auch mal das Christkind zu einem gemeinsamen Filmabend überreden. Gesetzt den Fall natürlich, dass bei ihm ebenfalls kein Chaos herrscht.«

»Eine wunderbare Idee!« Der Weihnachtsmann strahlte. »Wir sollten das unbedingt im … Ja, Rudolph?«, unterbrach er sich, weil in diesem Moment das Rentier mit der leuchtend roten Nase den Kopf zur Wohnzimmertür hereinsteckte. »Was gibt es denn? Du weißt doch, dass ihr Rentiere nicht einfach ungebeten ins Haus kommen sollt.«

»Entschuldigt bitte.« Rudolph scharrte ein wenig mit den Hufen. »Ich habe mir auch allen Schmutz draußen vor der Tür abgetreten, Ehrenwort!«

»Schon gut.« Santas Frau richtete sich ein wenig auf. »Was ist denn? Braucht ihr etwas?«

»Na ja, ich bin nicht sicher.« Rudolph trat vorsichtig näher. »Im Stall ist irgendwas komisch.«

»Definiere komisch.« Nun richtete auch der Weihnachtsmann sich neugierig auf. »Ist das Dach undicht?«

»Nein, gar nicht.« Rudolph schüttelte den Kopf.

»Fehlt Futter oder Wasser?«

»Nein, alles da.«

»Ist die Heizung wieder ausgefallen?«, schlug Santas Frau vor, doch wieder schüttelte das Rentier den Kopf. »Nein, nein, das ist es alles nicht.«

»Was dann?«, hakte Santa Claus nach.

Rudolph legte den Kopf leicht schräg. »Hört ihr es denn nicht?«

Verwundert hob der Weihnachtsmann den Kopf. »Was sollen wir hören?«

»Hier drinnen ist es sogar noch lauter.« Das Rentier trippelte ein wenig hin und her. »Da ist so ein komisches Geräusch draußen im Stall und auch hier im Haus. Es ist ein ganz hoher, zirpender Ton, wie eine weinende Grille, die irgendwo gefangen ist.«

»Können Grillen überhaupt weinen?« Santa Claus runzelte die Stirn und grinste gleichzeitig amüsiert.

»Santa!« Seine Frau stieß ihn mahnend mit dem Ellenbogen an, dann wandte sie sich wieder dem besorgten Rentier zu. »Ein seltsames Geräusch hört ihr also? Seit wann?«

»Ich weiß nicht genau.« Rudolph scharrte wieder etwas. »Seit ein paar Stunden. Die anderen haben mich geschickt, um euch Bescheid zu sagen. Dasher und Blitzen haben schon richtiges Ohrenweh davon.«

»Herrje, dann scheint es ja wirklich ernst zu sein.« Santas Frau erhob sich. »Da sollten wir besser mal nachsehen, was da los ist, nicht wahr, mein Lieber?« Auffordernd streckte sie die Hand aus und half ihrem Mann aufzustehen.

»Das sollten wir wohl tun«, stimmte er zu. »Auch wenn ich mir beim besten Willen nicht vorstellen kann, woher dieses mysteriöse Geräusch rühren könnte.«

»Dann gehen wir der Sache jetzt auf den Grund«, befand seine Frau. »Na los, Rudolph, lass uns gemeinsam hinaus in den Stall gehen.«

4. Kapitel

»Tja, da wären wir also.« Maria Seifert drückte auf den Zündknopf ihres noch fast neuen, quietschorangefarbenen Kleinwagens und drehte sich im Sitz um. Auf der Rückbank hatte sie die beiden Transportboxen festgeschnallt, in denen Lilly-Anne und Karl-Gustav mit ihr von Berlin hergereist waren. Die Katze und der Kater lebten nun schon seit über einem Jahr bei ihr und waren ihr zu guten, wenn nicht gar ihren besten Freunden geworden. Was das über sie als Person aussagte, darüber vermied sie es meistens nachzudenken. Sollten die Leute ruhig glauben, sie sei eine verrückte Katzenlady. Damit lagen sie ja im Grunde gar nicht so falsch. Seit nun fast zwei Jahren befand sie sich in Therapie und begann allmählich, die Person zu werden, die sie sein wollte. Spät, ganz sicher, doch hoffentlich nicht zu spät. Sie hatte Jahre, nein Jahrzehnte damit zugebracht, sich anzupassen, unterzuordnen und damit wertvolle Lebenszeit vergeudet. Was aber noch viel schlimmer war: Sie hatte sich von ihrer Tochter entfremdet, ihrem einzigen Kind, und sie nicht davor beschützt, dass ihr ein ähnliches Schicksal bevorstand. Ein schlimmeres sogar, doch als Maria dies begriffen hatte, war es bereits zu spät gewesen. Erst seit dem vergangenen Dezember redeten sie wieder miteinander, wie Mutter und Tochter es tun sollten. In den vergangenen elf Monaten waren sie einander wieder nähergekommen, wenn nicht örtlich, so doch emotional. Auch zu ihrem nun siebenjährigen Enkel Andy hatte Maria endlich Kontakt. Sie liebte den intelligenten kleinen Mann von ganzem Herzen und war fest entschlossen, ihn nach Strich und Faden zu verwöhnen. Denn so etwas taten doch Großmütter nun einmal, nicht wahr? Sie hatte sich sogar mittlerweile mit der Bezeichnung Oma abgefunden, obgleich sie fand, dass es für eine Frau, die in zwei Monaten erst siebenundvierzig Jahre alt wurde, eine etwas schmeichelhaftere Begrifflichkeit geben sollte, die sie als Großmutter auszeichnete.

»Na, was meint ihr? Sollen wir reingehen?« Maria versuchte, durch die Gittertüren der Transportboxen etwas zu erkennen, doch ihre beiden Begleiter schienen ihr unisono beleidigt den Rücken zuzuwenden. Antwort gaben sie ihr natürlich auch nicht, obwohl zumindest Karl-Gustav oft und gerne mit ihr redete. Das Autofahren mochten die beiden aber nicht, schon gar nicht, wenn es sich über so viele Stunden hinzog wie heute.

»Na, dann machen wir das mal«, gab Maria sich schließlich selbst die Antwort. Sie bemühte sich um ein fröhliches Lächeln und ein kleines Lachen, um zu überspielen, wie nervös sie in Wahrheit war. *Fake it until you make it* hatte sie sich zum Motto gemacht. Sie wollte so gerne wirklich selbstbewusst und positiv eingestellt sein und hatte in dieser Hinsicht auch schon große Fortschritte gemacht, doch manchmal bekam sie einfach Angst vor der eigenen Courage. Das musste aber ohne Not niemand wissen, also war sie gut darin geworden, ihre Unzulänglichkeiten zu überspielen.

Ganz richtig war dieses Verhalten nicht, das war ihr bewusst, und ihr Therapeut hätte es wohl auch nicht gutgeheißen, aber er war in Berlin und sie hier, einige hundert Kilometer entfernt. Sie hatte sich bereits um einen neuen Therapieplatz hier in der Nähe gekümmert, aber es würde noch fast vier Wochen dauern, bis sie den ersten Termin wahrnehmen konnte. Bis dahin durfte sie in Notfällen ihren alten Therapeuten jederzeit anrufen. Was sie nicht tun würde.

Er hatte ihr sehr geholfen, das stand außer Frage, aber sie hatte nun einen Schritt in ein neues, anderes Leben gemacht, und da brauchte sie auch für ihre Psyche einen Neuanfang, eine veränderte Perspektive. Die kleine Pause bis Anfang Dezember würde nicht schaden, da sie die größten Probleme längst hinter sich gelassen hatte. Nun fehlte ihr noch der Feinschliff, wie sie fand, und in den kommenden Wochen würde sie für sich herausfinden, wie genau der aussehen sollte.

Ihr Haus zu verkaufen und ihr gesamtes altes Leben in Berlin zurückzulassen, war einfacher gewesen, als sie gedacht hatte. Und mit Lennarts Einliegerwohnung hatte sie ohne Schwierigkeiten eine Bleibe ganz in der Nähe von Melissa und Andy gefunden. Lennart war vor einigen Monaten zu Melissa und Andy gezogen, die ein bezauberndes Blockhaus in einer noch bezaubernderen Ferienhaussiedlung gemietet hatten. Es lag etwas abseits auf einer Lichtung mitten im Wald und bot für die drei ausreichend Platz. Der einzige Nachteil, wenn man so wollte, war der Umstand, dass sie nun mit Lennarts Vater Arndt unter einem Dach, Tür an Tür, leben musste. Sie war ihm und Lennart sehr dankbar, dass sie ihr die Wohnung vermieteten, ebenso wie Lennarts Schwester Lena, die im Obergeschoss eine eigene Wohnung hatte. Auch dafür, dass sie zum ersten Mal in ihrem Leben einen Job haben würde, als Betriebsassistentin bei *Securifant*, der Sicherheitsfirma, die Arndt gemeinsam mit seinen Kindern aufgebaut hatte. Problematisch war dabei nur, dass sie und Arndt einander von früher kannten. Aus einer Zeit, an die sie sich kaum traute zurückzudenken, denn damals, vor nun achtundzwanzig Jahren, war sie schon einmal, wenn auch nur für ein Wochenende, mutig gewesen. Doch dann hatte die Realität sie schnell wieder eingeholt und jenes Flämmchen Mut unbarmherzig erstickt.

Sie hatte niemals damit gerechnet, Arndt Overbeck noch einmal zu begegnen. Die Wahrscheinlichkeit war einfach viel zu gering gewesen, sodass sie sich sogar eingebildet hatte, sie hätte die Ereignisse von damals vergessen. Dann war er am Heiligen Abend plötzlich und ohne Vorwarnung bei Melissa aufgetaucht. Selbst jetzt, so viele Monate später, spürte sie noch den Nachhall des Schrecks und des wilden Satzes, den ihr Herz gemacht hatte, als sie begriff, wer da vor ihr stand und dass er der Vater des neuen Freundes ihrer Tochter war. Vielleicht hätte sie früher darauf kommen können, wegen Lennarts und Lenas Nachnamen, wegen einiger Details, die sie hier und da über die beiden erfahren hatte. Aber der Groschen war erst gefallen, als sie ihm gegenübergestanden und ihn nach all der Zeit auf den ersten Blick wiedererkannt hatte.

Selbstverständlich hatte ihre gemeinsame Vergangenheit keinerlei Auswirkungen auf die Gegenwart. Warum auch? Achtundzwanzig Jahre waren eine lange Zeit, eine ganze Generation, um genau zu sein, und jenes kurze Wochenende war im Vergleich dazu nur ein Fingerschnipsen. Deshalb sprachen sie auch nicht darüber. Es war schlicht und ergreifend nicht notwendig, solche alten Kamellen, wie man hier sagte, ans Tageslicht zu holen. Dumm nur, dass sie sich in Arndts Gegenwart immer befangen fühlte. Verlegen. Und ihr Herz hüpfte auch jedes Mal ganz unanständig, wenn sie ihm begegnete. Vollkommen irrational und vor allen Dingen albern.

Sie brauchte sich nach all der Zeit weder zu schämen noch einzubilden, dass jenes Wochenende für sie beide mehr gewesen war als dieser Fingerschnipp. Solche Dinge waren vielleicht der Stoff für kitschige Hollywoodstreifen oder romantische Netflixserien – beides hatte sie inzwischen für sich entdeckt, ebenso wie herzerwärmende Liebesromane –, jedoch keinesfalls etwas, das im realen Leben jemals passieren würde. Schon gar nicht ihr. Das war einfach ausgeschlossen, so viel Verstand besaß sie schließlich.

Sie mochte für den größten Teil ihres Lebens das Denken und Entscheiden erst ihrem Vater, dann ihrem Ehemann überlassen haben, was aber nicht bedeutete, dass sie es nicht konnte. Sie begann gerade, ihren Kopf zu benutzen, ihren Verstand kennenzulernen und auf die Bedürfnisse ihres Herzens zu hören, aber auch auf die ihres Körpers und ihrer Seele. Da kam es nicht infrage, sich in Erinnerungen zu verstricken, die mit dem Hier und Jetzt rein gar nichts zu tun hatten.

Ein leises, eindeutig vorwurfsvolles Mauzen riss Maria aus ihren verschlungenen Gedanken, und sie wurde sich bewusst, dass sie immer noch im Auto saß, auf dem überdachten Stellplatz, den Arndt ihr zusammen mit der Einliegerwohnung zur Verfügung stellte. »Entschuldigt bitte, ihr zwei.« Rasch griff Maria nach ihrer Handtasche. »Ich schließe nur schnell die Tür auf und dann hole ich euch!«

Sie stieg aus dem Wagen und reckte sich ausgiebig. Wenn sie ehrlich zu sich war, musste sie zugeben, dass sie nur so lange im Auto sitzen geblieben war, weil sie ihren viel gerühmten neuen Mut hatte zusammenkratzen müssen. Dabei musste sie nicht einmal befürchten, Arndt zu begegnen, denn er hatte ihr gestern mitgeteilt, dass er am heutigen Abend nicht zu Hause sein würde. Er hatte sich von Lennart und Lena überreden lassen, sich wieder mehr seinem Hobby, dem Sportschießen, zu widmen, und würde den heutigen Abend auf dem Schießplatz verbringen. Maria schauderte ein wenig beim Gedanken an solch ein Hobby. Sie hatte einen gehörigen Respekt vor jeder Art von Schusswaffen und würde bestimmt nur unter Androhung von Gewalt eine Pistole oder ein Gewehr in die Hand nehmen.

So lag das Haus nun im Dunkeln – zumindest bis sie sich

dem Eingang näherte. Ein Bewegungsmelder ließ die Beleuchtung über der Haustür aufflammen. In einem der Fenster im Erdgeschoss sah sie eine hübsche, auf antik getrimmte Laterne mit LED-Kerze, und neben der Eingangstür stand eine Engelsfigur, die ein ebenfalls mit LEDs umrahmtes Schild mit der Aufschrift *Sei herzlich willkommen!* in Händen hielt. Irgendwie kitschig, aber trotzdem auch nett. Arndt hatte ihr gesagt, dass er ihren Hausschlüssel unter dem Engel deponieren würde, und genau dort fand sie ihn auch. Es war albern, doch ihre Hand zitterte ein bisschen, als sie die Haustür aufschloss und nach dem Lichtschalter tastete.

Als die Beleuchtung anging, sah Maria sich eingehend um. Sie war vor einem halben Jahr hier gewesen, um sich die Wohnung anzuschauen. Damals schon hatte sie über die üppigen Grünpflanzen gestaunt, die die große Diele bevölkerten, in der sie nun stand. Es gab eine große Garderobe auf der rechten Seite, die von allen Bewohnern des Hauses benutzt werden konnte. Geradeaus befand sich die Tür zu Arndts Wohnung, linker Hand führte eine geschwungene helle Holztreppe ins Obergeschoss und hinunter in die Einliegerwohnung. Und auf jedem nur erdenklichen freien Platz tummelten sich Grünlilien, Efeututen, ein Ficus benjamina von enormen Ausmaßen wuchs neben dem Treppenaufgang in die Höhe und Breite, und die Namen der unzähligen weiteren Gewächse würde sie wohl googeln müssen. Sie hatte zwar pflichtschuldig in ihrem früheren Heim stets eine sorgfältig ausgesuchte Auswahl an Zimmerpflanzen kultiviert, weil das nach Ansicht ihres verstorbenen Mannes zu einem ordentlichen Haushalt dazugehörte, aber besondere Freude hatte ihr das Zimmergärtnern nie bereitet. Seit sie die beiden Katzen hielt, war sie ganz auf Katzengras, Bromelien und Bananenpflanzen umgestiegen, weil diese ungiftig waren. Auch eine noch kleine Bergpalme besaß sie und liebäugelte mit einer Kokospalme. Doch wahrscheinlich würde das bereits zu viel für die achtzig Quadratmeter, die fortan ihr Reich sein würden.

»Hallo, Mama, da bist du ja!« Unbemerkt war Melissa durch die Haustür getreten.

»Huch!« Erschrocken fuhr Maria zu ihr herum. »Du meine Güte, jetzt bin ich aber erschrocken!« Sie presste ihre Hand aufs Herz, trat aber gleichzeitig auf Melissa zu, um sie zaghaft zu umarmen und auf die Wange zu küssen. »Ich hatte dich noch gar nicht erwartet.«

»Ich bin ein bisschen früher losgefahren.« Melissa lächelte verhalten. »Lennart meinte, du brauchst vielleicht doch mehr Hilfe beim Auspacken, als du gedacht hast. Sein Umzug zu uns hat auch viel länger gedauert, als er erst angenommen hatte. Er und Andy bauen heute Abend wieder mal eine Höhle, das ist eine ihrer Lieblingsbeschäftigungen.« Während sie sprach, leuchteten ihre Augen vor Liebe auf, und das wärmte Marias Seele.

»Ich muss mir bald mal eine dieser legendären Höhlen ansehen«, befand sie. »Andy erzählt so gerne davon.«

»Wenn du ihn lässt, baut er auch bei dir in der Wohnung eine.« Melissa hustete. »Komplettes Chaos inbegriffen. Aber erzähl, wie war die Fahrt? Bist du gut durchgekommen? Wie geht es Lilly-Anne und Karl-Gustav?«

Maria, die versucht hatte, sich vorzustellen, wie ihr Enkel in ihrer Wohnung aus Stühlen, Sesseln und Decken eine Höhle baute, hatte Mühe, gleichzeitig alle Fragen zu beantworten. »Wir haben dreimal im Stau gestanden, aber sonst ging es ganz gut. Ich sollte mich aber jetzt beeilen, damit die Katzen aus ihren Transportboxen kommen. Am besten stelle ich als Erstes die beiden Katzenklos auf.«

Melissa räusperte sich. »Ich staune immer noch, dass du dir zwei Katzen angeschafft hast. Früher wäre so etwas undenkbar gewesen.«

»Weil dein Vater Haustiere verabscheut hat.« Maria hob die Schultern. »Ein Tier, ganz gleich welches, wäre bei uns nicht glücklich gewesen. Und später, als dein Vater … nicht mehr da war, habe ich nicht die Kraft aufgebracht, mehr als den Status quo aufrechtzuerhalten. Dabei hätten mir – und dir ebenfalls – Haustiere bestimmt gutgetan. Wie geht es eigentlich Sissi? Ist sie immer noch so quirlig?« Auch wenn sie normalerweise einigen Respekt vor Hunden hatte, war ihr Lennarts Boxermädchen inzwischen sehr ans Herz gewachsen.

»Sie ist ein Schatz, wie immer. Sie und Andy sind die besten Freunde.«

Maria lächelte. »Das ist schön. Ich habe viel darüber gelesen, wie positiv sich Haustiere auf die Charakter- und Persönlichkeitsentwicklung von Kindern auswirken. Karl-Gustav und Lilly-Anne werden sich freuen, Andy wiederzusehen. Sie haben immer gerne mit ihm gespielt.« Während sie sprach, schaltete sie das Licht an der Treppe ein und stieg die wenigen Stufen hinab bis zu der Tür, die in die Einliegerwohnung führte. Ganz kurz hielt sie inne, schloss die Augen und atmete tief ein, bevor sie den Schlüssel ins Schloss steckte.

Die Wohnung war hell und großzügig geschnitten, mit großen Fenstern und einer breiten Terrassentür, die zum angrenzenden Garten zeigten. Das Haus war an einem leicht abfallenden Hang gebaut, sodass die Einliegerwohnung ebenerdig zum Garten lag, während vom Erdgeschoss aus eine breite Steintreppe ins Freie führte. Die Terrasse und den Garten teilten sich alle drei Parteien, was natürlich bei Vater, Sohn und Tochter gar kein Problem gewesen war. Maria wusste noch nicht so recht, wie sie diese Situation meistern würde, aber drei erwachsene Menschen würden sicherlich einen Kompromiss finden.

Womit sie nicht gerechnet hatte, war, dass in dem großen Wohnraum und der linker Hand angrenzenden Küche bereits alle Möbel aufgebaut waren, die sie online in diversen Möbelhäusern bestellt und hierher hatte liefern lassen. Sie hatte sich mental bereits darauf eingestellt, tagelang mit dem Aufbau beschäftigt zu sein. Dazu hatte sie sich bereits unzählige Tutorials auf YouTube angeschaut und ebenfalls alle erforderlichen Werkzeuge gekauft. Diese lagen ordentlich aufgereiht auf dem rechteckigen Esstisch, der sich an die Kücheninsel anschloss und um den auf drei Seiten insgesamt vier Stühle standen. »Oh, wow!«, entfuhr es ihr, als ihr klar wurde, dass ein paar gute Geister ihr die ganze schwere Arbeit abgenommen hatten. »Wer hat denn hier gewirkt? Das wäre doch gar nicht nötig gewesen.«

»Lennart und Arndt waren da anderer Meinung.« Melissa grinste. »Ich meinte zwar, dass ich dir gerne mal beim Arbeiten mit einem Akkuschrauber zusehen würde, aber sie haben mich überstimmt. Du musst jetzt nur entscheiden, ob alles so stehen bleiben soll oder ob du etwas umstellen möchtest. Die anderen Zimmer sind auch so weit fertig.«

»Im Ernst?« Maria fühlte sich ganz überwältigt. Eilig ging sie nach rechts zu der Tür, die ins Nebenzimmer führte, das Lennart als Büro genutzt hatte. Auch Maria hatte sich einen Schreibtisch angeschafft und neben einigen Schränken auch noch einen weiteren, höhenverstellbaren Tisch, an dem sie die Bastelarbeiten angehen konnte, für die sie seit einiger Zeit eine Vorliebe entwickelt hatte. In der hinteren Ecke stand das Rudergerät, das sie sich in einem Anflug von Ehrgeiz zugelegt hatte. Schließlich wollte sie sich irgendwie fit halten. Pilates und Rudern passten ihrer Meinung nach gut zusammen, und beides konnte sie hier erledigen, ohne in ein Fitnessstudio gehen zu müssen.

Neugierig eilte sie zurück in den kleinen Empfangsraum, von dem aus sie Bad und Schlafzimmer erreichen konnte. Das Bad war durch ihre Wahl an Farben jetzt ein Traum in hellem Blau und sonnigen Gelbtönen, die perfekt zu den weißen Wand- und gelben Bodenfliesen passten. Toilette, Dusche, Badewanne mit Blick in den Garten, ein schönes, großes Waschbecken mit nagelneuem Spiegelschrank.

Das Schlafzimmer lag dem Bad gegenüber und ging zur Straße hinaus. Das eins sechzig breite Bett war ebenso aufgebaut worden wie Kleiderschrank und Kommoden. Da das Zimmer klassisch cremeweiß gestrichen war, hatte sie sich für dunkle Kirschholzmöbel entschieden, die in natura noch besser aussahen als auf dem Computerbildschirm. Wenn sie erst die bunten Läufer, Vorhänge und Kissen sowie Decken im Quiltstil hier verteilt hatte, war der Raum perfekt.

»Unglaublich, dass ihr das alles heimlich aufgebaut habt.« Sie hätte Melissa gerne an sich gedrückt, wusste aber nicht, ob ihre Tochter dafür schon offen war. Also ergriff sie nur ihre Hände. »Danke. Einfach nur danke!«

»Keine Ursache.« Zu Marias Freude erwiderte Melissa den Händedruck. »Die Möbel sind sehr schön. Erst dachte ich ja, dass dieser Landhausstil in Weiß im Wohnzimmer vielleicht zu eintönig sein könnte, weil die Küche ja schon ganz weiß ist, aber zusammen mit den dunkelbraunen Sitzmöbeln wirkt das alles sehr edel und gleichzeitig gemütlich. Ich hätte gar nicht gedacht, dass du …« Sichtlich verlegen brach sie ab.

»Dass deine Mutter einen so guten Geschmack haben könnte?« Maria lachte, vielleicht ein klein wenig zu laut, aber es kam von Herzen. »Ich war mir auch erst nicht sicher, was das angeht. Du weißt, dass dein Vater hinsichtlich der Einrichtung unseres Hauses alle Entscheidungen getroffen hat, und davor musste ich mich nach den Wünschen und Vorstellungen meiner Eltern richten. Ich muss erst lernen, solche Dinge ohne Hilfe zu entscheiden, aber es fängt an, mir Spaß zu machen. Offenbar habe ich auch einen ganz passablen Blick für Farben und Formen. Das hätte ich gar nicht erwartet.«

»Es ist schön, dass es dir so gut geht.« Eingehend sah Melissa sich um. »Du hast es verdient, nach deinen eigenen Vorstellungen zu leben und glücklich zu sein.«

»Habe ich das?« Überrascht hob Maria den Kopf.

»Selbstverständlich.« Melissa ergriff nun ihrerseits Marias Hände und drückte sie. »Du hattest es nicht leicht, Mama. Ich konnte mich nie gut in dich hineinversetzen, aber in letzter Zeit habe ich viel mit Lennart geredet und … na ja, ich fange an, die Dinge auch aus deiner Perspektive zu sehen. Unsere Familie war total verkorkst, und wir beide leiden nach wie vor darunter. Trotzdem bin ich froh, dass du jetzt hier bist. Vielleicht …« Wieder brach Melissa ab.

Maria nickte ihr mit klopfendem Herzen zu. »Ja, vielleicht …« Sie räusperte sich energisch. »Jetzt hole ich aber schnell Lilly-Anne und Karl-Gustav. Wärst du so lieb, die beiden Katzenklos hereinzutragen?«

***

Erst eine geraume Weile später, Melissa war längst nach Hause gefahren, war Maria aufgefallen, dass die gesamte Wohnung mit Spezialgittern an den Fenstern katzensicher gemacht worden war. Sogar ein gutes Drittel der riesigen, mit Natursteinen gepflasterten Terrasse war fachmännisch eingezäunt und sogar mit einer doppeltürigen Schleuse versehen worden, durch die sie den angrenzenden Terrassenbereich mit den Sitzgelegenheiten und den Garten betreten konnte, ohne Angst haben zu müssen, dass ihre Lieblinge entwischten.

Wie sollte sie sich dafür nur bedanken? Sie hatte sich tage-, nein, wochenlang Gedanken darüber gemacht, wie sie mit Arndt über die Sache mit der Katzensicherheit reden sollte. Er wusste zwar um ihre beiden Stubentiger und hatte keinerlei Einwände gegen die Haustiere erhoben, doch dass er von sich aus gleich die ganze Wohnung samt Außenbereich katzensicher machen würde, ohne sie darüber zu informieren oder Geld dafür zu verlangen, hätte sie niemals erwartet. Oder sich auch nur vorstellen können. Ganz offensichtlich waren Vater und Sohn einander sehr ähnlich, nicht nur äußerlich, denn so, wie sie Lennart bisher kennengelernt hatte, würde sie ihm so eine zuvorkommende Geste sofort zutrauen. War es also vielleicht seine Idee gewesen? Aber selbst, wenn dies der Fall war, hatte Arndt offensichtlich nicht gezögert, den Vorschlag in die Tat umzusetzen. Und das für eine Frau, die die beiden kaum kannten und die bei dem, was Melissa über sie erzählt haben musste, nicht unbedingt gut weggekommen sein dürfte.

Sie hatte viele Fehler gemacht; zu viele, um sie auch nur ansatzweise zählen zu können. Eine Wiedergutmachung war kaum möglich, und dass sie spätestens seit dem Tod ihres Mannes mit Depressionen zu kämpfen gehabt hatte, war in ihren Augen auch keine Entschuldigung. Sie war vom Leben, ihrer Ehe, Melissa, einfach von allem überfordert gewesen und hatte nie den Mut und die Kraft aufgebracht, sich aus dem goldenen Käfig, in den sie hineingeboren worden war und den sie auch in ihrer Ehe nie wirklich infrage gestellt hatte, zu befreien. Sie wusste jetzt, dass sie es hätte versuchen müssen, wenn schon nicht um ihrer selbst, dann zumindest um Melissas willen. Vielleicht wären ihrer Tochter dann einige wirklich schreckliche Jahre erspart geblieben. Andererseits würde es dann Andy nicht geben, diesen wunderbaren, klugen und liebenswerten Siebenjährigen. Und Melissa wäre niemals Lennart begegnet, der ihr so unglaublich guttat. Dann hätte sie, Maria, diesen Neuanfang hier und heute auch nicht versuchen können.

War also am Ende alles vorbestimmt? Hatte alles so kommen müssen, damit sie, Melissa und Andy schließlich zu diesem Punkt hatten gelangen können? Wie oft hatte sie schon darüber nachgedacht, zu einer abschließenden Erkenntnis war sie jedoch bislang nicht gekommen.

Sie hatte sich auf ihrer neuen Couch ausgestreckt, während Karl-Gustav und Lilly-Anne es sich auf ihrem Bauch und ihren Beinen bequem gemacht hatten und tief und fest schliefen. Die beiden hatten ihr neues Zuhause zunächst einer sehr eingehenden Musterung unterzogen, dann die Katzenklos benutzt, und nun schienen sie sich bereits ganz heimisch zu fühlen. Maria war erleichtert, dass sie so anpassungsfähig waren, denn bestimmt gab es auch Katzen, die einen Umzug weit weniger gut wegsteckten.

Träge ließ sie den Blick über die Taschen, Koffer und Kartons schweifen, die überall in der Wohnung verteilt standen, und spürte dem Gefühl der Erleichterung nach, dass sie die Möbel nicht aufzubauen brauchte. Stattdessen würde sie morgen gleich mit Auspacken und Einräumen beginnen können. Und übermorgen würde sie dann den allerersten Job ihres Lebens antreten. Zumindest den ersten bezahlten Job, denn im Haushalt war sie natürlich für alles zuständig gewesen und ehrenamtlich hatte sie sich während ihrer Ehe auch oft betätigt, das war einfach von ihr erwartet worden. Sie hatte dies kaum jemals infrage gestellt, und oft hatte sie die ehrenamtliche Beschäftigung sehr begrüßt, weil sie dadurch einmal aus dem Haus gekommen war. Zwar hatte sie bei der Gelegenheit ausschließlich Kontakt zum Freundeskreis ihres Mannes gepflegt, denn einen eigenen hatte sie nie besessen, und sich dort denselben snobistischen, einengenden und, wie sie inzwischen begriffen hatte, frauenfeindlichen Ansichten gegenübergesehen, aber das hatte sie in Kauf genommen wie so vieles andere, was sie heute bitter bereute.

Der Gedanke an die Reaktion ihrer Eltern, als diese erfahren hatten, dass Maria das Haus verkaufen und so gut wie alle Brücken hinter sich abbrechen wollte, um in Melissas und Andys Nähe sein zu können, schlug ihr immer noch auf den Magen, auch wenn sie noch so vorhersehbar gewesen war.

Da ihre Augen verdächtig zu brennen begannen, drängte Maria diese Gedanken energisch beiseite und konzentrierte sich auf etwas anderes. Wo sollte sie die Kratzbaum- und Spiellandschaft für Lilly-Anne und Karl-Gustav aufstellen? Wahrscheinlich würde sie dafür noch einmal um Hilfe bitten müssen, dabei hatte sie die Nettigkeit doch gar nicht verdient, mit der Lennart und sein Vater ihr all die Arbeit einfach und ohne großes Aufheben abgenommen hatten. Sie musste sich dafür erkenntlich zeigen, wenn sie auch noch nicht wusste, wie. Da es im ganzen Haus absolut still war, konnte Maria das Motorengeräusch wahrnehmen. Vermutlich kehrten Arndt oder Lena nach Hause zurück. Ihr Herz kam aus dem Takt, was natürlich absolut bescheuert war.

Kurz darauf ging die Haustür, gleich darauf eine weitere. Also war Arndt nach Hause gekommen, denn Lena hätte ja die Treppe ins Obergeschoss genommen. Da nur das Licht über der Anrichte in der Küche brannte, konnte sie beim Blick aus dem Fenster den Lichtschein erkennen, der durch die Fenster über ihr in den Garten fiel. Es war ein merkwürdiges Gefühl, nun nicht mehr ganz allein im Haus zu sein. Irgendwie aufregend und beruhigend zugleich.

Sie war wirklich verkorkst, stellte sie bei sich fest, dass die Anwesenheit ihres Vermieters in der Wohnung über ihr sie nervös machte. Doch immerhin hatte sie seit dem Tod ihres Mannes vor fast elf Jahren ganz allein in einem großen, wenig heimeligen Haus gelebt. Ans Alleinsein war sie gewöhnt, an die Einsamkeit, nicht jedoch an die Gegenwart eines anderen Menschen, der nicht nur ihr Vermieter, sondern darüber hinaus ein ausgesprochen großherziger, liebenswürdiger Mensch war und ein erschreckend attraktiver Mann. Mit so etwas hatte sie keinerlei Erfahrung.

Ganz automatisch versuchte sie, sich vorzustellen, was Arndt nun oben in seiner Wohnung tun würde. Vielleicht noch einen Happen essen? Etwas trinken? Oder gleich zu Bett gehen? Es war immerhin schon weit nach zehn Uhr. Morgen war Dienstag, also musste er bestimmt früh in der Firma sein. Auch für sie wurde es Zeit, schlafen zu gehen, wenn sie am morgigen Tag fit sein wollte. Als es leise an der Wohnungstür klopfte, schrak sie heftig zusammen. Ihr Herz pochte wie wild bis hinauf in ihre Kehle.

»Ja, bitte?«, rief sie leise und versuchte, sich aufzurappeln, ohne die Katzen zu Boden zu stoßen. Karl-Gustav und Lilly-Anne erwachten natürlich und verzogen sich maunzend in Richtung des weich gepolsterten Körbchens, in dem sie fast immer gemeinsam den größten Teil der Nacht verbrachten, bevor sie sich in den frühen Morgenstunden zu Maria ins Bett gesellten. »Moment, bin schon da!« Endlich stand Maria auf ihren Füßen. Sie fasste prüfend in ihr Haar, während sie auf die Wohnungstür zusteuerte.

»Maria?« Arndts Stimme war angenehm dunkel. »Entschuldige bitte die späte Störung. Ich wollte …« Er brach ab, als sie die Tür öffnete, und lächelte ihr zu. »Hallo.«

»Guten Abend, Arndt.« Warum wollte sich ihr Herzschlag einfach nicht beruhigen? War sie nicht ganz bei Trost? Unsicher wich sie dem Blick aus seinen dunkelblauen Augen aus. »Möchtest du kurz hereinkommen?«

»Aber nur einen Moment.« Er trat an ihr vorbei in die Wohnung, als sie die Tür freigab, und ihr wurde wieder einmal bewusst, wie attraktiv er war: groß, breitschultrig wie sein Sohn, mit blondem, von grau durchsetztem kurzem Haar und kurz geschorenem Oberlippen- und Kinnbart. »Ich möchte dich wirklich nicht lange stören, sondern wollte mich nur vergewissern, dass du gut angekommen bist und alles so ist, wie du es dir vorgestellt hast, hier in der Wohnung, meine ich. Hattest du eine gute Reise?«

»Ja, beides.« Endlich hatte sie sich gefangen und lächelte zurück. »Die Fahrt war zwar lang und anstrengend, aber alles in allem okay. Und was die Wohnung angeht …« Sie holte tief Luft. »Ihr seid ja verrückt, dass ihr alle Möbel für mich aufgebaut habt. Das wäre wirklich nicht nötig gewesen.«

»Ach was, das war doch selbstverständlich.« Er winkte lässig ab.

»Nein, war es nicht«, widersprach sie. »Dafür kann ich euch nicht genug danken. Und dann habt ihr auch noch alles katzensicher gemacht! Ich weiß gar nicht, was ich sagen soll.«

»Ein einfaches Danke ist vollkommen ausreichend.«

»Nein, ist es nicht.«

»Doch, ist es.« Er sah sie ernst an. »Immerhin sind wir jetzt … na ja, fast Familie.«

»Fast Familie«, echote sie.

»Vielleicht irgendwann nicht mehr nur fast, wenn das mit Lennart und Melissa weitergeht, wovon ich ausgehe.«

»Ja, klar.« Familie. Das Wort hatte für ihn mit Sicherheit eine ganz andere, positivere Bedeutung als für sie. »Das wäre … schön.«

Aufmerksam musterte er sie. »Hättest du etwas dagegen?«

Sie erschrak. »Nein! Gar nicht. Ich wollte nicht den Eindruck erwecken … Ich freue mich sehr für Melissa und Lennart und natürlich für Andy. Ich bin es nur nicht gewohnt, Familie als etwas Angenehmes zu empfinden.«

»Immer noch so schlimm?« Seine Miene nahm einen mitfühlenden Ausdruck an. »Du hast mir damals erzählt, dass dein Verhältnis zu deiner Familie nicht das beste ist. Daran hat sich also nichts geändert?«

Damals. Sie schluckte hart. Ihre Gedanken waren sofort bei jenem Wochenende vor achtundzwanzig Jahren, und prompt überschlug sich ihr Puls wieder. Sie wollte sich jedoch nichts anmerken lassen. »Meine Eltern sind zu wenig flexibel, um sich auch nur jemals ansatzweise zu ändern. Sie sehen keinen Anlass dazu. Dass ich mich endlich von ihnen gelöst habe und hierhergezogen bin, sehen sie als Affront, nicht mehr und nicht weniger. Sie sind beleidigt und gehen davon aus, dass ich in kürzester Zeit aufgebe und wieder zu ihnen zurückkehren werde.«

»Was du nicht vorhast.«

»Nein.« Sie straffte die Schultern. »Ich habe viel zu lange damit gewartet, diesen Schritt zu tun. Himmel, ich habe mein halbes Leben schon hinter mir und war noch nie wirklich selbstständig! Wenn es nicht so peinlich und traurig wäre, müsste ich wohl darüber lachen.«

Arndts Miene wurde wieder ernst. »Es muss dir nicht peinlich sein. Niemand hat das Recht, über dich zu urteilen. Schon gar nicht jemand, der die Zusammenhänge nicht kennt.«

Er kannte sie, zumindest einige. Sie hatte ihm damals ihr

Herz ausgeschüttet. Darüber wollte sie lieber nicht nachdenken. Er wusste tatsächlich eine Menge über sie; mehr, als vielleicht gut war. »*Ich* habe das Recht, über mich zu urteilen«, antwortete sie schließlich mit etwas Verspätung. »Und ich bin zu dem Schluss gekommen, dass ich viel zu viel falsch gemacht habe. Ich war dumm und schwach. Das muss ich akzeptieren und versuchen, von jetzt an alles so anzugehen, wie ich es für richtig halte. Auch wenn ich immer noch in vielen Bereichen herausfinden muss, was ich überhaupt will und … wer ich bin.«

Nachdenklich nickte Arndt. »Du solltest nicht zu streng mit dir sein. Wir machen alle Fehler, und alles kann ja auch nicht schlecht gewesen sein. Du hast immerhin eine ganz wundervolle, liebenswerte Tochter und einen tollen Enkelsohn. Ich bin sicher, in den beiden steckt mehr Gutes von dir, als du dir zugestehen willst.«

»Gutes von mir?« Sie lachte vielleicht eine winzige Spur zu schrill. »Wenn Melissa dir da mal nicht widersprechen würde.«

»Würde sie nicht«, befand er überraschend vehement. »Ich weiß nicht, warum es mir nicht sofort aufgefallen ist. Vielleicht, weil ich die Erinnerung an damals so sorgsam weggepackt hatte, dass sich mein Unterbewusstsein geweigert hat, den Zusammenhang herzustellen. Aber wenn ich sie jetzt anschaue, sehe ich eine Menge von dir, so, wie ich dich damals kennengelernt habe.«

»Na ja, wir sehen uns vielleicht ein bisschen ähnlich.« Nervös irrte ihr Blick an Arndt vorbei.

»Das meinte ich nicht. Nicht nur«, schränkte er mit einem halben Lächeln ein. »Sie ist ein liebevoller, warmherziger, hilfsbereiter Mensch. Sie ist klug, mutig und besitzt viel innere Stärke. Du etwa nicht?«

»Nein.« Sie schüttelte den Kopf. »Jedenfalls nicht genug, sonst hätte ich mein Leben früher geändert und ihres dazu.«

Zu ihrer Überraschung – und Schreck – ergriff er ihre Hand. »Du magst Fehler gemacht haben, aber du bist nicht allein an allem schuld, was ihr oder dir passiert ist.«

Hastig entzog sie ihm die Hand wieder. »Das weiß ich, hier.« Sie tippte sich gegen die Schläfe. »Aber hier«, vage deutete sie auf ihre Herzgegend, »fühlt es sich nicht so an.«

Langsam nickte er. »Die Zukunft kann aber ganz anders aussehen, wenn du es zulässt.«

»Das habe ich vor.« Sie nickte energisch. »Die Vergangenheit kann ich nicht mehr ändern; sie liegt hinter mir, hinter uns. Deshalb werde ich mich nur noch auf die Zukunft konzentrieren.«

»Ein guter Plan.« Wieder musterte er sie aufmerksam. »Solange du nicht das Kind mit dem Bad ausschüttest.«

Irritiert sah sie auf. »Was soll das denn heißen?«

»Nicht alles, was in der Vergangenheit geschehen ist, war schlecht«, erinnerte er sie. »Nicht alles muss vergessen werden. Das Wochenende damals in Düsseldorf zum Beispiel …«

»Oje!« Diesmal lachte sie eindeutig zu schrill, als sie abwinkte. »Das ist doch nun wirklich Schnee von gestern. Wir waren ja fast noch Kinder. Na gut, du vielleicht nicht, aber ich ganz sicher. Darüber brauchst du dir ganz sicher keine Gedanken mehr zu machen. Wir vergessen einfach, dass es passiert ist, okay? Niemand muss die Details erfahren. Du hast dein Leben gelebt, ich meins. Jetzt sind wir, wie du ganz richtig festgestellt hast, fast eine Familie. Das sollten wir nicht mit so alten Geschichten belasten.« Fahrig blickte sie auf ihre Armbanduhr. »Huch, so spät schon! Ich schätze, ich gehe jetzt mal rasch zu Bett, sonst bin ich morgen nicht ausgeschlafen, dabei ist noch so viel zu tun.«

»Maria …« Er schien noch etwas sagen zu wollen, entschied sich jedoch offenbar dagegen. »Also gut, dann wünsche ich dir eine angenehme Nacht.« Er wandte sich zur Wohnungstür, trat hindurch, dann drehte er sich noch einmal zu ihr um. »Wir sehen uns dann bei der Arbeit.«

»Mittwoch Morgen um halb neun«, bestätigte sie und lächelte mit aller Kraft, die sie aufbringen konnte, so ungezwungen wie nur möglich. »Ich werde pünktlich sein. Gute Nacht!« Damit schlug sie ihm die Tür vor der Nase zu und lehnte sich gleich darauf schwer atmend dagegen.

Verdammt, verdammt, verdammt! Hoffentlich hatte sie mit dieser Wohnung und dem Job nicht den nächsten Riesenfehler begangen.

5. Kapitel

»Hier ist weit und breit nichts zu finden.« Santa Claus richtete sich wieder auf, nachdem er hinter den Futtertrögen der Rentiere nachgesehen hatte, ob dort die Quelle der mysteriösen Geräusche zu finden sei.

»Hier auch nicht.« Seine Frau kam aus der hintersten Ecke des Stalls hervor. »Wir haben ja auch schon überall gesucht.«

Donner schnaubte, die Ohren fest an den Kopf angelegt. »Es muss doch von draußen kommen. Uns tun schon ganz arg die Ohren weh.«

»Das tut mir wirklich leid.« Der Weihnachtsmann streichelte das Rentier und fuhr sich mit der anderen Hand ratlos durch den Rauschebart. »Rudolph sagte, im Haus sei es auch zu hören, sogar lauter, aber offenbar nicht laut genug, dass wir es auch vernehmen können. Ihr Rentiere habt einfach bessere Ohren als meine Frau und ich.«

»Ausgerechnet heute sind die Elfen auf einem gemeinsamen Ausflug.« Santas Frau seufzte. »Sie haben ebenfalls ein besseres Gehör als wir, und mit ihrer Hilfe hätten wir die Quelle des Geräuschs bestimmt schnell gefunden. Leider werden sie erst morgen im Laufe des Tages zurück sein.«

»So lange können wir nicht warten!« Dasher schüttelte sich. »Bis dahin sind uns die Ohren abgefallen und die Köpfe explodiert.«

»Gehen wir wieder ins Haus«, schlug der Weihnachtsmann vor. »Rudolph, du begleitest uns, damit wir jemanden dabeihaben, der die Laute hören kann. Wir suchen alles ab. Vielleicht haben wir ja dort Glück.«

»Möchtet ihr anderen vielleicht so lange nach draußen auf eine der hinteren Weiden gehen?«, wandte seine Frau sich an die Rentiere. »Vielleicht ist es dort erträglicher.«

»Aber auch kälter«, befand Prancer.

»Mir egal«, warf Blitzen ein. »Ich friere lieber ein bisschen, wenn ich dieses weinende Quietschen nicht länger ertragen muss.«

»Dann kommt mit.« Die Ehefrau des Weihnachtsmannes öffnete die Stalltür. »Ich bringe euch zur Weide.« Sie drehte sich zu ihrem Mann um. »Geh du mit Rudolph schon mal vor. Ich komme gleich nach.«

»Also gut.« Santa Claus nickte zustimmend. »Dann mal los, Rudolph!«

***

Als sie kurz darauf das Haus betraten, stieß das Rentier mit der roten Nase einen entsetzten Laut aus. »Iih, jetzt ist es ja noch schlimmer geworden! Aua, das tut richtig weh! Halt mir bitte die Ohren zu!«

»Liebe Güte!« Erschrocken eilte der Weihnachtsmann zur Garderobe und nahm einen dicken, plüschigen Ohrenschützer aus dem Hutfach. »Warte, ich setze dir den hier auf. Hilft das ein bisschen?«

»Etwas.« Erleichtert seufzte Rudolph auf. »Aber hören kann ich es immer noch.«

»Dann gehen wir jetzt von Raum zu Raum und du sagst mir, ob das Geräusch irgendwo lauter wird.«

Der Weihnachtsmann übernahm die Führung. Sie gingen erst in die Küche, dann ins Wohnzimmer, in die Gästetoilette, den Vorratsraum und zuletzt betraten sie das Büro des Weihnachtsmannes.

»Au, au, au!« Rudolph scheute und machte einen großen Satz rückwärts. Dabei stieß er mit seinem Hinterteil gegen die Wand im Flur und wischte mit dem Schwanz ein gerahmtes Gemälde von seinem Haken. Polternd fiel es zu Boden. »Oh, Entschuldigung! Das wollte ich nicht.« Hastig hob das Rentier das Bild mit dem Maul auf und versuchte, es wieder aufzuhängen. Es gelang ihm jedoch nicht.

»Moment, ich helfe dir.« Santa Claus nahm ihm das Bild ab und hängte es wieder an den Haken. »Was hat dich denn so erschreckt?«

»Ich weiß auch nicht.« Rudolph hatte die Ohren unter den Ohrenschützern flach an den Kopf angelegt. »Es hat plötzlich ganz arg in meinem Kopf wehgetan.«

»Aha.« Der Weihnachtsmann betrat sein Büro und blickte sich aufmerksam um. »Dann kommt das Geräusch also von hier. Hätte ich mir ja denken können.«

Zielstrebig begab er sich in die Ecke hinter seinem Schreibtisch, denn dort befand sich das Gefühlsradar, das in der Vergangenheit schon häufiger mit unangenehmen Tönen Alarm geschlagen hatte, wenn bei einer Wunscherfüllung die Emotionen hochgeschlagen waren. Allerdings gab es im Moment gar keine noch offenen Wünsche. Sein Tagessoll hatte Santa Claus ja bereits erfüllt.

»Nein, das Gefühlsradar ist es anscheinend diesmal nicht.« Er drehte am Lautstärkeknopf, doch nichts tat sich. »Irgendwelche Veränderungen?«, fragte er Rudolph, nachdem er auch noch ein paar andere Knöpfe betätigt hatte.

»Nein, es bleibt immer gleich.« Das Rentier schüttelte sich. »Wenn ich näher komme, tut es mir wieder im Kopf weh. Und in den Ohren. Ich bleibe lieber hier im Flur.«

»Selbstverständlich.« Der Weihnachtsmann nickte zustimmend.

»Habt ihr schon etwas gefunden?« Santas Frau gesellte sich etwas außer Atem zu ihnen. »Liebe Zeit, ist es etwa wieder das Gefühlsradar?«

»Nein, diesmal offenbar nicht.« Santa Claus schüttelte den Kopf. »Aber es scheint trotzdem aus dem Arbeitszimmer zu kommen.«

»Dann finden wir bald heraus, wovon es verursacht wird.« Entschlossen trat seine Frau ein und sah sich ebenfalls eingehend um. Versuchsweise schaltete sie das Radio ein und wieder aus, dann den Computer von Santas Assistentin Elfe-Sieben, dann nacheinander jeden einzelnen der vielen Bildschirme an der großen Videowand. Sie dienten dazu, besonders wichtige oder schwierige Wunscherfüllungen falls nötig rund um die Uhr zu überwachen. Bei jedem einzelnen Gerät fragte sie Rudolph, ob er eine Veränderung wahrnehme, doch jedes Mal verneinte er.

»Tja, dann kann es eigentlich nur noch dein Computer sein«, schloss sie und setzte sich an Santas Schreibtisch.

»Meiner?« Verwundert trat der Weihnachtsmann neben seine Frau. »Aber der ist doch ausgeschaltet.«

»Nein, ist er nicht«, widersprach sie und betätigte dabei die Return-Taste. Sogleich ging der Bildschirm an. »Siehst du, nur der Bildschirm war aus. Hier ist auch eine Fehlermeldung auf dem Desktop. Anscheinend hat ein noch geöffnetes Programm das Herunterfahren verhindert.«

»Welches Programm?« Santa Claus beugte sich etwas vor. »Ich hatte doch alle Apps beendet.«

»Diese hier nicht.« Seine Frau klickte ein Icon an. »Das ist das Weihnachtswunsch-Radar.«

»Au, au, au!«, schrie Rudolph auf. »Macht das wieder aus! Das ist ja schrecklich!«

»Was denn?« Santas Frau lauschte, dann runzelte sie die Stirn. »Ich glaube, jetzt höre ich auch etwas, ganz leise. Ein Zirpen oder Weinen.«

»Es ist nicht leise, sondern grässlich laut«, widersprach Rudolph aufgeregt. »Das ist ja kaum auszuhalten!«

»Dann geh schnell zu den anderen Rentieren nach draußen«, schlug Santas Frau vor. »Wir haben ja jetzt die Quelle des Geräuschs gefunden und kümmern uns darum.«

»Okay, bin schon weg. Aber beeilt euch bitte!« Rudolphs Hufe polterten im Flur, Augenblicke später klappte die Haustür hinter ihm zu.

»Tja.« Stirnrunzelnd wandte Santas Frau sich wieder dem Computer zu. »Jetzt müssen wir also herausfinden, warum das Weihnachtswunsch-Radar so scheußliche Töne von sich gibt. Das hat es doch noch nie getan, schon gar nicht in Frequenzen, die nur die Rentiere hören können.«

»Ich glaube, ich höre jetzt auch etwas, wie aus weiter Ferne.« Der Weihnachtsmann zog einen der beiden Besucherstühle heran und ließ sich dicht neben seiner Frau darauf nieder. »Lass mich mal an die Maus.« Er übernahm die Computermaus und klickte ein paar Funktionen des Programms an. »Ich glaube, Elf-Dreizehn hat kürzlich ein paar Updates aufgespielt. Vielleicht ist dabei etwas schiefgegangen.« Er fuhr sich durch den Bart, und wenig später hellte seine Miene sich auf. »Aha, schau mal, diese Funktionen waren vorher noch nicht vorhanden.« Wieder klickte er ein Icon an, und plötzlich kreischte ein scheußlicher Alarm los, sodass Santa Claus erschrocken zurückfuhr und beinahe mitsamt seinem Stuhl umgekippt wäre. »Große Güte, was ist das denn?«

»Keine Ahnung.« Hastig übernahm seine Frau wieder die Maus und klickte so lange auf dem Bildschirm herum, bis der

Alarm verstummte. Die Stille, die nun herrschte, war beinahe genauso laut.

»Uff!« Der Weihnachtsmann rieb sich über die Ohren. »Was in aller Welt hat Elf-Dreizehn denn da Neues programmiert?«

»Hier, sieh mal, es gibt ein PDF-Handbuch.« Seine Frau hatte die Datei bereits geöffnet. »Im Inhaltsverzeichnis sind die neuen Funktionen rot hinterlegt. Na, wollen doch mal sehen ... Ach.«

Santa Claus beugte sich wieder vor. »Was hast du gefunden?«

»Es gibt eine neue Alarm-Funktion«, erklärte seine Frau, die sich bereits in die Anleitung vertieft hatte.

»Na, also das haben wir ja nun bereits festgestellt.«

»Ja, sicher, aber hier steht auch, welche Bewandtnis sie hat.« Santas Frau hatte die Stirn in tiefe Falten gelegt. »Das ist ja hochinteressant!« Sie tippte sich mit dem Zeigefinger gegen die Lippen. »Und es könnte darauf hinweisen, dass du dieses Jahr doch nicht so entspannt durch die Weihnachtszeit kommen wirst.«

»Warum denn nicht?«

»Na, weil du möglicherweise ein noch nie da gewesenes Problem haben könntest.«

Der Weihnachtsmann blickte seine Ehefrau verständnislos an. »Du sprichst in Rätseln, mein Schatz. Was steht denn nun da? Lies bitte vor oder lass mich selbst lesen. Was für eine neue Funktion ist das?«

Seine Frau seufzte. »Sie empfängt mögliche Weihnachtswünsche, noch bevor sie konkret gedacht oder geäußert werden.«

»Wie bitte?« Verblüfft starrte er sie an.

»Ja, sozusagen ein Frühwarnsystem für ganz außerordentlich starke Wünsche, die sich aber noch nicht in den Köpfen oder Herzen der Menschen manifestiert haben. Als Hinweis für dich, damit du passende Zeitfenster einplanen kannst.«

»Ich kann und darf aber doch nur aktiv werden, wenn ein Weihnachtswunsch konkret an mich gerichtet wird, schriftlich, mündlich oder gedanklich.«

Santas Frau nickte. »Das geschieht ja bei so intensiven Wünschen auch früher oder später, denn nur dann kann das Radar sie empfangen.«

»Wozu dann das Frühwarnsystem?«, wunderte Santa Claus sich.

Seine Frau hob die Schultern. »Wahrscheinlich empfängt das Radar im Vorfeld schon Schwingungen, wenn sich so ein Herzenswunsch entwickelt, und das schon, bevor die Menschen selbst es wissen. Aus unserer bisherigen Erfahrung wissen wir, dass solche Wünsche meistens kompliziert und deshalb schwierig zu erfüllen sind. Wahrscheinlich soll dir die neue Funktion so etwas wie einen Vorsprung verschaffen, um Pläne zu schmieden.«

»Was für Pläne?« Der Weihnachtsmann runzelte die Stirn. »Worauf soll ich mich denn da vorbereiten?«

Seine Frau lehnte sich ratlos auf dem Bürostuhl zurück. »Wenn ich das wüsste.«

6. Kapitel

»Ihnen ist schon klar, dass Sie uns gerade einen zusätzlichen Workload für mindestens zwei Wochen aufgehalst haben?« Wenn Lena nicht am Steuer des kleinen Firmenvans gesessen hätte, dann hätte sie wohl die Arme vor der Brust verschränkt und Martin verärgert angestarrt. So aber hielt sie das Lenkrad fest umklammert und ihren Blick auf die Landstraße gerichtet, auf die sie gerade von der Autobahn aus abgebogen waren. »Sie wurden eigentlich eingestellt, um uns zu entlasten, nicht, um uns schon an Ihrem vierten Arbeitstag noch mehr Arbeit aufzubürden. Noch dazu bei einer unserer anstrengendsten Kundinnen. Frau Berger wird uns alle zwei Stunden anrufen und uns mit irgendeinem Kleinkram den letzten Nerv rauben.«

Martin lachte. »Ich hätte Sie gar nicht als Pessimistin eingeschätzt. Sehen Sie es doch mal so: Sie wird jetzt einen umfangreichen Wartungsvertrag mit *Securifant* abschließen, der uns jeden Monat eine hübsche Summe aufs Firmenkonto spülen wird. Und wenn es Sie beruhigt, dürfen Sie jeden Anruf dieser Kundin zu mir durchstellen oder ihr gleich meine Durchwahl geben. Den Großteil der Entwicklungsarbeit für die Apps zu ihrem neuen Sicherheitssystem werde ja sowieso ich übernehmen, weil Sie hauptsächlich mit Breitbach zu tun haben werden.«

»Und mit Münstermaier«, ergänzte Lena. »Ich bin wirklich dicht, was meinen Zeitplan angeht. Münstermaier hätten Sie übernehmen sollen.«

»Das kriegen wir schon hin.« Er rutschte neben ihr auf dem Beifahrersitz hin und her, wohl um eine bequemere Sitzposition einzunehmen. »Münstermaier bekommt doch eine überwiegend manuell gesteuerte Anlage, oder nicht?«

»Er hat sich jetzt doch überlegt, dass es ganz nett wäre, wenn er die wichtigsten Funktionen per App steuern könnte. Natürlich nichts von der Stange, sondern an sein Corporate Design angepasst und mit ein paar kleinen, aber zeitraubenden Extras.«

»Okay.« Martin sah sie von der Seite an. »Das wusste ich nicht. Wann hat er das entschieden?«

»Heute Morgen.« Lena erwiderte seinen Blick nur für den Bruchteil einer Sekunde, bevor sie wieder geradeaus schaute.

»Das hätten Sie mir ja sagen können.«

»Ich habe Ihnen seine Mail weitergeleitet und Sie bei meiner Antwort ins CC gesetzt.«

»Ich bin noch nicht dazu gekommen, meine Mails zu checken.«

»Offensichtlich, sonst hätten Sie mit unserer Zeit vielleicht etwas besser gehaushaltet.«

Martin hüstelte. »Wenn das so eine große Sache ist, hätten Sie ja etwas sagen können.«

»Vor einer Kundin?« Sie runzelte die Stirn. »Keine gute Idee.«

»Wie auch immer.« Aus Martins Stimme klang ein Lächeln hindurch. »Wir sollten dringend an unserer Kommunikation arbeiten.«

»Es würde schon reichen, wenn Sie zeitnah Ihre Mails checken würden.« Lena rückte ihre Brille zurecht. »Jetzt müssen wir halt irgendwie … Oh, Scheiße! Was war das denn?«, schrie sie auf und trat reflexartig auf die Bremse, nur um gleich darauf heftig Gas zu geben. »Haben Sie das gesehen?« Ihr Herz schlug vor Schreck wie wild.

»Ich bin mir nicht sicher.« Martin hielt sich am Sitz und am Armaturenbrett fest. »Hat da jemand Müll aus dem fahrenden Auto geworfen?«

»Nein.« Lenas Kehle schnürte sich zu. Sie hatte die Stelle erreicht, an der das helle Bündel aus dem Beifahrerfenster des weißen SUVs geflogen war. Wieder trat sie heftig auf die Bremse und kam mit quietschenden Reifen zum Stehen. Rasch schaltete sie die Warnblinker ein und löste ihren Gurt. »Das war kein Müll. Los, kommen Sie! Das war irgendwas Lebendes. Ein Tier, glaube ich.«

»Quatsch.« Martin löste ebenfalls den Gurt und folgte ihr nach draußen. »Kein Mensch wirft Tiere bei fast hundert Stundenkilometern aus dem Auto. Vielleicht ist es rausgesprungen.«

»Hätte er dann nicht angehalten?« Lena rannte zu der Stelle, an der sie das Tier vermutete. Tatsächlich entdeckte sie in einiger Entfernung einen sandfarbenen Fleck im Straßengraben. »Da!« Ihre Stimme kippte über. »O mein Gott! Ist das eine Katze? Nein, ein Hund, glaube ich.«

Als sie die Stelle erreicht hatte, sprang sie ohne Rücksicht auf ihre schicken Businessklamotten oder ihre teuren Stiefeletten in den matschigen Graben und wäre dabei fast umgeknickt. Fluchend kniete sie sich in das nasse, lehmige Gras. »O nein, o nein, o nein!« Ihr Herz krampfte sich schmerzhaft zusammen, als sie den kleinen wuscheligen Hund von Nahem sah. Er blutete am Kopf und rührte sich nicht. »Nein, bitte nicht.« Tränen stiegen ihr in die Augen, und sie ließ sie einfach fließen, während sie das weiche Fell vorsichtig berührte. Sie hatte gesehen, dass der kleine Hund, es schien sich um einen Havaneser zu handeln, sich mehrmals auf dem Asphalt überschlagen hatte, bevor er im Graben gelandet war.

»Verdammte Scheiße, was für ein Arschloch!« Auch Martin war in den Straßengraben geklettert und hockte sich neben Lena. »Das darf doch wohl echt nicht wahr sein!« Er berührte den Hund ebenfalls. »Hast du das Kennzeichen erkennen können?«

»Nein. Es ging alles viel zu schnell.« Sie blinzelte vergeblich gegen die fließenden Tränen an.

»Er atmet noch.« Martins Hand lag leicht auf den Rippen des Hündchens. »Wir müssen ihn in eine Tierarztpraxis bringen.«

»Ja.« Lena rührte sich nicht, sondern hielt ihre Hand vor die leicht geöffnete Schnauze des Havanesers. Sie konnte tatsächlich einen Atemhauch spüren.

Neben ihnen hielt ein kleiner Transporter; zwei kräftige Männer sprangen heraus. »Was ist hier passiert? Können wir irgendwie helfen?« Der etwas ältere war Patrick Sternbach, dem eine erfolgreiche Holzbaufirma gehörte. Lena kannte ihn schon seit einiger Zeit, weil sie über ihre Freundin Melissa seine Frau und deren Schwestern kennengelernt hatte und ein bisschen in diese Clique hineingerutscht war.

»Hallo, Patrick.« Nun wischte sie sich doch energisch die Tränen aus den Augen. Nicht, dass es viel genutzt hätte. »Hier liegt ein schwer verletzter Hund.«

»Wurde er angefahren?« Der jüngere blonde Mann in Patricks Begleitung trat nah an den Graben heran. »Das sieht übel aus. Lebt er überhaupt noch?«

»Ja, aber wir müssen ihn so schnell wie möglich in eine Tierarztpraxis bringen.« Martin erhob sich. »Haben wir eine Decke im Auto?«

Lena schüttelte den Kopf. »Nein, leider nicht.«

»Ich habe eine im Transporter, weil unser Hund Oskar oft mitfährt.« Patrick hatte sich bereits umgewandt. »Ich hole sie.

Komm, Tim, steig wieder ein. Wir geben Fiona telefonisch Bescheid. Sie ist unsere Tierärztin. Fiona Sahler«, präzisierte er, während er Martin die Decke reichte. »Ihre Praxis ist in der Rosenstraße zwölf.«

»Ich weiß.« Lena nahm Martin die Decke ab und breitete sie neben dem kleinen Hund aus. »Mein Bruder geht mit Sissi auch zu ihr. Sie soll sehr gut sein.«

»Sie ist die Beste«, bestätigte Patrick. »Also los, Tim, wir sagen ihr Bescheid, dass ihr auf dem Weg seid.«

»Danke!«, rief Lena ihnen nach.

»Keine Ursache.« Patrick stieg ins Führerhaus des Transporters, Tim saß bereits wieder auf dem Beifahrersitz. Nur Augenblicke später brausten sie davon.

»Wir müssen ihn ganz vorsichtig auf die Decke heben.« Zweifelnd beäugte Lena das blutende Fellbündel. »Wie machen wir das am besten?«

»Ich glaube, da gibt es keinen besten Weg.« Beherzt schob Martin seine Hände unter den kleinen Körper. Als er ihn vorsichtig anhob, stieß der Hund ein markerschütterndes Jaulen und Fiepen aus. »Schon gut, Buddy, wir wollen dir nur helfen.« Mit der sanftesten Stimme, die Lena jemals bei einem Mann gehört hatte, redete er leise und beruhigend auf den Hund ein. Dieser winselte jedoch weiterhin herzerweichend. »Komm, Buddy, wir haben es gleich. Siehst du, hier auf der Decke ist es viel wärmer und weicher. Keine Angst, wir bringen dich hier weg zu einer Tierärztin. Die macht dich wieder heil.«

Als er den Kopf hob und ihre Blicke sich trafen, schnürte sich Lenas Kehle erneut zu. Sie konnte sehen, dass Martin sich ganz und gar nicht sicher war, ob der kleine Hund seine Verletzungen überleben würde. Dennoch redete er immer weiter. »Wir heben dich jetzt hoch und bringen dich ins Auto. Lena, fass mal mit an.« Dass er einfach zum Du übergegangen war, schien irgendwie angebracht. »Na, na, nicht weinen, Buddy. Ich weiß, es tut weh. Wir tun für dich, was wir können.«

Sie nahmen je zwei Ecken der Decke und hoben sie vorsichtig an. Der Hund jaulte auf, doch da es nicht anders ging, bugsierten sie ihn so schnell wie möglich zum Van.

»Ich halte ihn auf dem Schoß, du fährst.« Martin kletterte etwas umständlich auf den Beifahrersitz und hob den Hund auf seine Beine. »Du kennst doch den Weg, oder?«

»Ja, natürlich.« Lena rannte um den Van herum und klemmte sich hinters Steuer. »Hat er es da bequem?« Sie blickte über die Schulter, doch der Van war so umgebaut, dass es anstelle einer Rückbank Kisten und Regale für ihre Technikausrüstung gab. Kein Platz für einen verletzten Hund. Also ließ sie den Motor an und fuhr los.

***

Ein wenig nervös blickte Maria sich in der kleinen Eingangshalle von *Securifant* um. Es war erst ihr zweiter Arbeitstag, und schon war sie zum ersten Mal ganz allein im Haus. Alle Angestellten waren bei Außenterminen oder -einsätzen; sogar Arndt war vor einer halben Stunde zu einem Kunden aufgebrochen.

Sie war sich nicht ganz sicher, ob sie wirklich alle ihre Aufgaben schon so gut beherrschte, dass sie hier ganz allein zurechtkam. Ihr Blick wanderte immer wieder zum Eingang. Was, wenn jetzt Kundschaft hereingeschneit kam? Sie wusste doch eigentlich noch gar nicht genug über die Firma. Was sollte sie also in so einem Fall bloß sagen?

In einem Anflug von Verzweiflung sprang sie von ihrem Stuhl hinter dem elegant geschwungenen Empfangstresen auf und eilte hinüber zu der kleinen ledernen Sitzecke in Cremeweiß. Dort lagen auf dem gläsernen Tisch verschiedene Broschüren über die Dienstleistungen, die *Securifant* anbot. Obwohl sie alle schon mehrmals gelesen hatte, nahm sie ein Exemplar von jeder Broschüre an sich, um sie noch einmal zu studieren.

Das Klingeln des Telefons ließ sie so sehr zusammenschrecken, dass sie die Papiere beinahe fallen gelassen hätte. Sie fing sie gerade noch auf, rannte zu ihrem Schreibtisch zurück, warf alle Unterlagen einfach darauf und griff nach dem Hörer, ohne auf das Display zu schauen. »*Securifant*, Maria Seifert am Apparat. Was kann ich für Sie tun?« Sie hatte diesen Spruch regelrecht einstudiert und so konzentriert aufgesagt, dass sie beinahe vergaß, zuzuhören, als der Anrufer zu sprechen begann.

»Maria? Hier ist Martin. Lena und ich haben einen verletzten Hund an der Landstraße gefunden. Wir sind jetzt gerade bei der Tierärztin angekommen. Ich weiß noch nicht, wie lange das hier dauern wird. Wären Sie bitte so gut, unsere Nachmittagstermine abzusagen oder vielmehr neu zu vereinbaren? Lena ist ziemlich durch den Wind, und mir geht es auch nicht viel besser. Falls Kundschaft hereinkommt, richten Sie von Lena aus, sie sollen morgen wiederkommen oder eine E-Mail schreiben. Ach ja, und sagen Sie bitte auch Arndt Bescheid, dass wir heute wohl nicht mehr reinkommen werden oder falls doch, dann sehr spät.«

Erschrocken schlug Maria eine Hand vor den Mund. »Einen verletzten Hund haben Sie gefunden? Das ist ja schrecklich. Selbstverständlich kümmere ich mich um Ihre Termine, das ist gar kein Problem. Was ist denn passiert? Wurde der Hund angefahren?« Maria lauschte, dann runzelte sie die Stirn, als ihr klar wurde, dass Martin die Verbindung bereits unterbrochen hatte.

Sorgsam legte sie den Hörer auf. Für einige Sekunden sann sie über den armen verletzten Hund nach, doch dann rief sie entschlossen die App auf dem Computer auf, mit der alle Firmentermine verwaltet und koordiniert wurden. Auch die Kontaktdaten der Kundschaft waren hier verlinkt, zudem waren alle Daten zu den Aufträgen und Informationen zu den jeweiligen Terminen enthalten. Martin und Lena hatten jeweils noch zwei Termine am heutigen Nachmittag, die nun allesamt verlegt werden mussten.

Maria rief die Informationen zu den geplanten Gesprächen auf und machte sich ein paar Notizen, bevor sie tief durchatmete und die erste Telefonnummer wählte. Ausgerechnet in diesem Moment öffnete sich die gläserne Eingangstür und ein der teuren, maßgeschneiderten Kleidung nach gut situiertes Paar mittleren Alters trat ein.

Maria wollte den Wählvorgang schon abbrechen, entschied sich jedoch anders, da Martins nächster Termin bereits in weniger als einer Dreiviertelstunde anstand. Den musste sie zuerst canceln. Deshalb lächelte sie das Paar so freundlich an, wie sie nur konnte. »Guten Tag und herzlich willkommen bei *Securifant*! Wenn Sie bitte einen kleinen Moment dort drüben Platz nehmen würden.« Sie deutete auf die Sitzecke. »Ich bin sofort für Sie da.«

Kaum hatte sie die Worte ausgesprochen, als sich in der Leitung eine männliche Stimme meldete. Sie atmete noch einmal tief durch. »Herr Maschberger? Guten Tag. Hier ist Maria Seifert von der Firma *Securifant*. Sie haben heute einen Termin mit unserem Mitarbeiter Martin Liebrecht vereinbart. Leider kann Herr Liebrecht diesen Termin nicht wahrnehmen.« Sie beschloss spontan, den Grund hinzuzufügen, und erntete sofort Verständnis und Mitgefühl. Ein neuer Termin war rasch gefunden, und da auch Lenas nächster Termin kurz bevorstand, rief sie auch diese Kundin noch schnell an, bevor sie sich dem wartenden Paar zuwandte. Noch während sie die Kontaktdaten der beiden anderen Kundinnen aufrief, die sie gleich noch anrufen musste, sprach sie die beiden an: »Entschuldigen Sie bitte die kurze Wartezeit. Wie kann ich Ihnen weiterhelfen?«

***

»Hast du Maria Bescheid gesagt?« Lena tigerte im Wartezimmer der Tierarztpraxis von Fiona Sahler auf und ab, als Martin hereinkam. »Ob sie mit den Kunden klarkommt?«

»Warum sollte sie nicht? Sie ist schließlich die Betriebsassistentin. Das ist doch genau ihre Aufgabe.«

»Sie ist aber erst den zweiten Tag bei uns und wirkte bisher noch ein bisschen unsicher.« Abrupt blieb sie stehen, da aus dem Behandlungszimmer ein schrilles Jaulen ertönte. »Der arme Kleine.« Sie schlug beide Hände vors Gesicht. »Ich glaube, ich halte das nicht aus.«

»Maria wird das schon schaffen.« Unsicher, wie er sich Lena gegenüber verhalten sollte, schob er seine Hände in die Hosentaschen. »Und was den Hund angeht, der ist hier bestimmt in guten Händen.« Als ein erneutes Fiepen zu hören war, zuckte er zusammen. »Scheiße.«

»Genau.« Mit unglücklicher Miene nahm Lena ihr Auf- und Abgehen wieder auf, blieb jedoch erneut wie angewurzelt stehen, denn in diesem Moment kam die Tierärztin aus dem Behandlungszimmer. Die attraktive Frau mit brünettem halblangem Haar und freundlichen braunen Augen war etwa Anfang vierzig. Lena stürzte auf sie zu. »Und? Wie geht es ihm?«

»Nicht gut.« Fiona Sahlers Miene war besorgt verzogen. »Er hat mindestens zwei gebrochene Rippen und sehr wahrscheinlich innere Verletzungen sowie jede Menge Prellungen und Stauchungen. Die Wunde am Kopf ist zwar nicht tief, aber sie macht mir trotzdem Sorgen, weil ich nicht ausschließen kann, dass der Schädel gebrochen ist oder eine Gehirnerschütterung vorliegt. Ich werde noch ein paar Röntgenaufnahmen machen müssen, und eine Operation wird ihm wohl auch bevorstehen, da ich die inneren Verletzungen behandeln muss.« Sie hielt inne. »So etwas ist mit erheblichen Kosten verbunden, und da der Hund nicht Ihnen gehört, müsste ich die Besitzer erst einmal ausfindig machen. Der Hund ist gechippt, aber bis ich die Daten habe, dürfte es eine Weile dauern. So viel Zeit hat der Kleine nicht.«

»Die haben ihn aus einem fahrenden Auto geschmissen!« Lena verschränkte die Arme vor der Brust. »Die wollen ihn doch gar nicht haben.«

»Wir können nicht mit Sicherheit davon ausgehen, dass es sich bei den Tätern um die Besitzer handelt«, wandte die Tierärztin ein. »Vielleicht wurde der Hund auch gestohlen oder was weiß ich. Ich muss in jedem Fall die auf dem Chip eingetragenen Besitzer kontaktieren. Allerdings sind die Operation und Behandlung aller Verletzungen erst einmal wichtiger.«

»Ich bezahle das«, versicherte Martin rasch. »Wenn es am Geld hängen sollte.«

»Nein, keinesfalls!« Fiona Sahler schüttelte den Kopf. »Ich behandle den Hund so oder so. Es ist nur nicht so einfach, wenn kein Einverständnis der Besitzer vorliegt. Bei derart schweren Verletzungen wäre auch eine Option, ihn …«

»Nein!« Lena schüttelte heftig den Kopf. »Bitte nicht!«

Fiona lächelte leicht. »Ich verstehe Sie. Wenn es mein Hund wäre, würde ich auch niemals so entscheiden, sondern alles Menschenmögliche für ihn tun, solange noch Hoffnung besteht, auch wenn sie noch so gering ist.«

»Dann tun Sie es.« Lena rieb sich über die Augen, die schon ganz gerötet waren. »Bitte«, fügte sie hinzu. »Ich kann auch dafür bezahlen. Mir ist egal, was die Besitzer sagen. Operieren Sie ihn.«

»Ja, bitte tun Sie das.« Martin nickte zustimmend. »Falls er gestohlen wurde, werden die Besitzer bestimmt froh sein, wenn sie ihn lebend zurückbekommen.«

»Garantieren kann ich leider nicht, dass alles gut geht.« Wieder lächelte Fiona Sahler, diesmal mitfühlend. »Aber ich verspreche Ihnen, dass ich mein Bestes geben werde. Ich kann Sie gerne anrufen, wenn wir fertig sind.«

»Ich warte.« Lena schluckte hörbar. »Wenn das okay ist.«

»Es könnte lange dauern«, gab die Tierärztin zu bedenken.

»Ist mir egal. Ich lasse ihn jetzt nicht allein.«

Martin nickte zustimmend. »Wir würden sowieso den ganzen Tag an nichts anderes denken und bekämen nichts mehr vernünftig auf die Reihe.«

»Also gut, dann machen Sie es sich bitte bequem.« Fiona Sahler deutete auf die Stühle im Wartebereich. »Bis später dann.« Sie wandte sich an ihre Sprechstundenhilfe. »Inge, sag alle Termine für den Nachmittag ab und schließ die Tür. Ich kann mich heute um keinen anderen Patienten kümmern. Häng ein Schild raus, dass Notfälle sich an eine andere Praxis wenden sollen, und richte bitte auch den Anrufbeantworter mit den entsprechenden Infos ein. Danach brauche ich dich im Behandlungszimmer. Sabine kümmert sich gerade um den Kleinen, aber sie ist ja noch in der Ausbildung. Bei dieser Operation benötige ich euch beide.« Damit verschwand sie wieder im Behandlungszimmer und schloss die Tür hinter sich.

»Sollen wir uns setzen?« Immer noch unsicher, wie er sich verhalten sollte, trat Martin einen Schritt auf Lena zu und erschrak, als sie heftig zu schluchzen begann. Ohne weiter darüber nachzudenken, zog er sie in seine Arme. Sie ließ es geschehen, ohne sich zu bewegen, presste ihr Gesicht gegen seine Schulter und weinte.

»Wie können Menschen nur so gemein sein?« Ihre Stimme wurde von seinem Mantel gedämpft und war kaum zu verstehen. »Der arme kleine Hund! Das ist so grausam und … unnötig. Warum tut man so was?«

»Ich weiß es nicht.« Unbeholfen tätschelte er ihren Rücken. Sie in den Armen zu halten, fühlte sich falsch an, denn immerhin waren sie nur frischgebackene Kollegen. Doch gleichzeitig rührte die Nähe zu ihr eine Saite in ihm, die schon ziemlich lange verstummt gewesen war. Gefährlich. Aber auch angenehm. Dabei machte er sich mindestens so viele Sorgen um den Hund wie sie und kämpfte selbst seit geraumer Zeit mit den Tränen. »Manche Menschen sind leider so«, murmelte er. »Sie verdienen die Bezeichnung Mensch eigentlich gar nicht.«

»Ich hoffe so, dass er es schafft.« Lena hob den Kopf und sah mit verquollenen Augen zu ihm auf.

Für einen Moment verhakten sich ihre Blicke ineinander. In Martins Eingeweiden bildete sich ein Knoten. Verflixt, solche Komplikationen konnte er gerade gar nicht gebrauchen! »Das hoffe ich auch sehr«, antwortete er etwas hölzern und konnte trotz aller Anstrengung nicht verhindern, dass sein Blick für den Bruchteil einer Sekunde zu ihren Lippen hinabwanderte. War er irrsinnig geworden?

Als hätte sie sich an ihm verbrannt, wich sie zurück und setzte sich hastig auf einen Stuhl.

Martin bemühte sich, so zu tun, als wäre nichts geschehen, um die Situation nicht noch weiter zu verkomplizieren. Nach einem Blick auf seine Armbanduhr zog er sein Handy noch einmal aus der Hosentasche und rief Jeanine an, um ihr zu erzählen, was vorgefallen war und dass er nicht genau wusste, wann er zu Hause sein würde. Nachdem er das Gespräch beendet hatte, traf sein Blick auf den von Lena, die ihn offenbar schon eine Weile beobachtet hatte.

»Freundin?«, fragte sie mit neutraler Stimme.

»Tochter.« Er lächelte leicht, als sie überrascht aussah.

»Wie alt ist sie?«

»Vierzehn. An Heiligabend wird sie fünfzehn.«

Lenas Augen weiteten sich. »Davon stand gar nichts in deiner Bewerbung.«

»Nein.« Er grinste schief. »Das habe ich im Vertrauen erst beim Bewerbungsgespräch erwähnt. Ich halte Jeanine gerne aus der Öffentlichkeit heraus. Deshalb erfährt man auch auf meinem YouTube-Kanal nichts von ihr. Manche Dinge sollten privat sein und bleiben.«

»Laut deinen Bewerbungsunterlagen bist du zweiunddreißig.« Lena musterte ihn neugierig. »Das bedeutet ja …«

»Genau das bedeutet es«, bestätigte er. »Sie war ein Unfall. Gerissenes Kondom«, fügte er auf ihren irritierten Gesichtsausdruck hin an. »Allerdings der beste Unfall, der mir je hätte passieren können.«

»Sie lebt also bei dir.«

»Ihre Mutter ist inzwischen eine nicht ganz unbekannte Schauspielerin. Alice Henderson.«

»Aha.« Lena schniefte noch einmal. »Der Name sagt mir leider nichts.«

»Dafür hast du ihr Gesicht ziemlich sicher schon mal gesehen. Sie spielt zwar überwiegend Theater, dreht aber auch eine Menge Werbefilme.«

»Ach so.« Lena nickte vor sich hin. »Lebt … Ich meine, seid ihr denn noch zusammen?«

»Nein.« Beinahe hätte er ein *Gott bewahre* hinzugefügt, unterließ es dann aber. Seine Probleme mit der exaltierten, kapriziösen und, wie er fand, ziemlich verrückten Mutter seiner Tochter behielt er lieber für sich. »Wir haben uns schon ein Jahr nach Jeanines Geburt getrennt. Alice wollte etwas aus sich machen und die Welt sehen, also habe ich mich um Jeanine gekümmert. Meine Eltern haben mich glücklicherweise in allem sehr unterstützt, denn die meiste Zeit hatte ich keine Ahnung, was ich da tue.« Er lachte. »Zugegebenermaßen weiß ich das selbst heute nicht immer. Niemand sagt einem, was es heißt, eine Teenager-Tochter im Haus zu haben. Vielleicht bin ich aber auch nur wegen meiner eigenen Erfahrungen überempfindlich.«

Lena nickte nur und senkte den Kopf. »Verrückt«, murmelte sie.

»Was meinst du?«

Sie hob den Kopf wieder. »Ich habe dich offenbar ziemlich falsch eingeschätzt.«

»Das glaube ich eher nicht.« Er grinste, als sie erneut die Stirn runzelte. »Ich liebe immer noch das kreative Chaos und denke gerne *out of the box*. Mach dir also lieber keine Hoffnungen, dass wir uns zukünftig reibungslos verstehen werden.«

***

Maria atmete tief durch, nachdem die Kunden das Gebäude verlassen hatten. Glücklicherweise hatte sie nicht allzu ausführlich die gesamte Bandbreite an Dienstleistungen darstellen müssen, die *Securifant* anbot, sondern nur einen kurzen Überblick gegeben und einen Termin mit Arndt aufgenommen. Trotzdem war sie jetzt stolz auf sich, weil sie dabei eine ganz gute Figur gemacht hatte. Das Gespräch hatte ihr sogar Freude bereitet. Allerdings würde sie wohl am besten nicht nur die Broschüren noch einmal studieren. Um sich wirklich sicher in ihrer neuen Stellung zu fühlen, brauchte sie weit mehr Einsicht in die alltäglichen Tätigkeiten aller Beschäftigten. Vielleicht sollte sie Arndt um so etwas wie einen Crashkurs bitten. Immerhin hatte er ihr gleich am ersten Tag versichert, dass sie ihn jederzeit mit Fragen löchern durfte. Zunächst hatte sie gedacht, dass sie bestimmt auch so zurechtkommen würde. Inzwischen sah sie jedoch ein, dass sie sich von persönlichen Befindlichkeiten nicht davon abhalten lassen durfte, ihre Arbeit mit der größtmöglichen Effizienz zu erledigen. Sicher hatte Arndt sie nur eingestellt, um Melissa einen Gefallen zu tun, aber wenn sie der Firma keinen Mehrwert bot, wäre sie bestimmt über kurz oder lang arbeitslos, auch wenn die Stelle der Betriebsassistentin dann erneut vakant würde. Sie war auf das Geld, das sie hier verdiente, nicht angewiesen, weil sie neben einem Treuhandfonds auch auf das nicht geringe Erbe ihres verstorbenen Mannes zurückgreifen konnte. Doch es fühlte sich überaus gut an, eigenes Geld mit einer sinnvollen Tätigkeit zu verdienen.

Sie zuckte zusammen, als das Telefon in Arndts Büro klingelte. Normalerweise schaltete er die Anrufweiterleitung ein, entweder auf sein Handy oder zu ihr an den Empfang. Anscheinend hatte er das heute nicht getan. Rasch begab sie sich in sein Büro und nahm den Hörer ab. Die Nummer im Display sagte ihr nichts, und es war auch kein Name hinterlegt. »*Securifant*, guten Tag, Sie sprechen mit Maria Seifert. Was kann ich für Sie tun?«

»Huch, habe ich etwa versehentlich Arndts Firmennummer gewählt?«, ertönte am anderen Ende eine überraschte Frauenstimme. »Na, so was, da habe ich wohl etwas an meinem Handy nicht richtig eingestellt. Entschuldigen Sie bitte, mein Name ist Linda Becker. Ich bin eine«, ein erheitertes Lachen folgte, »eine Bekannte von Arndt … also von Herrn Overbeck. Wir kennen uns aus dem Sportschützenclub. Wissen Sie, wir haben uns neulich so gut unterhalten, und da bot ich an, ihn mal anzurufen, damit wir ein, na ja, ein Date zum Kaffeetrinken ausmachen können. Aber jetzt bin ich bei Ihnen gelandet.« Wieder lachte Linda. »Ich vermute, er ist nicht da, weil dies ja seine Durchwahl ist, aber Sie den Anruf entgegengenommen haben.«

»Das ist richtig.« Maria fand Lindas Stimme sympathisch, hatte aber trotzdem ein seltsam flaues Gefühl in der Magengrube. »Er ist noch bei einem Auswärtstermin. Ich weiß leider nicht genau, wann er zurück sein wird. Soll ich ihm etwas ausrichten?«

»Ach ja, das wäre gut. Wenn er noch arbeitet, will ich ihn jetzt auch nicht auf dem Handy stören.« Linda räusperte sich. »Was lässt man denn in so einem Fall ausrichten? Ich melde mich einfach später noch mal.«

»Ich kann ihm sagen, dass er Sie zurückrufen soll«, bot Maria an, die spürte, dass diese Linda verlegen und ein bisschen aufgeregt war. Ihr selbst würde es vermutlich in so einer Situation ganz genauso gehen. Wahrscheinlich würde sie sich gar nicht trauen, einen Mann anzurufen, um ihn um ein Date zu bitten. Für diesen Mut zollte sie Linda einigen Respekt.

»Ja, würden Sie das tun?« Linda atmete geräuschvoll ein und wieder aus. »Gut. Richten Sie ihm das bitte aus. Vielen Dank, das ist sehr nett von Ihnen, Frau Seifert.« Sie hielt kurz inne. »Ich nehme an, Sie müssen solche Botschaften öfters an ihn weiterleiten?«

Maria lächelte. »Nein, Sie sind die Erste, für die ich das tue.« Dass sie neu in der Firma war und deshalb nicht wissen konnte, wie die Gepflogenheiten in dieser Hinsicht waren, verschwieg sie tunlichst. Sie wollte Linda nicht entmutigen.

»Wirklich? Ich dachte, na ja, er ist ja sehr attraktiv und nett und so … und alleinstehend, also …«

»Ich lege ihm einen Zettel hin«, versprach Maria. »Ihre Nummer hat er?«

»Ja. Ja, die Nummern haben wir neulich ausgetauscht. Vielen Dank noch mal, Frau Seifert. Auf Wiederhören.«

»Auf Wiederhören.« Maria legte auf und sah sich nach einem Notizblock um. Dabei fiel ihr Blick auf den elektronischen Bilderrahmen, der links neben den beiden Computerbildschirmen auf dem Schreibtisch stand und auf dem sich alle fünf Sekunden Fotos von Arndt mit seinen Kindern, Freunden und Freundinnen sowie anderen Familienmitgliedern abwechselten. Er hatte die Bilder aus mehreren Jahrzehnten bunt gemischt: Urlaube, Einschulung, Schulaufführungen, Weihnachten, als Lena und Lennart noch klein gewesen waren oder Teenager. Auch Fotos aus seiner Jugend waren dabei, die er hatte digitalisieren lassen. Zwischendurch erschienen auch Melissa und Andy zusammen mit Lennart. Arndt hielt die beiden also schon für einen Teil seiner Familie, das rührte sie auf merkwürdige Weise, hinterließ aber auch wieder ein flaues Gefühl in ihrer Magengrube, weil ihr bewusst wurde, dass sie da nicht hineinpasste. Sie passte nirgendwo hin. Nicht einmal so schöne Fotos besaß sie, solche fröhlichen, unbeschwerten Schnappschüsse. Die meisten Fotos von ihrer Familie, von Jens und Melissa, waren eher statisch und gestellt, weil ihr Mann stets darauf bedacht gewesen war, den bestmöglichen Eindruck zu hinterlassen. Herumgealbert, so wie Arndt auf den Fotos mit Lennart und Lena, hatten sie nie.

Vielleicht sollte sie ein paar der Selfies, die im Sommer entstanden waren, als sie zu Besuch hergekommen war, ausdrucken und einrahmen lassen. Dann wäre sie wenigstens nicht die einzige Mitarbeiterin außer Martin, die keine Fotos auf ihrem Schreibtisch stehen hatte. Lena und Lennart hatten beide ähnliche elektronische Bilderrahmen in ihren Büros, und Martin würde mit Sicherheit auch bald Fotos aufstellen. Zumindest hatte er bereits zwei leere Bilderrahmen auf seinem Schreibtisch liegen.

Für einen Moment schnürte sich Marias Kehle zu, weil die Erkenntnis, wie viel sie im Leben verpasst oder vermasselt hatte, sie überwältigte. Sie sprach nun schon seit gut zwei Jahren regelmäßig in der Therapie über ihre Vergangenheit und hatte gedacht, dass sie schon weit mehr davon verarbeitet hatte.

»Nanu, träumst du?« Arndts überraschte und eindeutig amüsierte Stimme ließ Maria heftig zusammenfahren und riss sie aus ihren Gedanken. Er stand in der Tür, eine Aktentasche in der Hand, und trat nun ein. Die Tasche landete auf dem Tisch. »Gibt es einen besonderen Grund, warum du hier herumstehst und meine Fotogalerie anstarrst, als wären Bilder von Aliens darunter?« Er lachte. »Oder hast du tatsächlich gerade die erwischt, auf denen sich Lennart und Lena mal zu Karneval als Aliens verkleidet hatten? Das würde allerdings einiges erklären.«

»Ich, äh, nein.« Maria räusperte sich. Ihre Wangen fühlten sich mit einem Mal ganz warm an. »Ich war nur … Dein Telefon hat geklingelt. Eine Linda Becker aus dem Sportschützenverein hat versehentlich die Firmennummer gewählt anstatt deine Handynummer. Ich soll dir ausrichten, dass du sie zurückrufen sollst.«

»Linda?« Arndt hob die Augenbrauen, dann nickte er. »Okay, danke.«

»Ich wollte dir gerade eine Notiz auf den Schreibtisch legen.«

Er grinste. »Und dabei haben dich die Fotos abgelenkt.« Vage deutete er auf den elektronischen Bilderrahmen. »Ich werde davon auch manchmal von der Arbeit abgehalten. Eigentlich kontraproduktiv, aber ich kann ihn auch nicht woanders aufstellen oder ausschalten. Es geht mir einfach besser, wenn die Bilder während der Arbeitszeit sichtbar sind. Zu Hause habe ich auch einen, allerdings viel größer.«

»Ich weiß.« Maria lächelte verhalten. »Ich habe ihn letztes Jahr gesehen, als wir zur Weihnachtszeit bei dir zu Besuch waren.«

»Richtig.« Er erwiderte ihr Lächeln. »Gibt es sonst noch Neuigkeiten, von Linda mal abgesehen?«

»Ja. Das Ehepaar von Stappen war vorhin hier. Sie möchten gerne für ihre Spielwarenladenkette in Köln, Bonn und Duisburg ein neues Sicherheitssystem. Wir haben einen Termin für Anfang kommender Woche vereinbart. Er steht schon in deinem Kalender.«

»Die von Stappens?« Verblüffung zeichnete sich auf Arndts Miene ab. »Das ist ungewöhnlich. Sie haben bisher immer auf die Konkurrenz geschworen.«

»Sie haben etwas von Unstimmigkeiten angedeutet, wollten aber nicht ins Detail gehen.«

»Aha.« Arndt nickte leicht.

»Offenbar gab es Probleme bei der Abrechnung, und die Installation neuer Kameras ist wohl auch zu einem Desaster ausgeartet, weil die Monteure nicht wussten, was sie taten, und beinahe alle Daten der vorangegangenen Tage gelöscht hätten. Dabei erfolgt die Löschung erst nach vierzehn Tagen. Aus irgendwelchen versicherungsrechtlichen Gründen müssen die Aufnahmen der letzten vierzehn Tage immer abrufbar sein, verschlüsselt natürlich, wegen des Datenschutzes.«

Arndt, der gerade seine Aktentasche geöffnet hatte, um den

Laptop herauszunehmen, hielt überrascht inne. »Ich dachte, die beiden wollten keine Details herausrücken.«

»Nun ja …« Wieder verspürte Maria eine unnatürliche Wärme in ihren Wangen. »Wir plauderten nett …«

»Ihr habt geplaudert?« Seine Augenbrauen zuckten leicht.

»Ich habe ihnen einen Tee serviert.«

»Tee?«

»Earl Grey, um genau zu sein, für ihn und grünen Tee für sie.«

»Seit wann haben wir überhaupt Tee hier im Haus?«

Maria lächelte. »Seit ich unsere Küche um einige Sorten bereichert habe. Eigentlich für mich, ich liebe Tee, aber für die Kundschaft ist das neben Wasser und Kaffee auch eine gute Alternative.«

»Unsere Küche?« Arndt schmunzelte. »Du hast dich also schon gut eingelebt.«

Maria erschrak. »Ich hoffe, ich habe damit nicht meine Kompetenzen überschritten. Falls dem so sein sollte …«

»Quatsch!« Arndt schüttelte den Kopf. »Das ist schon in Ordnung. Insbesondere, wenn du damit solche interessanten und aufschlussreichen Informationen aus unserer potenziellen neuen Kundschaft herauskitzelst. War die Firma, um die es geht, zufällig *Fellner Security*?«

Maria nickte. »Zufällig ja. Woher weißt du das?«

»Ich habe kürzlich schon einmal von ähnlichen Zuständen bei einer anderen Ladenkette gehört, die ebenfalls Fellner engagiert hatte.«

»Und was bedeutet das?«

Er zuckte mit den Achseln. »Das bleibt abzuwarten. Sonst war alles ruhig hier?«

»Ja.« Maria nickte, schüttelte aber gleich darauf den Kopf. »Das heißt, nein, nicht ganz. Martin hat vorhin angerufen und darum gebeten, dass ich seine und Lenas Termine für heute verlege.«

»Warum denn das?« Arndt legte den Laptop neben der Computertastatur ab. »Sind sie bei Frau Schweighofer aufgehalten worden?«

»Nein, anscheinend haben sie einen verletzten Hund an der Landstraße gefunden und zum Tierarzt gebracht.«

Arndts Kopf hob sich ruckartig. »Einen verletzten Hund? Wurde er angefahren?«

»Das weiß ich nicht. Martin hatte schon wieder aufgelegt, bevor ich nachfragen konnte. Er meinte nur, dass Lena und er ganz durch den Wind wären.«

»Ach du liebe Zeit!« Arndt zog sein Handy aus der Hosentasche. »Hoffentlich ist ihnen der Hund nicht vors Auto gelaufen. Lena hat mal einen Vogel überfahren, der ihr unglücklich vors Auto geflogen ist. Danach war sie zwei Tage lang nicht ansprechbar. Ich will mir gar nicht vorstellen, wie sie reagiert, wenn ihr ein Hund ins Auto läuft. Mist, nur die Mailbox.« Er schob das Handy zurück in die Hosentasche. »Hoffentlich geht es ihr gut.«

7. Kapitel

Immer wieder fielen Lena die Augen zu. Das Warten war ermüdend. Sie saßen nun schon mehr als zwei Stunden im stillen Wartezimmer. Draußen war es mittlerweile dunkel geworden, und ein heftiger Wind trieb Graupel gegen die Fenster und die gläserne Eingangstür. Normalerweise empfand sie dieses leise Knistern und Prasseln als heimeliges Hintergrundgeräusch, wenn sie zu Hause auf der Couch oder im Bett lag oder ein schönes heißes Bad nahm. Heute aber verfehlte es seine beruhigende Wirkung, denn obwohl sie gerade so etwas wie einen toten Punkt hatte, war sie nervös und schrak bei jedem kleinsten Geräusch zusammen.

Martin, der rechts neben ihr saß, hatte die Beine lang ausgestreckt und den Kopf gegen die Wand gelehnt. Seine Augen waren geschlossen, doch an seinem unsteten Atem und dem gelegentlichen Ballen und Strecken seiner Hände konnte sie erkennen, dass er nicht schlief.

Sie hatten das Reden schon vor über einer Stunde eingestellt. Was sollten sie auch sagen? Also schwiegen sie einträchtig, was aber seltsamerweise gar nicht unangenehm war. Die Stille zwischen ihnen fühlte sich eher kameradschaftlich an, so als wären sie schon seit Ewigkeiten befreundet und verstünden sich auch ohne Worte. Was natürlich Quatsch war. Sie kannten sich gerade mal vier Tage und waren sich die meiste Zeit davon uneins gewesen.

Als sich die Tür des Behandlungszimmers öffnete, fuhren sie beide gleichzeitig und so schnell aus ihren Stühlen hoch, dass sie zusammenstießen. Reflexartig fasste Martin sie bei der Schulter, um sie am Straucheln zu hindern.

Lena krallte sich ihrerseits in Martins Arm, weniger, um sich abzustützen, als vielmehr, weil sie den inneren Halt brauchte. »Wie geht es ihm?« Ängstlich versuchte sie, in Fiona Sahlers neutraler Miene zu lesen.

Die Tierärztin trat näher an sie heran. »Er hat die OP überstanden, aber er ist sehr schwach. Eine Bluttransfusion braucht er momentan nicht, das ist die gute Nachricht, aber ich muss ihn über Nacht unter Beobachtung halten. Ich habe meinem Mann schon Bescheid gegeben, dass ich die Nacht hier verbringen werde. Die nächsten Stunden werden kritisch, aber es besteht durchaus Grund zur Hoffnung. Die inneren Verletzungen waren nicht ganz so gravierend, wie ich befürchtet hatte. Dennoch ist der kleine Kerl natürlich arg mitgenommen. Sein Körper muss jetzt alle Kraft aufbringen, die in ihm steckt. Wenn er die Nacht überlebt, stehen die Chancen recht gut, dass er wieder ganz gesund wird.«

»O Gott.« Lenas Kehle schnürte sich wieder einmal sehr schmerzhaft zusammen. »Können wir irgendwas für ihn tun?«

»Außer hoffen und beten nichts, fürchte ich.« Fiona Sahler legte ihr mitfühlend eine Hand auf den Arm. »Fahren Sie nach Hause. Ich kann Sie gerne morgen früh anrufen und informieren, wie es dem Kleinen geht.«

Lena schluckte hart, wollte schon nicken, schüttelte dann aber den Kopf. »Ich kann ihn nicht einfach allein hier zurücklassen. Bestimmt hat er schreckliche Angst.«

»Im Augenblick ist er noch narkotisiert«, widersprach die Tierärztin mit sanfter Stimme. »Es wird noch ein kleines Weilchen dauern, bis er aufwacht, und dann bin ich ja da.«

»Trotzdem.« Lena warf einen Blick auf ihre Armbanduhr.

»Wäre es vielleicht möglich, dass ich bei ihm bleibe? Er muss sich doch ganz einsam und verlassen fühlen ohne sein Herrchen oder Frauchen.«

Fiona Sahler zögerte, dann nickte sie mit einem kleinen Lächeln. »Also gut, wenn Sie unbedingt wollen, dürfen Sie hierbleiben. Im Überwachungsraum steht ein Klappbett, aber ich warne Sie, es ist grässlich unbequem. Ich wollte es immer schon gegen ein neues austauschen, aber wie das so ist … Ich werde den Hund mit Kamera und Babyfon von der kleinen Wohnung oben aus überwachen und jede Stunde seine Vitalwerte prüfen. Das wird also eine unruhige Nacht für Sie, Frau Overbeck.«

»Das ist mir egal. Ich möchte wirklich bei ihm bleiben.«

»Also gut.« Die Tierärztin nickte und wandte sich gleich darauf an Martin. »Was ist mit Ihnen? Möchten Sie auch bleiben? Dann wird es hinsichtlich Schlafgelegenheiten etwas eng.«

»Das würde ich zwar gerne, aber ich fürchte, ich muss nach Hause zu meiner Tochter.« Martins Miene drückte Bedauern aus. Es war ihm anzumerken, dass er sich genauso viele Sorgen um den Hund machte wie Lena. »Können wir ihn schon sehen? Ich könnte noch warten, bis er aus der Narkose aufgewacht ist.« Diesmal blickte er auf seine Armbanduhr. »Danach fahre ich nach Hause, könnte aber später eine Kleinigkeit zu essen herbringen.« Fragend blickte er Lena an. »Du hast doch bestimmt Hunger, oder? Ich koche eh noch etwas, da kann ich dir was abzwacken. – Ihnen ebenfalls, Frau Dr. Sahler, wenn Sie möchten.«

»Das ist nicht nötig. Ich habe immer eine kleine Notration oben in der Küche. Aber wenn Sie Frau Overbeck etwas bringen möchten, steht dem nichts im Wege. Rufen Sie nur kurz auf meinem Handy an, damit ich Ihnen aufschließen kann.«

Sie ging hinüber zum Empfang und kam gleich darauf mit einer Visitenkarte zurück. »Unsere Klingel schalte ich nachts aus, besonders wenn ich Tiere hier habe, damit sie nicht unnötig aufgeschreckt werden.«

»Okay, das können wir so machen.« Forschend sah Martin Lena an. »Einverstanden? Und schreib mir bitte regelmäßig Updates, wie es dem Kleinen geht.«

Lena nickte nur. Sie fühlte sich ganz benommen und so, als stünde sie neben sich. »Können wir jetzt zu ihm rein?«

»Ja, kommen Sie. Inge ist momentan bei ihm, während Sabine den OP-Raum reinigt.«

Fiona Sahler ging ihnen voraus in ein quadratisches Zimmer, in dem es drei nebeneinanderliegende Abteile gab. Hier konnten Tiere stunden- oder tageweise überwacht und gepflegt werden. Zwei davon waren verschlossen, im dritten lag der kleine Havaneser auf einem Tisch, der von einem erhöhten Rand umgeben war, wohl damit er nicht herunterrollen konnte. Er war auf eine weiche hellblaue Decke gebettet und an eine Infusion angeschlossen. Seine Augen waren geschlossen, seine Verletzungen und die Operationswunde dick verbunden. Bei dem erbarmungswürdigen Anblick stiegen Lena sofort wieder die Tränen in die Augen.

»Keine Veränderung«, berichtete Inge, die neben dem Abteil stand und das Hündchen sachte streichelte. »Er ist so ein Hübscher. Hoffentlich schafft er es.« Sie lächelte Lena mitfühlend zu. »Möchten Sie ihn streicheln? Sie müssen nur aufpassen, dass Sie nicht an die Schläuche kommen.«

»Okay.« Etwas zittrig streckte Lena die rechte Hand aus und berührte mit den Fingerspitzen ganz vorsichtig die Schulter des Hundes. Sein lockiges sandfarbenes Fell war ganz weich. Die Tierärztin hatte ihn offenbar gesäubert, denn jetzt war zu erkennen, dass er eine weiße Stelle an der Brust hatte. Auch am Kinn und zwischen den Augen hatte er einen weißen Fleck. Er war wirklich ein ganz entzückender Vertreter seiner Rasse. Wie konnten Menschen nur so grausam sein und ihm so etwas antun?

Heiß rannen ihr die Tränen über die Wangen, während sie ihn an der Schulter streichelte. Als sie Martins Hand spürte, die sanft ihre Schulter drückte, musste sie ein Schluchzen unterdrücken. Auch er strich vorsichtig mit dem Zeigefinger über die Schulter des Hundes.

»Hallo, Buddy, da bist du ja wieder«, sagte er wieder mit dieser unsagbar sanften Stimme, als der Hund schwerfällig die Augen aufschlug. »Keine Angst, du bist in Sicherheit, und bald geht es dir wieder gut.«

Oh, oh, Hilfe! Wo bin ich? Warum kann ich mich denn nicht bewegen? Ich fühle mich ganz schwer, so als wäre ich aus Stein. Und irgendwas tut weh, auch wenn ich irgendwie kaum etwas spüre. Was ist das hier? Und wer seid ihr denn alle? Was ist passiert? Wie bin ich hierhergekommen und warum? Ich will hier nicht sein! Ich will zu meinem Frauchen nach Hause. Aber sie ist nicht mehr da, weil sie gestorben ist. Neulich morgens ist sie im Bad einfach umgefallen und war tot. Ich habe das sofort verstanden, weil Hunde wissen, was der Tod ist. Und dann haben irgendwelche Leute sie weggebracht, und so ein junger Mann war fürchterlich wütend und hat rumgebrüllt und nach mir getreten und gesagt, ich wäre unnützer Ballast und er würde mich sofort entsorgen, weil er für einen blöden Köter kein Geld ausgibt. Dann sind wir mit einem anderen Mann zusammen Auto gefahren. Der andere war genauso böse und hat mich dauernd am Fell und am Halsband gezerrt. Und dann … Komisch, ich weiß gar nicht, was dann passiert ist. Wie bin ich denn vom Auto hierhergekommen, und warum kann ich mich gar nicht bewegen? Was ist das da an meiner Pfote? Und warum habe ich so was dickes Weißes am Bauch? Ich will das alles nicht. Das ist alles so schrecklich. Aber das Streicheln von den beiden Menschen da fühlt sich ganz gut an. Irgendwie tröstlich. Die beiden riechen auch irgendwie bekannt. Bin ich euch schon mal begegnet? Ich kann mich nicht erinnern.

Fiona Sahler überprüfte routiniert alle Vitalfunktionen des Hundes. »Okay, das sieht erst mal so weit gut aus. Hoffen wir, dass es so bleibt. Der Kleine wird gleich wieder einschlafen. Ich habe ihm etwas gegen die Schmerzen gegeben.« Sie drehte sich zu Lena und Martin um. »Buddy ist übrigens ein süßer Name für ihn. Solange wir nicht wissen, wie er heißt, können wir ihn gerne so nennen. Ich werde gleich noch versuchen, die Chipdaten auslesen zu lassen, um seine Besitzer ausfindig zu machen.« Kurz deutete sie auf die schmale Pritsche in der Zimmerecke. »Dort dürfen Sie es sich bequem machen, Frau Overbeck. Ich lasse nur in Ausnahmefällen die Besitzer nach einer OP über Nacht zu ihren Tieren. In diesem Fall hoffe ich, dass Ihre Anwesenheit dem Kleinen hilft, seine Kräfte zu sammeln. Nach einem derartigen Trauma tut es ihm bestimmt gut, einen mitfühlenden Menschen an seiner Seite zu spüren!«

»Wir danken Ihnen sehr für Ihr Verständnis.« Martin drückte noch einmal Lenas Schulter. »Ich bin in ungefähr zwei Stunden mit etwas zu essen wieder hier.«

»Das ist doch nicht nötig.« Lena konnte aus verschiedenen Gründen ihren Blick nicht von dem kleinen Hund lösen.

»Doch, ist es.« Martin klang entschlossen.

»Ich habe sowieso keinen Hunger.«

»Du musst aber etwas essen«, beharrte er. »Es hilft Buddy nicht, wenn du irgendwann vor Schwäche zusammenklappst.«

»Ich klappe schon nicht zusammen.«

»Ja, genau, weil ich dich mit Nahrung versorgen werde.«

Nun wandte sie sich ihm doch zu. »Bist du eigentlich immer so eine Nervensäge?«

Er grinste. »Vergaß ich, das zu erwähnen? Ja, ich bin eine fürchterliche Nervensäge. Bis später also. Noch mal vielen Dank an Sie, Frau Dr. Sahler. Ich finde allein hinaus. Lena, die Autoschlüssel bitte.«

Mechanisch reichte sie ihm das Gewünschte, und nur Augenblicke später war er verschwunden.

***

Martin war in Gedanken immer noch bei dem kleinen Buddy und bei Lena, deren Tränen und Verzweiflung angesichts des grausamen Schicksals des Hundes ihm mächtig auf den Magen geschlagen waren. Wahrscheinlich war diese Reaktion ganz normal; sein angeborener Beschützerinstinkt trat einfach zutage.

Dabei wirkte Lena, so zierlich sie auch war, auf ihn nicht wie eine Frau, die beschützt werden musste – oder wollte. Doch sie hatte geweint, nicht nur einmal, und bei den Tränen einer Frau war er einfach machtlos gegen seine Instinkte. Ihr etwas zu essen zu bringen, war das Allermindeste, was er tun konnte, also würde er es tun. Theoretisch könnte er wohl auch später Lena noch Gesellschaft leisten. Jeanine war aus dem Alter, in dem sie einen Babysitter gebraucht hatte, längst heraus. Sie war für ihr Alter ein sehr vernünftiges Mädchen und durchaus in der Lage, mal eine halbe oder ganze Nacht allein zu Hause zu verbringen. Allerdings stand ihnen mit Alices bevorstehendem Besuch und ihren durchaus beängstigenden Plänen hinsichtlich ihrer zukünftigen Wohnsituation so etwas wie ein verheerendes Erdbeben ins Haus, und darüber würde er mit seiner Tochter noch ausführlich sprechen müssen. Da Alice ihre Ankunft schon für das Wochenende angekündigt hatte, blieb ihnen nicht mehr allzu viel Zeit, um sich vorzubereiten.

Als er das großzügige Einfamilienhaus erreichte, das er für sich und Jeanine gekauft hatte, runzelte er ungehalten die Stirn. Irgendjemand hatte seinen weißen Mercedes quer vor seiner Zufahrt geparkt, so als gäbe es weit und breit keine Parkmöglichkeiten. Dabei war dieses Viertel, das ganz am Stadtrand lag, sehr weitläufig; zwischen den Häusern war viel Platz und überall gab es große Gärten und Vorgärten. Nur ein paar Häuser weiter wohnte die international bekannte Modedesignerin Elena Gante mit ihrer Familie, und nur einen Steinwurf entfernt stand die Villa des Chefs eines der größten Medienkonzerne, der B-Media Gruppe, der zufällig der Bruder jener Designerin war. Außerdem hatte Martin aufgeschnappt, dass der ehemalige Fußball-Profi Tom Winkmann mit seiner Familie ebenfalls hier irgendwo in der Nähe wohnte. Eine durchaus exklusive Gegend also, die Martin sich nur von seinem Gehalt bei *Securifant* niemals hätte leisten können. Doch sein zusätzliches Einkommen als sogenannter IT-Influencer hatte ihm ein hübsches Polster auf seinem Bankkonto verschafft. Er wollte Jeanine eine unbeschwerte und sorgenfreie Kindheit und Jugend bieten, und das war hier am Rand dieser hübschen kleinen Stadt im Rheinland geradezu perfekt möglich. Vielleicht hätte er sogar schon viel früher hierherziehen sollen.

Allerdings gehörten dreiste Falschparker so gar nicht in das idyllische Bild seiner Nachbarschaft. Hielt man nicht eigentlich schon aus gesundem Menschenverstand die Zufahrt zu einem Haus und Grundstück frei, insbesondere, wenn es links und rechts von besagter Zufahrt jede Menge freie Parkmöglichkeiten gab? Nun konnte er seine schöne, trockene und warme Doppelgarage nicht erreichen, sondern musste seinen Wagen neben der Zufahrt abstellen und durch den eisigen Mix aus Graupel und Regen, der inzwischen vom Himmel fiel, zu seiner Haustür sprinten.

Vielleicht weil er in Gedanken immer noch mehr bei Lena und Buddy war, ging ihm erst auf, was der weiße Mercedes zu bedeuten hatte, als er die Tür beinahe erreicht hatte und sie aufflog. Jeanine stürzte mit sichtlich verzweifelter Miene auf ihn zu. »Da bist du ja endlich! Das hat aber echt lange gedauert. Papa, bitte tu etwas! Sie ist hier, und sie will uns ins Chaos stürzen.«

Wenn seine Tochter sich so geschwollen ausdrückte, war höchste Alarmstufe angesagt. Martin fasste sie bei der Hand. »Immer mit der Ruhe. Was soll das heißen, sie ist schon hier? Sie wollte erst am Wochenende herkommen.«

»Das hat sie behauptet, aber sie hat gelogen.« Jeanine verdrehte die Augen. »Sie hat es eine Überraschung genannt, aber in Wahrheit ist es bloß ein Überfall, damit wir keine Zeit haben, uns etwas auszudenken, warum sie nicht bei uns wohnen kann.« Sie stöhnte. »Papa, sie will mein Zimmer umdekorieren! In Rot und Flieder, weil das gerade voll im Trend liegt. Ich will mein Zimmer nicht ändern. Es ist toll, so wie es ist. Aber sie sagt, Grün macht müde und langweilig. Und dann hat sie ihre Sachen in dein Schlafzimmer gebracht. Sie schläft doch nicht bei dir, oder?« Ängstlich blickte Jeanine zu ihm auf. »Oder *mit* dir? Ich meine, ihr seid meine Eltern und so und ich wollte immer schon Geschwister, aber nicht … also … ich meine …«

»Sie schläft weder mit noch bei mir«, unterbrach er seine Tochter sowohl entsetzt als auch entschlossen. Zwar musste er sich eingestehen, dass er über die Jahre hin und wieder reichlich wilden Sex mit Alice gehabt hatte, aber das war inzwischen längst Vergangenheit, hatte er gedacht. Anscheinend war Alice da anderer Meinung. »Sie kann für ein paar Tage im Gästezimmer übernachten, bis wir …« Bis wir sie wieder losgeworden sind, dachte er, wollte es aber doch nicht ganz so hart ausdrücken. »Bis wir eine andere Lösung gefunden haben«, beendete er den Satz schließlich diplomatisch. »Und selbstverständlich musst du dein Zimmer nicht verändern. Immerhin hat es ewig gedauert, bis sie im Baumarkt den richtigen Grünton für die eine Wand gemischt hatten. Da wird jetzt weder Rot noch Flieder oder sonst was drübergepinselt.«

»Sie hat aber schon tausend Seiten im Internet abgespeichert mit Möbeln und Tapeten und allem.« Jeanine zog ihn an der Hand ins Haus und senkte dabei die Stimme zu einem Flüstern. »Sie ist jetzt oben im Bad, ich glaube, sie wollte baden oder duschen oder so.«

»Okay.« Nun war es an Martin, die Augen zu verdrehen. Es sah Alice ähnlich, sofort jeden privaten Raum zu okkupieren und sich ganz wie zu Hause zu fühlen. »Ich kümmere mich darum.«

»Ja, bitte, Papa. Ich bleibe so lange in der Küche und halte mir die Ohren zu.« Jeanine grinste schief und verzog sich tatsächlich umgehend in die Küche. Nicht einmal nach dem Hund hatte sie gefragt, was zeigte, wie sehr das plötzliche Auftauchen ihrer Mutter sie vereinnahmte.

Martin steuerte die Treppe ins Obergeschoss an und erklomm sie, immer zwei Stufen gleichzeitig nehmend. Er war gerade oben angekommen, als sich die Tür zum Badezimmer öffnete und Alice auf den Gang trat. Sie trug nichts als sein hellgraues Lieblingsbadetuch. Ihr hellbraunes Haar war noch feucht und ringelte sich bis weit über die Schultern, ihre Wangen hatten einen rosigen Hauch, der von den saunaähnlichen Temperaturen herrührte, die hinter ihr aus dem Badezimmer wehten. Eine Wolke von Rosen- und Zitronenduft umgab sie. Als sie ihn erblickte, leuchteten ihre graublauen Augen auf und sie stieß einen Freudenschrei aus.

»Martin, da bist du ja endlich. Ich dachte, du würdest viel früher nach Hause kommen.« Überschwänglich fiel sie ihm um den Hals. »Wie wunderbar, dich wiederzusehen. Dich und Jeanine. Meine Güte, wie lange ist das jetzt schon wieder her? Vier Monate? Fünf?«

»Fünfeinhalb.« Der Ordnung halber erwiderte er ihre Umarmung. Es war ja nicht so, dass er Alice nicht leiden konnte. Jeder Mensch verfiel ihr früher oder später – in der Regel früher. »Fast ein halbes Jahr«, raunte sie in sein Ohr und ließ einen Kuss auf seine Ohrmuschel folgen. »Viel zu lange. Ich habe euch so vermisst! Aber jetzt bin ich ja hier und wir können ganz viel Quality-Time miteinander verbringen.« Ihr Körper drängte sich aufreizend an ihn, ihre Finger glitten in sein Haar.

»Alice …« Vergeblich versuchte er, etwas Luft zwischen sich und sie zu bringen. »Wir hatten dich erst am Wochenende erwartet.«

»Ich weiß.« Sie hauchte weitere Küsse auf sein Ohr und seine Wange. »Überraschung!«

Das war es in der Tat, und noch dazu schien sie fest entschlossen zu sein, die proklamierte Quality-Time tatsächlich auch auf ein gemeinsames Schlafzimmer auszudehnen. Durch ihre stürmische Begrüßung löste sich das Handtuch und rutschte zu Boden, doch anstatt es wieder aufzuheben und ihren nackten Körper mit den durchaus verführerischen vollen Brüsten und dem runden, knackigen Po erneut zu bedecken, lachte sie nur und ließ ihre Hände provozierend zu seinem Hinterteil wandern. »Ich habe mich schon ein bisschen häuslich eingerichtet.« Vage deutete sie mit dem Kinn in Richtung des Schlafzimmers. »Das ist wirklich ein ganz bezauberndes Zuhause, das du uns hier geschaffen hast. Ein bisschen langweilig, was die Einrichtung angeht, aber das lässt sich ja ganz leicht aufpeppen. Du warst ja schon immer der Phantasielosere und Konservativere von uns beiden. Ich habe schon ganz viele tolle Ideen, auch für Jeanines Zimmer.«

»Alice«, unterbrach er sie und schob sie nun doch entschieden ein Stückchen von sich. Den Blick richtete er tunlichst auf ihr Gesicht, denn immer, wenn er in der Vergangenheit den Fehler gemacht hatte, ihre eindeutigen Verführungsversuche wahrzunehmen, hatte sie ihren Willen bekommen – und er zugegebenermaßen eine heiße Nummer. Doch damit musste nun wirklich endlich Schluss sein.

Sie mochten einander, sicherlich war da auch mal so etwas wie Liebe gewesen, aber das war ewig her. Es gab keine Zukunft für sie als Paar, dazu waren sie zu verschieden in ihrer Lebensphilosophie, und außerdem war Alice ihm viel zu anstrengend.

»Was ist denn?« In gekonnt gespielter Unschuld klimperte sie mit den Wimpern und hob nun doch das Handtuch auf, jedoch nur, um es umständlich zusammenzufalten. »Du siehst ein bisschen erschöpft und angeschlagen aus. Verlangt dir der neue Job zu viel ab? Soll ich dir ein bisschen die Schultern massieren?«

»Nein.«

»Ich habe uns Pizza bestellt, bei jemandem namens Luigi. Jeanine hat gesagt, da gäbe es die beste Pizza weit und breit.«

»Pizza?« Irritiert runzelte er die Stirn und versuchte, diese Information mit seinen ursprünglichen Plänen für das

Abendessen in Einklang zu bringen. »Ich wollte uns eigentlich etwas kochen.«

»Doch nicht heute!« Alice lachte und blieb dabei weiterhin vollkommen ungeniert splitternackt vor ihm stehen. »Heute Abend feiern wir meine Ankunft, da brauchst du doch nicht stundenlang in der Küche zu stehen. Wir schauen uns alle zusammen einen schönen Film auf Netflix an und danach …« Sie blickte erneut in Richtung Schlafzimmer.

»Ich muss nachher noch mal weg.« Sicherheitshalber trat er einen Schritt zurück. »Es gab vorhin einen … Vorfall, und ich habe Lena versprochen, ihr etwas Essbares in die Tierarztpraxis zu bringen.«

»Lena?« Alices Augenbrauen hoben sich, allerdings nur in reiner Neugier. Eifersüchtig war sie noch nie gewesen. Das entsprach wohl nicht ihrem unkonventionellen Lebensstil. »Bist du jetzt mit einer Tierärztin liiert?«

»Nein, Lena ist eine Kollegin. Die Tochter meines neuen Chefs.«

»Ach. Und was macht sie beim Tierarzt? Brauchen sie dort eine neue Sicherheitsanlage?«

»Wir haben vorhin einen verletzten Hund an der Landstraße gefunden und zur Tierärztin gebracht.« Die Details verschwieg er erst einmal, denn schon diese wenigen Informationen reichten aus, um einen Ausdruck des Entsetzens auf Alices Miene hervorzurufen. »O nein, wie schrecklich! Ist der Hund schwer verletzt? Der Arme. Wie gut, dass ihr ihn gefunden habt. Und jetzt wacht deine Kollegin bei ihm? Das ist aber furchtbar lieb von ihr. Hat er kein Herrchen oder Frauchen? Wie traurig.«

»Wir wissen noch nicht, wem er gehört. Frau Dr. Sahler wird es aber sicher bald herausfinden, er ist nämlich gechippt.«

»Ach, wie gut. Die Besitzer machen sich bestimmt schon große Sorgen.« Nun schien Alice endlich aufzufallen, dass ihr Aufzug der Situation nicht ganz angepasst war, denn sie entfaltete das Badetuch wieder und wickelte es geschickt um ihren Körper. »Du kannst ihr doch eine der beiden Pizzen bringen. Es sind extragroße, da reicht für uns hier auch eine. Jeanine und ich teilen sie uns und gucken einfach zu zweit den Film.«

Da das wahrscheinlich tatsächlich die beste Lösung war, nickte Martin zustimmend, musste aber dennoch etwas klarstellen. »Alice?«

»Ja, Schatz?« Sie zeigte wieder dieses Unschuldslächeln, das Steine erweichen konnte. Er ließ sich davon jedoch nicht beeindrucken.

»Du schläfst im Gästezimmer.« Er deutete in die entsprechende Richtung. »Das letzte Zimmer links.«

»Im Gästezimmer?« Alice lachte auf. »Warum das denn? Wir beide sind doch ...«

»Wir sind kein Paar, Alice.«

»Nein, offensichtlich nicht.« Sie war nicht die Spur angefressen oder beleidigt. »Aber wir könnten doch wieder eins sein. Oder hast du Angst, dass wir Jeanine verwirren? Sie ist fast fünfzehn und wird es verstehen.«

»Alice ...« Er atmete einmal tief durch. »Wir werden kein Paar mehr. Das haben wir in der Vergangenheit oft genug versucht. Es funktioniert nicht, und das weißt du ganz genau.«

Nun machte sie doch so etwas wie einen Schmollmund. »Martin!«

Er schüttelte den Kopf. »Du weißt ganz genau, dass ich recht habe. Wenn du eine Weile hierbleiben möchtest, dann im Gästezimmer.« Er sah ihr direkt in die Augen. »Und es wird keine Dauereinrichtung daraus.«

»Du kannst ein richtiger Spielverderber sein.« Sie klang nicht böse, doch er wusste, dass sich das ganz schnell ändern konnte.

»Ich bin nur realistisch.«

»Hast du eine Freundin?«

»Nein.«

»Wirklich nicht?« Verblüfft starrte sie ihn an. »Ich dachte, deshalb wärst du jetzt so zugeknöpft.«

»Ich will nur keine Komplikationen, die uns beiden bald auf die Nerven gehen würden.«

»Also gut, vermutlich hast du recht.« Sie zuckte mit den Achseln. »Aber wirklich? Das Gästezimmer? Wir könnten, auch ohne ein Paar zu sein, so viel Spaß zusammen haben.«

»Dort hast du dein eigenes Reich und außerdem viel mehr Platz im Kleiderschrank.«

»Also gut, wenn du meinst.« Sie hob den Kopf, als es an der Tür klingelte. »Das dürfte der Pizzabote sein. Gehst du mal aufmachen? Ich muss mich noch anziehen.« Damit verschwand sie in seinem Schlafzimmer.

Innerlich seufzend ging er nach unten. Jeanine hatte der Pizzabotin bereits geöffnet und trug die beiden großen Kartons zur Küche. »Du musst noch bezahlen, Papa.«

8. Kapitel

Für einen Moment war Lena irritiert, als sie erwachte. Wo befand sie sich? Die schmale Pritsche, auf der sie lag, knarrte leise, sonst war alles still. Zu still. Innerhalb eines Wimpernschlags war sie hellwach und setzte sich auf. Im funzeligen Licht einer kleinen gedimmten LED-Lampe sah sie sich um, und die Erinnerungen an den vergangenen Tag stürmten auf sie ein.

»Buddy!« Mit einem Sprung war sie auf den Beinen und warf dabei die leichte braun-weiß karierte Wolldecke zu Boden. Wer hatte sie denn zugedeckt? Sie beachtete die Decke gar nicht, sondern stürzte zu dem Abteil, in dem der kleine Havaneser lag, angeschlossen an zwei verschiedene Schläuche und scheußlich dick verbunden. Ängstlich starrte sie den Hundekörper an, bis sie ein ganz leichtes Heben und Senken seines Brustkorbs wahrnahm. Vor Erleichterung kamen ihr die Tränen. »Du lebst ja noch!« Erst jetzt spürte sie, wie heftig ihr Herz pochte. »Du bist ein kleiner Kämpfer, ja?«

Wer spricht denn da? Das ist aber eine nette Stimme. Ich würde dich ja gerne ansehen, aber alles an mir fühlt sich ganz schwer an, wie ein Stein, und ganz komisch, irgendwie verwaschen. Es fällt mir schwer zu denken. Mal versuchen, ob ich meine Augen aufmachen kann … Nein, geht leider nicht. Bist du noch da? Sag doch noch mal etwas!

Lena sah, wie die Augenlider des Hundes zuckten, dann winselte er leise. Ihr Herz verkrampfte sich, noch mehr Tränen rannen ihr heiß aus den Augen und über die Wangen.

So vorsichtig, wie sie nur konnte, streichelte sie über seine Schulter. »Hey, Buddy, bitte nicht weinen. Ich bin ja da. Und die Tierärztin hat gesagt, deine Chancen stehen gut, dass du wieder gesund wirst, wenn du die Nacht überlebst. Jetzt ist die Nacht um, weißt du?« Sie warf einen Blick auf ihre Armbanduhr. »Es ist schon sechs Uhr morgens. Also musst du jetzt weiterhin ganz stark sein und kämpfen, ja? Dann kannst du bestimmt bald wieder herumtoben.«

Ah, du redest wieder mit mir, wie schön! Was ist denn mit mir passiert? Warum kann ich mich nicht bewegen? Doch, meine Rute geht, damit kann ich noch wedeln. Na ja, ich versuche es zumindest, aber es ist sooo anstrengend. Alles ist anstrengend. Ich bin froh, dass du da bist und mit mir redest. Und du streichelst mich, das kann ich auch spüren. Wenn ich nur wüsste, wer du bist!

»Na, seid ihr beide aufgewacht?« Fiona Sahler hatte leise den Raum betreten und überprüfte mit geübten Griffen Schläuche und Verbände des kleinen Patienten.

»Er hat gerade ein kleines bisschen mit der Rute gewedelt!« Lena wischte fahrig an ihren Augen und den tränennassen Wangen herum. »Entschuldigen Sie bitte, ich bin im Moment furchtbar nah am Wasser gebaut. Ich heule sonst nicht so viel. Na ja, außer bei rührseligen Filmen oder Büchern oder so …«

Die Tierärztin lächelte gutmütig. »Kein Grund für eine Entschuldigung. Mir geht es ähnlich. Ich bin richtig glücklich, dass unser kleiner Buddy hier es durch die kritische erste Nacht geschafft hat. Vielleicht hat er ja gespürt, dass Sie die ganze Zeit an seiner Seite waren.«

Ja, jetzt, wo du es sagst. Mir war so, als wäre jemand in meiner Nähe gewesen. War das die Frau mit der lieben Stimme?

»Wie geht es denn jetzt weiter?« Endlich hatte Lena sich

einigermaßen gefangen und bemerkte nun auch die aufgeklappte Pizzaschachtel am Boden vor der Pritsche und die beiden Flaschen Wasser und Cola, die halb voll daneben standen. »Wann ist Martin denn wieder gegangen?«

Fiona Sahler wandte sich ihr zu. »Ich weiß es nicht genau. Irgendwann nach zwei, als ich kurz hier drinnen war, war er verschwunden, und Sie haben fest geschlafen. Es war nett von ihm, Sie mit Essen zu versorgen.«

»Ich nehme die Reste selbstverständlich nachher alle mit.«

Die Tierärztin lächelte wieder. »Buddy bleibt erst einmal noch zur Beobachtung hier; voraussichtlich mindestens noch drei oder vier Tage. Dann sehen wir, wie weit er sich schon erholt hat. Bis dahin haben wir seine Besitzer bestimmt ausfindig gemacht. Ich rechne mit einer Nachricht dazu schon im Lauf des Vormittags und werde mit den Besitzern Kontakt aufnehmen. Wenn Sie möchten, halte ich Sie per Textnachricht auf dem Laufenden. Dazu müssten Sie nur rasch am Empfang Ihre Handynummer hinterlegen.«

»Das wäre wirklich nett von Ihnen.« Lena beugte sich vor und streichelte Buddy noch einmal sachte. »Hoffentlich freuen sie sich so wie ich, dass er noch lebt. Wenn Sie gesehen hätten, wie er aus dem Auto geflogen ist … Ich konnte es gar nicht glauben.«

»Hören Sie bloß auf!« Mit angewiderter Miene hob Fiona Sahler abwehrend die Hände. »Ich will es mir gar nicht vorstellen. Wer auch immer das getan hat, gehört bestraft. Ist Ihnen noch etwas zu dem Auto eingefallen? Farbe, Modell, Kennzeichen? Irgendetwas, das man bei einer Anzeige angeben könnte?«

Lena hob die Schultern. »Es war ein weißer SUV, mehr weiß ich nicht. Das Kennzeichen konnte ich auf die Entfernung nicht erkennen. Ich war auch viel zu erschrocken. Es könnte ein BMW gewesen sein, aber ganz sicher bin ich mir nicht. Ich bin furchtbar schlecht im Erkennen von Automarken. Aber am Heck war irgend so ein gelbes Abzeichen. Es war ziemlich groß, sonst wäre es mir nicht aufgefallen. Ein Aufkleber wahrscheinlich, oval oder rechteckig.«

»Das ist doch wenigstens etwas. Würden Sie das als Zeugin zu Protokoll geben?«

»Selbstverständlich.« Lena nickte mit Nachdruck. »Sie werden also Anzeige erstatten? Sonst mache ich das nämlich, auch wenn es noch so ungewiss ist, dass man diese Leute erwischt.«

»Ich werde Anzeige erstatten«, bestätigte die Tierärztin. »Die Besitzer vielleicht auch, wenn sie von der Sache erfahren.«

»Nur vielleicht?« Lena verzog die Lippen. »Wenn es mein Hund wäre, würde ich die Täter auf jeden Fall zur Rechenschaft ziehen wollen.«

Fiona Sahler nickte bedächtig. »Wir dürfen die Möglichkeit nicht außer Acht lassen, dass die Besitzer selbst dafür verantwortlich sind. Sie machen sich keine Vorstellungen davon, wie grausam und hartherzig manche Menschen sind. Ich habe da leider schon ein paar sehr unschöne Erfahrungen machen müssen. Aber vielleicht ist ja auch alles ganz anders. Wir werden es bald erfahren. Ich gebe Ihnen sofort Bescheid. Gehen Sie einstweilen nach Hause. Buddy ist hier in allerbesten Händen, versprochen.«

Etwas beklommen nickte Lena. Sie wollte sich gar nicht von dem kleinen Hund trennen, sah aber ein, dass die Tierärztin recht hatte. »Ich weiß noch gar nicht, wie ich nach Hause kommen soll. Martin hat ja das Auto genommen, und um zu Fuß zu gehen, ist es doch ein bisschen weit. Am besten rufe ich mir ein Taxi.« Sie zog das Handy aus ihrer Handtasche, die am Fußende ihres schmalen Nachtlagers lag. Als sie es entsperrte, stutzte sie. Sie hatte eine Textnachricht erhalten.

Martin: Ruf mich an, wenn ich dich abholen soll. Egal wann. Wie geht es Buddy?

Die Nachricht hatte er um halb drei in der Nacht an sie versendet. Lena zögerte einen Moment. Durfte sie ihren neuen Kollegen wirklich um kurz nach sechs schon stören? Sie zuckte zusammen, als eine neue Nachricht eintraf.

Martin: Guten Morgen. Ich habe gerade gesehen, dass du online bist. Geht es Buddy gut? Soll ich vorbeikommen?

»Ihr Freund scheint auch schon früh auf den Beinen zu sein.« Fiona Sahler lächelte ihr zu. »Er war gestern auch ganz schön durch den Wind, oder?«

»Ich glaube, ja. Aber er ist nicht mein Freund.« Lena überlegte, was sie zurückschreiben sollte. »Nur ein Kollege, und das auch erst seit ein paar Tagen. Wir kennen uns eigentlich kaum.«

»Na, solche netten und aufmerksamen Kollegen sind aber Gold wert, finden Sie nicht?«

»Ja, schon.«

Lena begann zu tippen.

Lena: Buddy hat die Nacht überstanden, ist aber noch ganz schwach. Er muss erst mal hierbleiben.

Sie tippte auf Senden, fügte dann aber noch eine weitere Nachricht hinzu.

Lena: Frau Dr. Sahler sagt, ich soll nach Hause fahren.

Die Antwort kam in Sekundenschnelle.

Martin: Bin schon unterwegs. Bis gleich.

***

»Das ist ja wirklich unerhört!« Entgeistert starrte Melissa Lena an, nachdem diese ihr am Nachmittag die Ereignisse des gestrigen und heutigen Tages zusammengefasst hatte. Sie saßen zusammen mit Lennart im Wohnzimmer des hübschen Blockhauses im Wald, das Melissa mit ihrem Sohn Andy vor gut einem Jahr von der Hotelierfamilie Sternbach gemietet hatte und in dem auch Lennart seit einigen Monaten wohnte. Andy und die ebenso quirlige wie liebenswürdige Boxerdame Sissi rumorten oben in Andys Zimmer. Immer wieder war das Gelächter des Siebenjährigen zu vernehmen. »Der Besitzer des Hundes hat wirklich zugegeben, dass er ihn aus dem Auto geworfen hat?«

Lena nickte aufgebracht. »Er wollte ihn entsorgen, so hat er es genannt. Aber genau genommen war nicht er der Besitzer, sondern seine Tante, die ganz plötzlich an einem Hirnschlag verstorben ist. Sie war erst fünfundsechzig. Er ist wohl der einzige Erbe und wollte den Hund so schnell wie möglich loswerden, also ist er mit einem Kumpel losgefahren und …« Sie verstummte. Die Bilder vor ihrem inneren Auge waren einfach zu schrecklich. Schließlich fasste sie sich wieder. »Diese Typen werden jetzt wohl eine Geldstrafe zahlen müssen, meinte Fiona. Wegen Sachbeschädigung, so scheußlich das auch klingt. So lautet aber nun mal das Gesetz. Wegen Tierquälerei kommen sie natürlich auch vor Gericht, aber ob es für eine Gefängnisstrafe reicht, ist eher zweifelhaft. Wahrscheinlich wird auch da eine Geldstrafe ausgesprochen. Hoffentlich eine richtig hohe – und ein lebenslanges Verbot, Haustiere zu halten.«

»Das kann man wirklich nur hoffen. Wenn ich mir vorstelle, so etwas mitansehen zu müssen …« Melissa stand von ihrem Sessel auf und setzte sich dicht neben Lena. Liebevoll legte sie ihr einen Arm um die Schultern. »Was passiert denn jetzt mit dem Hund?«

Lena seufzte. »Er muss noch eine ganze Weile bei Frau Dr. Sahler bleiben, weil er so schwer verletzt ist. Sein richtiger Name ist übrigens Fridolin, den hat er vom Züchter bekommen. Für mich bleibt er aber Buddy. Martin hat ihn in dem Straßengraben so angesprochen, und ich finde, das passt gut zu dem Kleinen.« Sie zupfte an ihren Haaren herum. »Die Tierärztin sagt, dass das Tierheim zuständig ist, falls der Züchter ihn nicht zurücknimmt. Sie hat eine Anfrage gestellt, denn Züchter sind wohl verpflichtet, Hunde wieder zurückzunehmen, zumindest habe ich es so verstanden.«

»Dann käme er wenigstens in gute Hände«, befand Lennart, der in dem anderen Sessel saß, die langen Beine weit von sich gestreckt. Er war optisch das krasse Gegenteil zu Lena: groß, breitschultrig und muskulös, mit langem, dichtem, blondem Haar, das er zu einem Zopf gebunden trug, und einem gepflegten Sechstagebart. Er trug am liebsten Jeans und Lederjacke und wirkte insgesamt ein bisschen wie ein Rocker und durchaus einschüchternd auf Menschen, die ihn nicht kannten. Melissa war es zu Beginn so gegangen, bis sie ihn näher kennengelernt und erkannt hatte, dass unter der rau wirkenden äußeren Schale einer der sanftesten und liebenswertesten Menschen zu finden war, die man sich vorstellen konnte. Er hatte ihr und Andys Vertrauen schneller gewonnen, als es

Melissa wohl je vermutet hätte, und seitdem waren die drei eine wundervoll anzusehende und mitzuerlebende Einheit. »Im Tierheim ist es doch meist sehr überfüllt«, fuhr Lennart fort. »Und die Mitarbeiterinnen und Mitarbeiter wissen vor lauter Arbeit nicht, wo ihnen der Kopf steht. Der Züchter kann den Hund bestimmt eher wieder vermitteln.«

»Ja, wahrscheinlich.« Nun tippte sich Lena mit dem Zeigefinger gegen die Lippen.

»Du scheinst von dieser Lösung nicht allzu begeistert zu sein.« Melissa sah sie aufmerksam von der Seite an. »Das Schicksal des Hundes geht dir sehr nahe, nicht wahr?«

»Wie könnte es das wohl auch nicht?«, brauste Lena auf, ließ sich dann aber gegen die Rückenlehne der Couch sinken und legte den Kopf in den Nacken. »Ich überlege, ob ich Buddy nicht adoptieren soll. Ist das verrückt? Ich meine, ich hatte eigentlich nie vor, mir einen Hund zuzulegen. Ihr habt ja schon Sissi, und das hat mir in puncto Haustiere bislang immer gereicht. Aber der Kleine hat so viel durchgemacht. Er ist gerade mal ungefähr ein Jahr alt, sagt Frau Dr. Sahler. Jetzt hat er sein Frauchen verloren, und dieser ekelhafte Neffe wollte ihn umbringen. Buddy hat doch ein gutes, liebevolles Zuhause verdient!«

»Und du hast dich längst Hals über Kopf in ihn verliebt«, fügte Lennart grinsend hinzu. »Ich sehe es dir an. Du könntest es nicht ertragen, wenn er woandershin vermittelt würde. Also tu es. Wende dich an den Züchter. Bestimmt lässt sich das regeln.«

»Glaubst du wirklich, das sollte ich tun?« Irgendwie fühlte Lena sich erleichtert. »Er wird jede Menge Pflege brauchen, bis er wieder fit ist.« Sie lachte auf. »Eigentlich hatte ich auch nie vor, so viel Arbeit in ein männliches Wesen zu investieren.«

Melissa kicherte. »Manche männlichen Wesen sind es durchaus wert. Vor allem, wenn sie vier Pfoten haben.«

»He, he, wie soll ich das denn verstehen?« Lennart tat empört. »Bin ich es vielleicht nicht wert?«

Melissa grinste. »In dich musste ich noch nie viel Arbeit investieren.« Sie wurde wieder ernst. »Eher ist es doch umgekehrt. Ich habe es dir nicht leicht gemacht.«

»Und doch war und ist es jede Minute wert«, entgegnete er mit einem liebevollen Lächeln, dann wandte er sich an Lena. »Seit wann gibst du dich denn so desillusioniert? Ich dachte, du träumst von deinem Ritter hoch zu Ross. Zumindest bisher hatte ich dich als einigermaßen romantisch veranlagt auf dem Schirm. Wie ist es denn zu diesem Sinneswandel gekommen?«

»Es liegt gar kein Sinneswandel vor.« Lena entledigte sich ihrer Schuhe und zog die Füße seitlich neben sich auf die Couch. »Ich hätte gar nichts gegen ein bisschen Romantik in meinem Leben. Nur auf Komplikationen lege ich keinen Wert oder auf einen Mann, den ich erst aufwendig davon überzeugen muss, dass wir zusammengehören. Bei euch beiden war das ja etwas ganz anderes. Ich dachte immer, wenn mir mal der Richtige begegnet, muss es gleich klick machen und sofort passen, ganz ohne viel Drama rundherum.«

»Oje.« Melissa gluckste. »Da verlangst du aber eine Menge. Normalerweise lacht das Schicksal einen aus, wenn man sich etwas wünscht, das einfach und problemlos vor sich gehen soll. Ganz besonders, wenn es sich um die Liebe handelt.«

»Beschrei es nicht!«, rief Lena mit einem Lachen. »Genau deshalb wünsche ich es mir ja auch nicht, das ist viel zu gefährlich. Man muss genau aufpassen, was man sich wünscht, sonst geht es am Ende allzu wörtlich in Erfüllung, und dann hat man den Salat, weil man nicht präzise genug den Wunsch formuliert hat. Stattdessen habe ich mich in dieser Erwartung eingerichtet, dass es genauso passieren sollte. Es ist einfach meine Idealvorstellung, nicht mehr und nicht weniger. Das Leben macht ja eh, was es will, aber anstatt mich mit Wünschen aufzuhalten, gehe ich einfach allem aus dem Weg, was nicht meinen Vorstellungen entspricht.«

Skeptisch verzog Melissa die Lippen. »Ob das aber auf Dauer funktioniert?«

»Bisher hatte ich keine Probleme damit.« Lena grinste siegesgewiss.

»Und wie oft warst du schon richtig verliebt?«, hakte Lennart feixend nach. »Das könnte nämlich durchaus einiges an diesem Plan ins Schwanken bringen.«

»Du weißt, dass ich mich nicht schnell Hals über Kopf verliebe«, konterte Lena, lenkte aber bei seinem vielsagenden Blick ein: »Okay, außer bei Buddy, aber das ist ja etwas ganz anderes. Er ist ja ein Hund.«

»Der aber auch dein Leben ganz schön durcheinanderwirbeln wird«, gab Melissa zu bedenken.

»Kann schon sein.« Lena hob die Schultern. »Aber was mein Liebesleben angeht, habe ich die Dinge doch weit besser in der Hand. Ich verliebe mich einfach nicht in jemanden, der meinen Vorstellungen nicht entspricht.«

Melissa prustete.

»Was denn?« Verwundert musterte Lena ihre Freundin. »Das hat doch bis jetzt auch immer gut geklappt.«

»Darf ich dich daran erinnern, dass du schon ziemlich lange Single bist?« Lennarts Feixen verstärkte sich noch. Er kämpfte ebenfalls sichtlich mit dem Lachen.

»Ja, weil ich es so will.« Halb trotzig, halb erheitert verschränkte Lena die Arme vor der Brust. »Bis mein Mister Right vor mir steht. Dann wird alles ganz easy sein.«

»Pfff …!« Melissa hielt sich vor Lachen den Bauch. »Ganz easy! Die Liebe! Schätzelein, das ist im Allgemeinen ein Paradoxon.«

»Nicht bei mir«, beharrte Lena.

»Das werden wir ja sehen.«

»Das werden wir auch sehen, wartet es nur ab!«

»Kinder, nicht zanken.« Amüsiert hob Lennart in einer beschwichtigenden Geste die Hände. »Wie du schon sagtest, Schwesterlein: Das Leben macht eh, was es will.« Er räusperte sich und wechselte das Thema: »Martin hat dir gestern also noch Pizza in die Praxis gebracht? Das war ja wirklich sehr aufmerksam, insbesondere, weil man aus eurem Büro meistens Streitereien mitbekommt.«

»Er ist nun mal ein ziemlicher Chaot.« Lena löste ihre Arme wieder, verschränkte sie aber gleich darauf erneut. »Er bringt meine wohlgeordnete … Ordnung ständig durcheinander. Das kann mir doch wohl mal auf den Keks gehen.«

»Deine wohlgeordnete Ordnung?«, echote Lennart amüsiert.

»Ganz genau. Wo er geht und steht, hinterlässt er Chaos und Unordnung.« Missbilligend verzog Lena die Lippen, entspannte sich dann aber doch etwas. »Aber dass er die Pizza gebracht und mir Gesellschaft geleistet hat, war wirklich nett. Das hätte er nicht tun müssen.« Sie runzelte die Stirn, als sie den beredten Blick wahrnahm, den Melissa und Lennart einander zuwarfen. »Hört auf damit!«

»Womit denn?« Lennart tat unschuldig. »Es war nett von ihm. Nicht mehr und nicht weniger.«

»Ganz genau.« Lena bedachte ihren Bruder mit einem scharfen Blick aus zusammengekniffenen Augen. »Wusstest du eigentlich, dass seine Tochter schon vierzehn Jahre alt ist? An Heiligabend wird sie fünfzehn.«

Lennart nickte bedächtig. »Papa hat es mir neulich anvertraut. Martin geht wohl nicht gerade mit dieser Information hausieren.«

»Wie bitte?«, rief Melissa aus. »Fast fünfzehn ist sie schon? Ist er nicht erst Anfang dreißig?«

»Zweiunddreißig«, bestätigte Lena.

»Puh!« Melissa rieb sich über die Stirn. »Und ich dachte, ich hätte schon verflixt zu früh angefangen. Da schlägt er mich ja um gute zwei Jahre. Obwohl das natürlich kein Wettbewerb ist.« Fragend blickte sie von einem zur anderen. »Lebt er mit der Kindsmutter zusammen?«

»Nein.« Lena schüttelte den Kopf. »Soweit ich es verstanden habe, hat er das Sorgerecht. Oder falls sie es sich teilen, lebt die Tochter trotzdem dauerhaft bei ihm.«

»Er ist also Single«, schloss Melissa lächelnd.

»Vergiss es«, konterte Lena sofort. »Erstens ist er ein Kollege, zweitens ein Chaot und drittens entspricht er nicht meinen Vorstellungen. Thema erledigt.«

»Okay, okay, schon gut.« Diesmal feixte Melissa. »Sieht er denn wenigstens gut aus?«

Anstelle einer Antwort ergriff Lena ein Sofakissen und schlug ihre Freundin lachend damit.

9. Kapitel

»Was machst du denn noch hier?« Lennart, der offenbar auf dem Weg zu Arndt war, blieb in der Haustür stehen und musterte verwundert Lena, die auf allen vieren die Treppe herabkrabbelte. »Ich dachte, du bist längst wieder auf Krankenbesuch bei dem kleinen Hund. Immerhin ist Samstag und du hast frei. Interessante Stellung übrigens. Was machst du denn da? Nichts gegen deinen Hintern, aber eine Unterhaltung führe ich lieber mit deiner Vorderseite.«

Lena stieß ein halb amüsiertes, halb genervtes Grunzen aus, das alles andere als damenhaft klang. »Ich putze die Treppe, sieht man das nicht? Die Ecken und Ritzen haben es dringend nötig, die haben wir seit Monaten total vernachlässigt. Ich kann Buddy erst besuchen, wenn ich hier fertig bin. Mit Frau Dr. Sahler habe ich ausgemacht, dass ich gegen zwei dort sein werde. Bis dahin habe ich die Treppe hoffentlich sauber bekommen und vielleicht auch ein bisschen Klarschiff in meiner Wohnung gemacht.« Erst jetzt richtete sie sich auf und drehte sich zu ihrem Bruder um. »Ich hasse dieses ewige Putzen und Staubwischen und Waschen und Bügeln und all das wie die Pest. Wenn …« Erschrocken brach sie ab, als sie bemerkte, dass Lennart nicht allein war. Martin hatte ebenfalls das Haus betreten und musterte sie nun mit Interesse.

Am liebsten hätte sie laut geflucht. Sie hatte ihre Haare heute bisher weder gewaschen noch frisiert, sondern nur mit einem Haargummi zu einem kleinen Schwänzchen zusammengebunden. Außerdem trug sie eine alte, abgeschabte, jedoch wahnsinnig bequeme dunkelbraune Cordhose und ein schon reichlich ausgeleiertes, gelb-grün gemustertes Shirt mit Dreiviertelärmeln und einem weiten U-Boot-Ausschnitt, der die Träger ihres weißen BHs hervorblitzen ließ.

Mit einiger Mühe brachte sie ein leicht verzerrtes Lächeln zustande. »Hallo, Martin. Dich hatte ich hier nicht erwartet.«

»Wie auch?« Martin lächelte zurück. »Lennart hat mich vorhin angerufen und spontan eingeladen. Trotzdem wünsche ich dir einen schönen guten Morgen.«

»Trotzdem?« Verständnislos runzelte sie die Stirn.

»Trotz deiner verabscheuten Betätigung. Wenn wir nicht gerade etwas anderes vorhätten, würde ich dir sofort meine Hilfe anbieten.«

»Beim Putzen?« Sie zog die Stirn in noch tiefere Falten. »Wohl eher nicht.«

»Warum nicht?« Aus seinem Lächeln wurde ein Grinsen. »Ich putze gerne.«

»Im Leben nicht.« Sie verschränkte die Arme vor der Brust. »Niemand putzt gerne.«

»Ich schon.« Gut gelaunt machte er eine weit ausholende Armbewegung. »Putzen, Staub saugen, Bügeln ... Das entspannt mich.«

»Suchst du vielleicht noch einen Nebenjob?«, witzelte Lennart. »Wir stellen dich sofort als Haushaltshilfe ein.«

Martin lachte. »Das wird wohl zeitlich schwierig neben meinem Vollzeitjob bei *Securifant* und meinem YouTube-Kanal. Aber wenn ich mal zwischendurch helfen kann, sagt ruhig Bescheid.«

»Ich glaube, du bist Lena gerade noch suspekter geworden.« Lennart schmunzelt. »Na komm, sehen wir mal nach, ob die Staffelei etwas für euch ist.«

»Deine Staffelei?« Verblüfft trat Lena auf die beiden Männer zu. »Was habt ihr denn damit vor?«

»Ich habe Martin gesagt, dass er sie haben kann, oder vielmehr seine Tochter.« Lennart deutete vage auf Arndts Wohnungstür. »Sie steht doch schon seit ewigen Zeiten in Papas Abstellraum. Ich hatte mit elf oder zwölf mal eine Phase, in der ich unbedingt Maler werden wollte«, erklärte er an Martin gerichtet. »Abstrakte Malerei.« Er lachte. »Die Phase hielt ein knappes halbes Jahr an, seitdem staubt die Staffelei ein. Wenn deine Tochter sie jetzt für den Kunstunterricht gebrauchen kann, soll mir das nur recht sein. Eine neue zu kaufen, wäre Quatsch, wenn meine alte es genauso tut.«

»Das ist wirklich nett von dir.« Martin nickte Lennart zu. »Jeanine ist sich noch nicht ganz sicher, ob sie wirklich Spaß am Malen haben wird, aber da sie in der Schule dieses Kunstprojekt als AG anbieten, will sie es mal ausprobieren.«

»Sie kann die Staffelei behalten, wenn sie feststellt, dass ihr das Malen liegt.« Lennart trat auf die Wohnungstür zu. »Bei uns wird das Ding voraussichtlich keinen Liebhaber mehr finden. Meine Zeit als neuer Picasso ist längst vorbei, und was Lena angeht: Sie versagt sogar beim Zeichnen von Strichmännchen.«

»Hey!« Empört knuffte Lena ihren Bruder gegen den Oberarm.

»Was denn?« Er grinste. »Stimmt das etwa nicht?«

»Meine Unzulänglichkeiten gehen niemanden etwas an.« Sie wandte sich wieder der Treppe zu und begann erneut, die schwer zugänglichen Ecken mit einem feuchten Tuch zu bearbeiten. »Wehe, du starrst mir auf den Hintern«, knurrte sie, ohne sich noch einmal umzudrehen.

»Du bist meine Schwester!« Lennart klang nicht wenig empört.

»Dich habe ich auch nicht gemeint.«

»Was geht denn hier draußen vor? Eine Flurparty?« Arndt hatte seine Wohnungstür geöffnet und blickte fragend in die Runde.

»Hallo, Papa.« Lennart wandte sich ihm zu. »Nein, leider keine Party, obwohl wir durchaus mal wieder eine feiern könnten. Bald ist doch unsere Firmen-Weihnachtsfeier, das wäre doch eine Gelegenheit, es richtig krachen zu lassen.«

»Dieses Jahr erhalten alle Firmenangehörigen Eintrittskarten für den Weihnachtsball der städtischen Sozialstation«, erklärte Arndt. »Unsere Weihnachtsfeier findet also dort statt.«

»Oha, etwa in Schlips und Kragen?« Lennart fuhr sich mit der Hand an den Kragen seines karierten Freizeithemdes. »Das wird ja … spaßig!«

»Wird es auch.« Arndt schmunzelte. »Abendgarderobe ist erwünscht, jedoch keine Pflicht. Wie ihr sicher wisst, sind zu dem Ball wirklich alle Einwohner der Stadt geladen, auch und gerade die weniger betuchten und sogar die Obdachlosen. Von denen wird wohl kaum jemand sich Schlips und Kragen oder ein teures Abendkleid leisten können. Trotzdem sollen alle ihre Freude an dem Ball haben. Elena Kilian gibt den Obdachlosen wie jedes Jahr im Vorfeld Tanzunterricht.«

»Elena Kilian?« Fragend blickte Martin von einem zum anderen.

»Du kennst sie wahrscheinlich eher unter dem Namen Elena Gante.« Lena hatte sich zu den Männern gesellt.

»Die Stardesignerin?« Martin wirkte beeindruckt. »Ich meine, sie wohnt in meiner Nachbarschaft, und ich bin ihr neulich mal begegnet, als sie mit ihrem schwarzen Cockerspaniel spazieren gegangen ist. Sie wirkte sehr nett, aber ich hätte nicht gedacht, dass sie für so etwas Zeit hat.«

»Die Zeit nimmt sie sich.« Arndt bedeutete den dreien, hereinzukommen, und schloss die Tür hinter ihnen. »Elena ist eine sehr zugängliche und sozial engagierte Frau. Die ganze Familie ist sehr nett und immer hilfsbereit. Ich glaube, dieser Weihnachtsball war sogar ihre Idee oder so. Na, wie dem auch sei, unsere Weihnachtsfeier findet jedenfalls auf dem Ball statt. Poliert also schon mal eure Tanzschuhe und -kenntnisse auf.« Arndt war ins Wohnzimmer vorausgegangen und deutete auf die weiche hellbraune Ledercouch in U-Form. »Setzt euch doch bitte. Wie Sie sehen, Martin, habe ich die Staffelei bereits herausgekramt. Jetzt weiß ich, dass ich meinen Abstellraum dringend aufräumen und vor allen Dingen entrümpeln muss. Den Dachboden übrigens auch, Lena und Lennart. Da oben tummeln sich noch jede Menge alte Sachen von euch. Vielleicht ist einiges dabei, was ihr für die nächste Generation aufheben wollt. Zum Beispiel deine Barbie-Sammlung nebst Pferd, Auto, Wohnmobil und Traumhaus sowie Lennarts Stofftierarmee, aber manches kann bestimmt auch weg.«

»Du hast früher mal mit Barbies gespielt?« In einer Mischung aus Verblüffung und Erheiterung starrte Martin Lena an.

Sie hob betont lässig die Schultern. »Warum denn nicht?« Ihr Blick wanderte zu Lennart. »Er hat mitgespielt.«

»Ach?« Martin blickte den kräftigen, etwas rau wirkenden Lennart neugierig an.

»Na klar!« Lennart grinste jungenhaft. »Allerdings musste ich immer alles so machen, wie Lena es wollte. Sie war da sehr … detailverliebt.«

Martin lachte. »Dann ist sie wie Jeanine. Sie hat mir auch immer ganz genaue Anweisungen gegeben, wenn wir zusammen gespielt haben. Ihre Babypuppe durfte zum Beispiel nur auf eine ganz bestimmte Art und Weise gewickelt und getragen werden. Ein paar Barbies und Kens hat sie auch noch irgendwo im Keller. Ich trauere bereits der Zeit nach, in der sie damit gespielt hat. Jetzt will sie auf Partys gehen … mit Jungs!«

»Ich kann Sie verstehen.« Arndt eilte in die Küche und kam gleich darauf mit einem Tablett zurück, auf dem sich neben einer Kaffeekanne vier Porzellanbecher, ein Kännchen Milch und eine Zuckerdose drängten. Die Löffel in den Bechern klirrten leise, als er das Tablett auf dem Couchtisch abstellte. »Als Lena anfing, mit Jungs auszugehen, hätte ich mir am liebsten jedes Haar einzeln ausgerissen, wenn das die Zeit zurückgedreht hätte.«

»Papa!« Lena verdrehte die Augen.

»Nein, wirklich«, beharrte Arndt. »Das war nun mal so. Väter lassen ihre Töchter nicht gerne mit fremden Männern allein. Deshalb habe ich mich ja so bemüht, aus Lennart einen verantwortungsbewussten und respektvollen Mann zu machen. Ich wusste ja, wie es den Vätern der Mädchen ging, mit denen er ausgegangen ist. Und umgekehrt habe ich, wie ich denke, auch einen ganz guten Job gemacht, als ich dich großgezogen habe, junge Dame. Zumindest sind mir bisher keine Beschwerden zu Ohren gekommen, und größere Dramen gab es auch keine.«

»Ja, weil Lena immer noch auf ihren Mister Right wartet, der voll und ganz ihren Ansprüchen entspricht«, flachste Lennart. »Die sind nicht ohne, deshalb hat sich noch kein passender Mann eingefunden, den sie auf Dauer behalten will.«

»Meinen Vorstellungen«, korrigierte Lena. »Nicht meinen Ansprüchen. Das sind zwei ganz verschiedene Dinge.«

»Wenn du es sagst.« Lennart feixte.

»Ja, genau das sage ich.«

»Und was sind das für Vorstellungen?«, mischte Martin sich neugierig ein.

»Vergiss es.« Sie maß ihn mit beredtem Blick. »Du entsprichst ihnen nicht einmal ansatzweise.«

»Autsch!« Theatralisch fasste Martin sich an die Brust. »Jetzt bin ich tief getroffen.«

Sie hob nur wieder betont lässig die Schultern. »Du wirst schon darüber hinwegkommen.«

»Na, hoffentlich.« Er grinste breit. »Du hast übrigens einen grauen Fleck auf der Wange.«

»Was?« Erschrocken fuhr sich Lena mit beiden Händen ins Gesicht, dann sprang sie auf und versuchte, ihr Spiegelbild in der schmalen Vitrine zu erkennen, die neben einigen Urlaubsandenken auch mehrere Sport- und Schützenfest-Trophäen ihres Vaters enthielt. »Ist doch gar nicht wahr!«

Martin zwinkerte ihr zu. »Jetzt weiß ich aber zumindest, dass du ein leichtes Opfer bist.«

»Von wegen!« Lena überspielte ihre Verlegenheit mit einer grimmigen Miene und erhob sich wieder. »Ich muss wieder raus, die Treppe putzt sich ja nicht von allein.« Ohne weiter auf die Reaktion der Männer zu achten, verließ sie die Wohnung wieder.

Warum hatte Martin ausgerechnet heute, ausgerechnet jetzt, hier auftauchen müssen? Und warum regte sie sich darüber so auf? Okay, sie sah im Augenblick nicht gerade präsentabel aus, und sie war es nicht gewohnt, dass sie das störte. Sie lebte ihr Leben schon lange nach ihren Regeln, ohne großartige Kompromisse. Im Beruf oder wenn sie ausging, machte sie sich immer sehr sorgfältig zurecht, weil sie fand, dass sich das so gehörte, schon weil sie ja stets und überall die Firma *Securifant* repräsentierte. Doch in ihrer Freizeit, speziell, wenn sie zu Hause war, lief sie auch schon mal im Schlabberlook herum. Warum auch nicht, denn es sah sie ja normalerweise niemand so. Nicht einmal Melissa oder deren Chefin und Freundin Jana oder deren jüngere Schwester Ellie kannten sie so, und sie hatte sogar schon mal eine Mädels-Heimkino-Pyjamaparty mit diesen Frauen gefeiert. Sie ließ sich einfach in Gegenwart anderer Menschen außerhalb ihrer engsten Familie niemals in irgendeiner Form gehen. Das war schon beinahe immer so gewesen. Sie hatte sich einfach verpflichtet gefühlt, ihre unordentliche Ader unter Kontrolle zu bringen, um aller Welt zu zeigen, dass sie auch ohne ihre Mutter eine glückliche Kindheit gehabt und zu einer gewandten, verantwortungsbewussten Frau mit zwar dezentem, aber eindeutig exquisitem Geschmack in Sachen Mode herangewachsen war. Dass sie auch ein Nerd war und tief im Herzen wahrscheinlich sogar ein ziemlich verkorkster Freak, musste niemand wissen. Das war ganz allein ihre Sache. Hoffentlich konnte sie den ungünstigen Eindruck, den sie auf Martin gemacht hatte, wieder ausradieren. Nicht etwa, weil ihr an seiner Meinung oder seinem Wohlgefallen etwas lag – bestimmt nicht! –, sondern aus Prinzip.

Sie schrubbte und wienerte jede einzelne Treppenstufe, danach warf sie das Eimerchen und den Putzlappen achtlos in ihre Badewanne und streckte sich der Länge nach auf der weinrot bezogenen Couch mit den cremeweißen Kissen aus, um sich von der anstrengenden Putzaktion zu erholen. Ihre Gedanken wanderten sofort zu Buddy, dem es mittlerweile deutlich besser ging, sodass sie vielleicht heute ein paar Schritte mit ihm spazieren gehen konnte. Natürlich noch nicht richtig. Sie würde ihn tragen oder in dem Kinderwagen fahren müssen, den die Tierärztin eigens organisiert hatte.

Lena schrak hoch, als es an der Tür klingelte und gleichzeitig klopfte. Rasch erhob sie sich und öffnete ihrem Bruder. Er war der Einzige, der sich auf diese Weise bemerkbar machte. Zu ihrer Erleichterung war er allein gekommen, deshalb kehrte sie auch gleich wieder auf die Couch zurück und wartete dort, bis Lennart ihr gefolgt war und es sich in einem der beiden Sessel bequem gemacht hatte.

»Also, spuck's aus, Lena, was ist los?« Aufmerksam musterte ihr Bruder sie. »Warum bist du heute so giftig?«

»Ich bin nicht giftig«, begehrte sie viel zu heftig auf und zwang sich sofort, sich wieder zu entspannen und das Thema zu wechseln. »Hast du mitbekommen, dass Papa ein Date hat?«

»Ein Date?« Lennarts Augenbrauen wanderten in Richtung seines Haaransatzes, gleichzeitig machte seine Haltung deutlich, dass er irgendwann ganz sicher noch einmal auf das ursprüngliche Thema zurückkommen würde. Sie kannte ihren feinfühligen Bruder gut genug, um zu wissen, dass er sie nur für den Moment vom Haken gelassen hatte. Mit etwas Glück würde ihr bis zum nächsten Angriff einfallen, was sie auf seine Fragen antworten sollte.

»Ja, mit Linda Becker, du weißt schon, die Schatzmeisterin des Sportschützenvereins. Sie ist sehr nett.«

»Das ist sie.« Nachdenklich legte Lennart die Fingerspitzen beider Hände aneinander. »Ein richtiges Date?«

Lena nickte zögernd. »Ja, schon. Sie treffen sich auf einen Kaffee und Kuchen im *Café Lotte*.«

»Kaffee und Kuchen ist kein richtiges Date.« Lennart ließ die Hände wieder sinken.

Irritiert sah Lena ihn an. »Was denn dann?«

»Ein Date sollte abends stattfinden, vorzugsweise bei Kerzenschein in einem guten Restaurant.«

Lena prustete. »Wo war noch mal dein erstes Date mit Melissa? Ach ja, stimmt, bei *Jupps Burger*. Keine Kerzen weit und breit, und Andy war auch mit von der Partie.«

Lennart grinste breit. »Das war etwas ganz anderes.«

»Ja, klar.«

»Außerdem würde Melissa diesen Abend niemals als unser offizielles erstes Date betrachten, also tue ich es auch nicht.«

»Inoffiziell aber schon?«

»Selbstverständlich.« Das Grinsen auf Lennarts Gesicht verbreiterte sich noch.

»Vielleicht betrachten Papa und Linda ihren Nachmittag im *Café Lotte* auch erst mal nur als inoffiziell.«

»So was kann man nicht vorab festlegen«, widersprach er. »Das ergibt sich spontan. Anderenfalls ist es offiziell.«

»Und was spricht gegen ein erstes Date im *Café Lotte*?« Fragend musterte Lena ihren Bruder. »Dort ist es doch schön, und die Flockentorte ist legendär!«

Lennart bedachte sie mit einem beredten Blick. »Ich bitte dich! Kaffee und Kuchen! Wessen Idee war das, seine oder ihre?«

»Ich glaube, sie hat das vorgeschlagen.«

»Dann traut sie wahrscheinlich ihren Gefühlen nicht«, erklärte Lennart mit hochgezogenen Brauen. »Sie will bei Tageslicht und in wenig romantischer Atmosphäre erst mal die Lage peilen.«

»Das ist doch Quatsch!« Lena starrte ihren Bruder verständnislos an. »Sie ist schon eine ganze Weile Single und versteht sich im Verein sehr gut mit Papa. Deshalb haben wir sie doch ermutigt, den ersten Schritt zu machen.«

»Kann schon sein.« Lennart hob die Schultern. »Aber warum riskiert sie dann nicht gleich das volle Programm mit

Candle-Light und Romantikfaktor? Da funkt es dann doch viel eher.«

»Man kann sich auch über Flockentorte und Kaffee verlieben«, konterte Lena. »Das ist zum Beispiel Lidia und Lars so passiert. Du weißt schon, meine Pilatestrainerin und ihr Mann. Zwischen den beiden hat es rein zufällig genau dort und über einem Stück Flockentorte gefunkt.«

»Ach.«

»Ja, wirklich. Spekulatius-Tiramisu hat auch eine gewisse Rolle gespielt, wenn ich mich recht entsinne«, bestätigte Lena eifrig. »Sie hat die Geschichte erst vor einer Weile erzählt. Und wie du weißt, sind die beiden inzwischen glücklich verheiratet, haben ein süßes Baby und so weiter.«

»Und so weiter.« Lennart lachte. »Du kannst mich trotzdem nicht überzeugen. Ich glaube nicht, dass daraus etwas wird.«

»Warum nicht?« Lena richtete sich auf. »Weißt du etwas, was ich nicht weiß?«

»Wohl kaum.« Der nun wieder nachdenkliche Ausdruck auf Lennarts Gesicht strafte seine Worte Lügen, weshalb Lena ihn genauer fixierte. »Sag schon! Gibt es eine andere in Papas Leben, von der ich noch nichts weiß?«

Ihr Bruder zögerte, bevor er die Schultern hob. »Ist nur so ein Gefühl. Konntest du herausfinden, weshalb es seit dem vergangenen Weihnachtsfest so seltsam zwischen Papa und Maria ist? Hat er dir mal etwas darüber verraten?«

»Keine Silbe.«

Bedachtsam nickte Lennart. »Mir auch nicht, und auch Maria schweigt eisern darüber gegenüber Melissa. Hältst du das nicht für verdächtig?«

»Klar.« Lena verzog halb grimmig, halb erheitert die Lippen. »Die zwei kennen sich von früher. Da sie beide nicht darüber reden wollen, gibt es eigentlich nur zwei Möglichkeiten. Entweder ist damals etwas fürchterlich Peinliches passiert, oder die beiden hatten etwas miteinander.«

Lennart schüttelte skeptisch den Kopf. »Melissa sagt, das ist nicht möglich. Maria war zum fraglichen Zeitpunkt entweder mit Melissas Vater verlobt oder schon verheiratet. Davor ist sie extrem behütet aufgewachsen. Da gab es keine Affären oder so etwas. Schon allein, weil Maria in Berlin lebte und Papa in Düsseldorf.«

»Irgendwo müssen sie sich aber über den Weg gelaufen sein«, gab Lena zu bedenken. »Und es muss einen mächtigen Eindruck auf beide gemacht haben, sonst hätten sie sich ja nicht nach langer Zeit sofort wiedererkannt.« Sie knabberte an ihrem Fingernagel. »Aber stimmt schon, dass mit der Affäre ist unwahrscheinlich. Papa hätte nie etwas mit einer verlobten oder verheirateten Frau angefangen, und was Melissa von ihrer Mutter erzählt hat, passt auch nicht auf einen One-Night-Stand oder Ähnliches.« Sie lächelte leicht. »Also ist es wahrscheinlich etwas krass Peinliches, das die beiden miteinander erlebt haben. Das würde passen. Sie will nicht mehr daran denken, und Papa ist ein Gentleman und schweigt darüber, damit sie sich nicht unwohl fühlen muss. Er ist immer so wahnsinnig lieb und rücksichtsvoll und aufmerksam. Es ist wirklich eine Schande, dass er schon so lange Single ist.«

»Er hat uns immer in den Mittelpunkt gestellt«, gab Lennart zu bedenken. »Das war ihm wohl wichtiger, als eine neue Liebe zu finden. Wobei ja auch gar nicht gesagt ist, dass er eine gefunden hätte, selbst wenn er auf der Suche gewesen wäre. Solche Dinge lassen sich ja nur schwerlich erzwingen oder herbeiwünschen. Ein gutes Quantum Glück gehört auch dazu.«

»Und Schicksal«, stimmte Lena zu. »Bestimmung.«

»Ich dachte, du nimmst die Dinge lieber selbst in die Hand, als an Bestimmung zu glauben.«

Lena nickte und wollte gleichzeitig den Kopf schütteln. »Wenn es einen Mann gibt, der meinen Vorstellungen entspricht und dem ich dann auch noch begegne, und wenn es dann funkt, ist das doch eine Art von Bestimmung«, erklärte sie.

Lennart lachte. »Ich bin mir nicht sicher, ob das Schicksal oder das Universum so geordnet und akkurat funktioniert.«

»Doch, bestimmt tut es das«, widersprach sie. »Man darf es nur nicht mit irgendwelchen unpräzisen Wünschen irritieren.«

»Mit präzisen aber schon?«, hakte er nach.

»So präzise kann man wahrscheinlich gar nicht sein«, befand sie. »Deshalb lasse ich für meinen Teil es einfach sein, dann gibt es auch kein unnötiges Chaos.«

»Jetzt weiß ich, warum Papa früher immer über deine Weihnachtswunschzettel geflucht hat.« Lennart prustete. »Die müssen echt übel gewesen sein.«

»Ich habe nie einen konkreten Wunsch aufgeschrieben.« Lena grinste breit. »Nur notiert, was ich alles im folgenden Jahr vorhabe. Daraus konnte Papa dann seine Schlüsse ziehen und sich überlegen, welche Geschenke zu meinen Plänen passen.«

»Er muss der Verzweiflung nahe gewesen sein.«

»Es hat aber gut funktioniert.« Lena streckte sich bequem auf der Couch aus. »Und auf diese Weise wurde ich immer überrascht, aber nie enttäuscht, dass irgendwelche meiner Wünsche vielleicht nicht erfüllt worden sind. Eine Win-win-Situation, wenn du mich fragst, denn wirklich falsch machen konnte Papa dabei eigentlich auch nichts.«

»Wahrscheinlich ist er dabei alljährlich durch die Hölle gegangen«, vermutete Lennart. »Und nun hat er also ein Date mit Linda. Im *Café Lotte*. Wann genau?«

»Heute Nachmittag um drei.«

***

Prüfend musterte Maria sich im Spiegel vor dem Friseurstuhl, auf dem sie die letzten zweieinhalb Stunden dieses Samstagnachmittags verbracht hatte. Ihre rote Phase, wie sie die Zeit nannte, in der sie ihr Haar rot getönt hatte, war nun definitiv vorbei. Sie hatte sich entschieden, wieder ihr natürliches Mittelblond zu tragen, nur mit ein paar helleren Strähnchen, um die ersten grauen Haare geschickt zu kaschieren.

»Das ist wirklich schön geworden«, sprach sie Sabine Weißmüller an und suchte über den Spiegel den Blick ihrer Friseurin.

»Absolut«, Sabine zupfte noch ein wenig an dem kinnlangen Bob herum, den sie ebenfalls wieder in Form geschnitten hatte. »Das Rot war klasse, weil es ein bisschen provokant daherkam, aber jetzt wirken Sie, als ob Sie endlich zu sich selbst gefunden hätten. Das macht Sie sehr attraktiv!«

Überrascht lachte Maria auf. »Ich wünschte, es wäre tatsächlich so, aber um ehrlich zu sein, ich bin immer noch auf der Suche nach mir selbst.«

Sabine lächelte ihr warm zu. »Vielleicht sollten Sie nicht zu streng mit sich sein. Manchmal sieht man ja auch bloß den Wald vor lauter Bäumen nicht. Auf mich wirken Sie durchaus wie eine Frau, die genau weiß, was sie will.«

Mit neuer Aufmerksamkeit musterte Maria sich im Spiegel. »Eigentlich weiß ich eher, was ich nicht will, oder nicht mehr, um genau zu sein.«

»Na bitte.« Sabine strahlte sie an. »Das ist doch schon die halbe Miete. Der Rest ergibt sich dann schon. Und wenn Ihnen heute nicht mindestens zwei, drei Männer auf der Straße bewundernd hinterhergucken, und vielleicht auch ein paar Frauen, fresse ich einen Besen.«

»Ach du liebe Zeit!« Automatisch fasste Maria sich an die frisch geföhnte Frisur. »Mit Männern wollte ich eigentlich gar nichts mehr zu tun haben. Jedenfalls nicht auf diese Weise. Einmal hat mir vollauf gereicht. Ich habe zu viele Fehler gemacht und nicht vor, sie noch einmal zu wiederholen.«

»Beim zweiten Mal könnte es ja auch viel besser laufen.« Sabine nahm ihr den leichten Polyesterumhang ab und fegte mit einem weichen Pinsel ein paar lose Härchen von Marias Nacken. »Man sollte die Hoffnung nicht aufgeben, schon gar, wenn man noch so jung ist wie Sie.«

Maria schüttelte skeptisch den Kopf. »Ich weiß nicht, ob mir das Risiko nicht zu groß ist.«

Ihre Gedanken waren ganz automatisch zu Arndt gewandert, und sie lenkte sie bewusst in eine andere Richtung. »Ich muss allmählich los und noch ein paar Futtervorräte für meine Katzen kaufen. Hoffentlich sind die Geschäfte inzwischen nicht mehr so überfüllt. Heute Vormittag war überall die Hölle los.«

Sabine lachte. »Samstags einkaufen zu gehen, kostet eindeutig Nerven. Vielleicht verlegen Sie Ihren Einkauf lieber auf einen anderen Wochentag.«

»Zukünftig werde ich das auch wieder tun. Heute ist eine Ausnahme.« Maria erhob sich und folgte der Friseurin zur Kasse. »Ich habe diese Woche einen Job angefangen und muss mich erst noch an die neuen Arbeitszeiten gewöhnen.«

»Bei *Securifant*, nicht wahr? Meine Tochter hat uns davon erzählt.« Sabine gab etwas in den Kassencomputer ein. »Und

Melissa macht sich in Janas Glaskunstladen wirklich gut. Sie hat inzwischen jede Menge Fortbildungen gemacht und inzwischen die Leitung über den Laden und den Online-Shop komplett übernommen. Jana sagt, sie denken sogar über eine weitergehende Partnerschaft nach. Sie müssen sehr stolz auf Melissa sein.«

»Das bin ich.« Wie immer, wenn es um ihre Tochter ging, wurde ihr warm ums Herz, zugleich schlichen sich aber auch die Schuldgefühle an, die sie nun schon so lange verfolgten. Doch im Moment gelang es ihr, sie zu unterdrücken. »Sie hatte wahnsinniges Glück, dass Jana ihr eine Chance gegeben hat. Ich wusste gar nicht, was für eine tolle Geschäftsfrau in Melissa steckt.«

»Ihre Augen strahlen.« Sabine lächelte ihr warm zu. »Das steht Ihnen wahnsinnig gut. Passen Sie bloß auf, wen Sie mit Ihrem Strahleblick verzaubern, sonst haben Sie am Ende schneller einen Verehrer, als Sie schicksalhafte Begegnung sagen können.«

Maria schmunzelte. »Nun hören Sie schon auf. Ich lege es wirklich nicht auf so etwas an.«

»Das muss man in der Regel auch gar nicht.« Sabine zwinkerte ihr gut gelaunt zu und nannte ihr den Betrag, den Maria zu begleichen hatte. »Nach meiner Erfahrung hat das Universum in solchen Dingen seine eigenen Pläne.«

»Das Universum?« Maria zahlte mit einem großzügigen Trinkgeld.

»Oder das Schicksal.« Sabine bedankte sich und steckte das Trinkgeld in eine bunte gläserne Ente, die ganz sicher von ihrer Tochter, der erfolgreichen Glaskünstlerin Jana Weißmüller-Jones gefertigt worden war. Maria bewunderte diese einzigartige Spardose ausgiebig, dann verabschiedete sie sich und trat, nachdem sie sich in ihren kuscheligen weinroten

Kurzmantel gehüllt hatte, auf die belebte Annastraße, eine der Einkaufsstraßen in der hübschen Altstadt. Während sie ihren weiß-gelben Wollschal um ihren Hals drapierte, sah sie sich mit Wohlgefallen um. Halloween war schon einige Tage vorbei, dennoch sah man hier und da noch ein paar Kürbisse, Vogelscheuchen und Fledermäuse in den Schaufenstern. Teilweise wurden aber auch schon die ersten Lichterketten und Weihnachtskugeln angebracht. Obwohl es gerade Viertel nach drei war, wurde es allmählich dunkel, weil der Himmel von schweren, düsteren Regenwolken verhangen war. Die Temperaturen lagen nur ganz knapp über dem Gefrierpunkt; für den Abend und die Nacht waren Eis- und Schneeregen angekündigt. Ein weiterer Grund, sich auf die Socken zu machen, um rechtzeitig und noch trockenen Fußes von ihrer geplanten kleinen Einkaufstour nach Hause zu kommen.

Vielleicht würde sie sich irgendwo noch ein Stück Kuchen oder ein paar süße Teilchen in einer Bäckerei besorgen. Zwar backte sie sehr gerne und gut, aber nach der ersten anstrengenden Arbeitswoche wollte sie das Wochenende nicht unbedingt in der Küche verbringen. Vielleicht bestellte sie sich heute Abend sogar eine Pizza ins Haus, natürlich nur, wenn das Wetter nicht zu schlimm wurde. Sie wollte ja nicht, dass die Pizzaboten bei glatten Straßen rausfahren mussten.

Ihre Einkäufe waren glücklicherweise schnell erledigt, da sich die Menschenmenge im Gewerbegebiet etwas verlaufen hatte. Auf dem Rückweg parkte Maria spontan nahe dem Stadtpark, um sich in *Luigis Pizzeria* persönlich eine Pizza zum Mitnehmen zu holen. Da der Wind aufgefrischt hatte, lief sie im Laufschritt die Parkwege entlang, die eine Abkürzung zu der Pizzeria bildeten.

Warten musste sie auf die einfache Pizza Margherita nicht lange, sodass sie schon bald wieder den Rückweg antreten konnte. Auf halber Strecke kam sie am *Café Lotte* vorbei, vor dessen Tür eine große Tafel verkündete, dass es nicht nur alle Kuchen und Torten auch zum Mitnehmen gab, sondern heute eine Auswahl an Torten und Süßspeisen im Angebot waren und dazu zwei große Becher mit der speziellen heißen Schokolade nach Geheimrezept des Hauses. Obwohl schon mit der extragroßen Pizza beladen, entschloss sich Maria kurzerhand, davon etwas zu probieren. Dann würde sie das restliche Wochenende eben schlemmend vor dem Fernseher verbringen.

Während sie an der Bedientheke auf ihre Bestellung wartete, sah sie sich ein wenig in dem gemütlichen Café um und erschrak, als sie an einem Tisch am hinteren Fenster Arndt entdeckte, der dort in Gesellschaft einer blonden Frau von vielleicht Ende dreißig oder Anfang vierzig saß. Die beiden hatten Teller mit Torte vor sich und schienen in ein trautes Gespräch vertieft zu sein.

Marias Herz machte einen unangenehmen Satz und pochte in zu hoher Geschwindigkeit weiter. Der Stich, der sie zugleich durchfuhr, war gleichermaßen schmerzhaft wie ärgerlich. Was hatte sie denn auch erwartet? Selbstverständlich hatte er jemanden. Vielleicht war das jene Linda, die neulich in der Firma angerufen hatte. Ja, ganz bestimmt sogar. Sie wirkte ausgesprochen sympathisch.

Die beiden lachten, und zu Marias Entsetzen hob Arndt dabei den Kopf und blickte in ihre Richtung. Als ihre Blicke sich trafen, durchfuhr Maria ein weiterer heftiger Stich, sie fühlte sich ertappt. Gerade noch schaffte sie es, ihm knapp und, wie sie hoffte, unverbindlich zuzunicken. Ihre Rettung war die junge Frau hinter der Bedientheke, die sie ansprach und die Papiertüte mit den bestellten Leckereien an sie weiterreichte. Da sie bereits bezahlt hatte, schnappte Maria sich die Tüte, verabschiedete sich betont freundlich und verließ hoch erhobenen Hauptes und nicht im Geringsten fluchtartig das Café. Das fehlte schließlich noch, dass Arndt bemerkte, wie sie sich fühlte.

Sie ging gemessenen Schrittes an den Fenstern des Cafés vorbei, auch an dem, hinter dem Arndt und seine Begleiterin saßen, und zwang sich dabei, geschäftig zu wirken und nicht zu ihm hinzusehen. Nicht, dass er am Ende noch glaubte, sie stelle ihm nach oder wäre von der kurzen Begegnung in irgendeiner Form berührt. Nein, sie hatte nur zufällig etwas in dem Café gekauft und war gänzlich mit sich selbst und anderen Dingen beschäftigt.

Als der Parkweg eine Kurve beschrieb und sie damit außer Sichtweite war, blieb sie stehen und atmete mehrmals tief durch, um ihre Nerven zu beruhigen. Ihm konnte sie vielleicht etwas vormachen, sich selbst jedoch nicht. Etwas stimmte absolut nicht mit ihr, und angefangen hatte es Weihnachten vor einem Jahr. Dabei war das vollkommen irrational und verrückt obendrein. Was sie beide verband, wenn man das überhaupt so nennen konnte, lag achtundzwanzig Jahre zurück. Eine ganze Generation. Eine halbe Ewigkeit. Eigentlich dürfte es nicht die geringste Auswirkung auf ihr Leben heute haben.

Die Erinnerung an jenes Wochenende ganz kurz nach ihrem Abitur hatte sie in all den Jahren erfolgreich aus ihrem Kopf verbannt. Ihr Herz schien nun aber der Ansicht zu sein, diese Erinnerung und die damit verbundenen Gefühle wieder an die Oberfläche spülen zu müssen. Warum nur? Das brachte doch rein gar nichts und führte auch zu nichts außer einem sich überschlagenden Puls und einem beängstigenden Flattern in der Magengrube, so als säßen dort tausend Schmetterlinge. Das musste wieder aufhören, denn immerhin arbeitete sie jetzt für den Mann … und er hatte eine Freundin. Oder gute Bekannte. Was auch immer. Er war nicht an ihr interessiert, und angesichts ihres verkorksten Lebens und ihrer noch verkorksteren Psyche war das nur gut und richtig. Und vernünftig. Sie hatte genug von Männern, von Abhängigkeiten und von der Nichterfüllung ihrer Wünsche und Bedürfnisse. Sie würde einfach aufhören, an Arndt zu denken, zumindest auf diese Weise. Er war ihr Chef, nichts weiter.

Nun gut, so ganz stimmte das nicht. Er war der Vater des Lebenspartners ihrer Tochter. Doch schon allein diese Tatsache sprach dafür, sich alle verirrten Gedanken aus dem Kopf und ebenso irregeleitete Gefühle aus dem Herzen zu schlagen. Anderenfalls würden sie weder als Familie noch bei der Arbeit jemals funktionieren. Beides war aber unerlässlich, sowohl für ihren Seelenfrieden als auch für die glückliche Zukunft ihrer Tochter. Letzteres war das Wichtigste, hinter dem alles andere hintenanstehen musste.

Sie hatte gar nicht bemerkt, dass sie den restlichen Weg zum Parkplatz bereits zurückgelegt hatte, atmete aber auf, als sie ihr Auto erblickte, das ihr vorkam wie ein rettender Hafen. Sie verstaute die Einkäufe im Kofferraum und hatte das Gefühl, als würde sie die gefährliche Welt aussperren, als sie sich hinters Steuer setzte und die Tür ins Schloss zog.

***

Nanu, was machst du denn mit mir? Wo bin ich denn jetzt plötzlich gelandet? Das ist ja … total gemütlich! Hier gibt es eine Kuscheldecke und da liegt ja sogar der kleine Teddybär, den Lena mir neulich mitgebracht hat. Geschenkt hat sie ihn mir, und jetzt schlafe ich jede Nacht ganz dicht bei ihm, dann fühle ich mich nicht so einsam. Aber noch viel schöner ist es, wenn Lena mich besuchen kommt, so wie jetzt. Sie ist immer sooo lieb zu mir und sagt mir, dass ich bald wieder gesund und fit bin und dass ich dann bei ihr einziehen darf, weil sie mein neues Frauchen ist. Also wirklich, ist das nicht schön? Mein voriges Frauchen ist ja gestorben, sie kommt nicht zurück, aber Lena mag ich auch sehr gern. Manchmal besucht mich auch der große Mann, der Martin heißt, und einmal hatte er ein Mädchen dabei namens Jeanine. Die beiden mag ich auch. Jeanine hat gesagt, sie würde mich auch adoptieren, aber Martin meinte, das geht nicht, weil Lena zuerst da war und wegen noch etwas, aber was das war, habe ich vergessen. Ist ja auch egal, weil ich Lena als neues Frauchen ganz toll finde. Und jetzt sitze ich hier in diesem ovalen Körbchen mit Kuscheldecke und Teddy und über mir ist sogar so etwas wie ein Dach, zumindest ein halbes. Und es wackelt alles ein bisschen und … hui, jetzt bewegt es sich! Wir rollen! Wo fahren wir denn hin? Da muss ich gleich mal gucken; das ist ja spannend!

»Viel Spaß bei eurem Spaziergang!« Fiona Sahler lächelte Lena herzlich zu. »Die frische Luft und ein paar neue Eindrücke werden Buddy guttun. Bleiben Sie aber nicht zu lange draußen, damit er nicht auskühlt. Eine halbe Stunde reicht vollkommen aus. Wenn er mal muss, setzen Sie ihn auf den Boden. Schmutztüten habe ich in die kleine Tasche an der Seite gepackt.«

»Danke, das ist nett von Ihnen.« Grinsend zog Lena eine Rolle Schmutztüten aus der Tasche ihres blauen Parkas. »Ich habe mich auch schon eingedeckt.« Die Tierärztin lachte. »Vorbildlich. Doppelt hält besser. Bis später!«

»Danke, dass Sie mir auch am Wochenende die Gelegenheit geben, mich um Buddy zu kümmern.«

»Schon in Ordnung.« Fiona Sahler lächelte ihr zu. »Da Sie sein neues Frauchen sind, ist es wichtig, dass Sie schnell eine

Bindung zu ihm aufbauen. Darin unterstütze ich Sie gerne.« Damit verschwand sie im Inneren der Praxis.

Lena wandte sich dem kleinen Havaneser zu, der sich in dem dunkelroten Kinderwagen auf seine Decke gelegt hatte, jedoch neugierig sein Näschen über den Rand hinausstreckte und seine Umgebung beäugte. »Na du, was meinst du, gehen wir ein bisschen spazieren?«

Au ja, spazieren gehen mag ich. Ich kann aber noch gar nicht gut laufen. Oh, warte, sitze ich deshalb in dem komischen Ding? Fährst du mich spazieren? Das ist ja toll!

Lena lächelte gerührt, als Buddy heftig mit der Rute wedelte und seine Öhrchen immer abwechselnd anlegte und aufrichtete. Sie berührte ihn sanft am Kopf, und prompt leckte er ihr über die Finger. »Dann machen wir uns mal auf den Weg in den Park. Aber wundere dich nicht, wenn alle uns anstarren.« Kichernd zog sie ihre Hand zurück und ging los, den Kinderwagen vor sich herschiebend.

Warum soll uns denn jemand anstarren? Verstehe ich nicht.

»Die Leute werden sich wundern, dass ich dich herumkutschiere.«

Wenn du meinst. Mir ist das egal. Ich gucke mir einfach nur die Umgebung an. Gar nicht mal so schlecht aus dieser Höhe und wenn man nicht selbst laufen muss. Da sieht man viel mehr.

»Hast du keine Angst, er könnte sich daran gewöhnen, herumgefahren zu werden?« Martins amüsierte Stimme ließ Lena überrascht zusammenzucken. Sie hatte gerade den Eingang zum Park erreicht und nicht damit gerechnet, ihm hier zu begegnen.

»Wo kommst du denn her?«, antwortete sie mit einer Gegenfrage, ehe sie ihre Gedanken sortieren konnte. Dann bemerkte sie seinen Aufzug. Er trug Sportkleidung und Laufschuhe.

»Ich wollte eine Runde durch den Park joggen, vielleicht auch zwei.« Er streckte die Hand nach Buddy aus und ließ ihn daran schnuppern. »Hallo, Kleiner, na, bist du bald wieder auf dem Damm?«

Hallo, Martin, das ist aber schön, dich zu sehen! Buddy wedelte wieder heftig mit der Rute, und auch seine Ohren legten sich wieder abwechselnd an und richteten sich auf. *So macht Spazierengehen Spaß. Kommst du mit?*

Lächelnd streichelte Martin den kleinen Hund, sah dabei aber Lena von der Seite an. »Macht es dir etwas aus, wenn ich euch ein Stückchen begleite? Ich muss meine Gedanken ein bisschen ablenken.«

»Wovon?« Da sie Martin ja schlecht verbieten konnte, sich um Buddy zu sorgen, nahm sie hin, dass er neben ihr her den Parkweg entlangging.

»Von der Tatsache, dass ich Jeanine nachher zu ihrer ersten Abendparty mit Jungs fahren werde.« Er verdrehte die Augen. »Lach bloß nicht. Ich hätte selbst nicht gedacht, dass mich das so mitnimmt. Ich meine, sie war ja schon auf zig Geburtstagsfeiern, bei denen auch Jungen eingeladen waren, aber die fanden immer tagsüber statt. So eine Party am Abend …«

»Ist viel romantischer, meinst du?« Lena grinste.

»Himmel, sag doch so was nicht!« In einer theatralischen Geste raufte er sich die Haare. »Da soll gar nichts romantisch sein. Dazu hat sie noch genug Zeit, wenn sie erwachsen ist.« Als sie lachte, verzog er schmerzlich das Gesicht. »Mach dich nur über mich lustig!«

»Tue ich gar nicht.« Lena bemühte sich, wieder ernst zu werden. »Ich dachte bloß, dass ein so junger Vater wie du mehr Verständnis aufbringen würde. Da war mein Vater wesentlich cooler, oder zumindest hatte ich immer den Eindruck.«

»Du missverstehst das.« Martin hob verzagt die Hände, ließ sie aber gleich wieder sinken. »Mein Problem ist, dass ich Jeanine nur allzu gut verstehen kann, weil ich mich sehr detailliert an die Zeit erinnern kann, als ich in ihrem Alter war … und an die Folgen meines damaligen Handelns.« Er räusperte sich. »Immerhin ist sie diese Folge.«

»Glaubst du denn, sie würde irgendeine Dummheit begehen?«

»Nein.« Martin seufzte. »Ich hoffe nicht. Zumindest habe ich ausreichend oft mit ihr darüber geredet.«

»Über die Bienchen und Blümchen?« Jetzt musste sie doch wieder schmunzeln.

»Über jeden Aspekt von Verliebtsein, Hormonen, Sex, Fortpflanzung, Verhütung und die Tatsache, dass sie jedes Recht hat, nicht nur Letztere einzufordern, sondern auch Nein zu sagen, wenn sie sich nicht zu hundert Prozent sicher ist.«

Überrascht über diese ausführliche Antwort musterte Lena ihn. »Das alles hast du mit ihr besprochen?«

»Mehrmals.« Er erwiderte ihren Blick leicht irritiert. »Hätte ich das etwa nicht tun sollen?«

»Doch, doch, unbedingt.« Lena versuchte, sich dieses Gespräch vorzustellen, doch es gelang ihr nicht ganz. »Mein Vater hat das mit uns auch durchexerziert.« Sie hüstelte amüsiert. »Das war eines der seltenen Male, dass ich mich am liebsten irgendwo eingebuddelt hätte, weil mir dieses Gespräch so peinlich war.«

»Peinlich?« Martin verzog den Mund. »Ja, kann sein. Angenehm ist es nicht, mit dem eigenen Kind über jedes Detail der Fortpflanzung oder Verhütung derselben zu sprechen, aber ich hatte doch keine Wahl, oder? Ich bin selbst das lebende Anschauungsmaterial dafür, wie man es nicht machen sollte.«

Nachdenklich musterte sie ihn erneut. »Ich weiß nicht, ob man das so pauschal sagen kann.«

Entsetzt starrte er sie an. »Mit sechzehn eine noch Fünfzehnjährige zu schwängern und mit siebzehn Vater zu werden, ist wohl kaum ein nachahmenswertes Vorbild!«

»Das wohl nicht«, stimmte sie zu. »Aber hast du nicht gesagt, dass ihr verhütet habt, aber dabei das Kondom gerissen ist? So etwas kann immer passieren. Ihr wart also nicht einfach kopflos.«

Martin räusperte sich. »Hätten wir es gar nicht erst getan, wäre das Kondom auch nicht gerissen.«

Beinahe hätte sie gelacht. »So zu argumentieren, führt zu nichts, fürchte ich. Du kannst niemanden zur ewigen Enthaltsamkeit zwingen, nur weil vielleicht etwas in der Art passieren könnte.« Sie zögerte kurz, bevor sie fragte: »War die Pille danach für euch keine Option?«

Martin nickte, schüttelte aber fast zeitgleich den Kopf. »Sie war damals noch nicht rezeptfrei zu bekommen, und bis Alice ihren Eltern alles gebeichtet und ihre Mutter sie zur Frauenärztin geschleppt hatte, war anscheinend das Zeitfenster schon geschlossen, in dem das Präparat gewirkt hat. Die Ärztin hat später erklärt, dass wohl der Eisprung so früh nach dem Unfall war, dass das Mittel seine Wirkung leider verfehlt hat.«

»Ihr hattet also einfach riesiges Pech in mehrfacher Hinsicht«, schloss Lena. »Das kann euch kaum jemand zum Vorwurf machen, finde ich. Abgesehen davon hast du, soweit ich sehen kann, die Konsequenzen daraus doch recht gut im Griff, oder? Du hast dich nicht aus der Affäre gezogen, wie es sicherlich manch anderer getan oder zumindest versucht hätte.«

»Das kam für mich nicht infrage. Meine Eltern hätten es auch nicht zugelassen. Sie lieben Jeanine.«

»Du hast also das Richtige aus einer unglücklichen Situation gemacht«, schloss sie. »Das ist in meinen Augen durchaus nachahmenswert.«

»Hm.« Er dachte über ihre Worte nach. »Ja, kann sein. Aber trotzdem …«

»… soll deiner Tochter nicht dasselbe passieren«, vollendete sie seinen Satz. »Deine Sorge ist verständlich, aber ist sie auch begründet? Glaubst du, Jeanine würde sich mit einem Jungen einlassen … mit ihm schlafen, noch dazu gleich bei ihrer allerersten Party?«

»Wahrscheinlich nicht.« Er schüttelte den Kopf. »Nein, bestimmt nicht. Trotzdem … Es ist ja wirklich nicht so, dass Alice und ich nicht vorsichtig waren. Uns ist das verdammte Kondom kaputt gegangen, und ich habe es zu spät bemerkt.«

Lena biss sich auf die Unterlippe. Sein Dilemma war allzu verständlich. »Trotzdem wirst du sie nicht für immer davon abhalten können, Sex zu haben.«

Er fuhr sich mit der Hand durchs Gesicht. »Das weiß ich.«

»Hattest du seither nie wieder welchen?«

Irritiert sah er sie an. »Wie kommst du denn darauf?«

»Und hast du dabei ein Kondom benutzt?«

Nun schien er zu verstehen, worauf sie hinauswollte. »Aber keines, dessen Verfallsdatum bereits abgelaufen war, weil man es sich heimlich bei einem Kumpel organisiert hat, der es wer weiß woher hatte. Ich habe damals gar nicht darüber nachgedacht, dass die Dinger irgendwann zu alt sein könnten.«

»Jeanine weiß das aber, nehme ich an«, hakte sie nach.

»Selbstverständlich.«

»Na also.« Sie hob die Schultern. »Ein bisschen Glück braucht es zwar trotzdem immer, aber mehr kannst du doch gar nicht tun, um zu gewährleisten, dass sie sicher ist und sich richtig verhält.«

»Dein Wort in Gottes Gehörgang!«

Sie lächelte. »Ganz ehrlich? Bei meiner ersten Party mit Jungs war ich viel zu aufgeregt, um an Sex zu denken. Eng tanzen war das höchste der Gefühle. Manche haben auch geknutscht. Das gehört einfach dazu.«

»Ich weiß, ich weiß.«

Spontan und ohne weiter darüber nachzudenken, sagte sie: »Wenn es deine Nerven beruhigt, kannst du gerne später bei uns vorbeikommen. Papa hat einen neuen Kunden an Land gezogen, der für seine Spielwarenladenkette ein komplettes Sicherheitssystem bei uns kaufen möchte. Er hat mehrere Sonderwünsche, was die Sache kompliziert macht. Wir wollen, weil es ein bisschen eilt, heute Abend schon mal über eine passende Strategie sprechen. Wenn du mit von der Partie bist, muss ich dir am Montag nicht alles noch mal erklären.«

Mit hochgezogenen Brauen sah er sie an. »Arbeiten am Samstagabend?«

Sie grinste. »Du darfst dir die Überstunden aufschreiben.«

»Davon gehe ich aus.« Er grinste zurück. »Ich muss Jeanine um sechs bei ihrer Freundin absetzen und um halb zehn wieder abholen.«

»Na, das passt doch zeitlich perfekt«, befand Lena. »Sei um halb sieben bei uns, genauer gesagt bei mir. Papa kommt zu mir rauf, weil ich versprochen habe, für ihn zu kochen. Außerdem muss ich ihn noch wegen seines Dates heute Nachmittag ausquetschen.«

Martin schmunzelt. »Er hat ein Date? Am Nachmittag? Wo?«

»Im *Café Lotte* zu leckerer Torte und Kaffee.«

»Das ist doch kein richtiges Date!«

Sie stöhnte. »Nun fang du nicht auch noch damit an! Lennart lag mir auch schon damit in den Ohren. Warum soll das kein richtiges Date sein?«

»Weil Kaffee und Kuchen am helllichten Tag … Sorry, das wäre mir zu wenig romantisch.«

»Ach.« Sie verdrehte die Augen. »Sagt der Mann, der von Romantik lieber die Finger lässt.«

»Das habe ich nie behauptet!« Vehement schüttelte Martin den Kopf. »Ich bin bloß der Ansicht, dass meine noch nicht einmal fünfzehnjährige Tochter sich vorerst noch von Romantik fernhalten sollte. Davon, dass ich sie generell ablehne, war nie die Rede.«

Hallo? Wuff? Was seid ihr denn so aufgeregt? Stimmt etwas nicht? Buddy richtete sich im Kinderwagen auf und winselte leise. Ich müsste auch mal dringend mein Geschäft erledigen, wenn es euch nichts ausmacht.

»Oh, Buddy, was ist denn?« Sofort richtete Lena ihre Aufmerksamkeit auf den Hund. »Musst du mal? Na komm, ich hebe dich auf den Boden.« Vorsichtig nahm sie den Havaneser aus dem Kinderwagen, so wie die Tierärztin es ihr gezeigt hatte, und setzte ihn auf dem Grasstreifen neben dem Weg ab.

Danke! Oh, gut, hier bei den Sträuchern riecht es interessant, da schnüffle ich ein bisschen, bis ich die richtige Stelle für mein Geschäft gefunden habe.

»Na gut«, wandte sie sich an Martin, nachdem sie sich wieder aufgerichtet hatte. »Trotzdem kann auch ein Treffen bei Kaffee und Kuchen romantisch sein. Es ist doch völlig egal, wo man das erste Date hat. Wenn alles zusammenpasst, kann es in jeder Situation klick machen.«

»Wenn alles zusammenpasst?«

»Ja.« Sie nickte bekräftigend. »Wenn der jeweils andere deinen Vorstellungen entspricht, meine ich. Dann kann man sich doch eigentlich überall verlieben, und dann kann auch alles romantisch sein. Sogar ein Zahnarztbesuch.«

Martin prustete. »Wann hattest du zuletzt ein Date beim Zahnarzt?«

Lena bedachte ihn mit einem strafenden Blick. »Du weißt, was ich meine. Zeit und Ort sind doch vollkommen irrelevant, wenn du dem Menschen begegnest, der dir und deinen Vorstellungen von einem perfekten Partner voll entspricht.«

»Okay, kann schon sein.« Er lachte immer noch, sein Blick wurde jedoch ernst. »Bedeutet das im Umkehrschluss, dass du dich noch nie in jemanden verliebt hast, der nicht perfekt war? Wie hast du denn das geschafft und warum bist du dann immer noch Single?«

Hm, hier riecht es ja wirklich interessant. Offenbar waren hier schon viele andere Hunde. Ich würde ja zu gerne markieren, aber mein Bein zu heben, tut mir zu weh. Was soll's, dann hocke ich mich eben hin. Sieht ja hoffentlich keiner. Und da vorne ist der perfekte Platz für mein großes Geschäft.

Lena warf einen kurzen Blick auf Buddy, der gerade seine Blase entleerte und dann halb unter einen Busch kroch, um sein Geschäft zu verrichten. Sie runzelte die Stirn, weil sie, um die Hinterlassenschaft wegzumachen, ebenfalls unter den Busch würde kriechen müssen. »Ich habe nicht gesagt, dass ein Mann perfekt sein muss, damit ich mit ihm ausgehe … oder mich verliebe.«

»Sondern?« Aufmerksam sah Martin sie an, was zur Folge hatte, dass sie sich sehr mulmig fühlte. Wie waren sie nur auf dieses Thema gekommen?

»Sondern dass er mehr oder weniger perfekt meinen Vorstellungen entsprechen muss«, präzisierte sie.

»Inwiefern ist das etwas anderes?«, hakte er nach.

Sie zuckte mit den Achseln. »Das ist mir jetzt etwas zu kompliziert zu erklären.«

»Kann ich mir vorstellen.« Martin feixte. »Die Suche nach Perfektion dürfte tatsächlich kompliziert sein – und anstrengend.«

»Das kommt immer darauf an, was man als perfekt ansieht«, konterte sie, begriff aber in dem Moment, als sie seinen neugierigen Blick sah, dass sie einen Fehler begangen hatte. Rasch fügte sie, wie schon einmal, hinzu: »Vergiss es.«

»Okay.« Überraschend schnell gab er klein bei und richtete seinen Blick auf Buddy, der gerade umständlich unter dem Busch hervorgekrochen kam. »Na, Kleiner, alles erledigt?«

Jawohl! Puh, das war jetzt aber anstrengend. Hebt mich bitte jemand wieder in den Wagen? Laufen kann ich nämlich noch gar nicht sehr weit.

»Na komm, ich hebe dich wieder in deine Kutsche.« Lächelnd ging Martin in die Hocke und nahm Buddy auf den Arm.

»Pass auf, dass du ihn an Brust und Hinterteil stützt.« Da sie helfen wollte, streckte auch Lena ihre Hände nach dem Hund aus. Prompt kam sie sich mit Martin ins Gehege.

»Schon gut, ich weiß schon, wie das geht.« Vorsichtig setzte Martin den Havaneser zurück in den Kinderwagen. Lena nestelte rasch eine Schmutztüte hervor, ging in die Hocke und versuchte, an Buddys Hinterlassenschaft zu gelangen. Das war nicht so einfach, wie sie gedacht hatte. Vielleicht hing es damit zusammen, dass sie aus unerfindlichen Gründen plötzlich nervös war. Ob das daran lag, dass ihre Hände eben die von Martin gestreift hatten, oder daran, dass sie langsam den Verstand verlor, konnte sie nicht eindeutig bestimmen. Sie wusste nur, dass ihr noch kein Mann begegnet war, der sie beständig irritierte, auf die eine oder andere Weise. Sehr nervig und unangenehm.

»Brauchst du Hilfe?« Seine Stimme klang erheitert.

»Nein.« Sie kroch weiter in den Busch, ausgerechnet Ilex, der sie mit seinen stacheligen Blättern ordentlich pikste, auch ins Gesicht. »Ich hab's gleich!« Tatsächlich schaffte sie es, das Häufchen in die Tüte zu verfrachten. Sie wollte sich aufrichten, leider etwas zu hastig; ein Ästchen schlug ihr ins Gesicht und sie geriet ins Schwanken. Im nächsten Moment fand sie sich unsanft auf ihrem Allerwertesten wieder. Das Tütchen wäre ihr dabei beinahe entglitten. Nur mit Mühe fing sie es auf.

»Sehr elegant«, scherzte Martin. »Fast schon filmreif.«

»Ha, ha.« Erbost blickte sie zu ihm auf, und für einen kurzen Moment verhakten sich ihre Blicke ineinander. Ein Stich durchzuckte sie.

»Lass mich dir helfen.« Martin streckte ihr seine rechte Hand entgegen. »Du sitzt mitten im Matsch.«

Da er schon wieder grinste, drückte sie ihm die Schmutztüte in die Hand. »Gern. Entsorg die bitte.« Ohne weitere Hilfe rappelte sie sich auf und tastete nach ihrem feuchtschlammigen Hintern. »Und grins nicht so!«

»Ich grinse doch gar nicht.« Er hatte den Beutel bereits im nächstgelegenen Abfalleimer versenkt. »Ich lächle dir zu.«

»Von wegen.« Sie funkelte ihn an. »Beim nächsten Mal darfst *du* unters Gestrüpp krabbeln.«

»Beim nächsten Mal?« Seine Augenbrauen zuckten nach oben. »Lädst du mich zu einem weiteren Spaziergang ein?«

»Wohl kaum.« Seine Erheiterung stachelte ihren Ärger an. »Wenn du nicht sofort aufhörst, so ekelhaft zu *lächeln*«, sie betonte das Wort mit allem Sarkasmus, dessen sie fähig war, »dann schmeiße ich dich auch ein bisschen in den Matsch.«

»Ach ja?« Nun lachte er wirklich. »Und wie willst du das anstellen?«

»Das wirst du dann schon sehen. Ich fege dich im Handumdrehen von den Füßen.«

»Davon träumst du vielleicht.«

Sie bedachte ihn mit einem finsteren Blick, verkniff sich aber einen Konter, da sie sich schon wieder so mulmig fühlte. Etwas an seinen Augen bekam ihr nicht gut. »Also, wie ist es nun?«, wechselte sie rasch das Thema. »Willst du uns später ein bisschen helfen?«

Martin nickte. »Warum nicht? Vielleicht lenkt es mich ja wirklich etwas ab. Gegen halb sieben?«

»Genau.«

»Alles klar.« Er tätschelte noch einmal Buddys Kopf. »Dann drehe ich jetzt mal besser meine Joggingrunde.«

»Gut.« Lena warf einen Blick auf ihre Armbanduhr. »Ich schätze, ich kehre jetzt um. Frau Dr. Sahler meinte, ich soll höchstens eine halbe Stunde draußen bleiben, damit Buddy sich nicht zu sehr anstrengt.«

Ich fühle mich jetzt gar nicht mehr so angestrengt. Du fährst mich doch durch die Gegend, das ist sogar sehr bequem. Von mir aus können wir noch ein Weilchen draußen bleiben.

Lächelnd deutete Martin auf den Havaneser. »Erschöpft sieht der Kleine gerade nicht aus. Und so lange waren wir ja jetzt auch noch nicht unterwegs.« Ein letztes Mal kraulte er Buddy hinter den Ohren. »Nicht wahr, du bleibst gerne noch ein bisschen an der frischen Luft.«

Und wie! Ich finde es hier draußen toll. Buddy wedelte begeistert mit der Rute.

Argwöhnisch blickte Lena zwischen Hund und Mann hin und her. »Habt ihr euch gerade gegen mich verschworen?«

Von Martin erntete sie ein heiteres Augenzwinkern. »Das klingt so hart. Ich würde eher sagen, Buddy und ich sind in dieser Sache einer Meinung. Also …« Er hob zum Abschied kurz die Hand. »Wir sehen uns später. Viel Spaß euch beiden noch.« Damit entfernte er sich im lockeren Lauftempo von ihnen.

Lena beobachtete, wie er in etwa fünfzig Metern Entfernung wieder anhielt, auf der Stelle trabte und einige Aufwärmübungen absolvierte. Ehe er sie womöglich beim Starren ertappen konnte, drehte sie mitsamt Kinderwagen ab und ging in die entgegengesetzte Richtung weiter.

10. Kapitel

»Ha, ich glaube, ich hab's!« Elf-Dreizehn, der für die Computeranlage des Weihnachtsmannes verantwortlich war, klatschte in die Hände.

»Wirklich?« Elfe-Sieben, die schon seit vielen Jahren als Assistentin in Santas Büro arbeitete, sprang von ihrem Schreibtisch auf und gesellte sich zu Elf-Dreizehn. »Sag schon, wo lag der Fehler?«

»Es ist gar kein Fehler.« Der Elf grinste fröhlich. »Ich hatte das Weihnachtswunsch-Radar nur extrem scharf eingestellt, dabei aber den Alarm verstellt. Die neue Frühwarnfunktion arbeitet vollkommen korrekt, nur die akustische Benachrichtigung musste angepasst werden.«

»Na, ihr beiden?« Santa Claus kam mit einem Stapel Post zur Tür herein. »Was gibt es Neues?«

»Ich habe die Einstellungen des Weihnachtswunsch-Radars überarbeitet.« Elf-Dreizehn deutete auf den Computerbildschirm. »Jetzt brauchen die Rentiere keine Angst mehr vor Ohrenschmerzen zu haben.«

»Ausgezeichnet.« Santa Claus legte die Post auf Elfe-Siebens Schreibtisch ab. »Kann man denn nun auch herausfinden, von wo dieser Alarm ausgelöst wurde? So ein Frühwarnsystem macht ja schließlich nur Sinn, wenn man auch weiß, wovor genau es warnt.«

»Ich muss noch ein paar Justierungen vornehmen.« Elf-Dreizehn beugte sich über die Tastatur. »Ich dachte, die Schwingungen, die das Radar empfängt, würden ausreichen, um deren Ursprung zuordnen zu können, aber ganz so einfach geht es doch nicht. Deshalb ...« Er brach ab und tippte auf der Tastatur herum. Eine kompliziert aussehende Eingabemaske öffnete sich. Elf-Dreizehn gab verschiedene Befehle und Codes ein, während der Weihnachtsmann und Elfe-Sieben ihm gespannt zusahen. Es dauerte eine geraume Weile, doch schließlich schloss der Elf die Eingabemaske wieder und startete die Anwendung neu. »Jetzt müsste es funktionieren.«

»Da bin ich aber gespannt!« Santa Claus beugte sich vor, um zu sehen, welche Daten nun auf dem Bildschirm angezeigt wurden. »Ach, sieh mal einer an!«

»Die junge Frau kennen wir doch!« Auch Elfe-Sieben war noch näher gekommen und deutete auf einen der Namen, den die Software ausgespuckt hatte. »Lena Overbeck ist doch die Schwester von Lennart, den wir vergangenes Jahr in der Weihnachtszeit begleitet haben.«

»Stimmt.« Nachdenklich fuhr Santa Claus sich durch den Bart. »Ihm und Melissa konnten wir gar nicht so viel helfen, dazu war die Situation zu verzwickt.«

»Und trotzdem konnten wir Melissas Sohn Andy seinen Weihnachtswunsch erfüllen«, warf Elfe-Sieben ein. »Zwar war dabei nur wenig unser Verdienst, aber mitgeholfen haben wir schon. Und jetzt empfangen wir also seltsame Schwingungen von Lena.«

»Hier sind noch mehr Namen aufgetaucht«, unterbrach Elf-Dreizehn die beiden. »Maria Seifert. Ist das nicht Melissas Mutter? Und Lenas und Lennarts Vater taucht auch auf.«

»Und da sind noch weitere Namen.« Auch Elfe-Sieben sah sich die Liste genauer an. »Das ist ja spannend! Schau mal, Santa, da gibt es anscheinend auch wieder einen Hund, der mit von der Partie ist. Ob wir versuchen sollen, einen Bildschirm an der Videowand für diese Menschen einzurichten?«

Wieder fuhr Santa Claus sich durch den Bart. »Das dürfte wohl nicht so einfach gehen. Die Bildschirme funktionieren nur, wenn ein konkreter Wunsch vorliegt. Soweit ich es überblicke, ist das aber nicht der Fall. Wir können zwar versuchen, in den Himmelsarchiven etwas über diese Menschen herauszufinden, aber eigentlich ist das ohne konkreten Wunsch ein Regelverstoß.«

»Stimmt, das könnte Ärger geben.« Bedächtig tippte Elfe-Sieben sich mit dem Zeigefinger gegen die Unterlippe. Im nächsten Moment hellte ihre Miene sich auf. »Ich habe eine Idee! Da ist schließlich immer noch der kleine Andy. Der hat doch bestimmt dieses Jahr wieder einen Wunschzettel geschrieben.«

»Jetzt schon?« Skeptisch runzelte Elf-Dreizehn die Stirn. »Ist es dafür nicht noch etwas früh? Ich meine, klar, die ersten Wunschzettel kommen jetzt im November schon herein, aber die meisten werden doch erst im Dezember an uns verschickt.«

»Das lässt sich ja leicht herausfinden.« Elfe-Sieben kehrte an ihren Schreibtisch zurück und startete ihren Computer. Eifrig tippte und klickte sie, bis sie fündig wurde. »Heureka!« Aufgeregt winkte sie Elf-Dreizehn und den Weihnachtsmann zu sich. »Andy hat vergangenes Jahr auch schon so früh einen Wunsch an uns geschickt, und dieses Jahr ist es genauso. Also, genau genommen ist der Brief noch nicht verschickt, aber er liegt schon in seinem Zimmer auf dem Schreibtisch, seht ihr?« Sie hatte auf der Oberfläche des Wunschzettel-Radars auf ihrem Computer einen entsprechenden Videofeed-Eintrag geöffnet. »Bestimmt schickt er ihn bald ab. Da der Wunsch an sich aber schon formuliert wurde, können wir ihn auf einen der Bildschirme legen.«

»Und dann seine direkte Umgebung im Blick behalten«,

ergänzte Elf-Dreizehn. »Ein genialer Workaround, Elfe-Sieben!«

»Der aber nur funktioniert, wenn der Wunsch so groß ist, dass er nicht nur seine direkte Umgebung betrifft, sondern auch Auswirkungen auf weitere Menschen außerhalb seiner engsten Familie hat«, gab Santa Claus zu bedenken.

»Ich glaube, darüber brauchen wir uns keine Gedanken zu machen.« Elfe-Sieben strahlte. Sie hatte den Videofeed ein wenig zurückgespult bis zu dem Zeitpunkt, zu dem Andy den Wunschzettel verfasst hatte. Nun zoomte sie das Bild so weit heran, dass der Inhalt, teils geschrieben, teils gemalt, zu erkennen war. »Wenn das nicht ein fantastischer Wunsch ist, weiß ich es auch nicht.«

»Lass mich mal sehen.« Der Weihnachtsmann betrachtete die Standbilder, die Elfe-Sieben extrahiert hatte, sehr eingehend, dann begann auch er zu strahlen. »Das ist ja wirklich fantastisch! Das sollte funktionieren.« Geschäftig machte er sich daran, einen der Bildschirme an der bislang noch nicht genutzten Videowand so einzurichten, dass Andy darauf zu sehen war. Im nächsten Schritt rief er alle Menschen auf, deren Namen das Wunschzettel-Radar auf seinem Computer aufgelistet hatte. »Es funktioniert!« Begeistert klatschte Elfe-Sieben in die Hände.

»Zumindest sehen wir jetzt, was dort auf der Erde vor sich geht«, schränkte Santa Claus ein. »Wir wissen aber noch immer nicht, um was für potenzielle Wünsche es nun bei diesen Menschen geht.«

»Ich glaube, da kann ich weiterhelfen«, erklang die Stimme von Santas Ehefrau. Sie hatte offenbar schon eine ganze Weile unbemerkt in der Tür gestanden. »Zumindest teilweise.«

»Ach ja?« Verwundert sah der Weihnachtsmann sie an. »Woher willst du das wissen?«

»Nun ja.« Sie gesellte sich zu ihm und setzte sich auf die Schreibtischkante. »Weißt du, mir ist da vergangenes Jahr zu Weihnachten etwas aufgefallen …«

»Was denn aufgefallen?«, hakte Santa Claus verblüfft nach.

»Ja, nun, ich habe es nicht erwähnt, weil die Wunscherfüllung für vergangenes Jahr zu dem Zeitpunkt bereits abgeschlossen war. Ich dachte, es reicht, wenn wir uns später damit befassen. Als ich eben sah, dass du unter anderem auch Arndt und Maria auf dem Bildschirm zugeschaltet hast, fiel mir das alles wieder ein.« Rasch berichtete sie, was sie im vergangenen Jahr beobachtet hatte.

»Das ist ja wirklich spannend!« Elfe-Sieben hopste begeistert auf und ab. »Du glaubst also, zwischen Arndt und Maria ist etwas?«

»Zumindest war da einmal etwas.« Santas Frau nickte. »Wir sollten in den Himmelsarchiven nachsehen, was genau da geschehen ist.«

»Das übernehme ich!« Elf-Dreizehn machte sich sogleich an die Arbeit.

»Und was mit den anderen Personen los ist, kann ich mir jetzt fast schon denken.« Elfe-Sieben trat an die Videowand und zappte sich durch die Feeds zu Martin und Lena und Buddy. »O du meine Güte!« Als sie sah, was dem kleinen Hund widerfahren war, hielt sie sich kurz vor Entsetzen die Augen zu. »Wie scheußlich! Dass es so grausame Menschen gibt! Was für ein Glück, dass Lena und Martin zur Stelle waren, um dem armen kleinen Hund zu helfen. Und nun wird er sogar bei ihr einziehen.« Die Elfe lächelte wieder. »Tja, was soll ich sagen? Die Sache ist ziemlich eindeutig.«

»Ist sie das?« Der Weihnachtsmann betrachtete ebenfalls, was sich auf der Erde tat.

»Aber ja doch!« Elfe-Sieben nickte so heftig, dass ihr die spitze Mütze beinahe vom Kopf gerutscht wäre. »Ganz klar sollen wir dabei helfen, zwei Paare glücklich zusammenzuführen. Lena und Martin …«

»… und Arndt und Maria«, ergänzte Santas Frau. »In meinen Augen ist das auch vollkommen klar.«

»Dabei stellt sich nur ein außerordentliches Problem«, wandte der Weihnachtsmann mit einem tiefen Seufzen ein. »Wir haben weder von Maria oder Arndt noch von Lena oder Martin einen Wunsch empfangen, der darauf abzielt, ihnen beim Finden ihres Glücks unter die Arme zu greifen. Oder auch nur einen Wunsch, der ansatzweise in so eine Richtung gehen würde. Auch nicht von den Menschen um sie herum. Und solange wir keinen Wunsch empfangen, auf welchem Wege auch immer, darf ich nicht aktiv werden.«

»Stimmt, ja, leider.« Enttäuscht ließ Elfe-Sieben den Kopf hängen.

»Dummerweise wirken diese vier auch nicht so, als würden sie sich mit solch einem Wunsch an mich wenden«, fügte Santa betrübt hinzu. »Mir sind also die Hände gebunden.«

»Ich finde leider auch in unseren Archiven keine alten Wünsche in der Richtung«, ergänzte Elf-Dreizehn, der schon wieder auf der Computertastatur herumhackte.

»Und was wäre …« Santas Frau knabberte an ihrer Unterlippe herum.

»Was meinst du?«, hakte der Weihnachtsmann nach.

Sie zögerte. »Haben wir schon einmal versucht, einen Menschen dazu zu bewegen, sich etwas bei dir zu wünschen? Ich glaube nicht, oder?«

»Nicht, dass ich wüsste.« Auf der Stirn des Weihnachtsmannes erschienen tiefe Falten. Im nächsten Moment hellte seine Miene sich auf. »Aber einmal ist immer das erste Mal!«

Er gab seiner Frau einen schallenden Kuss. »Mein Schatz, diese Idee ist absolut genial. Elfe-Sieben, ruf die Elfen-Brigade zusammen. Wir müssen eine Dringlichkeitssitzung abhalten und sofort geeignete Maßnahmen einleiten.«

11. Kapitel

»Damit wären wir so weit fertig, würde ich sagen.« Arndt klappte seinen Laptop zu. »Das war ein wirklich fruchtbarer Abend.« Er nickte Martin zu. »Ich danke Ihnen, dass Sie sich die Zeit genommen haben, uns zu unterstützen. Das ist nicht selbstverständlich und wird auf jeden Fall in klingender Münze honoriert.«

»Schon in Ordnung.« Auch Martin nickte seinem Chef zu. »Ich bringe mich gerne ein. Dieses neue Sicherheitssystem wird eine Herausforderung, das ist ganz klar.«

Arndt seufzte. »Ich bin inzwischen zu der Überzeugung gelangt, dass wir wahrscheinlich die letzte Rettung für den Kunden sind. Normalerweise beschäftigt er keine so kleinen Fische wie uns.«

»Du meinst, mit seinen kruden Sonderwünschen hat er alle anderen Sicherheitsfirmen in die Flucht geschlagen?«

Arndt hob die Schultern. »Das ist möglich. Allerdings scheint es mit der Firma, die zuvor für die von Stappens gearbeitet hat, ja auch einige Probleme anderer Art gegeben zu haben. Wahrscheinlich spielt beides eine Rolle.«

Lena verzog grimmig die Lippen. »Na wunderbar.«

»Das wird es, wenn wir den Auftrag erfolgreich ausführen«, befand Martin grinsend.

Sie schoss einen vernichtenden Blick auf ihn ab. »Dir ist schon klar, dass das ein Gewaltakt wird, nachdem du ja erst kürzlich einen ähnlich großen Workload bei Frau Berger verursacht hast?«

»Das schaffen wir doch mit links.« Martin winkte ab. »Bei Frau Berger geht es um nur geringfügig modifizierte Standardkomponenten. Damit sind wir fertig, bevor wir mit dieser Anlage hier beginnen.« Er deutete auf das Flipchart, an dem eine bunte Zeichnung hing, die auf den ersten Blick einem Spinnennetz ähnelte und erst auf den zweiten Blick preisgab, dass es sich um einen Schaltplan handelte.

»Sagtest du nicht etwas davon, dass wir für den Auftrag bei Frau Berger ein eigenes Konzept erstellen müssen?« Befremdet musterte Lena ihn.

Martin grinste und klappte ebenfalls seinen Laptop zu. »Das habe ich längst erledigt.«

»Wie bitte?« Lena fixierte ihn. »Wann denn?«

»Heute Nachmittag beim Joggen.«

»Beim Joggen?«, echote sie sichtlich skeptisch.

Martin nickte nur beiläufig. »Sport hilft mir fast ebenso gut beim Denken wie putzen!«

»Ach.«

»Oder bügeln.« Er legte den Kopf schräg. »Du hältst mich für verrückt.«

»Nein.« Die Antwort war ihr zu rasch über die Lippen gekommen.

Martin sah ihr an, dass sie sehr wohl den einen oder anderen Gedanken in dieser Richtung genährt hatte. »Jedenfalls ist mir beim Joggen aufgefallen, dass wir unsere Standardkomponenten jeweils nur an einer oder zwei Stellen modifizieren müssen, um diesem Auftrag gerecht zu werden. Das ist allemal günstiger und weniger aufwendig oder fehleranfällig als die Programmierung einer völlig neuen Anlage.«

»Wie willst du denn diese Modifizierung bewerkstelligen, ohne dabei die Kompatibilität der einzelnen Komponenten zu gefährden?« Skepsis und Neugier zeichneten sich gleichermaßen auf Lenas Miene ab.

»Das erkläre ich dir noch.« Er sah auf seine Armbanduhr. »Leider muss ich jetzt los. Du weißt ja, dass ich Jeanine von dieser Party abholen muss, und da will ich nicht zu spät aufschlagen.«

»Oh, klar.« Nun schloss auch Lena ihren Laptop. »Dann … also …« Sie räusperte sich. »Dann sehen wir uns am Montag. Ich hoffe, Jeanine hatte eine schöne Zeit auf der Party.«

»Ja.« Er grinste schief. »Das hoffe ich ebenfalls.« Er nickte ihr zu und verabschiedete sich per Handschlag von Arndt, der sich mit ihm zusammen auf den Weg ins Erdgeschoss machte. Vor seiner Wohnungstür blieb Arndt stehen und wandte sich Martin noch einmal zu. »Eine Party, ja? Geburtstag?«

Martin nickte. »Ja, der einer Freundin.«

»Mit Jungs, nehme ich an.«

»Jap.« Wieder nickte Martin.

Arndt lächelte. »Wie alt ist Ihre Tochter noch mal?«

»Vierzehn.«

»Ah.«

»Fast fünfzehn.«

»Da hilft nur beten.«

Martin starrte seinen Chef an, der daraufhin lachte. »Oder Baldriantee. Glauben Sie mir, ich weiß, wie Sie sich fühlen. Aber in der Regel ist alles nur halb so wild, wie Sie es sich vorstellen.«

»In der Regel?« Diese Einschätzung beruhigte ihn überhaupt nicht.

Arndt schien ihm seine Gedanken anzusehen. »Sie waren die Ausnahme von der Regel. Eine Wiederholung in der nächsten Generation ist vergleichsweise unwahrscheinlich.«

Wider Willen musste Martin lachen. »Erzählen Sie das mal den Hormonen von Teenagern.«

»Ich nehme an, das haben Sie bereits ausführlich getan.« Arndt schloss seine Tür auf. »Wir sehen uns am Montag.«

»Ja.« Martin verabschiedete sich noch einmal und beeilte sich, zu seinem Auto zu kommen. Ein eisiger Wind fuhr ihn an, der auch in den kahlen Wipfeln der umstehenden Bäume und im Blattwerk der immergrünen Büsche rauschte und raschelte.

Rasch klemmte Martin sich hinters Steuer, doch als er den Anlasser betätigte, gab der Motor keinen Mucks von sich.

»Was ist denn jetzt los?« Martin probierte es erneut, mit demselben Ergebnis: Der Motor blieb stumm. »Sch…« Das fehlte ihm noch. Er hatte von Automotoren nicht die geringste Ahnung. Ein Blick auf die Uhr verriet ihm, dass er zu spät kommen würde, wenn er den Wagen nicht ans Laufen brachte. Was also sollte er tun? Seinen Chef um Hilfe bitten? Irgendwie fühlte sich das nicht richtig an, auch wenn Arndt Overbeck noch so freundlich zu ihm war. Seufzend zückte er sein Handy und wählte Lenas Nummer.

Es dauerte eine Weile, bis sie sich meldete. »Hast du etwas vergessen? Ich war gerade auf dem Weg in die Badewanne. Was immer es ist, kann ich es am Montag mit in die Firma bringen?«

Martin schluckte, denn unwillkürlich stiegen Fantasiebilder einer nackten Lena vor seinem inneren Auge auf. Was sollte das denn? Er musste dringend auch ein ernstes Wörtchen mit *seinen* Hormonen reden. Energisch räusperte er sich. »Nein, darum geht es nicht. Ich wollte dich nicht stören, aber mein Wagen springt nicht an. Keine Ahnung, was damit los ist.«

»Hast du das Licht versehentlich angelassen? Davon läuft die Batterie leer.«

»Nein, habe ich nicht. Ich muss aber unbedingt Jeanine von dieser Party abholen.« Er hielt kurz inne. »Würdest du mir deinen Wagen leihen?«

Es entstand eine kurze Stille, dann vernahm er ein leises Rumoren am anderen Ende der Leitung. »Ich komme gleich runter.« Lena unterbrach die Verbindung.

Mit einem mulmigen Gefühl schob Martin das Handy wieder in seine Tasche. Ausgerechnet heute musste sein Auto den Geist aufgeben. Alice war noch wegen eines Drehs in Köln, allerdings war er sich nicht sicher, ob er sie gebeten hätte, Jeanine abzuholen, wenn sie Zeit gehabt hätte. Alice zog nicht nur überall, wo sie auftauchte, sämtliche Aufmerksamkeit auf sich, sondern besaß auch das Talent, selbst aus einer ganz alltäglichen Situation ein dramatisches Spektakel zu machen. Ob er das seiner Tochter oder der Gastgeberin der Party antun wollte, war er sich nicht sicher. Ein Klopfen an der Fensterscheibe ließ ihn zusammenzucken. Lena sah ihn fragend an. Rasch stieg er aus und folgte ihr zu ihrem Auto. Sie setzte sich zu seiner Überraschung selbst hinters Steuer und bedeutete ihm mit einer knappen Geste, auf dem Beifahrersitz Platz zu nehmen. »Wohin müssen wir?« Noch ehe er die Tür hinter sich ins Schloss gezogen hatte, sprang der Motor an.

»Sonnenstraße eins.« Rasch legte er den Sicherheitsgurt an. »Danke.«

»Schon gut.« Ohne ihn anzusehen, lenkte Lena ihren Wagen durch die abendlich ruhigen Straßen der Kleinstadt. »Dafür hab ich jetzt was bei dir gut.«

»Keine Frage«, stimmte er, ohne zu zögern, zu, dann ritt ihn der Schalk. »Hattest du schon einen konkreten Gefallen im Auge?«

Nun warf sie ihm doch einen kurzen Blick zu. »Nein. Das spare ich mir auf, bis du es am wenigsten erwartest.«

Er lachte. »Ist das eine Drohung oder ein Versprechen?«

Lena schmunzelte. »Vielleicht von beidem ein bisschen. Obwohl es mich schon sehr reizt, von dir zu verlangen, das Chaos an deinem Arbeitsplatz in der Firma zu beseitigen.«

»Aber das tust du nicht?«

»Nein.« Jetzt konzentrierte sie ihren Blick wieder ganz auf die Straße.

»Warum nicht?«

»Weil es sehr wahrscheinlich nur Stunden dauern würde, bis das Büro erneut im Chaos versinkt. Das wäre Vergeudung von Ressourcen.«

»Aha.« Grinsend lehnte er sich im Sitz zurück. »Zumindest siehst du einen Gefallen meinerseits als nützliche Ressource an.«

»Bilde dir bloß nicht zu viel darauf ein.« Lena bremste den Wagen ab. »Wir sind da.« Sie deutete auf das große, rot verklinkerte Einfamilienhaus. Eine Gruppe von mindestens zwanzig Teenagern stand auf dem Rasen des Vorgartens. Die Mädchen und Jungen waren dabei, sich mit Umarmungen und teilweise auch Wangenküsschen voneinander zu verabschieden, während am Straßenrand mehrere Eltern vor oder in ihren Autos darauf warteten, ihren Nachwuchs einzusammeln und nach Hause zu bringen. Auf Lenas Lippen breitete sich ein erheitertes Lächeln aus. »Manche Dinge ändern sich anscheinend nie.«

»Scheint so.« Auch Martin hatte bei dem Anblick einen Flashback zu seiner Teenagerzeit. »Da vorne ist sie.« Er hatte Jeanine inmitten einer Gruppe Mädchen entdeckt und wies in ihre Richtung.

»Ein sehr hübsches Mädchen«, stellte Lena fest.

»Sie ähnelt ihrer Mutter.«

Lenas Blick richtete sich auf ihn. »Aber nicht nur. Das Kinn und die Wangenknochen hat sie von dir.«

»Ach?« Wieder musste er lachen. »Das ist mir neu. Ich dachte, es wäre nur die Haarfarbe. Aber du solltest vorsichtig sein.«

»Warum?« Verständnislos musterte Lena ihn.

»Weil du impliziert hast, dass ich ebenfalls gut aussehe.«

Lena prustete. »Sehr hübsch waren meine Worte.«

»Und?« Er feixte. »Ich habe kein Problem damit, von einer Frau als hübsch bezeichnet zu werden.«

»Die Worte galten aber Jeanine.«

»Schon klar.« Er behielt seine Tochter während des Gesprächs im Auge, die sich nun sowohl von ihren Freundinnen als auch von einigen jungen Männern mit Umarmungen verabschiedete. »Aber wenn sie so hübsch ist und gleichzeitig mir ähnelt, muss die Schönheit ja wohl ebenfalls zumindest teilweise von mir stammen.«

»Eitel bist du aber gar nicht?« Lena gluckste.

»Ich weise dich nur darauf hin, dass du mir möglicherweise ein Kompliment gemacht hast.« Kurz riss er sich von der Abschiedszeremonie draußen los, um Lena anzusehen.

»Ich habe doch auch nie behauptet, du seist hässlich.«

Martin begann dieses alberne Geplänkel Spaß zu machen. »Nicht hässlich und sehr hübsch ist aber ein himmelweiter Unterschied.«

»Penetrant und nervtötend kommt allerdings noch obendrauf«, konterte sie ungerührt.

»Das gilt nicht, weil es streng genommen keine optischen Attribute sind.«

»Besserwisser.« Sie funkelte ihn an.

Lachen stieg in ihm auf. »Wieder kein optisches Merkmal.«

»Du kannst dir deine optischen Merkmale sonst wohin …«

»He, he, was bist du denn für eine rabiate Person?«, unterbrach er sie immer noch lachend.

»… malen«, vollendete sie mit grimmiger Miene den Satz.

»Du solltest dich vielleicht mal bemerkbar machen, sonst fangen sie mit den ganzen Umarmungen gleich noch mal von vorne an.«

Da sie recht hatte, verzichtete Martin nicht ohne Bedauern darauf, Lena noch ein bisschen weiter zu provozieren. Er stieg aus dem Auto aus und ging langsam auf die Gruppe der Jugendlichen zu.

***

»Deine Kollegin ist nett«, stellte Jeanine fest, nachdem sie ihre Jacke an die Garderobe gehängt hatte. »Dass sie mich abgeholt und uns nach Hause gefahren hat …«

»Das war wirklich nett«, stimmte Martin zu. Auch er hängte seine Jacke auf und folgte dann seiner Tochter stirnrunzelnd in die Küche. »Willst du nicht ins Bett gehen?«

»Durst«, war Jeanines lapidare Antwort. Sie entnahm dem Kühlschrank eine halb volle Flasche Wasser und trank in großen Zügen davon. »Miriams Mama hat scharfe Falafel gemacht, die waren total lecker, aber man muss danach literweise trinken.«

»Versuch es mal mit Milch«, schlug Martin vor.

»Igitt!« Jeanine schüttelte sich übertrieben. »Du weißt genau, dass ich Milch pur nicht mag.«

»Dann mix ein bisschen Kakao rein. Oder nimm von der Schoko-Hafermilch deiner Mutter.«

»Damit sie mir morgen den Kopf abreißt?« Jeanine nahm eine Tüte Milch aus dem Kühlschrank und Kakaopulver sowie eine Tasse aus dem Schrank. Mit einem Esslöffel mischte sie etwas Kakao mit wenig Milch, bis das Pulver sich gelöst hatte, dann füllte sie mit weiterer Milch auf. »Das soll helfen?« Skeptisch musterte sie die Tasse. »Ich mag sonst nur heißen Kakao.«

»Wenn es nicht schon so spät wäre, würde ich vorschlagen, dass du den Kakao warm machst.« Demonstrativ deutete er auf die Küchenuhr an der Wand. »Aber heute geht es auch mal so. Einfach auf ex trinken.«

»Okay.« Entgegen seinem Rat nippte Jeanine nur an dem Getränk. »Sie ist auch ziemlich hübsch.«

»Was? Wer?« Martin schaltete zu spät. »Lena?«

»War sonst noch jemand mit uns im Auto?« Jeanine nahm noch einen Schluck. »Magst du sie?«

Beinahe hätte er sich an der Luft verschluckt, die er zu heftig einsog. »Wie kommst du denn darauf?«

»Weil du sie dauernd so von der Seite angesehen hast.«

Eine merkwürdige Verlegenheit erfasste ihn. »Wie soll ich sie angesehen haben?«

»Na, so, als ob sie dir gefällt.« Jeanines Stimme klang, als spreche sie mit einem leicht begriffsstutzigen Kind. »Miriam sagt, Nathan würde mich auch immer so ansehen.«

Ruckartig hob Martin den Kopf. »Wer ist Nathan?«

»Aus der Parallelklasse.« Jeanine lächelte vieldeutig. »Er ist süß.«

»O nein.«

»Papa!« Nun kicherte Jeanine. »Du reagierst genauso wie die ganzen Dads in den Netflix-Serien. Die kriegen auch immer die Krise, wenn ihre Töchter einen Jungen nett oder süß finden.«

»Aus guten Gründen.«

»Papaaa!« Jeanine verdrehte die Augen. »Ich finde ihn bloß süß, mehr nicht. Und du?«

Verständnislos starrte er seine Tochter an. »Ich kenne diesen Nathan nicht mal. Wieso sollte ich ihn süß finden? Ich vermute aber, dass er nicht mein Typ ist.«

Lena prustete los. »Menno, Papa! Ich rede von Lena.«

»Was soll mit ihr sein?« Er gab sich größte Mühe, unbeteiligt zu wirken. »Sie ist meine Kollegin.«

»Na und? Findest du sie nun gut oder nicht?«

Warum vergaß er nur immer wieder, wie hartnäckig seine Tochter sein konnte? »Sie ist sehr kompetent.« Er fluchte innerlich über diesen Nonsens, und Jeanine stöhnte prompt auf. »O Mann, Papaaa!«

»Und nett.« Er konnte sich auch gleich eingraben.

»Du bist ja echt schrecklich!« Jeanine boxte ihn gegen den Oberarm. »So wird das nie was!«

»Ich habe ja auch nie behauptet, dass es etwas werden soll«, versuchte er abzuwiegeln.

»Warum guckst du sie dann so an?« Die Logik seiner Tochter war leider unschlagbar, deshalb gab er klein bei. »Okay, okay, sie gefällt mir ganz gut.«

»Und geht ihr mal aus?«

Martin räusperte sich. »Nein, das ist eigentlich nicht vorgesehen. Sie ist, wie gesagt, meine Kollegin und obendrein die Tochter meines Chefs. In solchen Fällen ist es besser, wenn man Berufliches und Privates trennt.«

»Und was wäre, wenn sie dich auch mag?« Jeanine sah ihn mit einer Mischung aus Neugier und Skepsis an. »Müsstet ihr am Ende auf die Liebe eures Lebens verzichten, bloß weil ihr in derselben Firma arbeitet?«

Er hustete. »Nun mach aber mal einen Punkt! So weit sind wir noch lange nicht.«

»Ha!« Jeanines Zeigefinger bohrte sich in seinen Oberarm. »Du hast *noch* gesagt. Also ist da doch mehr, gib es zu!«

Ihm wurde unnatürlich warm. »Ich verweigere die Aussage, und du, Fräulein Naseweis, gehst jetzt ins Bett.«

»Pfff!« Jeanine grinste, leerte aber ihre Tasse in einem Zug.

»Das war eine Anweisung«, beharrte er, setzte dann aber etwas weicher hinzu: »Träum was Schönes.«

Sofort grinste Jeanine wieder. »Au ja, von Nathan.«

»Großer Gott!« Er schlug die Hände vors Gesicht.

Sie kicherte haltlos. »Heute bist du aber ein leichtes Opfer.« Unvermittelt wurde sie wieder ernst. »Du solltest mal mit ihr ausgehen. Ist doch egal, dass sie deine Kollegin ist. Wenn du sie magst und sie dich, ist das doch total egal. Sie könnte ja auch mal herkommen und den kleinen Hund mitbringen.«

Martin spitzte die Lippen. »Ach, daher weht der Wind. Wir schaffen uns keinen Hund an.«

»Habe ich doch auch gar nicht verlangt.«

»Bei Buddy hätte ich eine Ausnahme gemacht, wenn Lena mir nicht zuvorgekommen wäre«, fuhr er fort. »Der Kleine hat Scheußliches erlebt und verdient ein gutes Zuhause. Aber jetzt ist sie ja für ihn da, und mit deiner Mutter hier im Haus ist es sowieso im Moment zu chaotisch für ein Haustier.«

»Sie bleibt aber doch nicht für immer hier, oder?« Die Miene seiner Tochter wies nun einen ängstlichen Zug auf.

»Nein, auf gar keinen Fall.« Er seufzte. »Ich lasse mir etwas einfallen.«

»Hoffentlich bald.« Damit wandte Jeanine sich ab und verschwand die Treppe hinauf. Für jemand Unbeteiligten hätten ihre Worte wahrscheinlich hart und herzlos geklungen. Martin kannte seine Tochter jedoch gut genug, um zu wissen, dass sie ihre Mutter liebte. Ertragen konnte sie sie auf Dauer jedoch nur aus der Ferne.

Ihm ging es ähnlich. Verliebtheit empfand er schon seit vielen Jahren nicht mehr, aber er hatte Alice immer noch gern, solange sie sich möglichst in einer anderen Stadt aufhielt und nur zwei- oder dreimal im Jahr für ein paar Tage zu Besuch kam. Die momentane Situation war besorgniserregend, weil er wusste, dass es verflixt schwierig war, Alice umzustimmen, wenn sich eine fixe Idee in ihrem Kopf eingenistet hatte. Bisher hatte er weder auf der Arbeit noch privat jemandem erzählt, dass sie sich in seinem Gästezimmer eingenistet hatte. Je weniger Beachtung er diesem Umstand zollte, desto eher würde er seine innere Ruhe bewahren. Tratsch oder die Verbreitung von falschen Informationen über sein Familienleben wollte er darüber hinaus ebenfalls vermeiden. Je weniger er Alices Besuch aufbauschte, desto eher würde er unbemerkt und von Außenstehenden unkommentiert vorübergehen. Vielleicht hatte sie nach zwei, drei Wochen genug von diesem Arrangement und zog von selbst weiter. Ähnlich sehen würde es ihr.

Mit diesem Gedanken zog er sich in sein Schlafzimmer zurück. Eine Weile kreiste noch Jeanines Vorschlag, Lena auf ein Date einzuladen, in seinem Kopf und vermischte sich mit den Fantasiebildern einer nackten Lena in der Badewanne. Diese Mischung bescherte ihm einige verworrene Träume.

12. Kapitel

Etwas mehr als eine Woche später saß Arndt vor seinem Computer und starrte schon seit einer Viertelstunde auf den Bildschirm, ohne wirklich wahrzunehmen, was das Diagramm besagte, das er auswerten musste. Seine Gedanken kreisten, nicht zum ersten Mal in den letzten Tagen, um sein Date mit Linda. Vielmehr seine Dates, denn es waren inzwischen zwei, und für Freitag stand das dritte an: erst italienisch essen und hinterher ins Kino. Der Klassiker aller Dates. Da es das dritte war, behaupteten mehr oder weniger erfahrene Quellen, dass es durchaus die Option gab, diesen Abend mit Sex zu beenden. Arndt hielt von solchen Regeln nicht sonderlich viel.

Linda und er hatten sich noch nicht einmal ernsthaft geküsst. Am ersten Abend hatte es einen eher unverbindlichen Wangenkuss gegeben, nach dem zweiten Date hatte er sie zwar bis zu ihrer Wohnungstür begleitet, sie waren jedoch bei ihrer Verabschiedung von einer neugierigen Nachbarin unterbrochen worden, die sie in ein Gespräch verwickelt hatte. Arndt war sich nicht ganz sicher, ob er darüber verärgert sein sollte oder erleichtert.

Er mochte Linda, sie war eine angenehme, humorvolle Person, mit der er sich gerne unterhielt. Ein Kuss zum Abschied wäre mit Sicherheit alles andere als unangenehm gewesen, aber wenn er ehrlich zu sich war, sehnte er sich nicht unbedingt danach. Und wenn er es mit der Ehrlichkeit ganz genau nahm, musste er sich eingestehen, dass seine Gedanken anstatt um Linda deutlich öfter um Maria kreisten. Sie hatte sich mittlerweile gut in ihren neuen Posten eingearbeitet und bei der Gelegenheit einige Arbeitsbereiche so umstrukturiert, dass die Abläufe nun viel besser ineinandergriffen. Sie hatte mehr organisatorisches Talent, als sie vermutlich selbst geahnt hatte. Sie einzustellen, war in vielerlei Hinsicht eine ausgezeichnete Entscheidung gewesen. Wenn nur nicht dieses Wochenende vor achtundzwanzig Jahren zwischen ihnen stehen würde!

Ein-, zweimal hatte er vorsichtig versucht, sie darauf anzusprechen, doch jedes Mal war sie ihm geschickt ausgewichen. Er wusste, er musste es akzeptieren, wenn sie die Ereignisse der Vergangenheit auf sich beruhen lassen wollte. Wenn er nur nicht den Eindruck gewonnen hätte, dass sie ebenfalls noch nicht damit abgeschlossen hatte. Oder bildete er sich das nur ein? Ganz so schief gewickelt konnte er doch nicht sein! Er erinnerte sich zum Beispiel noch sehr genau an den Sonntagnachmittag, als er mit Linda im *Café Lotte* beisammengesessen hatte und Maria – sicherlich durch puren Zufall – hereingekommen war. Sie hatte ihn zunächst gar nicht bemerkt, dann aber doch in seine Richtung geblickt. Ihm war nicht klar, ob ihr bewusst war, wie genau man ihrer Miene nicht nur die Überraschung angesehen hatte, sondern auch den Schock.

Er selbst war in dem Moment, da sich ihre Blicke getroffen und für ein, zwei Sekunden ineinander verhakt hatten, von einem heißen Stich durchzuckt worden, dessen Nachhall er selbst heute noch spüren konnte, wenn er sich die Situation in Erinnerung rief. Da war etwas zwischen ihnen, stand im Raum wie der sprichwörtliche Elefant. Sie weigerte sich jedoch, sich einem klärenden Gespräch zu stellen.

Durch die Glastür sah er, wie seine Tochter den Gang entlangrauschte, die Tür zu ihrem Büro aufstieß und gleich wieder hinter sich schloss. Sie schien in Eile zu sein. Soweit er wusste, war sie bis eben bei einer Kundin gewesen. Ein Blick auf die Uhr verriet ihm, dass sie später zurück war als geplant, und ihm fiel ein, dass sie heute Nachmittag endlich Buddy zu sich nach Hause holen wollte. Bestimmt war sie deshalb so gehetzt. Sie war eine Perfektionistin und wollte sicher alles mustergültig vorbereitet haben, wenn der kleine Hund bei ihr einzog. Unplanmäßige Verspätungen würden ihre Vorsätze natürlich durcheinanderbringen.

Schmunzelnd wandte Arndt sich gerade wieder dem Diagramm auf seinem Computerbildschirm zu, als seine Bürotür aufflog.

»So geht das nicht, Papa!«

Verwirrt hob er den Kopf. »Was geht so nicht, mein Schatz?«

»Warst du mal in unserem Büro?« Lenas Augen blitzten vor Zorn. »Wo steckt er eigentlich?«

»Wer?« Ahnungsvoll erhob Arndt sich und folgte seiner aufgebrachten Tochter in deren Büro. Er brauchte einen Moment, um das Stillleben, wie er es spontan bei sich bezeichnete, in sich aufzunehmen. Jede verfügbare Oberfläche, mit Ausnahme von Lenas Schreibtisch, war von Ausdrucken mit Diagrammen und Zeichnungen bedeckt. Dazwischen leuchteten überall gelbe, pinke und hellblaue Post-its mit Notizen auf. Auch auf dem großen Flipchart klemmte ein Bogen weißes Packpapier, das mit Stichworten und kleinen Zeichnungen übersät war. »Wie es aussieht, war Martin kreativ, während du außer Haus Kundschaft betreut hast.«

Lena fuhr zu ihm herum. »Kreativ? Das ist das reinste Tollhaus! Wie soll ich bitte in diesem Chaos arbeiten?«

Arndt bemühte sich um diplomatische Ruhe. »Deinen Arbeitsplatz hat er doch verschont.«

»Ja, vermutlich wollte er sich über mich lustig machen«, fauchte sie. »Ich kann unmöglich arbeiten, wenn um mich herum so ein Durcheinander herrscht.«

»Während deiner Schulzeit sah dein Zimmer zuweilen deutlich schlimmer aus.« Arndt schmunzelte. »Du warst meine kleine Chaos-Queen.«

»Die Betonung liegt auf dem Wörtchen *war*.« Sichtlich wütend verschränkte sie die Arme. »Stell dir nur mal vor, jemand von außen kommt hier herein und sieht dieses … dieses … Irrenhaus. Das wirft doch kein gutes Licht auf uns.«

»Warum eigentlich nicht?« Arndt musterte seine Tochter aufmerksam. »Erstens hat unsere Kundschaft in den Büros gar nichts zu suchen, und zweitens kann es doch den Leuten gleich sein, wie es hier aussieht, solange wir erstklassige Arbeit abliefern.«

»Die Leute könnten glauben, wir wären alle so chaotisch.« Sie deutete auf die Unordnung. »Das kann nicht gut sein.«

»Du hast, seit du hier arbeitest, immer darauf geachtet, dass alles ordentlich ist und aussieht wie in einem Katalog.«

»Eine musste es ja tun.« Sie hob die Schultern. »Und ich werde auch weiterhin dafür sorgen …« Schon begann sie, die Zeichnungen einzusammeln.

»Halt, stopp! Finger weg und keine Bewegung.« Martin war in der Tür erschienen, in der Hand einen Becher Kaffee, also kam er wohl gerade aus der Firmenküche. Der Becher landete zwischen seinem Bildschirm und der Tastatur auf einem zweimal gefalteten Küchentuch, das bereits einen hellbraunen Kranz aufwies und demnach schon länger als Untersetzer zu dienen schien. »Du bringst Unordnung in mein System!«

»*Ich* bringe Unordnung in *dein* System?« Lena starrte ihn ungläubig an. »Du hast unser Büro in ein Schlachtfeld verwandelt. Wo siehst du hier bitte auch nur ein Quäntchen System?«

»Möchtest du das wirklich wissen oder nur herumschimpfen?« Zwischen Martins Augen hatte sich eine steile Falte gebildet, die Arndt sonst nicht an ihm kannte. Anscheinend war sein neuer Angestellter heute nicht allerbester Laune.

»Ich schimpfe also herum?« Lena stemmte die Hände in die Hüften. »Ich glaube, es hackt! Ich habe doch wohl jedes Recht, mich aufzuregen, wenn mein Arbeitsplatz in ein vollkommen sinnloses Chaos verwandelt wird.«

»Es mag auf den ersten Blick chaotisch wirken, ist es aber nicht und schon gar nicht sinnlos.« Auch Martin hatte seine Hände in die Seiten gestemmt und spiegelte nun Lenas Haltung fast bis ins Detail. »Ich habe die Lösung für mindestens drei Probleme gefunden, mit denen wir uns seit einer Woche herumschlagen.«

»Ach.« Lena runzelte die Stirn. »Und dafür musst du kiloweise Papier in der Gegend herumwerfen?«

»Ich habe nicht eine Seite herumgeworfen«, widersprach Martin in ähnlich grimmigem Ton. »Jedes Blatt liegt aus einem guten Grund an einem bestimmten Platz. Das heißt, bis du einen Teil davon in Unordnung gebracht hast.« Er begann, die Ausdrucke und Zeichnungen, die sie wahllos eingesammelt hatte, wieder an die ursprünglichen Stellen zu verteilen.

»Du willst mir doch wohl nicht weismachen, dass diese Unordnung irgendeine nachvollziehbare Struktur hat.« Lena klang sarkastisch, jedoch eine Spur milder.

Arndt atmete auf und zog sich leise bis zur Tür zurück.

»Das will ich dir nicht weismachen, das kann ich dir leicht beweisen.« Auch Martin klang immer noch gereizt, jedoch etwas weniger aggressiv.

»Macht das unter euch aus.« Arndt nickte den beiden knapp zu und zog sich aus dem Schussfeld zurück. Er hatte gerade die Bürotür hinter sich geschlossen und wandte sich der seinen zu, als er Maria erblickte, die ganz in seiner Nähe stand. Sie hielt eine grüne Mappe in Händen, die sie ihm nun reichte.

»Hier sind die Rechnungen der bestellten Waren, die heute geliefert wurden. Ich habe alles schon vorsortiert und rüber ins Lager gestellt. Soll ich alles auch noch einsortieren und katalogisieren?«

Überrascht sah er sie an. »Das ist eigentlich Lenas oder Martins Aufgabe.«

»Ich weiß, aber die beiden waren heute sehr beschäftigt und sind es anscheinend immer noch, und ich hätte etwas Zeit.« Wie immer wich Maria einem längeren Blickkontakt aus. »Ich finde, den Wareneingang könnte ich auch ganz übernehmen. Allerdings ist euer Warenwirtschaftssystem ziemlich kompliziert. Ich habe mich eine Weile damit beschäftigt, fürchte aber, dass ich eine ausführliche Einweisung benötigen werde. Gibt es dafür vielleicht Kurse oder … na ja, eine Bedienungsanleitung? Wenn ich erst mal begriffen habe, wie die Software funktioniert, könnte ich Lena und Martin bestimmt viel Arbeit abnehmen.«

Einen langen Moment schwieg Arndt, dann lächelte er. Sie hatte, da war er sich fast sicher, noch gar nicht bemerkt, wie sehr ihr Selbstvertrauen in den vergangenen beiden Wochen gewachsen war. »Wenn du möchtest, kann ich dir eine Einweisung in die Software geben.«

Ihre Augen weiteten sich. »Du? Ich dachte, Lena sei dafür zuständig.«

»Das schon, aber wie du schon bemerkt hast, ist sie gerade sehr beschäftigt. Ich kenne mich mit dem Programm aus, auch wenn ich es nicht so oft benutze. Also kann ich dir gerne einen Crashkurs geben.« Da in diesem Moment sein Handy klingelte, grinste er schief. »Heute Abend? Sieben Uhr bei mir. Ich mache uns auch eine Kleinigkeit zu essen.« Um ihr keine Gelegenheit zum Protest zu geben, nahm er rasch das Gespräch an, nickte ihr noch einmal kurz zu und kehrte zurück in sein Büro.

***

»Himmel, hilf mir!« Mit einem schmerzlichen Stöhnen sah Lena sich anderthalb Stunden später im Büro um. Inzwischen waren nicht nur ihr Schreibtisch, sondern auch große Teile des Fußbodens von Papier bedeckt. »Wie konnte ich mich bloß auf so was einlassen?«

»Haben wir ein vollständiges Konzept oder nicht?« Grinsend, wenngleich immer noch leicht grimmig, lehnte Martin sich auf seinem Bürostuhl zurück und rollte dabei über eine Zeichnung.

»Aber zu welchem Preis?« Lena stieß ein verzweifeltes Stöhnen aus. »Wer räumt das jetzt alles wieder auf?«

»Wir beide, was dachtest du denn?« Die steile Falte erschien erneut zwischen Martins Augen. »Wenn du nicht bloß herummeckerst, geht das schneller, als du denkst.«

»Ich meckere?«

Er nickte. »In *einer* Tour.«

»Du bist heute auch nicht gerade ein reiner Sonnenschein.« Sie fixierte ihn mit verärgerter Miene. »Gibt es einen Grund für deine miese Laune?«

»Ja, gibt es.«

»Und zwar?« Sie kniff die Lippen zusammen, als er nur mit den Achseln zuckte. »Fein.«

»Sag mal, musst du nicht Buddy abholen?«, wechselte Martin überraschend das Thema. Er deutete auf die Uhr an der Wand. »Es ist schon halb vier.«

»Ach du Sch…!« Lena erschrak. »Ich hatte versprochen, ihn zwischen halb vier und vier abzuholen. Mist, dann muss ich sofort los.« Sie sprang auf, schnappte sich ihren blauen Kurzmantel und ihre Handtasche, hielt dann aber inne. »Eigentlich müsste ich hierbleiben, bis alles aufgeräumt ist.«

»Mach dir nicht so viele Gedanken. Ich kann dir ja für morgen etwas zum Aufräumen übrig lassen.« Er wedelte mit der Hand, als sie erneut aufbrausen wollte. »Nun mach dich schon auf den Weg. Buddy ist jetzt wichtiger.«

Zögernd nickte sie. »Okay, also … Bis dann.« Rasch ergriff sie die Flucht. Sie wollte ungern zugeben, dass Martins kreatives Chaos tatsächlich ein System gehabt und sie mit ihm zusammen aus genau diesem System ein komplettes Konzept ausgearbeitet hatte. Für eine Weile hatte sie sich tatsächlich in ihre frühe Teenagerzeit zurückversetzt gefühlt, als sie beim Arbeiten, Denken, Basteln oder einfach bei den Hausaufgaben ebenfalls immer wieder zuverlässig ihr Zimmer oder jeden Raum, in dem sie sich aufhielt, in ein wildes Durcheinander verwandelt hatte. Dann, irgendwann, hatte sie ein Buch über die positiven Auswirkungen von Ordnung gelesen und beschlossen, ihr chaotisches Wesen zu ändern und in ein ordentliches, aufgeräumtes zu verwandeln. Das war ihr hervorragend gelungen, warum also hatte sich diese wilde Unordnung so gut angefühlt? So befreiend? War der Hang zum kreativen Chaos womöglich so etwas wie eine Sucht? Und war sie jetzt etwa rückfällig geworden? Aus irgendeinem Grund jagte ihr dieser Gedanke Angst ein. Für Angst, so rief sie sich zur Ordnung, hatte sie aber heute keine Zeit.

Sie musste Buddy aus der Tierarztpraxis abholen, wo er doch länger zugebracht hatte als ursprünglich geplant. Die Operationsnaht an seiner Flanke hatte sich entzündet, und es hatte eine Weile gedauert, bis er endgültig über den Berg gewesen war.

Heute war es endlich so weit: Er würde bei ihr einziehen. Zwar brauchte er noch viel Schonung und regelmäßige Kontrollen bei Fiona, die nach der langen Zeit Lena inzwischen das Du angeboten hatte. Aber er durfte sein neues Zuhause beziehen, sein neues Leben an ihrer Seite beginnen.

Sie hatte jede Menge Bücher über Hundehaltung und -erziehung gelesen und sich jeden Tipp von Fiona notiert. Hoffentlich würde sie alles richtig machen!

Mit freudig pochendem Herzen setzte sie sich hinters Steuer ihres Wagens. In diesem Moment sah sie auch ihren Vater zu seinem Auto eilen, das Handy am Ohr. Offenbar musste er kurzfristig noch zu einem Kundenbesuch. So etwas kam nicht selten vor. Sie winkte kurz, als er an ihr vorbeifuhr, dann drehte sie den Schlüssel im Zündschloss. Nichts tat sich. Irritiert versuchte sie es erneut, jedoch mit dem gleichen Ergebnis; der Motor blieb stumm. »Was ist denn jetzt los?« Auch ein dritter und vierter Versuch, den Motor zu starten, scheiterte. Fahrig sah sie nach, ob sie das Licht oder die Innenbeleuchtung angelassen hatte, doch das war nicht der Fall. Fluchend stieg sie aus dem Auto wieder aus, warf die Tür ins Schloss und eilte zurück ins Firmengebäude.

»Maria?« Etwas atemlos blieb sie beim Empfangstresen stehen.

»Ja, was gibt es denn? Ich dachte, du hättest es so eilig.« Maria sah von ihrem Computerbildschirm auf. In diesem Moment klingelte das Telefon. Maria nahm das Gespräch mit einem entschuldigenden Lächeln an.

Lena winkte ab und rannte hinüber zu ihrem Büro. Als sie die Tür öffnete, prallte sie zurück, weil sie beinahe über Martin gestolpert wäre, der auf dem Boden kniete und noch an einer Zeichnung herumkritzelte.

»Hast du etwas vergessen?«, fragte er, ohne sich umzudrehen. »Keine Sorge, ich räume gleich auf. Mir ist nur gerade noch eine Idee gekommen, die ich mir notieren will.«

»Nein.«

»Was nein?« Nun blickte er doch über die Schulter.

»Du kannst jetzt nicht aufräumen. Ich brauche … Kannst du mir dein Auto leihen?« Sie hüstelte, weil ihr auffiel, wie ähnlich diese Situation zu der neulich samstags war. »Mein Wagen springt nicht an.«

»Ach.« Sichtlich amüsiert erhob Martin sich. Ohne zu zögern, griff er nach seinem Mantel und schnappte sich seinen Schlüsselbund vom Schreibtisch. »Dann mal los; lassen wir Buddy nicht warten!« Ohne weiter auf das Durcheinander im Büro zu achten, zog er die Tür hinter ihnen zu. Nur wenig später lenkte er sein Auto vom Parkplatz.

Weder er noch Lena bemerkten die beiden Weihnachtselfen, die am Rande des Firmenparkplatzes im Geäst einer herbstlich kahlen Weide saßen und einander verschwörerisch grinsend ein High five gaben.

***

Nanu, wo habt ihr mich denn jetzt abgesetzt? Hier sieht es aber ganz anders aus als bei Fiona in der Tierarztpraxis. Lasst mal sehen … Also, so einen komischen Wackeltisch gibt es schon mal nicht, auf dem man rauf- und runtergefahren wird. Dafür sieht das hier ein bisschen so ähnlich aus wie das Wohnzimmer bei meinem früheren Frauchen. Es gibt ein Sofa, das sieht schön bequem aus, zwei Sessel, einen Tisch und so ein großes, rechteckiges Ding an der Wand. Da laufen manchmal bunte Bilder mit Stimmen, das ist spannend. Da vorne sind zwei große Fenster und dazwischen eine Glastür, und dahinter erkenne ich einen Balkon, den hatte mein ehemaliges Frauchen auch. Andere Räume gibt es in dieser Wohnung auch, da hinten steht die Tür zur Küche offen, das erkenne ich sofort. Dort sehe ich mich gleich auch noch um. In Küchen gibt es nämlich immer was zu futtern. Als wir durch die Wohnungstür hereingekommen sind, habe ich noch weitere Türen gesehen. Wie spannend!

»Schau mal, Buddy, hier ist dein Körbchen.« Lena trat an einen ovalen Weidenkorb, der mit einem grau-blau karierten, dicken weichen Kissen ausgelegt war. Sie ging in die Hocke und klopfte leicht auf das Polster.

Was, meins? Buddy hielt im Beschnuppern der Einrichtung inne und spitzte die Ohren. *Ist das dein Ernst? Ich habe hier ein eigenes Körbchen? Wohne ich jetzt hier?*

»Ja, komm her, das ist dein Körbchen.« Noch einmal klopfte Lena auf das Kissen.

Das ist ja toll. Da muss ich gleich mal gucken. Buddy tappte auf das Körbchen zu und schnüffelte daran. *Riecht gut und sieht sehr bequem aus.* Etwas ungelenk, weil er immer noch einen Verband am Hinterlauf und einen weiteren um die Rippen trug, der von einem Stretchbody fixiert wurde, krabbelte Buddy auf das Kissen. Dabei knarzte der Weidenkorb leise. *Oh, wau, das ist wirklich bequem!* Mehrmals drehte er sich im Kreis, dann ließ er sich zusammengerollt nieder. *Jawohl, das gefällt mir, hier bleibe ich, glaube ich, erst mal ein Weilchen. Ein bisschen erschöpft bin ich nämlich.*

»Super!«, lobte Lena. »Das ist jetzt dein Körbchen, Buddy. Im Schlafzimmer steht auch noch eins.« Sie hob den Kopf und blickte zu Martin auf, der in der Wohnzimmertür stand und ihnen zusah. »Er hat sofort verstanden, dass das sein Platz ist.«

Ja, warum denn auch nicht? Das hast du doch gerade zu mir gesagt.

Martin kam näher und ging ebenfalls neben dem Körbchen in die Hocke. »Er ist ja auch ein kluges Kerlchen, nicht wahr, Buddy?«

Selbstverständlich bin ich klug. Und müde.

Als Buddy gähnte, lächelte Martin. »Du bist k. o., was?«

Sag ich doch. Ob ich in diesem Körbchen ein Nickerchen machen darf?

»Vielleicht sollten wir ihn erst mal schlafen lassen.« Martin erhob sich wieder. »Die ganzen Untersuchungen, dann der Spaziergang im Park und jetzt sein neues Zuhause, das ist bestimmt anstrengend für ihn gewesen.«

»Ja, wahrscheinlich.« Lena streichelte Buddy noch einmal über Kopf und Schulter, dann richtete sie sich ebenfalls auf. »Fiona hat ja auch schon gesagt, dass wir alles ganz langsam angehen lassen müssen.«

»Er wird schon auf sich aufmerksam machen, wenn er wieder fit ist.« Martin sah sich im Wohnzimmer um. »Gemütlich hast du es.«

»Na ja, alles alte Möbel, teilweise von meinem Vater übernommen, als er sich neu eingerichtet hat.« Prüfend sah sie sich ebenfalls um. Alles war ordentlich und aufgeräumt. Lediglich auf dem Couchtisch lag ein bunter Stapel Zeitschriften. Sie war versucht, ihn ordentlich zusammenzuschieben, doch Martins nächste Worte hielten sie davon ab.

»Lass sie liegen. Sie stören mich nicht.« Ertappt hob sie den Kopf und blickte geradewegs in Martins Gesicht. Er lächelte, wirkte aber gleichzeitig ernst. »Kann es sein, dass du eine kleine Zwangsstörung hast?«

»Wie bitte?« Entgeistert starrte sie ihn an. »Wie kommst du denn darauf?«

Die ausholende Handbewegung, die Martin daraufhin machte, schloss die gesamte Wohnung ein. »Alles blitzsauber und geradezu penibel ordentlich. Ich wette, bislang hat sich nicht mal das winzigste Stäubchen getraut, sich hier irgendwo auszubreiten. Und das, obwohl du erzählt hast, dass du Putzen und artverwandte Tätigkeiten verabscheust.« Wie zum Beweis fuhr er mit dem Zeigefinger über den Türrahmen, dann über das oberste Brett des Bücherregals. Beide Male blieb er vollkommen staubfrei.

»Was ist schlimm daran, die eigene Wohnung sauber zu halten?« Lena runzelte unwillig die Stirn, weil sie das regelmäßige Großreinemachen tatsächlich zutiefst hasste. Dennoch tat sie es mit stoischer Regelmäßigkeit. »Eine saubere, aufgeräumte Wohnung und ein ebensolcher Arbeitsplatz führen zu einem aufgeräumten Geist und machen Platz für jede Menge Inspiration.«

»*What*?« Verblüfft musterte Martin sie, dann lachte er schallend auf. »Woher hast du das denn? Lass mich raten: von dieser Aufräum- und Entrümpelungsqueen aus dem Fernsehen. Wie heißt sie noch gleich?«

»Nein.« Unwillkürlich verschränkte sie die Arme vor der Brust. »Es gibt jede Menge wissenschaftlich fundierte Literatur zu dem Thema. Vielleicht solltest du auch mal etwas darüber lesen.«

»Bewahre!« Abwehrend hob er beide Hände. »Damit ich demnächst mein Bücherregal auch alphabetisch sortiere?« Er war an das Regal herangetreten und zog zielstrebig einen der unzähligen Ratgeber zum Thema Ordnung und Selbstorganisation heraus. Stirnrunzelnd las er den Klappentext und blätterte dann einmal quer durchs Buch. »Da bleibe ich lieber bei meinem kreativen Chaos. Meinem Einfallsreichtum hat es jedenfalls noch nicht geschadet.«

Betont sorgsam schob er das Buch wieder an seinen Platz zurück. »Und im Gegensatz zu dir macht mir die Hausarbeit wenigstens Spaß. Ich wette, du zwingst dich einmal die Woche dazu. Oder womöglich noch öfter?« Sie antwortete nicht darauf, und prompt nickte Martin wissend. »Warum quälst du dich damit herum? Von ein paar Wollmäusen unter dem Bett geht die Welt nicht unter.« Auf seinen Lippen erschien ein Grinsen. »Von der klinischen Sauberkeit kannst du dich jetzt sowieso verabschieden, dafür wird Buddy schon sorgen.«

Daran hatte sie bisher noch gar nicht gedacht. Doch so schlimm würde es schon nicht werden. Wie viel Dreck konnte so ein kleiner Hund schon machen? Die Hunde ihrer Bekannten oder die Boxerdame ihres Bruders waren da schon ein anderes Kaliber, weil sie viel größer waren. Aber selbst, wenn … Dann schmiss sie eben jeden Tag den Staubsauger an anstatt jeden zweiten Tag. Das würde schon irgendwie gehen.

»Vergiss es.« Wieder schien Martin ihre Gedanken erraten zu haben. »Kinder und Haustiere sind vortrefflich geeignet, eine dauerhaft saubere und aufgeräumte Wohnung zu verhindern.«

»Ich habe keine Zwangsstörung.« Die Worte waren ihr herausgerutscht, bevor sie es verhindern konnte.

»Bist du sicher?« Beiläufig nahm Martin ein anderes Buch aus dem Regal, diesmal handelte es sich um ein altes Weihnachtsbackbuch, und legte es nachlässig auf dem Stapel Zeitschriften auf dem Couchtisch ab. Danach setzte er sich entspannt auf die Couch und legte seinen linken Knöchel auf seinem rechten Oberschenkel ab. Geradezu herausfordernd grinste er sie an. »Setz dich doch! Hast du auch Hunger? Mir knurrt der Magen. Jeanine ist heute mit ihrer Mutter unterwegs. Wir könnten uns eine Pizza bei Luigi bestellen.«

Es zuckte Lena heftig in den Fingern, das Backbuch zurück ins Regal zu stellen oder es doch zumindest neben die Magazine zu legen und diese doch noch zu einem gleichmäßigen Stapel zu ordnen. Oder zu einem dekorativen Fächer. Verflixt, wann war sie zu solch einem Freak mutiert? »Ich hatte vor, heute zu kochen.«

Interessiert richtete Martin sich auf. »Was denn Gutes?«

Mit einiger Anstrengung riss Lena ihren Blick von dem windschiefen Stillleben auf dem Couchtisch los. »Nichts Aufregendes. Spaghetti mit Tomatensoße, Mozzarella und frische Tomaten und dazu ein einfacher grüner Salat.«

»Ich bin dabei.« Martin erhob sich. »Wie wäre das: Du kochst, ich schneide die Tomaten und kümmere mich um den Salat. Beim Essen erzählst du mir dann, was dich dazu veranlasst hat, dein Leben zu optimieren.« Auf ihr Stirnrunzeln hin schmunzelte er. »Oder von wem du dieses alte Backbuch geerbt hast. Ich habe das gleiche von meiner Oma übernommen, als sie vor Jahren ihre Wohnung entrümpelt hat. Ich weiß noch, dass wir, als ich noch ein Junge war, jeden Dezember zusammen Rezepte daraus gebacken haben. Oma, Papa und ich. Mama hat manchmal auch mitgemacht, meistens aber nur hinterher gespült und das Schlachtfeld in der Küche beseitigt. Sie ist nicht gerade das, was man eine begnadete Bäckerin nennt. Sie kocht ausgezeichnet, aber das Backen überlässt sie lieber meinem Vater.« Während er sprach, hatte er sich wieder erhoben und einfach auf den Weg in die Küche gemacht. Dort schaltete er das Licht ein und sah sich ebenfalls ausgiebig um.

Die L-förmige Küchenzeile war in weißem Landhausstil gehalten, die Arbeitsflächen hellgrauem Schiefer nachempfunden. An die Koch- und Arbeitsinsel schloss sich ein rechteckiger Tisch mit drei Stühlen an. Dort aß sie jede ihrer Mahlzeiten; für ein Esszimmer war in der Wohnung kein Platz, und da sie ja nur eine Person war, reichten ihr die vorhandenen Möbel mehr als aus.

»Ikea«, stellte Martin amüsiert fest. »Meine erste Küche sah fast genauso aus, nur in Schwarz.«

»Schwarz?« Befremdet sah sie ihn an, nachdem sie zu ihm aufgeschlossen hatte. »Ist das nicht ziemlich …«

»… düster?« Er lachte. »Irgendwie schon. Die Arbeitsflächen waren dafür hell, aber das Modell an sich müsste dieses hier gewesen sein. Es war meine erste Bude, da macht man schon mal merkwürdige Dinge. Jeanine war auch noch zu klein, um sich darüber beschweren zu können. Heutzutage würde sie mir so eine Geschmacksverirrung nicht durchgehen lassen.«

»Sie ist ein sehr nettes Mädchen.«

Martin drehte sich zu ihr um. »Obwohl sie solch einen Chaoten zum Vater hat?«

Warum seine Worte sie verlegen machten, wusste sie nicht so recht, und sie bemühte sich auch sofort, dieses Gefühl zu verdrängen. »Das habe ich weder gesagt noch gemeint.«

»Sie fand dich auch nett.«

Lena spürte seinen Blick auf sich, als sie die Zutaten fürs Abendessen aus Kühlschrank und Vorratsfächern hervorholte. »Ach ja?«

»Unbedingt.« Martin nahm ihr Tomaten, Mozzarella und den Salatkopf ab und öffnete einfach alle Schubladen, bis er Messer und Schneidbrett, Teller und Schüssel und das Salatbesteck gefunden hatte. »Sie fand dich auch hübsch.«

Lena sah ihm einen Moment zu. »Das hat sie gesagt?«

»Unter anderem.«

Lena war versucht zu fragen, was Jeanine noch über sie gesagt hatte, entschied sich jedoch dagegen. Ein unbestimmtes Gefühl sagte ihr, dass sie sich damit auf dünnes Eis begeben hätte. »Du sagtest, sie sei heute mit ihrer Mutter unterwegs? Lebt sie auch hier in der Stadt?«

»Nein.« Martins Antwort kam ein wenig zu schnell und brüsk, doch er redete bereits weiter, bevor sie sich darüber wundern konnte. »Alice ist nur zu Besuch da. Heute musste sie unbedingt mit Jeanine shoppen gehen.«

»Sie musste?« Verwundert hielt Lena inne, die gerade Wasser in einen großen Topf gefüllt und auf der Herdplatte abgestellt hatte.

»O ja, ganz dringend.« Martin kniff die Lippen zusammen, zuckte dann aber nur mit den Achseln. »Sie hat Jeanine von der Schule abgeholt und gemeint, ich soll nicht auf die beiden warten. Sie werden wohl nach der Shoppingtour noch irgendwo etwas essen.«

»Und da dachtest du, du lädst dich einfach zum Essen bei mir ein«, schloss Lena mit einem Anflug von Erheiterung.

»So in etwa.« Der angestrengte Ausdruck auf Martins Miene war wieder verflogen. »Außerdem will ich doch sehen, wie Buddy sich in seinem neuen Zuhause macht. Ich hätte ihn auch zu mir genommen, wenn du mir nicht zuvorgekommen wärst.«

»Wirklich?« Lena öffnete schon mal die Verpackung der Spaghetti. »Obwohl Kinder und Hunde deinen Worten nach so viel Dreck machen? Dann hättest du doch sogar beides am Hals.«

»Nur, dass es bei uns weniger auffallen würde, weil ein gewisses Grundchaos bereits vorhanden ist«, konterte er. Mit geübten Bewegungen schnitt er die Tomaten in Scheiben. »Abgesehen davon habe ich Jeanine nicht am Hals. Sie ist meine Tochter: Ich tue sehr gerne alles dafür, dass sie eine schöne Kindheit und Jugend hat.«

»Entschuldige, so war das nicht gemeint.« Nun doch wieder verlegen wandte Lena sich dem inzwischen kochenden Nudelwasser zu und gab Salz sowie die Spaghetti hinein. »Jeanine hätte sich bestimmt über einen Hund gefreut, nicht wahr?«

»Mit Sicherheit.« Nun schnitt er auch noch den Mozzarella in dünne Scheiben. »Aber letztlich ist es wohl doch besser, dass Buddy hier eingezogen ist. Für dich kann er bedeutend mehr tun als für uns.«

Etwas zu laut stellte Lena den Topf für die Soße auf den Herd. »Wie meinst du das denn nun schon wieder? Was soll der kleine Hund denn für mich tun? Ist es nicht umgekehrt? Ich habe ihn vor einem Schicksal im Tierheim bewahrt.«

»Das hast du«, stimmte er zu.

»Ja, und weiter?«, hakte sie nach.

Martin lächelte fein. »Warte es einfach ab. Du wirst es bald selbst merken – hoffe ich zumindest.«

Leicht verärgert runzelte sie die Stirn. »Du sprichst in Rätseln.«

»Das Nudelwasser kocht gleich über.« Martin deutete zum Herd und machte gleichzeitig einen Schritt darauf zu. Lena streckte ebenfalls hastig die Hand nach dem Kochtopf aus und stieß mit Martin zusammen. Reflexartig hielt er sie fest, weil sie ins Schwanken geriet. Sie zuckte zurück, weil seine plötzliche Nähe ihr einen unerwarteten Stich versetzte.

»Hey, immer mit der Ruhe; ich beiße nicht.« Seine Stimme klang zwar amüsiert, seine Miene war es jedoch nicht. Er musterte sie forschend, doch sie wich seinem Blick aus und zog gleichzeitig den Topf von der Platte, auf der sich bereits ein kleiner Kochwassersee gebildet hatte. »Mist.« Innerlich fluchend zerrte sie ein Küchenhandtuch aus dem Schrank neben der Spüle und wischte die Bescherung weg, bevor sie den Topf zurück auf die Platte schob und die Temperatur anpasste. Das fehlte noch! Sie stellte sich an wie der erste Mensch. Als hätte sie noch nie Nudeln gekocht. Kein Wunder, dass er sie für einen Freak hielt. Sie benahm sich ja auch wie einer!

Da sich Martin erneut einfach auf die Suche nach Geschirr und Besteck machte und den Tisch deckte, richtete Lena entschlossen ihre volle Aufmerksamkeit auf die Tomatensoße und schaffte es, das Essen ohne weiteren Zwischenfall innerhalb weniger Minuten auf den Tisch zu bringen. Sie füllte auch etwas von dem Hundefutter, das sie tags zuvor besorgt hatte, in Buddys nagelneuen Steingutnapf und leerte auch das eigentlich noch frische Wasser im Wassernapf und ersetzte es durch neues.

»Er schläft noch.« Martin war leise ins Wohnzimmer gegangen und kehrte nun zurück. »Der Tag war anscheinend wirklich anstrengend für ihn.«

Auch Lena ging bis zur Wohnzimmertür und warf einen Blick auf den schlafenden Havaneser. »Er ist immer noch so schwach«, murmelte sie und erschrak ein wenig, weil Martin plötzlich ganz dicht hinter ihr stand und über ihre Schulter auf das Hundekörbchen blickte.

»Er wird schon wieder zu Kräften kommen.« Seine Stimme war leise, aber zuversichtlich. »Es geht ihm doch schon so viel besser. Ich hatte ehrlich gesagt keine große Hoffnung, dass er seine Verletzungen überlebt.« Er schluckte hörbar. »Ich habe noch nie einen so schwer verletzten Hund gesehen.« Nun berührte er leicht ihre Schulter, was ihr eine Gänsehaut verursachte. »Er ist ein kleiner Kämpfer.«

»Ja.« Nun musste sie ebenfalls schlucken und gegen aufsteigende Tränen kämpfen. Was war bloß mit ihr los? Sie war doch sonst nicht so extrem emotional. Zumindest nicht in Gegenwart Fremder. »Wir sollten essen, bevor die Nudeln kalt werden.«

»Ja, sollten wir.« Martin ließ ihre Schulter los, und sie folgte ihm rasch zum Tisch.

13. Kapitel

Am liebsten hätte Maria sich geohrfeigt. Warum führte sie sich auf wie ein verliebter Teenager? Nein, nicht verliebt, korrigierte sie sich sofort im Geiste. Das war ja wohl noch absurder als die Tatsache, dass sie nun schon seit fast zehn Minuten vor ihrer Wohnungstür stand und sich nicht traute, hinauszugehen, die Treppe hinaufzusteigen und bei Arndt zu klingeln. Als sie einen Blick über die Schulter ins Wohnzimmer warf, begegnete sie den aufmerksamen Blicken ihrer beiden Katzen Lilly-Anne und Karl-Gustav, die hoch aufgerichtet nebeneinander in mittlerer Höhe des riesigen Kratzbaums saßen. Beide waren grau getigert, beide hatten einen weißen Fleck an der Brust und weiße Pfötchen. Sie waren keine Geschwister, wie man wegen der frappierenden Ähnlichkeit hätte annehmen können, etwa gleich alt jedoch sehr wohl. Im Tierheim hatten sie zueinandergefunden und waren seitdem unzertrennlich. Da sie einander äußerlich wie ein Ei dem anderen glichen, hatte Maria lernen müssen, sie an ihrem Verhalten und ihrer Mimik zu unterscheiden. So auch jetzt. Lilly-Anne hatte die Augen zu Schlitzen verengt und wirkte äußerst kritisch. Karl-Gustavs Kopf war ganz leicht zur Seite geneigt, seine Augen weit geöffnet. Er wirkte weniger kritisch denn neugierig.

»Ich weiß, ich weiß.« Maria seufzte. »Das ist idiotisch. Ich bin bescheuert.«

Die beiden Katzen bewegten sich nicht einen Millimeter. Lediglich ihre Schwänze zuckten leicht zur Seite, vollkommen synchron. Ihre Botschaft, fand Maria, war eindeutig.

»Schon gut, ich gehe ja schon.« Jedoch nicht, ohne zuvor noch einen Blick in den Spiegel neben der Tür zu werfen. Sie sah gut aus. Lässige bunte Bluse zu hautengen, aber sagenhaft bequemen Bootcut-Jeans. Silbergraue Stiefeletten, farblich passende Halskette, Armreife und kleine Kreolen, aufgefrischtes Make-up. Alles so, wie es sein sollte. Arndt hatte sie ja sowieso heute schon den ganzen Tag in den Sachen gesehen; es bestand also nicht der geringste Grund, sich über ihre Klamotten Gedanken zu machen.

Ein letzter Blick über die Schulter verriet, dass nun Lilly-Anne den Kopf zur Seite geneigt und die Augen weit geöffnet hatte, während Karl-Gustavs Augen sich kritisch verengt hatten. Ansonsten saßen sie immer noch genauso da wie zuvor. Oder hatten sie heimlich die Plätze getauscht? Manchmal waren die beiden Maria regelrecht unheimlich.

Entschlossen griff sie nach dem Schlüsselbund in der mit bunten Dreiecken bemalten Keramikschale auf dem Schränkchen unter dem Spiegel, öffnete die Tür, trat hinaus und schloss mit präzisen Bewegungen hinter sich ab. Nach einem tiefen Atemzug stieg sie die Treppe nach oben, ging auf Arndts Wohnungstür zu, blieb stehen. Aus der Wohnung drang verführerischer Essensduft. Er machte es also wahr und kochte etwas. Für sie. Auch das noch! Ehe sie die Klingel betätigen oder es sich vielleicht doch noch anders überlegen konnte, öffnete sich die Tür und Arndt lächelte ihr entgegen.

»Hallo, Maria. Komm doch herein.« Er trat zur Seite, um ihr Platz zu machen.

Obwohl ihr Blutdruck kurzfristig ein Rekordhoch erreichte, betrat sie rasch an ihm vorbei die Wohnung. Dabei streifte sie ihn ganz kurz mit dem Arm, was ein erschreckendes Prickeln in ihr auslöste, fremd und doch zugleich vertraut und … lange vergessen. Sehr lange. »Woher wusstest du, dass ich vor der Tür stehe? Kannst du hellsehen?« Sie hoffte, mit dem halben Scherz zu überspielen, wie nervös sie war.

»Nicht wirklich.« Grinsend deutete Arndt auf den Bildschirm des Tablets, das auf der Kochinsel im offenen Küchen- und Wohnbereich aufgestellt war. »Überwachungssystem. Lenas Programmierung. Als Firmenchef muss ich selbstverständlich alle Sicherheitsvorkehrungen, die wir im Portfolio haben, selbst testen.«

Neugierig trat Maria auf das Tablet zu, auf dem der unmittelbare Bereich vor Arndts Wohnungstür zu sehen war. »Du kannst also immer sehen, wer wann das Haus betritt oder verlässt?« Der Gedanke löste ein mulmiges Gefühl in ihr aus.

»Nein.« Arndt trat neben sie. »Das liegt nicht in meiner Absicht. Ich überwache nicht die Haustür ... oder dich.« Sein Blick ruhte auf ihr, doch sie erwiderte ihn nicht, sondern schaute weiterhin auf das Tablet, als er weitersprach. »Wie du sehen kannst, ist die Kamera nur auf den Bereich direkt vor meiner Tür gerichtet, von oben, sodass das Umfeld nicht mit aufgenommen wird. Wir testen diese Einstellung gerade für eine Kundin, der Sicherheit und Datenschutz gleichermaßen wichtig sind. Die Kamera wird durch einen Bewegungsmelder aktiviert und schaltet sich nach neunzig Sekunden von allein ab.«

»Aha.« Das mulmige Gefühl ließ wieder nach oder wandelte sich vielmehr zu einem flauen Ziehen in der Magengrube, weil Arndt so dicht neben ihr stand. So beiläufig wie nur möglich trat sie etwas zur Seite und auf den Backofen zu, der auf Arbeitshöhe angebracht war und in dem sie eine Auflaufform entdeckte. »Du kochst also.«

»Eine einfache vegetarische Lasagne.« Diesmal folgte er ihr nicht, sondern blieb bei der Kochinsel stehen. »Melissa hat mir neulich von einer neuen Sorte veganen Hacks vorgeschwärmt, das sogar Andy schmeckt. Da dachte ich, ich probiere es auch mal aus. Es wird nicht aus Soja hergestellt«, fügte er rasch hinzu, als sie protestieren wollte, »sondern aus Erbsen- und Weizenprotein. Ich weiß ja, dass du auf Sojaprodukte allergisch reagierst.«

»Okay ... danke.« Überrascht hob sie den Kopf. »Woher weißt du das?«

»Melissa hat es mal erwähnt.« Er lächelte ihr zu. »Du übrigens auch vergangenes Jahr bei unserer gemeinsamen Weihnachtsfeier.« Er deutete schräg hinter sich. »Das Essen braucht noch ein Weilchen. In meinem Arbeitszimmer ist es ein bisschen beengt, deshalb habe ich meinen Laptop mit dem Warenwirtschaftsprogramm auf dem Esstisch aufgebaut. Wir können mit dem Crashkurs also gleich loslegen, wenn du willst.«

Etwa anderthalb Stunden später hatte Maria nicht nur die Software im Griff, sondern war auch angenehm satt und deutlich entspannter als noch bei ihrem Eintreffen. Arndt machte es ihr mit seiner ruhigen, humorvollen Art leicht, ihre Nervosität und Vorbehalte für eine Weile zu vergessen. Solange er ihr das Programm erklärt hatte, war er ganz bei der Sache geblieben und hatte, soweit das möglich gewesen war, einen professionellen Mindestabstand zu ihr eingehalten, und während des Essens, mit dem der Crashkurs unterbrochen worden war, hatte er sie mit Anekdoten aus der Firma unterhalten. Nun klappte er den Laptop energisch zu und schob ihn auf dem Esstisch weit von sich. »Noch Fragen?« Seine Augen funkelten vergnügt.

»Ich glaube nicht.« Sie erwiderte sein Lächeln ganz automatisch. »Zukünftig werde ich mit der Software gut zurechtkommen.«

Nach einer kurzen Pause fügte sie hinzu. »Danke. Warum habt ihr denn die ganzen Zusatzfunktionen nie benutzt?

Ihr habt sie doch selbst programmiert, oder etwa nicht? Ich dachte schon, ich müsste da einige Änderungsvorschläge einbringen, aber das ist gar nicht nötig. Das Programm hat bereits alle Funktionen.«

Arndt hob mit einem schiefen Grinsen die Schultern. »Unsere frühere Firmenassistentin war damit überfordert, und alle übrigen Mitarbeiter hatten wohl zu wenig Zeit, alle erforderlichen Vorarbeiten zu leisten, damit diese Funktionen auch wirklich genutzt werden können.«

»Aber diese Vorarbeiten muss man doch nur einmal erledigen«, warf Maria ein. »Danach braucht man die Bestände nur zu pflegen und vielleicht hin und wieder mal ein neues Produkt oder eine neue Dienstleistung zu ergänzen.«

»Du weißt das, ich weiß das.« Noch einmal hob er die Schultern. »In der Praxis läuft es oft anders, aber du bist herzlich eingeladen, dich zu opfern und alle Funktionen freizuschalten.«

»Bin ich das?« Sie schmunzelte über seine Wortwahl.

»Na sicher. Du machst dich als Firmenassistentin wirklich gut, und da du ja bereits vorgeschlagen hast, diesen Bereich zu übernehmen, bin ich gerne bereit, ihn dir ganz offiziell zu übertragen.«

»Das ist …« Maria schluckte. »Danke. Du setzt eine Menge Vertrauen in meine Fähigkeiten.«

»Warum sollte ich das nicht tun?« Sein aufmerksamer Blick wanderte über sie hinweg. »Du hast dich schneller in deine Aufgaben eingearbeitet als so manche ausgebildete Bürokraft. Auf mich wirkt es so, als hättest du nur darauf gewartet, dich im Beruf beweisen zu können.«

Eine kurze Weile dachte sie über seine Worte nach, dann nickte sie. »Vielleicht ist das so. Ich war in meinem gesamten bisherigen Leben noch nie berufstätig.«

»Ich weiß.« Sein Blick ruhte immer noch auf ihr. »Du hattest es nicht nötig, sagtest du beim Bewerbungsgespräch.«

»So hieß es immer vonseiten meines Mannes und meiner Familie.« Sie richtete den Blick auf die Tischplatte. »Er war sehr konservativ eingestellt, ebenso wie meine und seine Eltern … und Großeltern. Für sie ist die Zeit irgendwie stehen geblieben, und ich habe das lange nicht infrage gestellt.«

»Warum hättest du das auch tun sollen, wenn du damit glücklich warst oder zumindest zufrieden?«

Maria seufzte unterdrückt. »Ob ich je glücklich war, kann ich dir trotz jahrelanger Therapie immer noch nicht sagen. Ich habe mir in den Jahren meiner Ehe zu viel eingeredet; sicherlich auch, dass ich glücklich sei. Im Vergleich zu vielen anderen Frauen war ich das wahrscheinlich auch. Es gibt viele, viele Schicksale, die weitaus prekärer sind als das meine. Das meiner Tochter eingeschlossen.«

»Du solltest dich nicht mit anderen Menschen vergleichen«, befand Arndt. »So verschieden, wie wir alle sind, ist das vollkommen sinnlos.«

»Das ist mir bewusst. Jeder Mensch reagiert und empfindet anders.« Sie hob den Kopf wieder, vermied es aber, ihm ins Gesicht zu sehen. »Ich habe lange Zeit mein Leben gänzlich nach Jens und seinen Vorstellungen ausgerichtet. Er hat alles in meinem – unserem – Leben bestimmt. Mir ist das relativ leichtgefallen, weil meine Eltern auf die gleiche Weise gelebt haben und es immer noch tun. Für sie ist es absolut unverständlich und wohl auch unverzeihlich, dass ich etwas ganz anderes will und alle Brücken hinter mir abgebrochen habe.«

»Es war dein gutes Recht.« Sie erschrak, als er nach ihrer Hand griff, die auf dem Tisch lag. »Du musst dein Leben so leben, wie du es für richtig hältst.«

Da seine Berührung nicht nur die Nervosität zurückbrachte,

sondern auch ein Kribbeln auslöste, das fließendem Strom ähnelte, entzog sie ihm die Hand rasch wieder und stand auf. Mit wenigen Schritten ging sie zur Terrassentür und blickte zum abendlich dunklen Balkon und Garten hinaus. »Das ist leichter gesagt, als getan. Ich weiß nicht einmal genau, was ich für richtig halte. Ich muss es erst mühsam herausfinden.«

Arndt erhob sich ebenfalls und trat schräg hinter sie, was die Nervosität noch ein wenig steigerte und ihren Puls beschleunigte. »Und wie stellst du das an?«

»Versuch und Irrtum.« Sie hob die Schultern. »Anders geht es wohl nicht.«

»Das macht doch bestimmt Spaß, oder?«

»Spaß?« Sie hob den Kopf und drehte sich zu ihm um.

»Na klar. Du probierst einfach alles aus, um herauszufinden, ob du es magst oder nicht. Da würde ich glatt mitmachen, wenn ich nicht schon so genau wüsste, was meine Vorlieben und Abneigungen sind.« Er lachte leise. »Zumindest weißt du, dass du gerne tanzt.« Auf ihren verblüfften Blick hin ergänzte er: »Von damals.«

»Oh.« Ihr Herz stolperte in ihrer Brust. »Das ist schon so lange her.«

»Na und? Hat sich seitdem etwas geändert?« Diesmal hielt er ihren Blick gefangen.

»Eine Menge. Es sind fast dreißig Jahre vergangen.«

Arndt lachte. »Das lässt sich kaum bestreiten, ist aber nicht, was ich meinte.« Nach einem Atemzug setzte er hinzu: »Ich meine das Tanzen. Tust du es inzwischen nicht mehr gerne?«

»Das weiß ich nicht«, gab sie zu. »Ich hatte in den vergangenen achtundzwanzig Jahren nicht allzu viel Gelegenheit dazu.«

»Dann wird es aber Zeit.« Arndt breitete kurz einladend die Arme aus. »Wir können es gleich einmal ausprobieren.«

»Was?« Sie erschrak. »Tanzen?«

»Ja.« Er nickte. »Ich schalte uns die passende Musik ein und ...«

»Nein«, unterbrach sie ihn hastig. »Lieber nicht.«

»Okay.« Sein Lächeln vertiefte sich. »Aber spätestens auf dem Weihnachtsball der Sozialstation werden wir miteinander tanzen.«

»Auf dem Ball?« Sie schluckte und überlegte, ob sie dieser Veranstaltung irgendwie entgehen könnte. Vielleicht, wenn sie sich krankmeldete.

»Vergiss es.« Seine amüsierte Stimme veranlasste sie, den Kopf zu heben.

»Was meinst du?«

»Du wirst dich nicht um den Ball herumdrücken. Das würde nicht zu deinem neu gewonnenen Selbstbewusstsein passen.«

»Ach.« Mehr fiel ihr dazu partout nicht ein.

»Nein.« Er trat einen halben Schritt auf sie zu. »Es ist nur ein Ball, Maria, und nur ein Tanz – oder mehrere, wenn wir beide dazu Lust haben. Du brauchst auch keine Angst zu haben, dass dort nur klassische Walzerklänge aufgelegt werden. Der DJ richtet sich gerne nach den Wünschen des Publikums. Das Motto ist immer *Die 80er bis heute*.«

»Aha.« Immer noch weigerte ihre Zunge sich, mehr als einsilbige Wörter zu formen. Er erinnerte sich also noch daran, was sie ihm damals erzählt hatte. Sie hatte einen sehr strengen klassischen Tanzkurs absolviert, um sich auf ihre Pflichten als Jens' Gattin vorzubereiten. Leider hatte die Tanzschule nie zeitgenössische Musik dafür genutzt, sondern entweder klassische Stücke oder uralte Schlager aus der ersten Hälfte des zwanzigsten Jahrhunderts. Während ihre Schulfreundinnen entweder auf Partys ihre ersten Tanzschritte gelernt oder vom Tanzunterricht in den öffentlichen Tanzschulen geschwärmt hatten, hatte sie diese teure private Einrichtung besuchen müssen, hauptsächlich, weil ihre Eltern ihr den Umgang mit fremden jungen Männern weitgehend untersagt hatten. Sie hatte nur Schulen besucht, die ausschließlich Mädchen aufnahmen, und männliche Kontakte so gut wie ausschließlich unter elterlicher Aufsicht gepflegt. Es bestand aus Sicht ihrer Eltern einfach kein Bedarf an Kontakten mit Jungen oder jungen Männern, denn die Ehe mit Jens war ja bereits lange beschlossene Sache gewesen.

»Du hast in den letzten drei Jahrzehnten auf vieles verzichten müssen, nicht wahr?« Arndt suchte erneut ihren Blick.

Das hatte sie, aber es fiel ihr schwer, darüber mit jemand anderem als ihrem Therapeuten zu reden. »Sieh mich nicht so an«, bat sie tonlos. »Es ist nicht so, dass Jens mich eingesperrt hätte oder misshandelt oder so etwas. Unsere Ehe war harmonisch und respektvoll.«

»Nein, war sie nicht«, widersprach er mit Nachdruck. »Harmonisch vielleicht, aber doch wohl nur, weil er den Ton angab und du dich in allem nach ihm gerichtet hast. Mit Respekt vor dir als Person hat das herzlich wenig zu tun.«

»Ich wusste es nicht besser.« Sie atmete tief ein und wieder aus. »Wahrscheinlich zum großen Teil aus Bequemlichkeit. Mir war immer klar, dass meine Eltern meine Zukunft bis ins Detail geplant hatten.«

»Wozu sie kein Recht hatten.«

Sie ging nicht auf seinen Einwurf ein. »Wozu sich also dagegen auflehnen? Ich bin dazu erzogen worden, eine gehorsame Tochter und Ehefrau zu sein. Wenn man das lange genug zu hören bekommt, verinnerlicht man es und stellt es irgendwann nicht mehr infrage. Ich konnte mir sogar irgendwann einreden, dass diese ganze Sache, die abgesprochene

Heirat und so weiter, irgendwie romantisch sei. Vielleicht hatte ich auch die Hoffnung, dass daraus wie mit Zauberhand die große Liebe erwachsen würde.«

»Was aber nicht geschehen ist.«

»Nein.« Sie rieb sich über die Stirn, dann drehte sie sich wieder zur Terrassentür um, weil sie sonst nicht hätte weitersprechen können. »Versteh mich nicht falsch. Jens war kein schlechter Mensch. Ich mochte ihn sehr. In gewisser Weise habe ich ihn sogar geliebt. Immerhin war er Melissas Vater. Er hatte immer unser Wohlergehen im Sinn, ihres wie meines, aber eben in den sehr engen, konservativen Grenzen seiner Überzeugungen. Als er starb, war ich vollkommen hilflos und verzweifelt. Ich hatte meinen Anker und Kompass verloren und habe mich deshalb lange Zeit wie eine Ertrinkende an alles geklammert, was ihn ausgemacht hat. Damit habe ich Melissa ein großes Unrecht zugefügt. Anstatt die Zügel zu lockern und ihr die Wahl zu lassen, die ich nie hatte, habe ich ihr die Daumenschrauben angelegt und alle Regeln durchgesetzt, die Jens uns vorgegeben hatte, noch strenger, als nötig gewesen wäre. Deshalb ist sie schließlich aus diesem Gefängnis ausgebrochen, hat sich mit Matthias eingelassen und wurde noch vor dem Abitur schwanger.« Sie musste hart schlucken. »Ich hätte sie davon abhalten müssen, ihn zu heiraten. Wir hätten Andy auch ohne ihn aufziehen können. Aber meine Familie hat immensen Druck auf mich ausgeübt. Für sie war die einzige logische Konsequenz aus Melissas Fehltritt die Ehe. Matthias war ja ein wohlhabender Mann und Inhaber einer großen, erfolgreichen Spedition für Gefahrgüter. Er passte ins Bild, auch wenn die Art und Weise, wie er sich in Melissas Leben gedrängt hat, eigentlich nicht akzeptabel war. Dass er gewalttätig war, wussten wir alle damals noch nicht, sonst hätte ich diese Ehe niemals zugelassen.« Maria musste kurz die Augen schließen, weil Tränen aufzusteigen drohten. »Ihr Vater hätte das ebenfalls nie zugelassen. Er wäre über ihre Schwangerschaft entsetzt, nein, entsetzlich enttäuscht gewesen, aber er hätte Matthias einen Kopf kürzer gemacht, wenn er von den Misshandlungen erfahren hätte. Körperliche Gewalt innerhalb und außerhalb der Ehe hat er strikt abgelehnt. Die Kindererziehung war hier eine Ausnahme, aber auch da war die Anwendung von körperlicher Gewalt die äußerste Konsequenz und kam nur in Ausnahmefällen vor.« Sie stockte. »Das klingt, als wolle ich die Ohrfeigen verteidigen, die er Melissa hin und wieder gegeben hat, um seinen Standpunkt zu verteidigen. Dem ist aber nicht so. Damals habe ich versucht, mir einzureden, dass alles nicht so schlimm sei, aber es gelang mir nicht. Mein Protest führte allerdings nur dazu, dass er mir tagelang die kalte Schulter zeigte und mir damit klarmachte, wie enttäuscht er davon war, dass ich nicht in allen Punkten voll hinter ihm stand. Das konnte ich nur schwer ertragen. Ich war ja selbst noch sehr jung und von ihm, aber auch von meinen Eltern in dieser Hinsicht schwer indoktriniert und abhängig. Meine eigene Kindheit und Jugend sahen genauso aus wie Melissas.«

»Sie hat die Flucht vor Matthias ja dann doch geschafft«, warf Arndt ruhig ein. »Das muss für dich doch eine Erleichterung gewesen sein.«

»Selbstverständlich war ich erleichtert und entsetzt über mich, weil ich so vieles nicht hatte sehen wollen. Ich habe ihr nicht beigestanden, als sie mich am dringendsten brauchte. Sie ist viel stärker als ich, auch damit muss ich irgendwie klarkommen.« Kurz hielt sie inne. »Ihre Flucht bei Nacht und Nebel zusammen mit dem kleinen Andy hat mich erschreckt und in gewisser Weise wachgerüttelt. Trotzdem hat es noch eine Weile gedauert, bis ich aus der beginnenden Depression, die sich bei mir eingeschlichen hatte, herausgefunden habe. Ich musste erst begreifen, dass ich mich selbst gar nicht kannte, keine Wünsche oder Träume hatte und vollkommen isoliert und ohne Plan und Ziel dahinvegetierte.«

»Da hast du beschlossen, dein Leben zu ändern.« Arndt legte ihr sanft eine Hand auf die Schulter, und auch, wenn das ihren Puls leicht beschleunigte, fühlte sich die Berührung tröstlich an, sodass sie diesmal nicht auswich. »Das war mutig.«

»Vielleicht.« Bitter lachte sie auf. »Es fühlt sich aber nicht so an. Manchmal frage ich mich …« Erschrocken brach sie ab.

»Was fragst du dich?« Sanft drehte Arndt sie zu sich herum.

»Nichts. Vergiss es. Das ist lächerlich.«

»Fragst du dich, was gewesen wäre, wenn du damals mein Angebot angenommen hättest?«

»Das ist lange her«, wehrte sie ab. »Es bringt nichts, alte Geschichten aufzuwärmen.«

»Ich habe dir meine Handynummer gegeben, weil ich wirklich gehofft habe, du würdest den Mut aufbringen, mich anzurufen.« Er ließ sie los und ging zu einem Highboard, dessen mittlere Schublade er öffnete. »Ich habe sogar das Handy von damals immer noch.« Maria starrte ihn perplex an, dann das alte Mobiltelefon. »Du hast es all die Jahre aufgehoben?«

»Die Hoffnung stirbt zuletzt.« Schmunzelnd legte er das Handy in die Schublade zurück. »Ich hätte natürlich auch einfach die SIM-Karte in ein neues Gerät übernehmen können, aber es erschien mir nicht richtig. In der ersten Zeit habe ich Tag und Nacht auf ein Lebenszeichen von dir gewartet, später dann habe ich nur noch in Abständen nachgesehen, ob eine Nachricht eingegangen war. Damals war es noch nicht ganz so einfach, Informationen aus dem Internet zu fischen, aber Jahre danach habe ich bei einer Websuche eure Heiratsanzeige in einem Zeitungsarchiv entdeckt.«

»Du hast nach mir gesucht?« Erschrocken wich sie etwas zurück. »Im Internet?«

»Gesucht ist vielleicht übertrieben«, schränkte er ein. »Wie gesagt, das war bestimmt acht oder zehn Jahre später. Nenn es Nostalgie oder was auch immer. Ich wollte einfach wissen, was aus dem zauberhaften Mädel geworden ist, das mir damals den Kopf verdreht hat.«

»Ich war nicht zauberhaft!« Sie schluckte mühsam. »Und den Kopf verdrehen wollte ich dir ganz bestimmt auch nicht.«

»Das ist mir bewusst. Wahrscheinlich ist es dir gerade deshalb so nachhaltig und in Rekordzeit gelungen. Das mit dem Zauberhaft trifft übrigens heute noch zu, aber da du für solche Komplimente noch nicht bereit zu sein scheinst, schweige ich vorerst darüber.«

»Hör auf damit!« Am liebsten wäre Maria aus der Wohnung geflohen. Lediglich die Tatsache, dass sie ihm schon deshalb nicht würde ausweichen können, weil sie für ihn arbeitete – und in seinem Haus wohnte –, hielt sie davon ab, kopflos davonzulaufen. »Das ist alles so lange her …«

»Du wiederholst dich.« In seiner Stimme klang ein Lächeln.

»Warum hast du das Handy immer noch, wenn du doch wusstest, dass ich verheiratet war? Spätestens, als du das herausgefunden hattest, hättest du es wegwerfen sollen.«

»Hätte ich das wirklich tun sollen?« Sein ruhiger Tonfall bescherte ihr eine Gänsehaut. »Hast du die Nummer noch?«

Sie schwieg. Selbstverständlich besaß sie den Notizzettel noch, auf dem er ihr seine Handynummer damals aufgeschrieben hatte. Sie hatte das handtellergroße Stück Papier in der untersten Schublade ihrer Schmuckbox versteckt und nie wieder daraus hervorgeholt.

»Siehst du?« Nun trat er doch wieder auf sie zu und viel zu nah an sie heran. »Vielleicht brauchst du sie ja irgendwann noch einmal.«

»Red keinen Unsinn.« Verunsichert wich sie seinem Blick aus. »Ich habe damals nicht eine Minute in Erwägung gezogen, dich wirklich anzurufen. Meine Eltern sind dermaßen ausgeflippt, als ich aus Düsseldorf zurückkam ... Sie haben dafür gesorgt, dass ich alle Flausen dieser Art umgehend vergessen habe.«

»Flausen?«

»Das war noch die netteste Bezeichnung, die ihnen für meinen Ungehorsam eingefallen ist.«

»Du hast also keine Minute darüber nachgedacht?«, hakte er nach.

Sie nickte, immer noch, ohne ihn anzusehen.

»Nicht einmal eine Sekunde?«

Ruckartig hob sie den Kopf und begegnete seinem warmen Lächeln und dem schalkhaft-vergnügten Funkeln in seinen Augen, das damals schon so gefährlich gewesen war.

Er neigte leicht den Kopf. »Also doch. Vielleicht kommt der Gedanke ja noch einmal wieder, und diesmal für mehr als eine Sekunde. Manche Dinge brauchen ihre Zeit.«

»Aber nicht achtundzwanzig Jahre!«

»Warum nicht?«

Sie wäre gern vor ihm zurückgewichen, doch nach einem halben Schritt stieß sie gegen die Terrassentür. »So etwas kann und sollte man nicht aufwärmen.«

»Noch einmal: Warum nicht? Wenn uns beiden danach ist?«

Ihr Herz verkrampfte sich leicht. »Wir sind nicht im Märchen, Arndt. Solche Dinge funktionieren höchstens in Romanen. Außerdem arbeite ich für dich und durch unsere Kinder sind wir praktisch so gut wie verwandt!«

»Das sind alles Gründe.« Er ergriff ihre Hände. »Aber keine Hindernisse.«

»Arndt ...« Sie wusste nicht, was sie darauf antworten sollte. »Wir sind keine Kinder mehr.«

»Gott sei Dank.« Sachte zog er sie zu sich heran, bis ihre Körper sich leicht berührten.

Sämtliche Nervenenden in ihrem Körper begannen zu vibrieren. »Nein, wirklich! Das ist keine gute Idee. Wir sollten das nicht tun.«

Ihre Blicke trafen aufeinander und verwoben sich. Das Vibrieren wurde stärker und mischte sich mit heftigem Herzklopfen.

Unvermittelt fluchte Arndt und ließ sie los. »Du hast recht. Wir sollten das nicht tun. Zumindest nicht, bevor ich nicht ... Moment.« Er zog sein Smartphone aus der Gesäßtasche.

Verwirrt beobachtete sie, wie er einen Kontakt aufrief und anwählte. »Was tust du da?«

»Augenblick.« Er hob kurz den Zeigefinger und wartete, bis sich jemand am anderen Ende der Leitung meldete. »Hallo, Linda, guten Abend!«

Erschrocken rang Maria nach Atem. »Arndt, was ...?«

Mit einem erneuten Heben des Zeigefingers brachte er sie zum Schweigen. »Nein, keine Sorge, es ist nichts passiert.« – »Nein, leider auch das nicht ...« – »Hör bitte zu, Linda, ich muss dir etwas Wichtiges sagen.« Er hielt kurz inne, den Blick fest auf Maria gerichtet. »Ich muss unser Date am Freitag leider absagen.« – »Nein, nicht verschieben. Wir können uns nicht mehr treffen.« – »Ich weiß, das kommt überraschend, aber ich will dir nichts vormachen.« – »Ja, so ist das. Ich mag dich, aber es ist nicht das, was ich suche ... vielmehr gesucht habe.«

Maria schnappte erneut nach Luft, traute sich aber nicht, etwas zu sagen.

Arndt nickte vor sich hin, während er Lindas Worten lauschte. »Ich bin froh, dass du es so sportlich nimmst.« Nun schmunzelte er sogar. »Willst du das wirklich wissen? Hoffentlich nicht, um ihr bei nächster Gelegenheit die Augen auszukratzen.«

Verblüfft konstatierte Maria, dass Linda so herzlich lachte, dass sogar sie es hören konnte.

Arndts nächste Worte ließen sie heftig zusammenzucken. »Ja, sie steht hier vor mir und befürchtet das Schlimmste.« Grinsend reichte er Maria das Handy. »Linda möchte mit dir reden.«

»Nein!« Wieder wollte sie zurückweichen und erneut wurde dieser Plan von der Terrassentür vereitelt. Plötzlich hatte sie das Smartphone in der Hand. Verunsichert hielt sie es sich ans Ohr. »Hallo?«

»Guten Abend.« Lindas Stimme klang viel zu fröhlich für eine Frau, die gerade einen Korb von dem Mann erhalten hatte, mit dem sie bereits zwei Dates gehabt hatte. »Maria Seifert, nicht wahr?«

Maria räusperte sich. »Äh, ja. Guten Abend, Frau Becker.«

»Linda bitte. Wir Mädels müssen doch zusammenhalten. Ich dachte mir schon, dass Sie es sein müssen. Arndt ist schon ewig Single, und Sie sind die einzige Frau in seiner Umgebung, die noch nicht genauso ewig hier in der Stadt lebt.«

»Ja, also …« Verflixt, was sollte sie dazu bloß sagen?

»Sie hätten mir neulich am Telefon ruhig gleich sagen können, dass Sie und er …«

»Nein! Also, da war nichts … ist nichts …« Sie verhaspelte sich.

»Keine Sorge, ich nehme es Ihnen nicht übel.« Linda lachte wieder dieses sympathische, herzliche Lachen. »Ich habe es einfach viel zu spät versucht. Außerdem hat es wohl auch nicht so wirklich gefunkt, sonst würden wir dieses Telefonat jetzt ja nicht führen. Ich wünsche Ihnen beiden alles Gute. Grüßen Sie Arndt. Vielleicht sieht man sich ja bei Gelegenheit mal irgendwo, Sie und ich. Machen Sie es gut!« Im nächsten Moment war die Verbindung unterbrochen.

Einigermaßen fassungslos blickte Maria auf das Smartphone in ihrer Hand. Mit so einer Reaktion hatte sie nun wirklich nicht gerechnet.

»Das wäre nun also geklärt.« Sanft entwand Arndt ihr das Handy und schob es zurück in seine Gesäßtasche. »Also … Wo waren wir stehen geblieben?« Schon hatte er sie wieder zu sich herangezogen.

»Arndt …« Ihr schwirrte der Kopf. »So was kannst du doch nicht einfach machen!«

»Warum nicht? Ich werde eher den Teufel tun und die eine Frau küssen, während eine andere sich auf ein Date mit mir freut. So viel Respekt vor beiden Frauen sollte ein Mann mindestens besitzen, oder etwa nicht?«

Maria schluckte schwer. »Schon, ja, aber … Warum willst du mich küssen?«

»Warum will ein Mann eine zauberhafte Frau küssen?« Er strich ihr ein paar Strähnen ihres kinnlangen Bobs hinters Ohr. »Aus den gleichen Gründen wie damals, würde ich sagen.«

»Aber das ist doch schon so …«

»… lange her, ja, ja, ja.« Er grinste. »Vielleicht will ich auch nur herausfinden, ob du heute noch genauso gut schmeckst wie damals. Und ob mir dabei wie damals zumute sein wird. Hast du nicht gesagt, du musst alles ausprobieren, um herauszufinden, ob es dir gefällt oder nicht? Da mache ich jetzt einfach mit. Ich will wissen, ob mir die Gegenwart so gut gefällt wie die Vergangenheit in meinen Erinnerungen.«

»Und …« Ihr Herz wollte mit aller Gewalt aus ihrer Brust springen. »Was, wenn nicht?«

»Darüber mache ich mir Gedanken, wenn dieser unwahrscheinliche Zustand eintreten sollte.« Sehr, sehr sachte streichelte er mit dem Daumen über ihre Wange und verursachte ihr damit eine Gänsehaut. »Was meinst du, probieren wir es aus?«

Nein, nein, nein! Sie schluckte, schluckte noch einmal, bekam aber keinen Ton heraus. Sie war gefangen von seinem Blick, als er sich ihrem Gesicht ganz langsam näherte. Der Atem verfing sich in ihrer Kehle, in ihrem Bauch flatterte es, als säße dort ein Vögelchen, das mit den Flügeln schlägt. Das war doch verrückt! Sie war keine Jugendliche mehr, doch mit einem Mal fühlte sie sich ganz in die Vergangenheit zurückversetzt.

Als sich ihre Lippen trafen, durchzuckte sie ein wilder Stich. Sie glaubte, unter Strom zu stehen. Arndts Mund war ganz genau wie damals: Warm, weich und fest zugleich wanderte er über den ihren, neckte, liebkoste, bis sie, gänzlich außer sich, nach Atem rang. Kurz löste er sich von ihr, jedoch nur, um seine Lippen gleich darauf deutlich energischer auf ihre zu pressen.

Ihr wurde regelrecht schwindelig, als der Kuss ganz von selbst leidenschaftlicher wurde. Das Flattern in ihrem Bauch wandelte sich in ein sehnsüchtiges Ziehen. Sie fühlte seine Hände, mit denen er sanft ihre Wangen umfasste. Im nächsten Moment trat er einen Schritt zurück und lächelte vielsagend. »Ich würde sagen, der erste Versuch hat uns eindeutig gut gefallen.« Erheitert räusperte er sich. »Damit er uns nicht womöglich noch viel besser gefällt und zu unbedachten Handlungen verführt, schlage ich vor, wir setzen das Experiment ein andermal fort. Was sagst du dazu?«

»Ich … Also …« Es fiel ihr schwer, einen klaren Gedanken zu fassen. »Es ist wohl wirklich besser, wenn ich jetzt gehe.« Eilig schob sie sich an ihm vorbei und floh bis in den Flur. Da sie keine Jacke mitgebracht hatte, blieb sie dort etwas verloren stehen.

Arndt schloss bereits zu ihr auf. »Wir setzen dies bei Gelegenheit fort, versprochen.« Er grinste schalkhaft. »Vorzugsweise, wenn ich Kondome im Haus habe.«

»Arndt!« Sie schnappte nach Luft. »Das ist …«

»Keine Sorge«, unterbrach er sie mit einem Zwinkern. »Eins nach dem anderen. Erst wirst du auf dem Weihnachtsball mit mir tanzen.« Ehe sie sichs versah, war er ihr erneut ganz nah. »Hab eine gute Nacht, Maria.« Seine Stimme strich wie ein warmer, zärtlicher Hauch über ihr Gesicht. Elektrisierend strichen seine Lippen erneut über die ihren, dann riss er fast die Wohnungstür auf. »Und nun schicke ich dich weg, sonst werfe ich alle guten Sitten und Vorsätze über den Haufen.« Geradezu energisch schob er sie durch die Tür in den Hausflur. »Bis morgen, Maria. Träum etwas Schönes.« Er schenkte ihr ein letztes warmes Lächeln und schloss gleich darauf so hastig und rigoros die Tür, dass sie tatsächlich den Eindruck gewann, er müsse sich sehr beherrschen, nicht mehr zu tun, als zu diesem Zeitpunkt geboten erschien.

Zu diesem Zeitpunkt? Der Gedanke erschreckte sie zutiefst. Es durfte überhaupt nicht dazu kommen. Niemals! Das war absurd und vollkommen irrsinnig. Sie hatte gerade angefangen, sich selbst wiederzufinden und kennenzulernen. Da waren solche Komplikationen absolut fehl am Platz, schon weil sie zusammenarbeiteten und Melissa und Lennart ein Paar waren und … verdammt, sie saß ganz schön in der Tinte.

So schnell es ging, kehrte sie in ihre Wohnung zurück und wurde von Lilly-Anne und Karl-Gustav empfangen, die augenscheinlich noch immer – oder etwa schon wieder? – an genau derselben Stelle saßen wie zuvor und ihr kritisch-neugierig entgegenblickten. Innerlich völlig aufgelöst warf sie die Tür hinter sich ins Schloss und drehte den Schlüssel gleich zweimal um. Warum nur, warum küsste er immer noch genauso wie früher?

14. Kapitel

Oh, oh, wo bin ich? Das ist nicht der Platz, wo ich sonst immer schlafe. Hilfe! Wurde ich entführt? Buddy stieß ein erschrockenes Fiepen aus. *Halt, jetzt fällt es mir wieder ein. Ich bin bei Lena; sie hat mich hierhergebracht, und das hier ist jetzt mein Körbchen, hat sie gesagt.*

»Alles okay bei dir?« Lena war erschrocken aufgesprungen, als sie die kläglichen Geräusche aus dem Wohnzimmer vernommen hatte. Mit wenigen Schritten war sie bei Buddy und kniete sich neben sein Körbchen. »Tut dir etwas weh?«

Nein, gar nicht. Ich war nur ein bisschen erschrocken, weil hier alles so ungewohnt aussieht und riecht.

»Er ist wahrscheinlich nur ein bisschen desorientiert.« Martin war ihr gefolgt und setzte sich im Schneidersitz auf den Boden.

Ich weiß zwar nicht, was desorientiert bedeutet, aber du wirst wohl recht haben. Vielleicht sollte ich mich allmählich mal etwas genauer in diesem neuen Domizil umschauen. Wenn ich ab sofort hier wohne, ist es ratsam, jeden Winkel zu kennen. Immerhin ist das dann ja jetzt auch mein Revier, nicht wahr? Buddy erhob sich umständlich, kletterte aus dem Körbchen und machte einen kleinen Rundgang durchs Wohnzimmer.

»Warte, Buddy, bleib hier.« Da Lena Anstalten machte, dem Hund zu folgen, legte Martin die Hand auf ihr Schienbein, um sie zurückzuhalten.

»Lass ihn mal allein die Umgebung erkunden.«

»Aber …« Lena zögerte, setzte sich dann aber neben ihn auf den Boden. »Hier gibt es doch bestimmt nichts Giftiges oder Gefährliches in seiner Reichweite, oder?« Er zwinkerte ihr zu.

»Nein, selbstverständlich nicht. Ich habe alles hundesicher gemacht.« Während sie sprach, folgte sie mit Blicken Buddy, der bis zur Küchentür gegangen war, sich jedoch umdrehte und beschlossen zu haben schien, erst die anderen Räume der Wohnung in Augenschein zu nehmen.

Eigentlich hatte Martin schon vor einer Weile den Heimweg antreten wollen, doch während des gemeinsamen Abendessens war das Gespräch noch einmal auf einige Aspekte ihrer Arbeit gekommen, und obgleich er eigentlich lieber etwas mehr über die private Lena in Erfahrung gebracht hätte, hatte er die gemeinsame Zeit durchaus genossen. Ihm war klar, dass sie das Thema geschickt gewechselt hatte, als es ihr zu persönlich geworden war. Also würde er sich wohl noch etwas in Geduld üben müssen. Sie war eine interessante und ungewöhnliche Mischung aus warmherzig, temperamentvoll und zugleich distanziert, zumindest in seiner Gegenwart. Er hatte sie in den vergangenen Tagen und ganz besonders heute sehr genau beobachtet und war zu dem Schluss gekommen, dass sie auf den ersten Blick stets ausgeglichen und tough wirkte, jedoch auch eine verletzliche Seite besaß, die natürlich bei Buddy besonders zum Vorschein kam und die sie, wenn er es recht einschätzte, auch akzeptierte. Wenn es aber um etwas ging, was sie als Unzulänglichkeit an sich auffasste, zog sie eine Mauer um sich herum hoch – oder vielleicht eher einen hohen Stacheldrahtzaun. Man konnte recht gut hindurchsehen und zum Beispiel genau erkennen, dass sie sich mit ihrer Ordnungswut selbst an den Rand einer Zwangsstörung getrieben hatte. Sobald er aber versuchte, ihr diese ungute

Auswirkung vor Augen zu führen, riss er sich an besagtem Stacheldraht ganz schnell die Hände blutig. Vielleicht musste er die Sache anders angehen.

Dass sein Interesse an Lena geweckt war, wusste er nicht erst seit dem Gespräch mit Jeanine. Es mochte nicht die klügste Idee sein, schon in der Probezeit zu versuchen, die Tochter seines Chefs näher kennenzulernen, doch was würde es ändern, wenn er abwartete?

Hier sieht ja alles total interessant aus. Da werde ich wohl ein paar Tage brauchen, um mich zurechtzufinden und einzugewöhnen. Na, schauen wir mal, was sich hier noch alles entdecken lässt. Gut, dass alle Türen offen stehen. Das hier ist anscheinend Lenas Schlafzimmer. Da steht ein großes Bett, und alles riecht ganz intensiv nach ihr. Aha, ein zweites Körbchen gibt es auch, das genauso gemütlich aussieht wie das im Wohnzimmer. Das gefällt mir. Obwohl es da oben auf dem Bett bestimmt noch viel gemütlicher ist. Mal sehen, ob ich Lena dazu überreden kann, mich dort schlafen zu lassen. Aber sehen wir weiter. Was ist das hier für ein Raum? Da ist ein Waschbecken und das da vorne ist eine Dusche, so was kenne ich von früher. Aber was ist das für eine große Wanne? So etwas habe ich noch nie gesehen. Dafür kenne ich das andere, das ist die Toilette. Bei meinem früheren Frauchen hab ich mal versucht, hineinzuklettern, weil da Wasser drin ist, das ich trinken wollte. Dabei bin ich aber abgerutscht und reingefallen. Das war nicht lustig. Ich war ganz nass und hab mir auch wehgetan. Seither halte ich von diesen Dingern lieber Abstand.

Aber hallo! Was sehe ich denn da? Ui, ja, das ist so eine lustige Papierrolle an der Wand. Oooh, da kann ich nicht widerstehen. Damit kann man supertoll spielen und auch den Schlafplatz auspolstern. Oder Konfetti machen, wie mein früheres Frauchen es immer genannt hat. Sie fand das zwar, glaube ich, nicht wirklich toll, hat aber trotzdem immer gelacht, wenn ich mit der Rolle gespielt habe. Lachen ist doch was Gutes, oder? Und ich würde wirklich, wirklich, wirklich gerne mit dieser Klopapierrolle spielen. Soll ich? Ich glaube, das mache ich. Ja, genau. Ich komme da auch ganz wunderbar einfach heran. Perfekt! Wuff!

»Wo steckt Buddy denn so lange?« Nach einigen Minuten wurde Lena unruhig. »Ob er sich irgendwo eingeschlossen hat?«

»Wohl eher nicht.« Martin schmunzelte. »Wahrscheinlich schnüffelt er sich gerade durch jeden Winkel.«

»Ich weiß nicht.« Skeptisch verzog Lena die Lippen. »Buddy? Wo steckst du? Komm her!« Erwartungsvoll blickte sie zur Tür, doch der kleine Havaneser tauchte nicht auf, obwohl er sonst so gut wie immer gleich reagierte, wenn man ihn rief.

Nun runzelte auch Martin die Stirn. »Buddy? Komm hierher, Kleiner!«

Erneut warteten sie vergeblich. Kurz sahen sie einander an, dann sprangen sie gleichzeitig auf die Füße und wären beinahe zusammengeprallt.

»Buddy?« Lena übernahm die Führung und stürmte zur Tür hinaus in den Eingangsbereich der Wohnung. Nirgendwo war eine Spur von dem Hund zu sehen. »Buddy?«

Ja, ich bin hier, schwer beschäftigt. Pff, spuck. Das Papier schmeckt nicht. Aber egal, ich muss, muss, muss das jetzt zerfetzen, ganz unbedingt.

»Was war das?« Lena horchte auf. »Hast du das gehört?«

»Jap. Oh, oh.« Martin glaubte, das Geräusch identifiziert zu haben. »Ich fürchte …«

»Ach du Sch…reck!« Nach einem Blick ins Badezimmer blieb Lena stocksteif stehen. »Buddy, was hast du getan?«

Ich? Buddy hob mit Unschuldsmiene den Kopf; an seinen Lefzen klebten Toilettenpapierfetzen. *Gar nichts. Also schon etwas, aber nichts Schlimmes. Ehrlich. Ich spiele bloß.*

»So ein Mist. Sieh dir nur an, was du hier angerichtet hast!« Lena betrat das Bad, bückte sich und raffte einen Teil der weißen Schnipsel auf. Ratlos sah sie sie an und warf sie schließlich ins Waschbecken.

Martin unterdrückte nur unzureichend ein Grinsen. »Ich schätze, es ist besser, wenn du die Klopapierrollen höher anbringst.«

»Lach nicht!« Gleichermaßen erbost wie verzweifelt starrte Lena ihn an, machte sich dann jedoch gleich wieder daran, die Überreste des Toilettenpapiers aufzusammeln. »Das war eine ganz neue Rolle.«

»Und Buddy dachte offenbar, dass sich damit super spielen lässt.« Auch Martin hob ein paar weiße Schnipsel auf und musste erneut grinsen, als er auf einigen davon das aufgedruckte Motiv erkannte. »Prinzessin Lillifee?«

Lena stieß zischend die Luft aus. »Das Papier war gerade im Sonderangebot.«

»Ach so.« Er bemühte sich wirklich nach Kräften, wenigstens halbwegs ernst zu bleiben.

»Hör auf damit!« Verärgert warf sie eine weitere Ladung Papier ins Waschbecken, drängelte sich an ihm vorbei durch die Tür und rannte fast in die Küche. Stirnrunzelnd legte auch er ein paar weitere Fetzen ins Waschbecken und folgte ihr.

Hey, wo wollt ihr denn hin? Wartet, ich komme mit! Buddy ließ von seinem Spiel ab und sauste ebenfalls in die Küche.

Lena hatte unterdessen eine Schublade an der Küchenanrichte geöffnet und kämpfte nun damit, einen Müllbeutel von einer Rolle abzureißen, was ihr aber nicht gelang. Der erste Beutel riss mittendurch, der zweite schien sich an der perforierten Stelle nicht lösen zu lassen. Sie fluchte unterdrückt, ihre Bewegungen wurden immer fahriger.

»Hey.« Rasch trat Martin neben sie und nahm ihr die Rolle aus der Hand. »Immer mit der Ruhe. Es ist nur ein Müllbeutel, kein Endgegner.«

»Ha, ha.« Mit verkniffener Miene sah sie ihm dabei zu, wie er den Beutel von der Rolle abriss. Sie schnappte regelrecht danach und ging mit großen Schritten zurück ins Bad.

Buddy bellte hell und folgte ihr erneut. *Jetzt warte doch mal! Wohin denn jetzt schon wieder? Oder spielen wir nachlaufen? Das finde ich toll!*

Halb amüsiert, halb besorgt beobachtete Martin, wie der Havaneser ins Bad flitzte und dort mit Lena zusammenstieß, die bereits das zerfetzte Toilettenpapier in den Müllbeutel stopfte. Buddy bellte und jaulte gleichzeitig auf. *Huch, aua, warum stehst du denn genau da? Jetzt hab ich mir an den Rippen wehgetan.*

»O Gott, Buddy!« Entsetzt ließ Lena den Beutel ins Waschbecken fallen. Dabei rieselte die Hälfte des Inhalts erneut zu Boden. »Ist dir etwas passiert? Bist du verletzt? Soll ich dich zu Fiona bringen?« Sie war in die Hocke gegangen und tastete Buddy vorsichtig ab, der daraufhin ihre Hände ableckte.

Ich weiß nicht. Deine Beine sind ganz schön hart. Aber ein bisschen streicheln reicht, glaube ich. So weh tut es auch wieder nicht. Vielleicht habe ich mich auch nur erschreckt.

»Verdammt noch mal. Fiona ist doch längst nicht mehr in der Praxis. Jetzt muss ich sie extra auf ihrer Privatnummer anrufen, damit sie dich durchcheckt.«

»Lena.« Martins Versuch, Einspruch zu erheben, verhallte ungehört. Schon hatte Lena ihr Handy in der Hand und versuchte, mit einer Hand darauf zu swipen, während sie mit der anderen Hand immer noch an Buddy herumtastete. Der hatte sich inzwischen hingesetzt und schien ihre Bemühungen, eine Verletzung zu finden, als Streicheleinheiten aufzufassen. »Verflixt, ich hätte besser aufpassen müssen.« Endlich hatte Lena das Display mittels Fingerabdrucks freigeschaltet. »Hoffentlich musst du nicht wieder …«

»Lena!« Entschlossen nahm Martin ihr das Mobiltelefon ab.

»Hey!« Gleichermaßen erschrocken wie wütend starrte sie zu ihm auf. »Was soll das? Ich muss Fiona anru…«

»Du musst gar nichts.« Demonstrativ legte er das Handy im obersten Fach des Handtuchregals ab.

»Aber Buddy …«

»Buddy geht's gut.« Er deutete auf den Hund, der leicht hechelte, sodass es aussah, als lächle er.

Stimmt auffallend. Aber warum hast du aufgehört, mich zu streicheln, Lena? Komm, mach doch bitte weiter!

Lena blickte auf Buddy hinab, als dieser sie auffordernd mit der Nase anstieß. Auf ihren Wangen erschien ein rosiger Hauch. »Geht es dir wirklich gut?« Sie vermied es offensichtlich, noch einmal zu Martin hochzusehen. »Hast du dich nicht verletzt?«

Nein, gar nicht. Oh, gut, du streichelst mich wieder. Das mag ich!

»Ich habe mich so erschreckt.« Es war nicht auszumachen, ob Lena mit Buddy sprach oder mit Martin. »Shit.« Abrupt erhob sie sich und griff erneut nach dem Müllbeutel, fluchte und begann ein zweites Mal, mit fahrigen Bewegungen die Papierfetzen einzusammeln.

Martin sah ihr für ein paar Sekunden mit einem seltsamen Gefühl in der Magengrube zu, dann ging er erneut dazwischen. Entschlossen nahm er ihr den Beutel ab und packte ihn energisch ins Waschbecken. Ehe sie protestieren konnte, umfasste er ihre Schultern und zog sie ein klein wenig zu sich heran. Als sich ihre Blicke trafen, spürte er einen elektrisierenden Stich. Nicht gänzlich unerwartet, jedoch im Moment eher unwillkommen. »Lena«, wiederholte er ihren Namen zum dritten Mal mit Nachdruck. »Atme mal tief durch, sonst flippst du mir noch aus.«

»Ich flippe nicht aus.« Trotz ihres Widerspruchs gehorchte sie und sog hörbar die Luft ein. Erst mit etwas Verspätung stieß sie sie wieder aus. Der warme Hauch, der ihn streifte, hatte verheerende Auswirkungen auf seinen Hormonspiegel, doch er versuchte, sich das nicht anmerken zu lassen. Ihre nächsten Worte machten seine Bemühungen allerdings zunichte. »Sieh mich nicht so an.«

»Wie sehe ich dich denn an?« Falsche Frage, das wusste er, deshalb setzte er rasch hinzu: »Ich versuche gerade nur, dich von der Palme herunterzuholen, auf die du dich katapultiert hast.« Er löste eine Hand von ihrer Schulter und zupfte an dem Müllbeutel. »Das ist nur ein bisschen Klopapier. Die meisten Hunde lieben es, Sachen zu zerfetzen. Das müsstest du doch wissen, denn immerhin besitzt dein Bruder auch eine Hündin. Mir hat er jedenfalls schon erzählt, dass Sissi zum Beispiel ganz scharf darauf ist, Schuh- oder Versandkartons zu Konfetti zu verarbeiten. Buddy hat anscheinend eher eine Vorliebe für Toilettenpapier. Das ist vielleicht ärgerlich, aber nicht wirklich schlimm, oder?« Erwartungsvoll sah er sie an. »Oder?«, wiederholte er, als sie nicht gleich eine Antwort gab.

Lena nickte zögernd, schien etwas sagen zu wollen, hielt es dann aber doch zurück.

Aufmerksam musterte er sie. »Was ist los?«

»Nichts. Ich …« Sie trat einen Schritt zurück und löste sich damit gänzlich von seiner Berührung. »Du solltest wohl jetzt besser gehen.«

Er hatte noch nie ein solch seltsam vorfreudig-flatterndes Gefühl in der Magengrube verspürt, wenn eine Frau ihn weggeschickt hatte. »Okay, wie du willst.« Sicherheitshalber lächelte er nur ganz leicht. »Es ist ja auch schon reichlich spät.« Um ihr zu signalisieren, dass sie nichts zu befürchten hatte, ging er vor Buddy in die Hocke und kraulte ihn hinter den Ohren. »Dann mach es mal gut, Kleiner, ja? Pass gut auf dein Frauchen auf.«

Wie? Aufpassen? Warum denn das? Aber okay, als Hund im Haus ist das wohl meine Aufgabe.

»Und zerrupf nicht noch mehr Klopapier.«

Also, das kann ich dir jetzt aber nicht versprechen.

»Sei ein braver Hund, okay? Sonst fühlt sich dein Frauchen noch mehr zum Aufräumen gezwungen.«

Martin erhob sich, ohne Lena anzusehen, dennoch stieß sie ein Fauchen aus. »Ich habe keine Zwangsstörung, verdammt noch mal!«

»Siehst du, sie regt sich schon wieder auf. Das ist nicht gut.« Er tätschelte noch einmal Buddys Kopf, dann erst wandte er sich Lena wieder zu. »Vielleicht nicht, aber weit davon entfernt bist du meiner Ansicht nach nicht.« Diesmal schob er sich an ihr vorbei durch die Tür, sehr darauf bedacht, sie nicht noch einmal zu berühren. Er schnappte sich seinen Mantel und drehte sich auch in der Wohnungstür nur halb in ihre Richtung. »Wir sehen uns in der Firma. Versuch, ein bisschen Spaß mit Buddy zu haben, okay? Auch wenn er Unordnung in dein Leben bringt.« Bevor sie antworten konnte, zog er die Tür hinter sich ins Schloss.

***

Einigermaßen sprachlos starrte Lena auf die Wohnungstür, die sich hinter Martin geschlossen hatte. In ihrem Inneren herrschte ein heilloses Chaos. Sie vermeinte noch immer seine Hände an ihren Schultern zu spüren und seine ruhige, mal spöttische, mal amüsierte, mal ernste Stimme zu hören. Ihr Magen fühlte sich ganz verknotet an, ihr Blutdruck war ganz sicher viel zu hoch, ebenso wie ihre Herzfrequenz.

Was war nur mit ihr los?

Nach einem Blick ins Waschbecken seufzte sie, nahm den Müllbeutel und trug ihn nach draußen zu den großen Abfalltonnen. Von Martin war weit und breit nichts zu sehen. Ihr fiel ein, dass sie sich noch um ihren Wagen kümmern musste, der ja nach wie vor nicht ansprang. Entschlossen kehrte sie in ihre Wohnung zurück und schaltete ihren Laptop ein. Sie trug ihn zur Couch und setzte sich.

Buddy schnüffelte an ihren Füßen. *Darf ich vielleicht zu dir rauf? Da oben sieht es sehr gemütlich aus. Nein, doch nicht? Na gut, dann lege ich mich hier neben deine Füße.*

Rasch rief sie die Website ihrer Autowerkstatt auf und schrieb eine E-Mail mit einer Terminanfrage. Sie hatte sie kaum abgeschickt, als sie, von einer inneren Unruhe getrieben, wieder aufsprang und noch einmal zum Bad ging. Unter dem Waschbecken entdeckte sie weitere Fetzen Toilettenpapier. Im ersten Impuls wollte sie sie aufheben, doch dann schaltete sie mit einem grimmigen Lächeln das Licht aus und schloss die Badezimmertür. »Zwangsstörung, von wegen!«, grummelte sie und kehrte zur Couch zurück.

Warum läufst du denn dauernd herum? Ich dachte, wir kuscheln vielleicht doch noch auf der Couch, wenn du mich hochlässt. Buddy blickte mit flehender Miene zu ihr auf und wedelte mit der Rute.

Lena hob ihn hoch und setzte ihn neben sich auf der Couch

ab. »So, damit hast du offiziell die Erlaubnis, auf den Sitzmöbeln zu liegen«, erklärte sie ihm mit ernster Miene.

Oh, echt? Wie toll!

»Ganz egal, wie viel du haarst!«

Okay, find ich gut. Kuscheln wir jetzt? Buddy legte sich so hin, dass er seinen Kopf auf ihrem Oberschenkel ablegen konnte.

Lena zog jedoch noch einmal den Laptop auf ihren Schoß, sodass Buddy seinen Kopf zurückziehen musste.

Was machst du denn jetzt mit dem Ding da? Dann rolle ich mich eben neben dir zusammen. Auch gut, obwohl kuscheln schöner wäre.

Nachdenklich knabberte Lena an der Unterlippe. Ihr Blick wanderte durch die offene Wohnzimmertür in den Eingangsbereich ihrer Wohnung. Die leichte innere Unruhe machte sich erneut bemerkbar. Mit gerunzelter Stirn rief sie den Webbrowser auf und gab das Stichwort Zwangsstörung in die Befehlszeile der Suchanfrage ein. Nach und nach rief sie die Ergebnisse auf, las sich für eine Weile fest. Nach einer Viertelstunde klappte sie den Laptop energisch zu und legte ihn auf dem Couchtisch ab. Sie fühlte sich elend. »Scheiße«, murmelte sie und zog Buddy vorsichtig auf ihren Schoß.

Oh, jetzt kuscheln wir doch? Das ist toll! Ich liebe kuscheln.

»Scheiße!«, wiederholte Lena und begann zu weinen.

15. Kapitel

»Das ist jetzt aber gar nicht gut.« Besorgt blickte Elfe-Sieben auf den Bildschirm an der großen Videowand, der anzeigte, was sich bei Lena tat. »Sie weint! Dabei soll sie doch glücklich sein.«

»Das ist in der Tat bedenklich«, gab Santas Frau zu, die sich zu der Elfe gesellt hatte, um in Erfahrung zu bringen, ob es Neuigkeiten gab. »Ist die Elfenbrigade schon in Aktion getreten?«

»Ja, und sie wollen heute damit fortfahren, unseren Plan umzusetzen.« Auch der Weihnachtsmann hatte sich von seinem Bürostuhl erhoben und trat näher. »Ich würde mir aber nicht zu viele Sorgen machen.«

»Warum nicht?« Empört sah Elfe-Sieben zu ihm auf. »Tränen sind so gut wie nie ein gutes Zeichen, außer es handelt sich um Freuden- oder Lachtränen, und beides trifft bei Lena nun wirklich nicht zu.«

»Soweit ich das sehe, sind diese Tränen wichtig und wahrscheinlich lange überfällig.« Santa Claus spulte die Aufnahme ein wenig zurück. »Schaut doch mal genau hin. Die Art, wie Martin ganz offen und unerschrocken mit ihr spricht, ist meiner Meinung nach genau das, was Lena braucht. Sie ist stark, sie kann das aushalten.«

»Sie ist aber auch empfindsam«, warf seine Frau ein. »Sonst würde sie jetzt nicht weinen.«

»Manchmal tut es weh, einen Spiegel vorgehalten zu bekommen.« Santa Claus strich sich beiläufig durch den Bart.

»Das mag nicht schön sein, spielt uns aber ausgezeichnet in die Karten.«

»Ach ja?« Mit hochgezogenen Brauen sah seine Frau ihn an. »Und wie spielt es uns in die Karten?«

»Das, mein liebster Schatz, wirst du in Kürze erfahren.« Der Weihnachtsmann lächelte geheimnisvoll. »Warte es nur ab!«

Seine Frau seufzte und warf Elfe-Sieben einen beredten Blick zu. »Dein Wort im Gehörgang des Universums!«

16. Kapitel

»Maria, komm mal bitte mit.« Arndt war aus seinem Büro getreten und bedeutete Maria, die wie immer an ihrem Arbeitsplatz am Empfang saß, ihm zu folgen. Ohne darauf zu achten, ob sie es tatsächlich tat, eilte er durch den Haupteingang nach draußen.

Verunsichert ob seines brüsken Tons, erhob sie sich und nahm eilig die Verfolgung auf. Dabei überlegte sie fieberhaft, was er vorhaben und noch mehr, was ihn so verärgert haben mochte. Seit jenem Abend vor zehn Tagen war sie ihm ausgewichen, so gut es eben ging, um zu verhindern, dass sich der Kuss noch einmal wiederholte. Sie war einfach nicht bereit für so etwas, noch dazu mit dem Mann, dessen Sohn seit einem Jahr fest mit ihrer Tochter liiert war. Ganz zu schweigen davon, dass es bestimmt nicht gut war zu versuchen, die Geschichte von damals aufzuwärmen, ganz gleich, wie gut er küsste.

Sie war gerade erst dabei, ihr Leben in den Griff zu bekommen, zum ersten Mal überhaupt. Sich auf irgendetwas einzulassen, körperlich wie emotional, war ihr viel zu gefährlich. Sie wollte niemals wieder in eine Abhängigkeit geraten und sich erneut verlieren. Solche und ähnliche Argumente zählte sie im Geiste auf, bis sie den Mitarbeiterparkplatz erreichte, wo Arndt neben seinem Wagen wartete und ihr entgegenblickte. Als sie zwei Schritte vor ihm stehen blieb, betätigte er die Fernbedienung des Autos und der Kofferraumdeckel hob sich. Verblüfft blickte sie auf die mit buntem Weihnachtspapier beklebten Kartons, die sich im Kofferraum und bei näherem Hinsehen auch auf der Rückbank stapelten.

»Wir dekorieren heute für die Vorweihnachtszeit«, erklärte Arndt, noch bevor sie etwas sagen konnte.

»Wir?« Halb neugierig, halb skeptisch beäugte sie die Menge an Dekomaterial.

»Du und ich«, bestätigte er und drückte ihr einfach einen Karton in die Arme.

Er war nicht so schwer, wie sie gedacht hatte.

»Und wenn wir damit fertig sind, fahren wir zur Baumschule Kilian und besorgen einen Tannenbaum fürs Foyer. Den müssen wir dann nicht schmücken, das übernehmen traditionell Lennart und Lena.«

»Aha.« Sie folgte Arndt zurück ins Firmengebäude, nachdem er sich ebenfalls einen Karton geschnappt hatte. »Und das alles während der Arbeitszeit?«

»Das Gebäude zu schmücken, ist Arbeit.« Er lächelte schmal über die Schulter und hielt ihr die Tür auf. »Das wirst du gleich merken. Stell einfach erst mal alles vor dem Empfangstresen ab.«

»Und was, wenn jetzt Kundschaft kommt?« Sie tat, wie ihr geheißen, musste sich dann aber beeilen, um mit ihm Schritt zu halten, denn er war bereits wieder auf dem Weg zum Auto.

»Dann wird niemand an ein paar Kartons mit Girlanden, Lichterketten und Dekofiguren sterben, oder?« Der nächste Karton landete in ihren Armen.

»Ich habe keinerlei Übung im Dekorieren«, gab sie etwas atemlos zu bedenken, als sie ein weiteres Mal hinter ihm hereilte. »Jens fand Weihnachtsdeko lästig und überflüssig. Wir hatten immer nur den gleichen, bereits geschmückten und beleuchteten Kunststoff-Weihnachtsbaum. An dieser Tradition habe ich nach seinem Tod nie etwas geändert. Na ja, bis auf vergangenes Jahr, da hatte ich zum ersten Mal eine echte Nordmanntanne und ein geschmücktes Haus, aber auch nur, weil ich dieses Blockhaus im Feriendorf der Sternbachs gemietet hatte. Baum und Deko waren da bereits vorhanden, als ich eingezogen bin.«

»Einmal ist immer das erste Mal«, war Arndts lapidare Antwort. »Es weihnachtlich schön zu machen, ist kein Hexenwerk.« Mehr schien er dazu nicht zu sagen zu haben, denn er schwieg, bis sie auch noch den letzten Karton im Foyer aufgestapelt hatten.

Etwas ratlos beäugte sie die bunt beklebten Kisten. Auf manchen grinsten Weihnachtswichtel, auf anderen waren Sterne, Mistelzweige, Geschenkpäckchen und Christbaumkugeln zu sehen.

»Keine Sorge, die Sachen beißen nicht.« Obwohl Arndt grinste, war seiner Stimme noch immer dieser brüske Unterton anzuhören. Es schien ihm selbst aufzufallen, denn er hüstelte unterdrückt. »Auch ich beiße nicht, Maria, oder nur auf ausdrücklichen Wunsch.«

Sie erschrak. »Arndt …«

»Nein, hör mir erst zu«, schnitt er ihr das Wort ab. »Ich habe dir lange Zeit gelassen, um über das nachzudenken, was neulich zwischen uns passiert ist. Zehn Tage, um genau zu sein. Du scheinst es aber vorzuziehen, es zu ignorieren, deshalb habe ich beschlossen, die Dinge selbst in die Hand zu nehmen und dir noch ein bisschen mehr Stoff zum Nachdenken zu geben, so lange, bis du ihn nicht mehr ignorieren kannst.« Gebieterisch hob er die Hand, als sie erneut protestieren wollte. »Wenn ich zu der Ansicht gekommen wäre, dass ich dir wirklich gleichgültig bin und du auf privater Ebene nichts mit mir zu tun haben möchtest, dann würde ich das akzeptieren. Doch solange du jedes Mal, wenn wir uns begegnen, so nervös wirst und die hier«, er trat nah an sie heran und berührte ganz sachte ihre Halsschlagader, »wie wild pocht, glaube ich, noch eine Chance zu haben.« Als wäre nichts geschehen, trat er wieder zwei Schritte zurück und öffnete einen Karton. »Stell dich also darauf ein, dass ich die schweren Geschütze auffahre.«

»Und wenn ich das nicht will … oder kann?« Ihre Stimme krächzte ein wenig, weil das Pochen ihres Herzens bis in ihre Kehle hinaufreichte.

Arndt zog eine ordentlich aufgerollte Lichterkette aus dem Karton und reichte sie ihr. »Ist das denn so? Kannst oder willst du wirklich nicht oder hast du einfach nur Angst?«

Die Antwort darauf gefiel ihr nicht, deshalb schwieg sie. Stattdessen hob sie die Lichterkette ein wenig an. »Wo soll die hin?«

»Lass sehen, die sind beschriftet.« Arndt griff nach dem kleinen Papierschildchen am Stecker. »Mein Büro. Haken zum Festmachen sind an allen Fenstern vorinstalliert. Fang einfach schon mal an.«

»Okay.« Mit mulmigem Gefühl ging sie in sein Büro und begann dort, die Kette anzubringen. Wie durch Zauberhand verwirrte diese sich aber immer mehr, je mehr sie versuchte, sie auseinanderzuschütteln. Dabei war die Kette doch ganz ordentlich aufgerollt gewesen. »Äh …« Verzweifelt versuchte sie, das Kabelknäuel wieder in Ordnung zu bringen, machte es aber nur noch schlimmer. »Arndt? Gibt es hier einen Trick oder so etwas?«

»Oje.« Lachend betrat er das Büro. »Du hast sie einfach ausschütteln wollen, nicht wahr? Da gibt es tatsächlich einen Kniff. Bei dieser Kette hier allerdings nicht mehr, die müssen wir jetzt leider mühsam entwirren. Bei der nächsten Kette zeige ich dir, wie wir das immer machen.« Er ergriff ebenfalls das Knäuel, und nach ein paar Minuten hatten sie die Lichterkette entknotet und am Fenster angebracht. Die nächsten Ketten und Girlanden brachten sie ebenfalls gemeinsam an, bis Maria schließlich den Dreh heraushatte. Arndt hatte es ihnen allerdings auch einfach gemacht, denn überall waren dezent Haken und Ösen angebracht, in die die Dekoartikel nur eingehängt oder -gehakt werden mussten.

Nach einer Weile entspannte Maria sich, und sie lachten sogar hin und wieder über eine Anekdote, die Arndt erzählte. Allerdings wurde ihr dabei wieder einmal bewusst, was in ihrem eigenen Leben bisher alles gefehlt hatte. Die Weihnachtszeit war in ihrer Familie stets sehr still und besinnlich gewesen, nie chaotisch oder fröhlich wie in Arndts Familie.

»Hör auf damit.« Während sie einen weiteren Karton öffnete, in dem sich Dekofiguren aus bemaltem Holz befanden, trat Arndt hinter sie.

»Womit?« Als sie sich erschrocken aufrichtete, spürte sie seine Hände auf ihren Schultern.

»Zu grübeln.« Seine Stimme klang ruhig und vielleicht ein wenig rau. »Du kannst die Vergangenheit nicht ändern.« Sanft drehte er sie zu sich um. »Die Zukunft aber sehr wohl.«

Ihr Herzschlag vervielfachte sich angesichts seiner unmittelbaren Nähe. »Das sagt sich so leicht.«

»Kann sein, aber man muss es auch nicht komplizierter machen, als es ist.« Er suchte ihren Blick. »Es verlangt doch niemand, dass du morgen bei mir einziehst. Obwohl … streng genommen bist du ja bereits bei mir eingezogen. Lass die Dinge einfach auf uns zukommen.«

Maria knabberte an ihrer Unterlippe. »Ich habe schlicht keinerlei Erfahrungen mit so etwas.«

»So etwas?«

Sie hob die Schultern. »Mit … Männern, flirten, all so was. Ich habe mit achtzehn einen Mann geheiratet, der fünfzehn Jahre älter als ich war und den meine Eltern mir ausgesucht haben. Das war's.«

Auf Arndts Lippen erschien ein amüsiertes Lächeln. »Ich habe mit Anfang zwanzig eine Frau geheiratet, die mich knapp vier Jahre später mit einem Kleinkind und einem Säugling sitzen gelassen hat. Glaubst du, ich hätte danach zwischen Windeln, Kindergarten, Schulelternbeirat und einer neu gegründeten Firma viel Gelegenheit gehabt, irgendwelche ausufernden Erfahrungen zu sammeln? Seit jenem Wochenende liegt mein Liebesleben weitgehend brach. Für mehr als eine sehr flüchtige Bekanntschaft hier und da fehlte mir die Zeit.«

So hatte sie die Sache tatsächlich noch nie betrachtet. Arndt wirkte stets so selbstsicher und kompetent in allem, was er sagte oder tat.

»Jetzt verteilen wir noch diese Figuren, und dann machen wir uns auf den Weg zur Baumschule.« Ehe Maria sichs versah, hatte Arndt ihr einen Kuss auf den Mundwinkel gehaucht, der sie durchzuckte wie ein elektrischer Schlag. Im nächsten Moment bückte er sich bereits und zog zwei völlig identisch aussehende grinsende Rentiere aus dem Karton. »Hier, die gehören links und rechts auf den Empfangstresen, und zwar so, dass sie einander zugrinsen.«

»Auf den Tresen?« Skeptisch trug sie die Figuren zu ihrem Bestimmungsort. »Sollten da nicht vielleicht zwei Weihnachtssterne stehen?« Probehalber stellte sie die Rentiere auf, und plötzlich sah sie das Bild ganz deutlich vor sich. »Gibt es in dieser Baumschule nicht auch Blumen? Da ist doch auch ein Gartencenter angeschlossen, oder?«

»Ja, das stimmt.« Aufmerksam musterte Arndt sie. »Du willst also zwei Weihnachtssterne kaufen?«

Mit Neugier wühlte sie in dem Karton und zog weitere Holzfiguren daraus hervor. Einen Weihnachtsmann, Wichtel und Elfen sowie weitere Rentiere. »Vielleicht nicht bloß zwei«, überlegte sie, denn das Bild vor ihrem inneren Auge wurde immer deutlicher. »Es müssen mehrere sein, in unterschiedlichen Größen. Die Wichtel und Rentiere und Elfen könnte man so daneben oder dahinter platzieren, dass es wirkt, als würden sie sich verstecken und uns Menschen heimlich beobachten.«

»Und du hast behauptet, du könntest so etwas nicht.« Arndt grinste breit. »Also los, schalt den Anrufbeantworter ein! Wir fahren jetzt los und kaufen einen Baum und so viele Weihnachtssterne, wie du für deinen Plan benötigst.«

Ungläubig hob sie den Kopf. »Ist das dein Ernst?«

»Na, sicher doch.« Arndt holte bereits ihre Mäntel. »Dein Plan klingt genial. So etwas hatten wir noch nie. Ich bin sicher, alle werden begeistert sein.«

»Und wenn nicht oder wenn es doch nicht schön aussieht?« Sie zog den Mantel an, war aber schon wieder skeptisch, ob sie ihrer spontanen Eingebung trauen konnte.

Arndt zuckte jedoch nur grinsend mit den Achseln. »Dann haben wir eben ziemlich viele Weihnachtssterne übrig, für die wir uns etwas einfallen lassen müssen. Also los, machen wir uns auf den Weg.«

***

Unschlüssig betrachtete Maria die gut zwei Meter hohe Nordmanntanne, die sie eine halbe Stunde zuvor zusammen mit Arndt in ihre Wohnung geschleppt hatte. Er hatte ihr noch geholfen, den Baum in den runden stabilen Ständer zu stellen und ihn mit Wasser zu füllen, dann war er gegangen, weil sie erwähnt hatte, dass sie später noch zusammen mit Melissa und Andy ins Kino gehen wollte, um einen neuen Zeichentrickfilm in der Siebzehn-Uhr-Vorstellung anzusehen. Arndt hatte ihr eine schöne Zeit gewünscht und ihr nahegelegt, erst später in aller Ruhe den Baum zu schmücken. Um das zu bewerkstelligen, musste sie jedoch erst mal losziehen, um Baumschmuck zu kaufen. Der Gedanke daran verursachte ihr ein merkwürdig wohliges Kribbeln in der Magengrube. Sie hatte bisher noch gar nicht über einen Weihnachtsbaum in ihrer Wohnung nachgedacht. Schon gar nicht so früh. Bislang war sie daran gewöhnt gewesen, den Baum erst an Heiligabend aufzustellen. Allerdings musste sie zugeben, dass es ihr im vergangenen Jahr gut gefallen hatte, den Anblick des Baumes in Sternbachs Blockhaus länger als nur die paar Tage zwischen Weihnachten und dem Dreikönigstag genießen zu können.

Vielleicht hatte Melissa ja Zeit und Lust, sie bei der Baumschmuck-Einkaufstour zu begleiten. Das wäre wieder einmal eine gute Gelegenheit, Zeit mit ihrer Tochter zu verbringen und mit ihrem Enkel, denn dieser würde sie dann bestimmt ebenfalls begleiten.

Sie hatte den Gedanken kaum zu Ende gedacht, als es an der Haustür klingelte. Maria eilte zur Wohnungstür, öffnete sie und betätigte gleichzeitig den Summer. Nur Augenblicke später stürmte Andy bereits die Treppe herab. Sein brauner Haarschopf war wie immer leicht verwuschelt, seine Augen blitzten vergnügt. »Hallo, Oma! Wir sind schon da. Mama hat gesagt, wir sind total pünktlich, und das ist ein Wunder, weil ich immer so trödle.«

»Hallo, Andy!« Eine warme Welle der Zuneigung erfasste

sie. Rasch ging sie in die Hocke und umarmte den Siebenjährigen kurz und liebevoll. Sie erinnerte sich noch gut an seine Zurückhaltung, als sie vergangenes Jahr in die Stadt gekommen war. Er hatte sie kaum gekannt und war noch traumatisiert von all den scheußlichen Dingen gewesen, die er und seine Mutter erlebt hatten. Umso glücklicher war sie, dass er inzwischen Zutrauen zu ihr gefasst hatte. Seither war auch ihr Verhältnis zu Melissa deutlich aufgetaut. »Ihr seid wirklich pünktlich, aber ich habe ganz die Zeit vergessen, weil ich nämlich auch getrödelt habe. Jetzt bin ich noch gar nicht zurechtgemacht, um mit euch auszugehen.«

»Wir gehen doch bloß ins Kino.« Verwundert sah Andy sie an. »Da muss man sich doch nicht extra schön machen, oder?« Fragend blickte er über die Schulter, als Melissa hereinkam. »Oder, Mama? Muss man sich fürs Kino schön machen?«

Melissa schmunzelte. »Ein bisschen schon, weil wir ja vom Parkplatz bis zum Kino ein Stück durch die Stadt gehen müssen. Da muss man ja nicht unbedingt so zerzauselt herumlaufen wie du. Wie machst du das bloß immer? Du siehst schon wieder aus, als wärst du in einen Tornado geraten.« Spielerisch wuschelte sie ihrem Sohn durchs Haar.

Andy zappelte ein bisschen. »Genau deshalb, Mama, weil du mir die Haare immer durcheinandermachst!« Er drehte sich wieder zu Maria um. »Oma? Sind Karl-Gustav und Lilly-Anne auch da? Darf ich ein bisschen mit ihnen spielen?«

»Selbstverständlich. Sie sind im Wohnzimmer. Geh nur hin und sag ihnen Guten Tag.« Maria wies in die entsprechende Richtung. Als der Junge losstürmte, wandte sie sich ihrer Tochter zu. »Hallo, Melissa.«

»Tag, Mama.« Zu Marias Freude erwiderte Melissa die

kurze Umarmung. »Wir sollten uns wirklich gleich auf den Weg …«

»Boah, Oma, du hast ja schon einen Weihnachtsbaum!«, unterbrach Andys begeisterte Stimme Melissas Satz. »Der ist ja richtig groß! Noch größer als der, den du letztes Jahr hattest. Lennart will mit uns am Wochenende einen holen, aber du warst jetzt schneller. Aber der ist noch gar nicht geschmückt. Schmückst du den Baum nicht?«

»Du hast schon einen Christbaum?« Verblüfft folgte Melissa ihrem Sohn ins Wohnzimmer. »Eine echte Nordmanntanne! Die sieht aber gut aus.«

Auch Maria betrat das Wohnzimmer, wo Andy sich inzwischen auf den Teppich gesetzt hatte und die beiden Katzen auf sich herumturnen ließ. Die beiden liebten es, mit dem Jungen zu spielen. »Arndt und ich waren vorhin in der Baumschule Kilian, um einen Baum für die Firma zu kaufen. Dabei ist mir der hier aufgefallen, und Arndt meinte, ich soll ihn mir schnappen, bevor er weg ist. Er hat auch einen für seine Wohnung mitgenommen und mir geholfen, diese Riesentanne hereinzutragen und aufzustellen. Allerdings habe ich gar keinen Baumschmuck, muss also erst welchen kaufen. Habt ihr vielleicht Lust, mitzukommen? Vielleicht morgen oder übermorgen?«

»Au ja!« Andy nickte enthusiastisch. »Einkaufen macht Spaß!«

Melissa lächelte. »Also von mir aus können wir das machen. Ich hätte da aber eine andere Idee. Warte mal kurz.« Sie zog ihr Smartphone aus der Hosentasche und wählte eine Nummer im Kurzwahlspeicher. Es dauerte nicht lange, bis sich jemand meldete. »Hallo, Ricarda, wie geht es dir?« Grinsend hielt sie das Smartphone ein Stückchen von ihrem Ohr weg. »Oh, oh, sind die beiden gerade schlecht gelaunt?« Sie lachte. »Sie mögen das Telefon nicht? Na, warte mal ein paar Jahre, dann werden sie je eins am Ohr festgetackert haben. Spätestens, wenn sie Teenager sind.« Sie wandte sich erklärend an Maria: »Max und Marie mögen den Handy-Klingelton ihrer Mama nicht. Aber mit sieben Monaten ist das wohl verständlich, da wollen sie die Aufmerksamkeit ihrer Eltern nicht mit einem Smartphone teilen.«

Maria nickte lächelnd, sagte aber nichts, da Melissa bereits wieder mit Ricarda sprach. »Weshalb ich anrufe … Ihr habt mir doch letztes Jahr so wunderbaren Weihnachtsschmuck vermacht. Besteht die Chance, dass ihr dieses Jahr wieder etwas übrig habt? Ihr sagtet doch, dass ihr jedes Jahr einen Teil der Deko in den Hotels austauscht …« – »Ah, gut. Sind da auch Baumkugeln dabei?« Sie runzelte die Stirn. »Ach so, schade. Aber klar, das ist supernett von euch, dass ihr den Baumschmuck dem Kindergarten gespendet habt.« – »Na klar, die Sachen nehmen wir auch.« – »Was? Nein, nicht für uns, wir haben ja jetzt mehr als genug. Meine Mutter hat noch keine Deko.« – »Am ehesten Baumschmuck, weil sie sich heute schon einen Baum gekauft hat. Aber wie gesagt, sie freut sich auch über die anderen Sachen. Welche Farben sind da denn dabei? Nur, damit wir nachher die passenden Kugeln und so kaufen können.« – »Aha, Gold, Silber, Rot und Blau. Alles klar, also ganz klassisch.« – »Das ist total lieb von euch! Ja, machen wir. Bis nachher dann, so gegen acht? Dann sind wir aus dem Kino zurück.« – »Okay. Knutsch die Zwillinge von mir und grüß Frank und deine Eltern von uns – und alle anderen natürlich auch. Sehen wir uns nächste Woche bei Violas Pilateskurs?« – »Super, bis dann!«

Zufrieden schob Melissa das Mobiltelefon zurück in ihre Gesäßtasche. »Ricarda sagt, sie haben wieder jede Menge

Dekokram aussortiert. Viola fährt morgen mit ihrer Mutter wie jedes Jahr auf Raubzug, wie sie es nennen. Und am Samstag findet dann ihr alljährlicher Familienbacktag statt. Ich überlege schon, ob wir nicht auch so eine Tradition ins Leben rufen sollen. Wir sind zwar nicht so viele Leute wie die Sternbachs, aber so ein gemeinsamer Backtag könnte lustig sein, oder?« Erwartungsvoll sah sie Maria an, redete gleichzeitig aber schon weiter: »Baumschmuck ist leider diesmal nicht dabei, weil sie den an den Kindergarten verschenkt haben. Aber deine Wohnung verträgt auch ein bisschen andere Deko. Wir können die Sachen heute Abend abholen. Vorher kaufen wir noch ein bisschen Baumschmuck. Ich habe noch Geld von meinem Gewinn beim Baumarkt übrig, da können wir zuerst gucken. Dort gibt es eine sehr schöne Weihnachtsabteilung. Im Gartencenter Kilian aber auch.«

»Du musst aber nicht dein Geld für mich ausgeben«, wehrte Maria ab. »Meinen Baumschmuck kann ich schon selbst bezahlen. Was die anderen Dekosachen angeht … Das wäre wirklich nicht nötig gewesen. Ich weiß noch gar nicht, wie viel ich überhaupt schmücken will. So viel wie ihr vergangenes Jahr sicher nicht.« Sie lachte. »So viel Platz habe ich auch gar nicht. Außerdem haben wir ja heute schon das Firmengebäude geschmückt. Ich hätte gar nicht gedacht, dass das so anstrengend ist!«

Melissa lachte auf. »Das ist Knochenarbeit, wenn man es so exzessiv betreibt wie wir letztes Jahr. Ich wollte es dieses Jahr eigentlich nicht wieder so übertreiben …«

»Ooooch, Mamaaa!«, protestierte Andy. »Doch, bitte, bitte wieder so schön schmücken! Das war so toll und hat so viel Spaß gemacht, und Lennart hat gesagt, er hat schon ganz viele neue Ideen für dieses Jahr.«

»Tja, da bin ich wohl überstimmt.« Lachend schüttelte Melissa den Kopf. »Aber was soll's. Es ist ja nur einmal im Jahr Weihnachten.« Sie blickte auf ihre Uhr. »Mama, wenn du dich noch zurechtmachen willst, dann schnell. Wenn wir uns nicht wirklich bald auf den Weg machen, fängt die Vorstellung ohne uns an.«

17. Kapitel

Martin reckte sich stöhnend im Autositz, bevor er ausstieg. Der Arbeitstag war lang und anstrengend gewesen. Nicht nur hatten Arndts und Marias Bemühungen, die Firma in ein weihnachtliches Wunderland zu verwandeln, für Unruhe gesorgt. Das Programmieren der neuen Sicherheitssysteme ging ganz schön auf den Rücken, auch wenn er abwechselnd im Sitzen und im Stehen am Computer arbeitete. Auch Lena hatte ab und zu Nacken und Rücken gerieben, doch sie hatte nur einen halben Tag im Büro verbracht. Ihr Nachmittag hatte Kundenterminen gegolten, sodass Martin zwischendurch ein Auge auf Buddy gehabt hatte, den Lena nun täglich mit in die Firma brachte.

Der kleine Havaneser besaß inzwischen ein gemütliches Körbchen in einer Ecke des Büros und eine Holzkiste voller Spielzeug, das er allerdings regelmäßig im ganzen Raum verteilte, sodass man aufpassen musste, wohin man trat. Anfangs hatte Lena noch mehrmals täglich alles wieder eingesammelt und auch die Wasserflecken rund um Buddys Wassernapf trocken gewischt, doch mittlerweile beschränkte sie sich darauf, alles nur noch kurz vor Feierabend wieder aufzuräumen.

Martin sah ihr an, dass es ihr nicht ganz leichtfiel, eine gewisse Grundunordnung zuzulassen, aber er hatte auch den Eindruck gewonnen, dass es ihr guttat, von ihrem antrainierten Ordnungsfimmel abzulassen. Einmal hatte er sie sogar dabei erwischt, dass sie ihre Kaffeetasse einfach neben dem Computer vergessen hatte, als sie zu einem Termin außer

Haus aufgebrochen war. Er hätte zwar schwören können, dass sie eigens noch einmal vom Parkplatz hereingekommen war, um die Tasse doch noch wegzuräumen, aber sie hatte offenbar im Foyer wieder kehrtgemacht und die Tasse dann ebenfalls erst kurz vor Feierabend zurück in die Küche getragen. Für den unbeteiligten Betrachter eine Lappalie, doch Martin kannte Lena inzwischen gut genug, um zu erkennen, dass sie mit sich kämpfte.

Er selbst kämpfte ebenfalls, allerdings gegen den Drang, sie sich einfach zu schnappen und zu küssen. Ihm war klar, dass so etwas riskant war, weil sie zusammenarbeiteten. Er hatte noch nie etwas mit einer Kollegin angefangen. Es war hochgradig unprofessionell und konnte ihn leicht seine Stellung kosten, spätestens, wenn die Sache schiefging. Auch wusste er nicht, wie Lenas Vater über romantische Beziehungen am Arbeitsplatz dachte. Andererseits hatte Martin keine Erinnerung, sich jemals nach so kurzer Zeit so heftig und ausschließlich zu einer Frau hingezogen gefühlt zu haben. Wenn er so darüber nachdachte, hatte es gleich am ersten Tag angefangen, auch wenn es ihm nicht gleich bewusst geworden war.

Er spürte, dass auch Lena ihm nicht gleichgültig begegnete, aber sie war nicht nur die Tochter des Chefs und deshalb mehr als alle anderen auf Professionalität bedacht, sondern auch eine unabhängige und besonders toughe Frau, die sich nicht mal eben auf ein Abenteuer einlassen würde. Das passte nicht zu ihr und dem widersprach auch ihr zwanghafter Ordnungssinn, hinter dem er irgendein Trauma vermutete. Außerdem hatte sie ihm bereits mehr als einmal ganz deutlich zu verstehen gegeben, dass er nicht in ihr Bild eines idealen Partners passte. Manchmal fragt er sich, ob sie diese Entscheidung rein mit dem Kopf getroffen hatte oder ob ihr Herz in dieser Sache auch ein Wörtchen mitreden durfte.

Wahrscheinlich blieb ihm nichts anderes übrig, als alles auf eine Karte zu setzen und den Versuch zu wagen, genau das herauszufinden. So riskant das auch schien, er war sich seiner Sache sehr sicher. Wenn sie trotz ihrer Vorbehalte ebenfalls etwas für ihn fühlte, konnten sie darauf aufbauen. Selbst Jeanine hatte ihn ermutigt, weil ihr aufgefallen war, wie oft er über Lena sprach oder offensichtlich an sie dachte. Es gab also eigentlich keinen plausiblen Grund, das Risiko nicht einzugehen.

Zufrieden mit dieser Schlussfolgerung stieg Martin endlich aus dem Auto aus und begab sich zum Haus. Durch die geschlossene Haustür schallte ihm bereits laute Musik entgegen. Er erkannte Melodie und Gesang aus einem Bollywood-Streifen, also ganz eindeutig Alices Geschmack. Ergeben verdrehte er die Augen, da er diese Musikrichtung nicht besonders mochte, ebenso wenig wie die dazugehörenden überlangen Liebesfilme, die ihm viel zu grell und überdreht vorkamen und, na ja, eben viel zu lang. Wenn Alice solche Musik hörte, war sie auf jeden Fall gut gelaunt, deshalb setzte er ein Lächeln auf, als er das Haus betrat.

Kaum hatte er die Haustür hinter sich geschlossen, als Jeanine die Treppe aus dem Obergeschoss herabgetrabt kam, in der einen Hand ihre Schultasche, in der anderen eine kleine, aber sichtbar vollgestopfte Sporttasche.

»Endlich, Papa!« Seine Tochter blieb auf der untersten Stufe stehen. »Ich dachte schon, du kommst nie rein! Warst du im Auto festgewachsen?«

»Was hast du denn vor?« Er musterte die beiden Taschen. »Wollen wir nicht in Kürze zusammen Abendbrot essen?«

»Nein, sorry, Papa, ich kann nicht.« Jeanine verzog schmerzerfüllt das Gesicht, als Alice begann, den Text des aktuellen Songs fröhlich und durchaus melodiös mitzusingen.

»Ich habe Mama gesagt, dass ich dringend mit Miriam zusammen für den nächsten Physiktest lernen muss.«

»Du hast gerade erst einen Physiktest geschrieben«, warf er stirnrunzelnd ein.

»Ich weiß, aber das ist das einzige Fach, bei dem sie mir keine Hilfe anbieten würde.« Jeanine biss sich auf die Unterlippe. »Bitte, Papa, lass mich heute bei Miriam übernachten. Ich fahre mit dem Fahrrad hin. Ist ja nicht glatt oder so, nur kalt.« Sie warf einen vielsagenden Blick in Richtung Wohnzimmer. »Sie hat alle Möbel umgestellt.«

»Was?« Entgeistert riss er die Augen auf.

»Zweimal schon. Ich musste mithelfen.« Jeanine hinderte ihn daran, sofort ins Wohnzimmer zu eilen, indem sie ihn am Arm festhielt. »Sie sagt, sie sucht nach dem richtigen Chi oder so was. In meinem Zimmer war sie zuerst, aber ich konnte das Schlimmste gerade noch verhindern. Falls sie fragen sollte: Du hast den Raum streng nach einer auf meine Persönlichkeit angepasste Art von Feng-Shui einrichten lassen.«

»Ach, habe ich das?« Erneut zog er seine Stirn in Falten.

»Jaaa!« Jeanines eindringlicher Blick traf ihn. »Das war mir total wichtig!«

»Aha.« Er wusste nicht, ob er lachen oder die Krise bekommen sollte.

»Habe ich doch richtig gehört«, erklang Alices fröhliche Stimme; gleich darauf erschien sie im Eingangsbereich. Sie trug knallrote hautenge Jeans und eine weiße gerüschte Bluse, deren obere drei Knöpfe offen standen, sodass das ebenfalls rote spitzenbesetzte Bustier hervorblitzte. Die Ärmel der Bluse hatte sie bis zu den Ellenbogen hochgekrempelt und ihre nackten Füße steckten in weißen Clogs. »Du bist zu Hause!« Sie gab Martin einen Luftkuss auf jede Wange, dann wandte sie sich Jeanine zu. »Komm mal mit, Liebes, ich benötige dringend deine Einschätzung wegen des Sofas.«

»Mama, ich kann dir jetzt leider nicht mehr helfen.« Jeanine brachte es fertig, einigermaßen zerknirscht auszusehen. »Ich habe doch gesagt, dass ich zu Miriam muss, weil wir heute Abend zusammen lernen wollen. Miriam braucht wirklich meine Hilfe, ich kann sie vor so einem wichtigen Test nicht hängenlassen.« Ihr Blick traf auf den von Martin. »Nicht wahr, Papa? Das ist schon lange abgesprochen.«

Da sich nun auch Alices Blick auf ihn richtete, nickte er rasch. »Wenn du dich nicht beeilst, kommst du zu spät.«

Jeanine grinste erleichtert. »Okay, also … Tschüss, Mama. Papa ist ja jetzt da und kann dir helfen.«

»Hach, also gut, wenn es so wichtig ist.« Alice seufzte. »Ich will natürlich nicht, dass deine Freundin meinetwegen den Test in den Sand setzt.« Sie lächelte Martin strahlend an. »Kommst du dann bitte gleich mal und guckst, was ich im Wohnzimmer erschaffen habe?« Schon war sie verschwunden.

Jeanine riss die Haustür auf. »Danke, Papa, du bist der Beste!« Schon war sie draußen. »Dafür hast du was bei mir gut!«

»Darauf kannst du wetten«, rief er ihr nach, als sie ihr Rad aus der Garage holte. Er sah ihr mit gemischten Gefühlen nach, wie sie winkend davonradelte.

»Martin, wo bleibst du denn?« Alices ungeduldige Stimme schallte aus dem Wohnzimmer zu ihm herüber.

»Ich bin ja schon unterwegs.« Rasch schloss er die Haustür und wappnete sich, ehe er der Musik folgte. Im Durchgang zum Wohnzimmer blieb er stocksteif stehen. »Was … ist … das?« Entgeistert starrte er auf seine Möbel, die tatsächlich alle an einem neuen Ort standen. Sogar das Bücherregal. Dessen Inhalt stapelte sich auf und neben dem Couchtisch, der jetzt nicht mehr in angemessenem Abstand vor dem Fernseher stand, sondern seitlich von der Couch, die wiederum mit dem Rücken zum Bildschirm zeigte. »Ist das nicht toll?« Alice strahlte ihn an. »So wohnt man heute. Der Fernseher ist nicht mehr das Zentrum des Wohnzimmers, sondern wird ganz bewusst aufgesucht, während Couch und Sessel zum Ruhen oder für das gemeinsame Gespräch eine separate Insel bilden. Ich bin mir nur nicht sicher, was den Tisch betrifft. Die Energie fließt noch nicht perfekt um die Couch herum, aber das können wir ja noch verbessern.«

»Und wenn ich von der Couch aus einen Film anschauen will?« Immer noch starrte er die umgestellte Einrichtung fassungslos an.

»Das wirst du bald nicht mehr vermissen.« Alice deutete auf die leere Fläche vor dem Fernseher. »Es ist wissenschaftlich erwiesen, dass Fernsehen von der Couch die Seelenenergie belastet. Man sitzt dabei besser, weißt du? Wir kaufen einfach drei von diesen speziellen TV-Sesseln mit Liege- und Massagefunktion. Die sind sowieso viel gesünder auf Dauer für den Rücken und so.«

»Äh …«

»Ich habe schon welche im Internet entdeckt und in den Warenkorb gepackt. Du musst mir nur noch sagen, welche Farbe dir besser gefällt. Es gibt sie in kühlem Blau, leidenschaftlichem Rot und klassischem Schwarz, aber das ist natürlich keine Option, weil viel zu düster. Ich fühle mich stark zum Rot hingezogen, aber das Blau hat eindeutig auch was.« Während sie sprach, schnappte sie sich ihren Laptop von einem der Sessel und trug ihn zu Martin. »Schau mal hier …«

»Nein.«

Sie hielt inne. »Warum nicht? Ich möchte das nicht allein entscheiden. Jeanine fand auch das Rot besser.«

»Ach, tatsächlich.«

»Ja! Na ja, sie wollte sich erst ganz heraushalten, aber ich konnte sie davon überzeugen, dass es ja auch ihr Wohnzimmer ist und wir uns einig sein sollten.«

»Alice, wir kaufen keinen dieser Sessel.« Martin fuhr sich mit einer unwirschen Bewegung durchs Haar. »Weder in Rot, Blau, Schwarz noch in Gelb oder Grün.«

»In Gelb oder Grün gibt es sie doch auch gar nicht.«

Innerlich zählte er bis drei. »Das ist nicht der Punkt, Alice. Ich fand unser Wohnzimmer perfekt, so wie es war. Wenn du unbedingt etwas umdekorieren willst, miete oder kaufe dir bitte deine eigene Wohnung. Aber vorher versetzt du dieses Wohnzimmer wieder in seinen ursprünglichen Zustand.«

»Aber der war scheußlich langweilig«, protestierte Alice, ohne jedoch wirklich beleidigt oder verärgert zu sein.

»Ich lebe ausgesprochen gerne langweilig«, konterte er mit verschränkten Armen.

»Ach, du!« Lachend trat Alice neben ihn und gab ihm einen Kuss auf die Wange. »Was mache ich bloß mit dir? Du bist so richtig spießig! Und Jeanine anscheinend auch. Da kommt sie total nach dir.« Sie hielt inne. »Muss sie wirklich heute Abend mit ihrer Freundin lernen?« Rasch winkte sie ab. »Ach was, vergiss es. Soll ich tatsächlich wieder alles zurückstellen?«

»Ich bitte darum.« Erleichtert, dass Alice ihm und Jeanine die fehlende Innovationsbereitschaft nicht krummnahm, atmete er auf. »Soll ich dir helfen?«

»Ach was, das mache ich schon. Du solltest dich ausruhen, immerhin hattest du einen langen Tag. Ich hatte heute drehfrei.« Alice wedelte mit der Hand, als wolle sie eine Fliege verscheuchen. »Ich bin total in Räumlaune, weil ich bald meine Tage kriege. Du weißt doch, dass ich dann immer besonders aktiv und kreativ bin. Also hopp, hopp, raus hier. Ich stelle das Spießerwohnzimmer wieder her.«

»Okay.« Als sie die Musik erneut aufdrehte, ergriff er die Flucht in die Küche. Doch auch dort war es ihm zu laut, deshalb schnappte er sich kurzerhand seinen Mantel und verließ, von Alice unbemerkt, das Haus.

***

Lena erwachte von einem undefinierbaren Geräusch. Sie hatte sich nach der Arbeit nur kurz auf der Couch ausstrecken wollen, stellte jetzt aber nach einem Blick auf ihre Uhr fest, dass sie eine Dreiviertelstunde geschlafen hatte. Als sie das seltsame Geräusch erneut vernahm, setzte sie sich alarmiert auf.

»Buddy? Wo steckst du?« Ein Blick zum Körbchen verriet ihr, dass ihr neuer Hausgenosse sich dort nicht aufhielt. »Buddy?« Ahnungsvoll machte sie sich auf die Suche.

Ja, mjam, hier bin ich. Wuff. Im Schlafzimmer.

»Wo steckst du denn … Oh, Scheiße!« Wie angewurzelt blieb Lena in der Schlafzimmertür stehen. »Was hast du denn jetzt schon wieder angestellt?«

Was denn? Ich habe nur ein bisschen neu dekoriert. Aber auch nur, weil die Sachen in dem Wäschekorb so komisch gerochen haben. Die muss man doch auslüften, damit sie den Umgebungsgeruch annehmen, oder besser noch meinen. Als ich fertig war, habe ich nach einem Kau-Snack gesucht und auch einen gefunden. Höchst schmackhaft.

»O Mann, das sind die Pumps, die ich auf dem Weihnachtsball anziehen wollte! Aus!« In einer Mischung aus Wut und Verzweiflung entwand Lena Buddy den hochhackigen silbernen Schuh, dessen Spitze jetzt ein Muster von Hundezahnabdrücken zierte. »Die waren fast neu, Buddy!«

Kann sein. Lecker sind diese Dinger auf jeden Fall. Kriege ich den Schuh wieder?

»So ein Mist!« Lena klaubte auch noch den zweiten Pumps auf, dessen Absatz ebenfalls angenagt war, trug beide in die Küche und entsorgte sie im Restmüll.

Hey, das ist aber jetzt blöd. Ich hätte da gerne noch weiter drauf herumgekaut. Buddy, der Lena eilig gefolgt war, schnüffelte an der Tür, hinter der sich die Abfallbehälter befanden, und kratzte sogar daran. *Hol sie doch bitte noch mal da heraus, Frauchen!*

»Nichts da! Meine Schuhe sind doch kein Hundefutter!« Lena öffnete den Schrank, in dem sie Futter und Leckerlis aufbewahrte, und entnahm ihm einen Kauknochen. »Hier, der ist viel besser für dich … und für meine Schuhe«, setzte sie leise hinzu.

Oh, toll, Kauknochen mag ich! Mjam, lecker, den bringe ich mal in mein Körbchen. Buddy trug den Knochen hoch erhobenen Hauptes zu seinem Platz, drehte sich dort mehrmals um die eigene Achse und ließ sich schließlich fallen. Das Weidenkörbchen knarzte dabei leise.

Seufzend sah Lena dem kleinen Hund zu, wie er genüsslich an dem Kauknochen nagte. Er trug immer noch den Body, doch der Verband war nur noch ganz dünn. Buddy wurde von Tag zu Tag fitter und agiler, und Lena hatte begonnen, mit ihm die wichtigsten Kommandos zu üben. Er war sehr gelehrig, doch wenn ihm langweilig wurde, stellte er gerne Unsinn an. So wie eben.

Nachdem sie sich versichert hatte, dass der Havaneser erst einmal abgelenkt war, kehrte sie ins Schlafzimmer zurück und besah sich die übrige Bescherung, die er hinterlassen hatte. Bei ihrer Rückkehr von der Arbeit hatte sie einen Korb frisch gewaschene Wäsche mit heraufgebracht und vor dem

Bett abgestellt. Der Inhalt, Unterwäsche, Nachtwäsche und ein paar Seidenshirts, lag nun im ganzen Raum auf dem Boden verstreut. Einige Teile sahen so aus, als habe Buddy sich darauf gewälzt; ein Shirt wies am Ärmel ein kleines Loch auf, das sehr wahrscheinlich von seinen Zähnchen stammte. Mit einem unterdrückten Fluch pfefferte sie es aufs Bett und sammelte die restlichen Sachen wieder ein. Sie mussten wohl oder übel noch einmal gewaschen werden.

Als sie mit dem vollen Wäschekorb das Wohnzimmer betrat, ließ Buddy von seinem Kauknochen ab und rannte zu ihr. Mit dem besten Unschuldsblick setzte er sich vor sie hin und sah unverwandt zu ihr auf.

Bist du etwa sauer auf mich? Du guckst so böse. Hab ich etwas falsch gemacht? Ich wüsste aber nicht, was. Vielleicht ist ja alles wieder gut, wenn du mich ein bisschen streichelst.

»Guck nicht so!« In Lena stieg ein unfreiwilliges Lachen auf. »Böser Hund!«

Echt? Warum denn? Ich sitze doch bloß hier und himmle dich an, weil ich dich so arg mag. Außerdem lachst du, das sehe ich genau, und Lachen ist etwas Gutes.

Als Buddy mit der Rute wedelte, stieß Lena geräuschvoll die Luft aus und stellte den Wäschekorb neben sich auf dem Boden ab. »Du bist schon ein süßer Frechdachs, was?«

Na klar, gerne, wenn du das sagst.

Sie setzte sich einfach auf den Boden und ließ es zu, dass Buddy auf ihren Schoß krabbelte. Zärtlich wuschelte sie ihm durch das weiche Fell.

Hmm, ja, das gefällt mir sehr! Buddy rekelte sich begeistert. *Bitte nicht aufhören! Da, genau hinter den Ohren und am Hals.*

»Das gefällt dir, was?« Lena kicherte, weil Buddy ihr über die Hände leckte und dann versuchte, an ihr Gesicht heranzukommen. Dabei fiel ihr Blick auf etwas zerknülltes Weißes unter dem Couchtisch. »Was ist das denn?«

Was meinst du? Buddy spitzte die Ohren. *Hey, warum setzt du mich denn auf den Boden? Auf deinem Schoß war es viel gemütlicher.*

»Was ist das?«, wiederholte Lena ahnungsvoll. Auf allen vieren kroch sie zum Tisch und zog das Knäuel hervor. Es handelte sich um mehrere Papiertaschentücher, die Buddy offenbar aus einem Päckchen gezogen und auseinandergeklaubt hatte. Einige waren nur zerknüllt, die meisten aber säuberlich zu Konfetti geschreddert. Das Plastikpäckchen lag zerknautscht und ein wenig nass daneben. »Wann hast du das denn gemacht?« Anklagend hielt Lena dem Havaneser die Papierfetzen hin.

Buddy schnüffelte kurz daran. *Ach das. Vorhin irgendwann, als du geschlafen hast. Das Päckchen lag auf dem Couchtisch. Ich war bloß neugierig, was darin steckt. Jetzt weiß ich, dass diese Dinger total lustig sind. Hoffentlich hast du noch mehr davon.*

»Oh, shit, und was ist das?« Lena hatte unter der Couch noch etwas entdeckt. Beherzt angelte sie danach und hielt im nächsten Moment einen ihrer plüschigen roten Hausschuhe in der Hand, natürlich ebenfalls angekaut, diesmal an der Sohle, und vollkommen unbrauchbar. »Buddy!«

Ja? Bei dem unschuldigen Blick, mit dem er sie ansah, wollte sie am liebsten schreien und gleichzeitig lachen. »Wo ist der andere?«

Der andere was?

Lena legte sich platt auf den Bauch und suchte den Bereich unter der Couch ab, dann unter den Sesseln. »Mein zweiter Hausschuh, wo ist er hin?«

Ach der. Den hab ich versteckt. Für schlechte Zeiten.

»Buddy, wohin hast du meinen zweiten Hausschuh verschleppt?« Lena setzte sich wieder auf und sah den kleinen Hund streng an, obwohl ihr natürlich klar war, dass das überhaupt keinen Sinn hatte.

Sag ich nicht. Solche Vorräte sind geheim. Buddy wedelte nur unverbindlich mit der Rute.

»O Mann!« Umständlich erhob Lena sich und begab sich auf die Suche nach dem Schuh – ohne Erfolg. »Wo kann er bloß sein?«, murmelte sie, gab jedoch bald auf und warf Buddy noch einen konsternierten Blick zu, bevor sie den getöteten Hausschuh in den Wäschekorb legte und diesen auf die Hüfte hob. »Das kann ja noch heiter werden mit dir, was?«

Mit mir? Ich weiß nicht, was du mit heiter meinst, aber ich mag dich ganz doll arg. Wiff.

»Mhm.« Auf Buddys fröhliches Bellen hin nickte sie grimmig. »Ich bringe die Sachen in die Waschküche. Versuch bitte, bis dahin nicht noch mehr kaputt zu machen, ja? Geh ins Körbchen, da hast du deinen schönen, leckeren Kauknochen.«

Körbchen? Ja, okay, da ist es bequem.

Zu Lenas Überraschung – und Erleichterung – tappte Buddy tatsächlich zu seinem Körbchen und legte sich hinein.

»Braver Hund«, lobte sie. »Ich bin gleich wieder zurück!«

***

Der Abend war klar, klirrend kalt und ein Spaziergang genau das, was Martin brauchte, um sich zu beruhigen. Er war Alice nicht wirklich böse, dazu kannte er sie und ihre Kapriolen einfach schon zu lange und zu gut. Doch manchmal wünschte er sich nur ein normales Leben mit einer normalen Frau an seiner Seite. Ohne ausgeflippte Räumaktionen, ohne überbordende Shoppingtouren, bei denen Jeanine jede Menge Klamotten kaufte, die sie niemals tragen würde. Ohne unabsehbar lange Überraschungsbesuche, ohne all die echten und künstlichen Dramen, die er mit Alice über die Jahre erlebt hatte. Dabei regte sich sofort auch wieder sein schlechtes Gewissen, denn sie meinte es ja nicht böse – im Gegenteil. Alice war eine der freundlichsten, liebenswürdigsten Seelen, die er kannte: loyal, liebevoll, und für ihre Tochter würde sie durchs Feuer gehen. Dass sie selbst zuweilen eine Brandstifterin war, wusste sie, doch ändern würde sie sich wohl nie. Sie war erfolgreich als Schauspielerin und erreichte mit ihrer offenen, unkonventionellen Art so gut wie alles, was sie wollte. Sie war zielstrebig und ehrgeizig und als Mutter eine Katastrophe. Deshalb hatte sie sich schon ganz früh entschieden, Martin das Sorgerecht für Jeanine zu überlassen. Wahrscheinlich war ihre bestechendste Eigenschaft ihre bedingungslose Fähigkeit, die eigenen Unzulänglichkeiten zu erkennen. Sie war ein Freigeist, ein anstrengender noch dazu. Da sie nun schon eine Weile unter seinem Dach lebte, hatte er inzwischen beinahe alle Stadien ihrer Befindlichkeiten miterlebt.

Er war erschöpft. Er hatte sie wirklich gern, aber er brauchte Abstand. Viel Abstand und …

»Lena.« Überrascht blieb er stehen. Ihm war gar nicht bewusst geworden, dass er seine Schritte in die Richtung gelenkt hatte, in der Lenas Wohnung lag. Nun starrte er sie verblüfft an. Sie hatte gerade den Deckel einer Mülltonne gehoben, die links neben ihrem Haus in einem gemauerten Unterstand untergebracht war.

»Martin?« Verblüfft ließ sie den Deckel wieder zufallen, legte etwas Rotes darauf ab und trat im Licht der Außenbeleuchtung auf ihn zu. »Was machst du denn hier?« Sie sah sich um. »Bist du zu Fuß unterwegs?«

»Ja.« Ihr Anblick verschlug ihm aus unerfindlichen Gründen für einen Moment die Sprache.

»Warum?« Stirnrunzelnd trat sie noch einen Schritt auf ihn zu. »Stimmt etwas nicht?«

»Kann man so sagen.« Er vergrub die Hände in den Taschen seines Mantels. Dass er ausgerechnet hier gelandet war, sprach hinsichtlich seines Gemütszustands Bände, aber das konnte er ihr unmöglich sagen. Das war viel zu viel und viel zu früh und …

»Was ist denn passiert?« Sie maß ihn mit forschendem Blick. »Ist etwas mit Jeanine?« Die Sorge in ihrer Stimme ließ ihn schlucken.

»Nein. Sie … Sie ist bei einer Freundin, und ihre Mutter dekoriert gerade mein Wohnzimmer um. Oder vielmehr macht sie ihre Versuche in dieser Hinsicht gerade rückgängig.«

»Ihre Mutter?« Fragend runzelte Lena die Stirn.

»Ja. Vergiss es. Unwichtig.« Er ballte die Hände in den Manteltaschen zu Fäusten.

»Aha.« Abwartend erwiderte Lena seinen Blick. »Und was ist so wichtig, dass du zu Fuß hierhergekommen bist?«

Er schluckte. Schluckte noch einmal. »Du.«

Ihre Augen weiteten sich. »Ich?«

Alles auf eine Karte, dachte er. »Du gehst mir nicht mehr aus dem Kopf. Ich weiß, dass das alles andere als professionell ist und dass ich wahrscheinlich besser meine Klappe halten sollte, weil du mir schon mehr als einmal gesagt hast, dass ich nicht das bin, was du suchst oder dir vorstellst oder wie auch immer. Aber ich glaube, da ist trotzdem etwas zwischen uns. Wenn ich da schief gewickelt sein sollte, sag es mir bitte jetzt, weil ich sonst ganz sicher verrückt werde.« Mit heftig pochendem Herzen wartete er auf ihre Reaktion.

Lena sah ihn für einen langen Moment nur schweigend an.

Als er kurz davor war, sich mit einem Fluch zurückzuziehen, trat sie einen weiteren Schritt auf ihn zu. »Ich weiß nicht, warum, aber du gehst mir auch nicht mehr aus dem Kopf.«

Überrascht hob er den Kopf, ihre Blicke trafen sich und im nächsten Moment ihre Lippen. Er wusste nicht, ob er sie an sich gezogen hatte oder sie ihn. Er wusste nur, dass ihre Lippen warm und weich, gleichzeitig nachgiebig und fordernd über die seinen wanderten. Ein heißer Blitz durchzuckte ihn und hinterließ brennende Sehnsucht tief in seiner Magengrube. Etwas geschah mit ihm. Sein Herzschlag war bis in die Fingerspitzen zu spüren und gleich darauf ihre Finger in seinem Haar.

Eine Welle von Zärtlichkeit spülte über ihn hinweg und traf unvermittelt auf heiße Leidenschaft. Begehrlich zog er Lena dichter zu sich heran, umfasste ihre Wangen, ließ seine Finger in ihr nur knapp schulterlanges weiches Haar gleiten. Als er ihren Kopf ein wenig nach hinten neigte, öffnete sie die Lippen einen Spalt; eine Einladung, der er unmöglich widerstehen konnte. Mehr Blitze durchzuckten ihn, als ihre Zungen ganz von selbst aufeinandertrafen, einen alten erotischen Tanz begannen. Für einen Moment hatte er das Gefühl, als würde die Zeit stehen bleiben.

Das Motorengeräusch eines vorbeifahrenden Autos unterbrach den Bann, in den er geraten war.

Etwas widerwillig und schwer atmend löste er seinen Mund von Lenas Lippen und blickte ihr in die Augen. »Das … war … mehr, als ich erwartet hatte.«

»Ja, eindeutig.« Ihre Stimme klang belegt.

»Sehr viel mehr.«

Lena nickte stumm.

»Das lässt sich nun wohl nicht mehr rückgängig machen.«

Sie hob leicht die Brauen. »Willst du das denn?«

»Nein.« Endlich brachte er ein Lächeln zustande. »Ganz sicher nicht.«

»Gut.« Nun erschien auch auf ihren Lippen ein Lächeln. »Und jetzt geh wieder nach Hause. Ich muss nachdenken.«

»Nachdenken?« Etwas konfus musterte er sie. »Worüber? Den Kuss?«

»Ja, und darüber, wie ich das Papa erklären soll.« Sie lachte leise. »Außerdem gehe ich ganz sicher nicht mit dir ins Bett. Nicht heute.«

Ihm wurde unnatürlich warm. »Ach nein?«

»Nein. Ich muss meine nächsten Schritte erst planen.«

»Möchtest du mich vielleicht in diese Planung mit einbeziehen?« Er bemühte sich, seiner Stimme einen heiteren Ton zu geben, der nicht zu viel von dem Gefühlssturm verriet, in dem er sich befand.

»Alles zu seiner Zeit.« Sie drehte sich einfach um und kehrte zu der Mülltonne zurück.

Sehnsüchtig, doch zugleich amüsiert sah er ihr zu, wie sie das rote Etwas in der Tonne versenkte. »Was war das?«

»Mein linker Hausschuh. Buddy hat ihn gemeuchelt.«

Lachen stieg in ihm auf. »Und wo ist der rechte?«

»Keine Ahnung. Frag Buddy.« Sie ging zur Tür, drehte sich dort aber noch einmal zu ihm um. »Im Ernst, ich frage dich nicht, ob du mit reinkommen willst. Wir wissen beide, wie das enden würde, und mal ganz abgesehen davon, dass ich nicht mal Kondome im Haus habe, ist heute ein Wochentag. Wir müssen morgen früh zur Arbeit. Deine Tochter hat Schule …«

»Sie übernachtet bei einer Freundin.«

»Du hast Besuch.« Sie grinste. »Und ich wollte heute Abend einen rührseligen Film gucken. Vielleicht auch zwei. Davon träume ich schon die ganze Woche.«

»Du träumst davon, dir rührselige Filme anzusehen?« Verblüfft starrte Martin sie an.

»Wortwörtlich«, bestätigte sie. »Wir sollten ein Date ausmachen.«

»Ein Date?« Ihrem Gedankensprung zu folgen, fiel ihm im Augenblick nicht ganz leicht.

»Ja. Vielleicht am Samstagabend.«

Er grinste schief. »Warum nicht schon morgen?«

Lena hob die Schultern. »Weil ich morgen schon etwas vorhabe.«

»Ist das so?« Vergeblich versuchte er, seine Neugier im Zaum zu halten, doch Lena schien sie ihm deutlich anzusehen.

»Ja, das ist so. Ich habe eine Online-Fortbildung. Wie wäre es am Samstag gegen sieben bei dir?«

»Bei mir?« Überrascht sah er sie an. »Warum nicht bei dir? Sollte ich dich nicht stilecht abholen?«

»Nein.« Sie grinste wieder. »Von dir aus ist es näher zum Weihnachtsmarkt.«

»Da willst du hin?«

»Unbedingt!« Lena nickte enthusiastisch. »Unser Weihnachtsmarkt ist magisch – und er beginnt am Samstag.«

»Okay, also dann …« Liebend gerne hätte er sie noch einmal geküsst, doch Lena hatte die Haustür bereits aufgedrückt. »Bis morgen.« Sie lächelte ihm noch einmal zu und verschwand im Haus.

***

Schwer atmend und mit wild pochendem Herzen lehnte Lena sich gegen ihre Wohnungstür, nachdem sie sie hinter sich ins Schloss gezogen hatte. In ihrem Bauch kribbelte und flatterte es, als würden sich eine Ameisen- und eine Schmetterlingsarmee eine wilde Schlacht liefern. In ihrem Kopf wirbelten die Gedanken wild durcheinander und formten dennoch immer wieder eine einzige, höchst erstaunliche Erkenntnis.

Sie hatte es bereits gespürt, als ihre Lippen auf die von Martin getroffen waren: diese ganz besondere, fast schon magische Gewissheit. Sie war bis ins Mark davon erschüttert, das war der Hauptgrund, weshalb sie ihn fortgeschickt hatte. Das und die Tatsache, dass sie wirklich nicht ein einziges Kondom im Haus hatte. Und sie konnte wohl kaum ihren Vater oder Maria fragen, ob sie ihr in dieser Hinsicht aushelfen konnten.

Nein, es war besser, wenn sie erst einmal zu Atem kam – und mit sich ins Reine. Sie fürchtete nämlich, dass sie in einem wichtigen Punkt stets von gänzlich falschen Voraussetzungen ausgegangen war. Nun musste sie erst einmal ihre durcheinandergeratene Weltsicht in Ordnung bringen … und ihrem Vater irgendwie verklickern, dass sie ihrer großen Liebe begegnet war. Einfach so, mal eben bei der Arbeit. Ganz ohne Pauken, Trompeten oder Engelsglocken. Ohne Feenstaub oder romantisches Brimborium.

»Buddy, wo steckst du denn?« Da der kleine Havaneser nicht in seinem Körbchen lag, sah sie sich suchend um und entdeckte ihn auf der Couch. »Na, hast du es dir schon gemütlich gemacht?«

Na klar. Hier oben ist es toll und noch toller, wenn du dich zu mir setzt und mit mir kuschelst.

»Na, dann lass uns mal kuscheln.« Lena hob Buddy vorsichtig hoch und bettete ihn auf ihrem Bauch, nachdem sie sich auf der Couch ausgestreckt hatte. Dann angelte sie nach der TV-Fernbedienung. »Also gut, was gucken wir heute?« Sie klickte sich durch das Angebot an Weihnachtsfilmen der Streaminganbieter und blieb immer wieder bei der Werbung für *Dear Santa* hängen. Schließlich wählte sie ihn aus und sah halb amüsiert, halb interessiert zu, wie in dem Film eine junge, reiche Erbin zufällig den Wunschzettel eines kleinen Mädchens findet, ihn liest und beschließt, die Kleine und ihren verwitweten Vater zu suchen und kennenzulernen. Dabei spürte sie immer wieder dem Nachhall des Kribbelns und Flatterns in ihrer Magengrube nach und dem seltsamen Bedürfnis, auch einmal einen Weihnachtswunsch zu äußern, und vergaß darüber sogar, dass sie ihren zweiten Hausschuh hatte suchen wollen.

Vor ihrem Fenster saßen unbemerkt Elfe-Acht und Elf-Zwei, die mit einer speziellen Fernbedienung die Werbung für diesen Film manipuliert hatten, und grinsten einander verschwörerisch zu.

***

Es war schon nach zehn, als Martin nach einigen Umwegen zu Hause eintraf. Erst hatte er sich auf direktem Weg nach Hause begeben wollen, doch er war innerlich derart aufgewühlt, dass er immer wieder in Seitenstraßen abgebogen war, um noch etwas länger nachzudenken, und um seine aufgescheuchte Libido wieder unter Kontrolle zu bringen.

Er hatte nun also ein offizielles Date mit Lena. So ganz wusste er nicht, was er von ihrer merkwürdigen Reaktion nach dem Kuss halten sollte. Vielleicht war sie einfach nur vernünftig. Wenn er mit ihr in ihre Wohnung gegangen wäre, hätten sie Sex gehabt. Zu früh und ganz sicher kopflos. Er hatte vielleicht noch ein Kondom in seinem Geldbeutel, aber wie alt das schon war, konnte er nicht mit Sicherheit sagen – und solch eine Situation wollte er lieber nicht ein zweites Mal heraufbeschwören. Vernünftig war Lena also in jedem Fall gewesen, aber er wurde das Gefühl nicht los, dass noch etwas anderes sie beschäftigte. Doch was es auch war, er würde sich wohl oder übel noch ein Weilchen gedulden müssen, um der Sache auf den Grund zu gehen.

Als er seinen Mantel an der Garderobe aufgehängt hatte, fiel Martin auf, dass es sehr still im Haus war. Hatte Alice es etwa schon geschafft, das Chaos im Wohnzimmer zu beseitigen? Ahnungsvoll ging er auf den Durchgang zum Wohnzimmer zu und schaltete das Licht ein.

Beinahe hätte er schallend gelacht. Das war so typisch für Alice! Sie hatte tatsächlich alle Möbel wieder an ihren ursprünglichen Platz zurückgeschoben, den Inhalt der Schränke und Regale jedoch nur wild und willkürlich darin verteilt. Wahrscheinlich hatte sie schlicht und ergreifend vergessen, was wohin gehörte. Also begann Martin in alle Seelenruhe, jedoch mit einem angenehmen und zugleich alarmierenden zehrenden Brennen in der Magengrube, seine Schränke und das Bücherregal in Ordnung zu bringen.

18. Kapitel

»Das ist ja interessant.« Mit nachdenklicher Miene beobachtete Santa Claus, was sich auf dem Bildschirm tat, auf dem er die Ereignisse um Lena, Martin, Arndt und Maria streamte. Er fühlte sich zwar immer noch ein ganz klein wenig unwohl, weil er den Umweg über Andys Weihnachtswunsch genommen hatte, aber glücklicherweise hatte sich noch niemand beschwert. Was sich nun gerade auf der Erde tat, erregte seine Aufmerksamkeit.

»Was meinst du denn?« Elfe-Sieben gesellte sich zu ihm und sah ebenfalls für eine Weile dem Geschehen zu. »Oha, das sind ja Lena und Martin!« Sie lächelte erfreut. »Da scheint sich ja auf romantischer Ebene etwas anzubahnen, das ist aber schön.«

»Das ist es in der Tat«, stimmte der Weihnachtsmann zu und zupfte dabei an seinem Bart herum. »Allerdings dachte ich die ganze Zeit, dass diese Vorwarnung des Weihnachtswunsch-Radars sich genau darauf bezogen hätte. Was könnte es auch sonst sein? Aber die beiden scheinen ganz ohne Wunsch oder mein Zutun ihren Weg zueinander zu finden. Das kann es also nicht sein.«

»Stimmt, da hast du dich wohl geirrt.« Nun auch nachdenklich trat Elfe-Sieben näher an den Bildschirm heran und stellte die Frequenz neu ein, um weitere Bilder sehen zu können. »Vielleicht geht es ja auch um Maria und Arndt. Zwischen den beiden tut sich ja auch etwas.«

»Aber auch ganz ohne meine Hilfe«, brummelte Santa

Claus. »Ich sehe nicht, wo da ein Weihnachtswunsch etwas verändern oder beschleunigen sollte.«

»Doch, doch, bestimmt«, widersprach Elfe-Sieben. »Sieh dir doch nur mal an, wie zurückhaltend Maria auf Arndts Annäherungsversuche reagiert. Sie wird von ganz vielen Ängsten und Unsicherheiten verfolgt, und das ist nur allzu verständlich. Wenn wir von ihr einen Wunsch erhalten würden, könnten wir sie bestimmt unterstützen. So aber müssen wir darauf hoffen, dass sie und Arndt auch ohne uns ein Paar werden.« Die Elfe seufzte. »Ich fürchte, das könnte sehr problematisch werden. Wenn wenigstens Arndt einen Wunsch in dieser Richtung an uns senden würde! Er ist eher der Typ dafür als Maria, aber ich fürchte, er kommt einfach nicht darauf, und das, obwohl Elf-Zwei und Elfe-Acht sich jetzt schon Hilfe von Elf-Neunzehn, Elf-Dreiundzwanzig und Elfe-Vierzig geholt haben, um ihn, Maria und auch Martin und Lena so oft wie möglich mit der Idee zu konfrontieren, sich etwas zu wünschen. Ich habe sogar dem Christkind Bescheid gegeben, falls so ein Wunsch bei ihm anstatt bei uns landen sollte, und es hat versprochen, uns dann sofort Bescheid zu geben und eng mit uns zusammenzuarbeiten.«

»Das war sehr weitsichtig von dir.« Der Weihnachtsmann kehrte zu seinem Schreibtisch zurück und setzte sich. »Ich fürchte nur, dass alle diese Bemühungen vergeblich sein könnten. Irgendwie will keiner dieser Menschen auch nur in Erwägung ziehen, sich zu Weihnachten etwas zu wünschen. Solange das nicht geschieht, sind mir leider die Hände gebunden. Das fuchst mich wirklich, denn schau nur mal auf die Ausschläge, die das Weihnachtswunsch-Radar immer wieder produziert.« Er schaltete den Computerbildschirm ein und öffnete die Software. »Da scheint sich etwas zusammenzubrauen, nicht nur bei Arndt und Maria, sondern auch bei

Lena und Martin. Ich weiß bloß nicht, was, und niemand äußert sich dazu! Das ist wirklich frustrierend, denn immerhin steht bereits der erste Advent vor der Tür. Bis Weihnachten ist es nicht mehr lange hin.«

»Da hast du recht.« Elfe-Sieben tippte sich versonnen gegen die Nase. »Vielleicht müssen wir dann einfach bis zum nächsten Jahr warten.«

»Das würde mir aber gar nicht gefallen.« Santa Claus verzog besorgt die Lippen. »Dann bliebe ja alles ein ganzes Jahr lang im Ungewissen.«

»Kann sein.« Die Elfe ließ sich neben ihm auf der Schreibtischkante nieder. »Oder es hat sich bis dahin von selbst erledigt.«

Skeptisch runzelte der Weihnachtsmann die Stirn. »Würde sich dann so eine kraftvolle Vorwarnung vor einem Weihnachtswunsch bei uns manifestieren? Nein, ich glaube, wir müssen unsere Anstrengungen noch verstärken, diesen Menschen ihre geheimen Weihnachtswünsche zu entlocken.«

»Oder ihnen erst einmal klarmachen, dass sie sich überhaupt etwas wünschen können.« Elfe-Sieben lächelte grimmig. »Ich glaube, wir haben es hier mit Menschen zu tun, die einfach nicht an uns glauben. Das macht die Sache natürlich deutlich schwieriger. Da müssen wir uns wohl wirklich ins Zeug legen.«

19. Kapitel

Langsam ließ Lena ihren Wagen ausrollen und bog im Schritttempo in die Zufahrt zu Martins Haus ein. »Da wären wir, Buddy.« Sie warf einen Blick über die Schulter zum Kofferraum, in dem sie die Hundebox untergebracht hatte. »Dann wollen wir dich mal in deiner Hundetagesstätte absetzen, okay?«

Ich weiß zwar nicht, was eine Hundetagesstätte ist, aber von mir aus können wir gerne aussteigen. Mir ist hier drinnen nämlich ziemlich langweilig. Buddy stieß ein kurzes helles Bellen aus, das für Lena wie eine Zustimmung klang.

Sie lächelte. »Also gut, dann mal los!« Rasch schnappte sie sich die Umhängetasche vom Beifahrersitz, in der sie ein paar von Buddys Spielzeugen, eine Decke und einige Leckerli verstaut hatte, dann ließ sie den Havaneser aus der Box und führte ihn an der Leine bis zur Haustür. Da sie für die Autofahrt ihren Mantel ausgezogen hatte, schauderte sie ein wenig in der frostigen Morgenluft. Es wurde gerade erst hell, sodass der Bewegungsmelder dafür sorgte, dass sich die Außenbeleuchtung einschaltete. Sie drückte den Klingelknopf und schmunzelte, als die Melodie von *Jingle Bells* ertönte. Wessen Idee wohl dieser zur Saison passende Türklingelton gewesen war?

Es dauerte nur wenige Augenblicke, bis sie durch das Milchglas in der Tür jemanden auf sich zueilen sah, gleich darauf wurde die Tür aufgerissen und Jeanine strahlte sie an. »Hallo, Frau Overbeck! Hallo, Buddy!« Sie ging in die

Hocke, um den Hund zu begrüßen, der freudig mit der Rute wedelte und das Mädchen neugierig beschnüffelte.

Hallo! Wen haben wir denn da? Ach ja, das ist Jeanine. Du warst gestern kurz im Büro, während Lena nicht da war und Martin mir Gesellschaft geleistet hat. Sie musste nämlich irgendwo hin und konnte mich nicht mitnehmen. Und vorher warst du auch schon hin und wieder dort zu Besuch. Ich mag dich, du streichelst mich immer so schön! Wuff!

»Hey, das kitzelt.« Kichernd wehrte das Mädchen die feuchte Hundezunge ab, die versuchte, ihr Kinn zu erreichen. »Du bist ja so was von süß!« Grinsend richtete sie sich wieder auf. »Ich könnte ihn ununterbrochen knuddeln.«

Lena lachte. »Da bist du nicht die Einzige.«

»Möchten Sie kurz hereinkommen?« Einladend trat Jeanine zur Seite, um die Tür freizugeben. »Papa ist noch oben, also im Bad, weil Mama wieder mal ewig gebraucht hat, um sich fertig zu machen.«

»Ja, also … wirklich nur kurz.« Mit einem eigentümlichen Gefühl folgte Lena der Einladung. »Ich muss leider gleich weiter, weil ich einen Termin in Köln habe.«

»Ich weiß.« Jeanine führte sie in die Küche, wo bereits der Frühstückstisch für drei Personen gedeckt war. »Theoretisch könnten Sie und Mama sogar zusammen fahren, weil sie heute nämlich auch nach Köln ins Filmstudio muss.« Das Mädchen grinste schief. »Würde ich Ihnen aber nicht raten oder nur, wenn *Sie* fahren. Mama fährt wie eine gesengte … äh … Sie wissen schon. Da wird man seekrank.«

Gerade noch verkniff Lena sich ein Lachen. »Unsere Zeitpläne würden auch wahrscheinlich nicht zusammenpassen.«

»Ja, wahrscheinlich nicht.« Jeanine bückte sich, um Buddy erneut zu streicheln. »Darf ich ihn von der Leine losmachen? Dann kann er das Haus schon mal erkunden.«

»Aber ja.« Lena nickte und legte die Flexileine, nachdem Jeanine sie von Buddys Geschirr gelöst hatte, zusammen mit der Umhängetasche auf einem Küchenstuhl ab. »Es ist nett von euch, dass ihr euch heute als Buddys Hundesitter zur Verfügung stellt. Normalerweise arbeite ich samstags nicht, aber dieser Kunde, zu dem ich heute fahre, ist sehr wichtig und hat leider nur heute Vormittag Zeit.«

»Papa hat mir schon alles erzählt.« Jeanine folgte Buddy mit Blicken, als dieser sich daranmachte, jede Ecke der Küche zu beschnuppern.

Hier riecht es aber gut! Das ist eindeutig eine Küche, hier gibt es garantiert was zu essen und zu trinken. Mal sehen, ob ich schon was finde.

»Moment, ich habe schon einen Wassernapf für dich vorbereitet.« Jeanine eilte zur Anrichte und stellte den Keramiknapf auf den Boden. »Soll Buddy auch gefüttert werden?«

»Nein, er hatte sein Frühstück bereits. Bis zu seiner nächsten Mahlzeit bin ich wieder da.« Lena deutete auf die Tasche. »Aber für den Fall, dass ihr ihn aus irgendeinem Grund belohnen oder bestechen möchtet, habe ich euch ein paar seiner Lieblings-Leckerchen eingepackt und einen Kauknochen.«

»Und Spielzeug, wie knuffig!« Jeanine war an den Stuhl herangetreten und hatte einen Blick in die Tasche geworfen. »Ein Teddy und ein Plüschfrosch!« Sie kicherte, als sie den Frosch drückte und daraufhin ein schräger Quietschton erklang. »Wie genial! Ein Quietschfrosch.«

Schmunzelnd nahm Lena ihr das Plüschtier aus der Hand und drückte es ebenfalls kurz, woraufhin Buddy tatsächlich zu ihr rannte und die Nase nach dem Spielzeug reckte.

Hey, das ist doch mein Froschi! Gibst du mir den zum Spielen? Hm, doch nicht? Schade.

»Buddy ist ganz verrückt danach. Allerdings kann dieses Quietschen auch ganz schön lästig werden. Ich habe schon darüber nachgedacht, dieses Quietschteil operativ zu entfernen.«

Jeanine prustete. »So richtig mit Skalpell?«

»Eher mit Schere, Nadel und Faden. Ich will den Frosch ja nicht killen.« Sie grinsten einander an und Jeanine schien noch etwas hinzufügen zu wollen, hielt jedoch abrupt inne und verdrehte stattdessen kurz die Augen.

»Guten Morgen zusammen!« Der fröhlichen Frauenstimme folgte eine äußerst dürftig bekleidete Erscheinung, die Lena für einen winzigen Moment die Sprache verschlug. Es konnte sich nur um Jeanines Mutter handeln. Sie war etwas größer als Lena, gertenschlank, jedoch mit üppigen Brüsten, einem beneidenswert knackigen Po und dem, was man wohl eine Alabasterhaut nannte und von der man jede Menge zu sehen bekam, da sie nur in ihrer Spitzenunterwäsche und einem knielangen, fast durchsichtigen Negligé in die Küche gewirbelt war. Ihr Gesicht erinnerte Lena an eine Elfe: hohe Wangenknochen, ebenmäßige Züge, volle Lippen, umrahmt von einer langen hellbraunen Lockenmähne. Ihre graublauen Augen richteten sich neugierig auf Lena. »Habe ich doch richtig gehört, dass Sie bereits eingetroffen sind.« Schwungvoll hielt sie Lena die rechte Hand hin. »Sie müssen Lena sein, ja? Ich bin Alice Henderson. Für Sie einfach nur Alice. Ich freue mich sehr, Sie kennenzulernen.«

»Ja, freut mich ebenfalls.« Lena ergriff die Hand etwas zögernd. »Ich wollte Sie nicht in Ihrer Morgenroutine stören.«

»Ach was!« Alice blickte an sich hinab und lachte dabei auf eine sehr einnehmende, sympathische Art. »Sie stören keineswegs. Martin hat mich aus dem Bad geworfen, weil ich ihm zu lange gebraucht habe. Ich muss aber erst meine Haare machen, bevor ich mich anziehe, andersherum wird das nichts.

Also warte ich jetzt, bis er aus der Dusche kommt. Huch, was ist das denn?«, unterbrach sie sich kichernd, weil Buddy sie mit seiner kalten Nase angestupst hatte. »Oh, Himmel, was bist du denn für ein zuckersüßes Geschöpf?«

Vielen Dank! Du scheinst ja sehr nett zu sein. Buddy wedelte mit der Rute, als Alice sich anmutig hinkniete, um ihn zu streicheln. *Ja, wirklich sehr nett. Ich mag es, gestreichelt zu werden!*

»Sein Name ist Buddy, nicht wahr?« Mit verliebter Miene blickte Alice zu Lena auf. »Er ist ja noch hübscher als auf den Fotos, die Martin uns gezeigt hat. Ich bin hin und weg! Jeanine, wir sollten deinen Vater überreden, dass wir uns ebenfalls so ein Zuckerstückchen anschaffen. Meinst du nicht auch?«

Jeanine wand sich sichtlich. »Du hast doch gar keine Zeit für einen Hund, Mama, und ich bin den ganzen Tag in der Schule.«

»Hach, ja, stimmt, aber dein Vater könnte ihn ja mit zur Arbeit nehmen, so wie Lena es auch tut.«

Jeanine hüstelte. »Wir können ja stattdessen immer auf Buddy aufpassen, wenn Lena mal keine Zeit hat.«

Mit sichtlich überraschter Miene erhob Alice sich wieder. »Ich dachte, du hast dir immer schon einen Hund gewünscht.«

Was denn nun? Ist die Streichelstunde schon vorbei? Schade. Na, dann sehe ich mich mal weiter hier um.

»Ja, schon.« Jeanine hob die Schultern. »Aber Papa hat gesagt, dass das im Moment nicht geht.«

»Ach Quatsch, für so einen süßen Hund ist doch immer Zeit.« Alice lächelte strahlend, doch Jeanine schüttelte den Kopf.

»Du bist doch dauernd unterwegs und wohnst nicht mal hier.«

Alices Miene hellte sich noch mehr auf. »Das ließe sich ja ändern. Ich habe Martin neulich schon vorgeschlagen …«

»Nanu, was ist denn hier los?« Martin betrat die Küche. Sein Haar war noch feucht und er verströmte einen Duft nach Duschgel und Deo, der Lena merkwürdig ablenkte. »Ach, ihr seid schon da!« Erfreut lächelte er Lena zu und ging dann in die Hocke, um Buddy zu begrüßen, der beim Klang seiner Stimme sofort auf ihn zugerannt war.

Martin, hallo, da bist du ja! Ich freue mich riesig, dich wiederzusehen. Und jaaa, bitte wieder streicheln und haaach, hinter den Ohren kraulen! Wuff! Wie angenehm.

»Mama will, dass wir uns auch einen Hund anschaffen.« Jeanines Stimme klang leicht gequält.

Bedächtig richtete Martin sich wieder auf. »Nein.« Die Antwort kam ruhig und entschieden.

Lena sah, wie Jeanine aufatmete.

»Ach, warum denn nicht?« Alice seufzte ergeben, schien sich Martins Entscheidung jedoch sofort zu ergeben. »Es ist doch so ein schöner Gedanke. Sieh nur, wie putzig Buddy ist!«

»Ja, sehe ich.« Martin blieb vollkommen ungerührt.

»Wir hätten eine Menge Spaß mit einem Hund.« Alice winkte graziös ab. »Aber es ist dein Haus.«

»Das ist es in der Tat«, bestätigte Martin.

»Musst du immer so ein Spielverderber sein?« Alice zog einen filmreifen Flunsch.

»Ja, muss ich.«

Mit einem erneuten Seufzen wandte Alice sich Lena zu. »Wie halten Sie es bloß den ganzen Tag mit ihm aus? Ist er auf der Arbeit auch immer so … ekelhaft vernünftig? Das würde mich verrückt machen.« Plötzlich lachte sie auf und hakte sich zu Lenas grenzenloser Verblüffung vertraulich bei ihr unter. »Aber Sie sehen ihn ja vermutlich durch die rosarote Brille, nicht wahr? Ich hoffe, das hier desillusioniert Sie nicht. Sie und Martin sind ja … nun ja …« Sie schwieg bedeutsam.

»Was?« Jeanine, die sich Buddy zugewandt hatte, fuhr herum. »Was seid ihr, Papa?«

Martin räusperte sich. »Verabredet.« Ein weiteres Räuspern folgte. »Wir wollen heute Abend zusammen auf den Weihnachtsmarkt gehen.«

Jeanines Miene hellte sich auf, doch bevor sie etwas sagen konnte, ergriff Alice erneut das Wort: »Nun sag bloß, das hast du unserer Tochter nicht erzählt. Schäm dich!« Sie lachte wieder auf diese ungeheuer einnehmende Art und drückte Lenas Arm. »Wie gesagt, lassen Sie sich bitte von mir nicht beeinflussen. Ich kenne Martin schon ewig, und eigentlich ist er hauptsächlich mir gegenüber immer so grässlich streng. Ich bin ein Freigeist, sagt er immer, und da hat er wohl nicht ganz unrecht. Also, falls wir uns später nicht mehr sehen sollten, wünsche ich euch jetzt schon mal viel Vergnügen heute Abend. – Ach, da kommt mir gerade ein phänomenaler Gedanke, wie ich selbst meinen Abend verbringen könnte.« Sie lachte fröhlich. »Entschuldigt mich bitte.« Sie ließ Lena los, fiel Martin um den Hals, lehnte sich mit ihrem ganzen Körper an ihn, flüsterte ihm etwas ins Ohr und küsste ihn dann erst auf die Lippen, dann auf die Wange. »Ich muss jetzt telefonieren!« Mit wehendem Negligé eilte sie aus der Küche und die Treppe ins Obergeschoss hinauf.

Martin hüstelte. »Darf ich vorstellen, Jeanines Mutter.«

Beinahe hätte Lena gelacht. »Sie ist … außergewöhnlich.«

»Tut mir leid, dass sie dich so überfallen hat.« Martin versenkte die Hände in den Taschen seiner Jeans. »Noch dazu in diesem Aufzug.«

»Sie scheint sich hier zu Hause zu fühlen.« Lena überlegte, wie sie das auffassen sollte, kam aber so rasch zu keinem Schluss.

»Ja, offensichtlich.« Ein eigentümlicher Unterton schwang in Martins Stimme mit.

»Sie wohnt aber nicht hier«, warf Jeanine ein. »Also nicht so richtig. Sie ist bloß auf Besuch hier, weil sie diese Werbefilmserie dreht und keine eigene Wohnung hier hat. Wenn sie eine findet, zieht sie wieder aus. Ist doch so, Papa?«

»Sicher.« Es klang nicht wirklich überzeugt, seine Miene wirkte mit einem Mal verschlossen. »Ich denke, wir sollten Lena nicht noch länger aufhalten. Sie hat ja schließlich einen wichtigen Termin.«

»Oh, Mist.« Lena blickte auf ihre Uhr und erschrak. »Ich muss wirklich los.« Ihr Blick wanderte zu Buddy, der sich in den Durchgang zum Wohnzimmer gesetzt hatte und die Vorgänge in der Küche aufmerksam zu beobachten schien. »Danke noch mal, dass ihr auf Buddy aufpasst. Ich wollte meinen Vater fragen, aber der ist heute Vormittag auch beruflich unterwegs. Lennart muss ebenfalls arbeiten und Melissa ist in Janas Laden …«

»Schon gut.« Martin lächelte leicht, doch sein Blick blieb ernst. »Es macht uns keine Umstände.«

»Okay, also dann … Bis später.« Unsicher, wie sie sich verhalten sollte, nickte sie Martin und Jeanine noch einmal kurz zu, dann ging sie zu Buddy und streichelte ihm über den Kopf. »Sei brav, okay? Mach nichts kaputt, bis ich wieder da bin.«

Okay. Äh, Moment mal, warte! Wo willst du denn jetzt hin? Du kannst doch nicht einfach weggehen? Als Lena sich umdrehte und zur Haustür ging, sprang Buddy auf und rannte empört bellend hinter ihr her.

»Bleib hier, Buddy!« Jeanine folgte dem Hund und versuchte, ihn am Halsband zu erwischen.

Nee, geht gar nicht. Wohin willst du, Lena? Ich will mit! Wau!

»Immer mit der Ruhe.« Auch Martin war dem Hund gefolgt und nahm ihn vorsichtig auf den Arm. »Dein Frauchen muss jetzt mal für ein kurzes Weilchen weg, aber sie kommt ganz bald wieder.«

Ja, von wegen! Du kannst mir viel erzählen. Lieber gehe ich mit ihr, dann bin ich sicher, dass sie mich nicht für immer verlässt. Buddy wand sich in Martins Armen und winselte empört.

»Ob das gut geht?« Skeptisch beobachtete Lena den zappelnden Hund. »In der Firma macht er nicht so einen Aufstand, wenn ich mal wegmuss.«

»Dort ist er schon daran gewöhnt, dass du ein- und ausgehst.« Geschickt hielt Martin den kleinen Havaneser so fest, dass er weder herunterfallen noch sich irgendwie wehtun konnte. »Wir kommen schon klar. Mach dir keine Sorgen.« Nun erreichte das Lächeln doch seine Augen, wenn auch nur ganz kurz. »Fahr jetzt. Und noch mal sorry für den offenherzigen Empfang.«

»Schon gut.« Lena erwiderte das Lächeln und spürte dabei der äußerst merkwürdigen Art und Weise nach, in der ihr Herz gegen ihre Rippen pochte. Sie hatte das Bedürfnis, sich zu versichern, dass zwischen ihr und Martin alles in Ordnung war, doch bevor sie etwas sagen konnte, hatte er sich bereits abgewandt. »Komm, Buddy, wir schauen mal, wo wir es uns gemütlich machen können.«

»Also …« Irritiert wandte Lena sich Jeanine zu. »Dann mache ich mich mal auf den Weg. Bis später.«

»Ja, bis später.« Jeanine trat auf sie zu. »Papa und Mama

sind nicht zusammen oder so, auch wenn es manchmal so aussieht. Mama ist …« Sie hob die Schultern. »Sie meint es immer total lieb, aber sie spinnt manchmal echt.«

Lena sah Jeanine an, dass sie unter dem Verhalten ihrer Mutter litt, sie aber trotzdem gernhatte und nun offensichtlich zwischen den Stühlen saß. »Deine Mutter ist sehr nett.« Sie suchte nach passenden Worten. »Und sicherlich sehr … spontan.«

»Ja.« Jeanine knabberte an ihrer Unterlippe. »Frau Overbeck?«

»Hm?«

»Gehen Sie trotzdem noch mit Papa aus?«

Nun musste Lena doch lächeln. »Na klar. Wenn er das auch will.«

»Will er.« Jeanine grinste. »Gut. Also, tschüss dann.«

»Ja, tschüss.« Lena wollte sich schon abwenden, überlegte es sich dann aber noch einmal anders. »Jeanine?«

»Ja?« Auch das Mädchen hatte sich bereits umgedreht und wirbelte nun wieder zu ihr herum.

»Ich heiße Lena, und wenn du schon Co-Hundesitterin bist, darfst du mich gerne auch duzen.«

Jeanines Miene hellte sich auf. »Okay.«

»Wir sehen uns.« Da sie nun wirklich spät dran war, wandte Lena sich endgültig ab und begab sich zu ihrem Auto. Sobald sie hinter dem Steuer saß, zog sie jedoch rasch noch ihr Smartphone hervor und schrieb eine Nachricht an Martin.

Lena: Alles okay zwischen uns?

Es dauerte nur Sekunden, bis die Antwort kam.

Martin: Das müsste ich eigentlich dich fragen.

Lena: Musst du nicht. Bleibt es bei dem Treffen heute Abend?

Diesmal kam die Antwort nicht sofort, dafür konnte sie durch das Küchenfenster sehen, dass Alice erneut nach unten gekommen war und, diesmal voll bekleidet, eifrig auf Martin und Jeanine einredete und dabei wild und offensichtlich begeistert gestikulierte. Also startete Lena den Motor und lenkte ihr Auto zurück auf die Straße.

Erst, als sie vor dem Firmengebäude des Kunden in Köln geparkt hatte, zog sie ihr Handy erneut hervor. Inzwischen war eine Antwort eingetroffen.

Martin: Wenn du noch willst.

Sie schluckte. Ihr Herz machte einen Satz.

Lena: Warum sollte ich nicht wollen?

Nur Augenblicke später schickte Martin ihr ein Daumen-hoch-Emoji und noch einen Moment später ein Grinsegesicht und eine Rose.

Sie lächelte, sowohl erleichtert als auch ein ganz kleines bisschen dümmlich. Ihr Gefühl von neulich hatte sie nicht getrogen, dessen war sie sich nun ganz sicher.

***

Arndt saß auf seiner Couch und betrachtete sinnierend die große Nordmanntanne, die er soeben mit einer Lichterkette geschmückt hatte. Eigentlich hatte er vorgehabt, auch den übrigen Baumschmuck zügig anzubringen und sich hinterher einen Grund zu überlegen, dessentwegen er nach unten zu Maria gehen könnte. Sie war seit Tagen sichtlich nervös, ging ihm aus dem Weg. Sein Ärger darüber war längst verflogen und der Entschlossenheit gewichen, ihr zu zeigen, was er nach all den Jahren immer noch für sie empfand.

Das Problem dabei war, dass er ihr Vertrauen nicht gewann, wenn er sie bedrängte. Zugleich fürchtete er, dass er aber auch nichts erreichen würde, wenn er sie nicht doch ein ganz klein wenig drängte, sich ihrer Angst zu stellen. Er verfluchte insgeheim ihre erzkonservative Familie und deren verquere Vorstellung davon, wie eine Frau zu sein hatte: willenlos und gehorsam, ohne eigene Bedürfnisse und ohne eigene Meinung. Auch ihren verstorbenen Ehemann schloss er in seine stummen Zornausbrüche ein. Er begriff nicht, würde sich diese Ehe wohl auch niemals vorstellen können. Nicht unglücklich, so viel glaubte er Maria sogar inzwischen, aber wahrscheinlich nur, weil sie gar keinen Vergleich gehabt und keine Alternative gesehen hatte. Sie war einer Art Gehirnwäsche unterzogen worden, an der sie vielleicht zeit ihres Lebens leiden würde, und das schmerzte ihn zutiefst. Allerdings bestärkte ihn genau dieser Schmerz darin, ihr, wenn auch spät, eine solche Alternative zu bieten.

Er liebte sie, das war ihm vollkommen klar. Er hatte sie all die Jahre geliebt, seit er ihr an jenem kurzen Wochenende in Düsseldorf begegnet war. Selbstverständlich war ihm auch schon der Gedanke gekommen, dass sich alles vielleicht anders entwickelt hätte, wenn er sich gleich die Mühe gemacht hätte, nach ihr zu suchen. Doch damals wie heute musste sie allein die Entscheidung treffen, das konnte er ihr nicht abnehmen und wollte es auch gar nicht. Wenn sie nicht bereit war, hatten sie beide keine Zukunft, ganz gleich, wie sehr er sich eine solche wünschen mochte.

Wie immer, wenn er die Kartons mit dem Christbaumschmuck hervorholte, überkamen ihn unzählige Erinnerungen an all die wunderbaren Weihnachtsfeste, die er mit Lennart und Lena verbracht hatte. An das Lachen, die leuchtenden Kinderaugen angesichts der Geschenke, an gemeinsames Plätzchenbacken, Spaziergänge im Schnee, wenn sie sich, meist am zweiten Feiertag, in Regionen aufgemacht hatten, wo tatsächlich Schnee lag. Düsseldorf war nicht gerade prädestiniert dafür, aber Eifel, Westerwald oder sogar Hunsrück oder Taunus durchaus in erreichbarer Nähe gewesen. Auch heute war er in Versuchung, die alten Fotoalben hervorzuholen und noch etwas intensiver in Erinnerungen zu schwelgen.

Er war bereits drauf und dran, den Baum Baum sein zu lassen und die Kartons mit dem Schmuck zur Seite zu schieben, als es an seiner Wohnungstür klingelte und gleich darauf klopfte. Überrascht erhob er sich, als sich beides – Klingeln und Klopfen – gleich noch einmal wiederholte. Er wusste bereits, wer vor der Tür stand, denn nur Lennart machte auf diese Weise auf sich aufmerksam. Als er und Lena noch Kinder gewesen waren, hatten sie aus Spaß angefangen, je ein spezielles Signal zu benutzen, sodass Arndt stets sofort wusste, welches seiner Kinder vor der Tür stand, und dabei war es bis heute geblieben. Lennart klingelte und klopfte, Lena klingelte je zweimal lang und zweimal kurz.

»Hallo, Junge.« Arndt lächelte, musterte seinen Sohn jedoch gleichzeitig forschend, nachdem er ihm die Tür geöffnet hatte. »Was führt dich an einem späten Samstagnachmittag zu mir? Solltest du nicht bei Melissa und Andy sein und mit ihnen das Wochenende genießen?«

»Tag, Papa. Ja, sollte ich wohl.« Lennart zog das Haargummi heraus, mit dem er sein langes blondes Haar zusammenhielt, und band sich einen neuen Zopf. Dabei trat er unruhig von einem Bein aufs andere. »Darf ich reinkommen?«

»Immer.« Stirnrunzelnd trat Arndt zur Seite und sah seinem Sohn kurz nach, wie dieser das Wohnzimmer ansteuerte und vor dem Tannenbaum stehen blieb.

»Ich störe dich beim Baumschmücken.«

»Nein, tust du nicht.« Bedächtig schob Arndt die Tür ins Schloss und gesellte sich zu Lennart ins Wohnzimmer. »Und selbst wenn, wäre es nicht schlimm!« Aufmerksam musterte er seinen Sohn. »Stimmt etwas nicht? Hast du dich mit Melissa gestritten?«

»Nein.« Verblüfft wandte Lennart sich ihm zu. »Wie kommst du denn darauf?«

»Na ja, Streit kommt in den besten Familien oder Partnerschaften mal vor. Und du siehst so aus, als würde dich etwas sehr beschäftigen.« Er hielt kurz inne. »Ist etwas mit Melissas Ex? Er sitzt doch im Gefängnis, nicht wahr? Gibt es da irgendwelche Probleme?«

»Nein, nein, nichts in der Art.« Sichtlich angespannt fuhr Lennart sich durchs Haar, dann über den Nacken und zuletzt übers Kinn, das von einem gepflegten Sechstagebart bedeckt war. Schließlich schien er sich zu etwas durchgerungen zu haben. »Darf ich dich etwas fragen?«

»Klar, jederzeit.« Arndt gab seiner Stimme absichtlich einen beiläufigen Ton und etwas Flapsiges, weil er spürte, dass sein Sohn hochgradig nervös war, was ihm doch so gar nicht ähnlich sah. Das letzte Mal hatte er ihn im Alter von elf Jahren so gesehen, als Lennart in einem Schultheaterstück hatte auftreten müssen. Damals war ihm vor Aufregung und Lampenfieber geradezu körperlich schlecht geworden, und er hätte sich fast geweigert, sich auch nur in die Nähe der Bühne zu begeben. »Worum geht es denn?«, hakte Arndt nach, weil Lennart wieder verstummt war.

Lennart holte Luft, um zu antworten, stieß sie jedoch

wieder aus. Nach einem weiteren Atemzug brach es aus ihm heraus: »Ich liebe Melissa.«

Arndt lächelte. »Das ist mir bekannt.«

»Ja, aber …« Lennart fasste sich in den Nacken. »Wie lange … Ich meine, wie viel Zeit sollte vergehen, bis man, also, bis ich … Ich weiß einfach nicht, ob sie schon bereit zu diesem Schritt ist. Wir sind jetzt ein Jahr zusammen, in etwa jedenfalls. Ist das zu kurz? Sollte ich noch warten und wie lange?«

Arndt dämmerte, worauf sein Sohn hinauswollte. Ein warmes Gefühl durchrieselte ihn. Anstatt sofort zu antworten, ging er zu der kleinen, mit dem Internet verbundenen Stereoanlage im Regal und schaltete sie ein. Er überlegte kurz, dann forderte er das Gerät mittels Stimmeingabe auf, den Song *Some kind of monster* von Metallica zu spielen. Als die ersten Takte erklangen, drehte Arndt sich zu Lennart um und streckte auffordernd beide Hände nach ihm aus.

Lennarts Augen weiteten sich; er erkannte den Song sofort, denn es war derselbe, den damals Lena ausgesucht hatte, um ihn von seinem Lampenfieber vor dem Theaterstück abzulenken. Und genau wie damals ergriff Arndt nun die Hände seines Sohnes und zog ihn zu sich heran. Auch wenn der Song eigentlich nicht tanzbar war, begannen sie einen mehr oder weniger dem Takt angepassten Paartanz zwischen Tannenbaum und Kartons mit Christbaumschmuck.

»Du willst Melissa heiraten.« Arndt behielt seinen beiläufigen Ton bei und beobachtete, wie es in Lennart arbeitete.

»Ist das zu früh? Sie hat so viel durchgemacht und so lange gebraucht, mir zu vertrauen.«

»So lange hat es eigentlich gar nicht gedauert«, widersprach Arndt mit einem Lächeln. »Ein paar Wochen, um genau zu sein. Nach wenigen Monaten seid ihr schon zusammengezogen. Sie liebt dich, das sieht ein Blinder. Ich sehe keinen Grund, der dich hindert, sie zu fragen.«

Lennarts Miene hellte sich zwar auf, doch um seinen Mund lag noch ein skeptischer Zug. »Und wenn es ihr doch zu schnell geht? Sie hat eine Ehe mit einem gewalttätigen Mann hinter sich …«

»Ist sie nicht schon seit mehr als drei Jahren geschieden?«

Vage nickte Lennart. »Vielleicht will sie ja auch nie wieder heiraten.«

»Hat sie so etwas je angedeutet?« Um die ernste Stimmung aufzulockern, ließ er Lennart eine Pirouette drehen.

Um Lennarts Mundwinkel zuckte es prompt. »Nein, nie. Wir haben allerdings auch noch nie über die Möglichkeit zu heiraten gesprochen.«

»Wirklich noch nie?«

»Nein, das Thema haben wir erfolgreich umschifft.« Nachdenklich runzelte Lennart die Stirn. »Außer …«

»Außer was?«, hakte Arndt sofort nach. Lennart schüttelte den Kopf. »Mit Andy hatte ich mal ein Gespräch. Melissa weiß nichts davon, weil Andy mir das Versprechen abgenommen hat, nichts darüber zu verraten.«

»Und was für ein Gespräch war das?« Arndt lachte leise. »Nein, sag nichts. Ein Geheimnis ist ein Geheimnis. Ich rate jetzt nur mal, aber du brauchst nicht darauf zu reagieren. Der Junge wollte wissen, ob du seine Mutter heiraten wirst.«

An der Miene seines Sohnes erkannte er, dass er ins Schwarze getroffen hatte. »Der Junge verehrt dich, das war vom ersten Tag an so.«

»Kann sein.« Das Leuchten in Lennarts Augen besagte, dass er Melissas Sohn ebenfalls von ganzem Herzen liebte und längst als seinen Sohn ansah. »Aber Melissa soll nicht auf die Idee kommen, sie müsse mich heiraten, weil es vielleicht das Beste für Andy sein könnte.«

Arndt strich ihm leicht über den Arm. »Du solltest dir in dieser Hinsicht nicht zu viele Gedanken machen. Sie wird nicht nur Andys wegen Ja sagen. Letztendlich ist es das Beste für den Jungen, wenn seine Mutter glücklich ist. Ich denke, so viel weiß sie selbst. Sie hat viel Selbstbewusstsein gewonnen, seit ihr zusammen seid. Sie wird nicht nur für Andy entscheiden, denn wenn sie das täte, ohne selbst sicher zu sein, dass du der Richtige für sie bist, würde sie ihrem Sohn auf Dauer schaden.«

»So habe ich das noch nie betrachtet«, gab Lennart überrascht zu.

»Dann fang einfach jetzt damit an.« Arndt nickte ihm zu. »Ihr liebt euch, ihr lebt zusammen. Meiner Meinung nach steuert ihr so oder so auf den nächsten Schritt zu. Hast du denn schon eine Idee, wann, wo und wie du sie fragen willst?«

Lennart zögerte einen kurzen Moment, dann nickte er. »Mir ist da eine Idee gekommen, aber vielleicht ist sie auch Schrott. Wie gesagt, ich bin nicht einmal sicher, ob die Zeit schon reif ist, und dann auch noch … na ja …«

»Jetzt machst du mich aber wirklich neugierig.« Arndt kniff die Augen zusammen. »Los, raus mit der Sprache! Was hast du vor?«

Vernehmlich sog Lennart die Luft ein. »Also gut, aber du darfst keiner Menschenseele etwas verraten. Es soll eine Überraschung sein, aber ich will kein Aufsehen erregen, falls ich vorher feststellen sollte, dass … Na ja …«

»Dass du doch noch etwas warten solltest?« Arndt neigte zustimmend den Kopf. »Also gut, ich werde niemandem etwas verraten.«

***

Lena kicherte, als sie Buddy auf ihrem Sofa absetzte. »Du bist ja total k. o. Was haben Martin und Jeanine bloß mit dir angestellt?«

Buddy gähnte ausgiebig. *Wir waren spazieren und haben viel gespielt. Ach ja, und Jeanine hat mir etwas beigebracht. Wenn sie »Bumm« sagt, lege ich mich ganz schnell auf die Seite. Und wenn sie »Rolle« sagt, rolle ich mich von der einen Seite auf die andere. Das war lustig. Da habe ich jedes Mal ein Leckerchen bekommen, wenn ich etwas richtig gemacht habe. Und dann habe ich auch noch mit meinem Frosch gespielt und bin ganz viel gekrault worden. Und jetzt bin ich tatsächlich hundemüde. Havanesermüde, um ganz genau zu sein.*

»Wie soll ich dich denn bloß heute Abend zum Weihnachtsmarkt mitnehmen, wenn du jetzt schon praktisch im Stehen einschläfst?« Halb besorgt, halb amüsiert musterte Lena den kleinen Hund, der sich auf einem Sofakissen zusammenrollte und demonstrativ die Augen schloss.

Keine Ahnung. Was ist ein Weihnachtsmarkt und warum sollen wir da hin? Ach, mir egal. Ich mache jetzt ein Nickerchen.

»Na, dann schlaf erst mal gut, Buddy.« Lena küsste Buddy auf die Stirn. Dabei kam ihr eine Idee. »Ich könnte Papa mal fragen, ob er noch das alte Tragetuch hat, in dem er mich als Baby herumgetragen hat. Er wirft solche Sachen nicht weg. Vielleicht lässt du dich ja irgendwie darin transportieren.«

Meinetwegen. Ich schlafe schon.

»Ich glaube, ich gehe gleich mal runter und frage ihn danach.« Lena lächelte entschlossen. »Bei der Gelegenheit kann ich gleich zwei Fliegen mit einer Klappe schlagen. Immerhin muss ich ihm ja auch noch sagen, dass ich mit Martin … na ja, ausgehe. Lennarts Auto steht vor dem Haus, also treffe ich wahrscheinlich sogar gleich drei Fliegen, denn ihn wird das sicherlich auch interessieren.«

Mhm. Mach mal. Träume schon fast.

Lena schmunzelte, als Buddy geräuschvoll schnarchte.

»Danke für die Motivation.« Leise ging sie zur Wohnungstür. »Wehe, du zerlegst die Wohnung, bis ich wieder hier bin.« Da Buddy lediglich mit einem weiteren Schnarchen reagierte, verließ Lena schmunzelnd ihre Wohnung.

Schon auf der Treppe vernahm sie aus der Wohnung ihres Vaters die ihr nur allzu bekannten Klänge von *Some kind of monster*. Überrascht beschleunigte sie ihren Schritt und bemerkte, dass die Wohnungstür nicht ganz geschlossen war. Vorsichtig drückte sie sie auf, trat ein und schloss die Tür hinter sich. Aus dem Wohnzimmer waren zwei männliche Stimmen zu vernehmen, also schlug sie diese Richtung ein. In der Wohnzimmertür blieb sie für einen Moment reglos stehen, als sie sah, was zwischen Tannenbaum und Baumschmuckkisten vor sich ging. Sofort steuerte sie auf Lennart und ihren Vater zu, fasste beide bei den Händen und tanzte einfach mit. Die beiden Männer sahen sie zwar überrascht an, hatten aber keine Einwände.

Als im nächsten Moment die Musik zur Metallica-Ballade *Nothing else matters* wechselte, grinste Lena breit. »Warum tanzen wir?« Ihr Blick wanderte fragend zwischen ihrem Vater und ihrem Bruder hin und her.

Lennart stieß zischend die Luft aus. »Eigentlich sollte das geheim bleiben.«

»Eigentlich?« Lena hob die Augenbrauen.

»Dein Bruder möchte heiraten.« Arndt lächelte stolz. »Er versucht gerade, den nötigen Mut aufzubringen, Melissa zu fragen.«

»Oh!« Lena strahlte. »Wie wunderbar.«

»Du verrätst niemandem ein Wort!« Lennart fixierte sie. »Vor allem Melissa nicht. Das gilt für euch beide!« Er bedachte erst Lena, dann Arndt mit einem strengen Blick.

»Über meine Lippen kommt kein Sterbenswörtchen«, versprach Lena mit ernster Miene. »Aber warum ist das ein Grund für den Lampenfiebertanz? Ihr beide liebt euch doch und seid ganz fest zusammen.«

Die beiden Männer tauschten einen kurzen Blick aus, woraufhin Lennart die Schultern hob. »Ich weiß nicht, ob das Melissa nicht zu schnell geht.«

»Und ich habe ihm gesagt, dass das Unsinn ist«, fügte ihr Vater lächelnd hinzu. »Nun ja, mit etwas mehr und eloquenteren Worten natürlich.«

»Aha.« Das Lächeln kehrte auf Lenas Lippen zurück. »Ich glaube auch nicht, dass du dir in dieser Hinsicht Sorgen machen musst. Aber wenn du willst, kannst du ja mit mir vorab üben.«

»Pff! Vergiss es.« Lennart grinste. »Das Wie kriege ich schon noch allein hin. Das Wann bereitet mir Kopfzerbrechen.«

»Ich fürchte, diese Entscheidung musst du selbst treffen.« Arndt blieb stehen, ohne jedoch seinen Sohn und seine Tochter loszulassen. »Ich kann dir nur raten, es nicht komplizierter zu machen, als es ist. Wie ich dir vorhin schon sagte: Eure Beziehung steht auf festen Füßen. Der nächste Schritt kommt da im Grunde ganz von selbst, und dein Plan klingt für mich sehr gut.«

»Apropos Beziehung«, wechselte Lennart das Thema, ehe Lena hinsichtlich des Plans nachhaken konnte. Inzwischen wechselte Metallica zu *Enter Sandman*. »Was ist eigentlich aus dir und Linda geworden? Ihr hattet doch diese zwei Dates neulich, oder? Seither hast du gar nichts mehr darüber verlauten lassen.«

»Ach, das.« Arndt sah ihn ruhig an. »Linda und ich sehen uns nicht mehr. Außer im Verein natürlich.«

»Ach?« Lennart legte den Kopf schräg. »Warum nicht?«

Arndt hob die Schultern. »Es hat einfach nicht gefunkt.«

»Soso.« Lennart warf Lena einen vielsagenden Blick zu. »Habe ich es nicht gesagt?«

»Was gesagt?«, hakte Arndt irritiert nach.

»Schon gut, schon gut, du hattest recht.« Lena hob die Schultern. »Es ist aber nicht gesagt, dass es an der Art der Dates lag.«

»Könntet ihr mir vielleicht mal erklären, was ihr da faselt?« Arndt ließ beide los und verschränkte die Arme vor der Brust. »Und bei der Gelegenheit verratet ihr mir, was euch das überhaupt angeht.«

Ob seines strengen väterlichen Tons hob Lena beschwichtigend die Hände. »Eigentlich geht es uns nichts an, aber …«

»Aber?«

»Ich habe nur zu Lena gesagt, dass ein erstes Date nicht aus Kaffee und Kuchen bestehen sollte«, antwortete Lennart an Lenas Stelle. »Das ist zu wenig romantisch.«

»Aber ich habe ihm gesagt, dass das Quatsch ist«, beeilte Lena sich hinzuzufügen. »Es ist nämlich ganz egal, wo man datet. Verlieben kann man sich überall.«

»Nur nicht bei Kaffee und Kuchen mitten am Nachmittag«, befand Lennart. »Oder vielmehr erschwert ein solches Setting die Sache sehr. Wie man ja nun sieht.«

Arndt hustete, und es sah aus, als könne er sich nicht entscheiden, ob er lachen oder verärgert sein sollte. »Ihr spinnt ja beide«, befand er schließlich kopfschüttelnd.

»Zumindest hast du es versucht.« Lena setzte ein gewinnendes Lächeln auf. »Bestimmt triffst du bald jemand Neues.«

Arndt schien etwas erwidern zu wollen, zögerte dann aber. »Das scheint euch ja ausgesprochen wichtig zu sein.«

»Na ja.« Lennart zuckte grinsend mit den Achseln. »Wir finden, du solltest nicht allein bleiben.«

»Genau, du bist doch noch jung«, fügte Lena hinzu. »Vielleicht …«

»Vielleicht überlasst ihr diese Sache mir.« Arndt bedachte Lena und Lennart mit bezeichnenden Blicken. »Ich mische mich nicht in euer jeweiliges Liebesleben ein, also überlasst mir das meine.«

»Schon klar.« Lennart deutete auf Lena. »Es war sowieso ihre Idee.«

»Hey!« Lena boxte ihn gegen den Arm.

»Was war deine Idee?« Argwöhnisch musterte ihr Vater sie.

Lena warf ihrem Bruder einen strafenden Blick zu. »Ach, nichts. Vielleicht habe ich Linda ein bisschen ermuntert, dich auf ein Date einzuladen. Ich dachte, sie traut sich sonst vielleicht nicht.«

»Soso.« Es war nicht auszumachen, was Arndt darüber dachte.

»Ich muss wieder los.« Lennart wandte sich zur Tür. »Danke, Papa, für … na ja, den Tanz. Und alles.«

»Es war mir ein Vergnügen.« Arndt lächelte ihm zu. »Du machst das schon richtig, da bin ich ganz sicher.«

Lennart nickte mit einem schiefen Grinsen und verließ die Wohnung.

»Deine Tür war übrigens nicht richtig zu«, ergriff Lena etwas zusammenhanglos das Wort.

»Kann sein. Ich war abgelenkt, weil Lennart so nervös hier aufgetaucht ist. So kennt man ihn ja normalerweise nicht. Die Sache mit dem Heiraten ist ihm sehr ernst.«

»Aber er fürchtet, Melissa könnte Nein sagen? Das wird

sie bestimmt nicht tun.« Lena trat an den Tannenbaum heran und betrachtete prüfend die einzelnen Lichter der Lichterkette. »Hier ist eine kleine Lücke.« Sie arrangierte einen Teil der Kette neu. »So ist es besser.«

»Gibt es einen Grund, weshalb du hier bist? Es ist immerhin Samstagnachmittag. Hast du heute nichts anderes vor, als bei deinem alten Herrn herumzuhängen?«

»Du bist nicht alt, Papa.« Sie drehte sich wieder zu ihm um. »Ich bin genau genommen aus zwei Gründen hier.«

»Aha.« Abwartend sah ihr Vater sie an.

»Hast du das alte Tragetuch noch, in dem du mich als Baby herumgetragen hast?«

Fragend hob ihr Vater die Augenbrauen. »Ja, kann sein. Entweder auf dem Speicher oder im Abstellraum. Was willst du denn damit?« Sein Blick wanderte zu ihrer Körpermitte.

Lena kicherte. »Nicht, was du denkst. Ich dachte, ich könnte versuchen, Buddy damit herumzutragen, wenn er müde wird. Ich möchte nämlich heute auf den Weihnachtsmarkt, aber Buddy ist jetzt schon ziemlich erschöpft.«

Arndts Lippen verzogen sich zu einem Schmunzeln. »Ich kann gerne nach dem Tuch suchen. Wann willst du los? Triffst du dich mit deinen Freundinnen?«

»Ähm … nein.« Lena schüttelte den Kopf. »Das ist der zweite Grund, aus dem ich hier bin.«

»Ich gehe nicht mit, damit du mich mit irgendeiner Frau verkuppeln kannst.«

Sie stutzte, dann grinste sie. »Das will ich gar nicht. Es geht zwar darum, mit wem ich zum Weihnachtsmarkt gehen werde, aber du hast damit nichts zu tun. Du solltest aber trotzdem darüber Bescheid wissen.«

»Das sollte ich also? Ist der betreffende Mann so … gefährlich?« Arndt zögerte. »Oder handelt es sich gar nicht um einen Mann?« Neues Interesse flammte in seinen Augen auf. »Bist du mit einer Frau verabredet?«

»Nein.« Lena musste unwillkürlich kichern. »Du kommst aber heute auf Ideen!«

»Warum? Könnte doch sein, dass du eine Frau datest.« Ihr Vater lächelte. »Wo liegt das Problem?«

»Da gibt es kein Problem.« Lena wurde wieder ernst. Sie ging zu der Stereoanlage und drückte auf Play, weil die Musik zwischenzeitlich verstummt war. Erneut tönten die ersten Klänge von *Some kind of monster* durch den Raum. Sie stellte sich vor ihrem Vater auf und streckte die Hände aus. »Darf ich bitten?«

»Oha.« Ihr Vater zog sie an sich und begann, sich mit ihr im Walzerschritt im Kreis zu drehen, obwohl die Musik nicht wirklich dazu passte. »Über wen reden wir? Ist er vorbestraft?«

»Nein.« Lena schüttelte energisch den Kopf.

»Bei der Mafia?«

Sie prustete.

»Beim Finanzamt?«

»Papa!« Sie japste vor Lachen.

»Was dann?«

Sie wurde wieder ernst. »Er ist geschieden und hat eine Tochter.«

»Aha.«

»Und er arbeitet für dich.«

Arndt blieb stehen. »Martin.« Er musterte sie mit leicht zusammengekniffenen Augen. »Warum überrascht mich das nicht?« Seine Miene wurde ernst. »Bist du dir sicher, dass das klug ist?«

Sie dachte einen Moment über die Frage nach, lauschte in sich hinein, dann nickte sie. »Ja.«

»Tja, was soll ich dazu sagen?« Ihr Vater strich ihr eine Haarsträhne hinters Ohr. »Du bist erwachsen.«

»Ich fand trotzdem, du solltest es wissen.«

Ihr Vater schaltete die Musik aus. »Ich habe es zur Kenntnis genommen.« Er lächelte leicht. »Viel Spaß auf dem Weihnachtsmarkt.«

20. Kapitel

»Da wären wir.« Genau vor dem mit Tannengirlanden, roten, silbernen und goldenen Weihnachtskugeln und einer LED-Lichterkette geschmückten Torbogen, der den Eingang des Weihnachtsmarktes bildete, blieb Lena stehen und breitete die Arme aus. »Unser Weihnachtsmarkt.« Lächelnd sah sie sich zu Martin um, der gerade zu ihr aufschloss. »Wie findest du ihn?«

Martin grinste. »Das muss ich erst herausfinden, schätze ich.« Eingehend musterte er die beiden liebevoll geschmückten Tannen, die das Eingangstor flankierten. »An Dekoration hat die Stadt jedenfalls nicht gespart.«

»Warum sollte sie auch? Das gehört schließlich dazu.« Lena streichelte lächelnd über Buddys Kopf, der sich auf Höhe ihrer Brust befand. Sie hatten den kleinen Hund vorhin noch im Park ausgeführt, jetzt trug Lena ihn wie ein Baby in einem Tragetuch, weil er einen äußerst erschöpften Eindruck gemacht hatte.

Buddy reckte das Näschen und versuchte, ihr über die Finger zu lecken. *Wo sind wir denn hier? Ist ja spannend. Und so angenehm, dass ich getragen werde. An so einen Service könnte ich mich glatt gewöhnen. Von hier oben sehe ich auch viel mehr als vom Boden aus. Das Wagen-Dings war ja schon toll, aber das hier ist noch um Längen besser!*

Auch Martin konnte nicht widerstehen und strich dem Havaneser über den Kopf. »Das gefällt dir, was? So von deinem Frauchen herumgetragen zu werden.«

Und wie! Ich sage ja, daran kann ein Hund sich gewöhnen.

Martin lachte, als Buddy schnaubte und dabei mit dem Kopf nickte, als wolle er ihm zustimmen. »Also, womit fangen wir an?«, wandte er sich an Lena.

»Wir könnten erst einmal etwas essen«, schlug sie vor und übernahm die Führung. »Es gibt die gute alte Currywurst, Crêpes, Reibekuchen, Maroni, einen Stand von *Jupps Burger* und geschätzt noch mindestens zehn weitere Imbissbuden«, zählte Lena grinsend auf. »Worauf hast du denn Lust?«

Unwillkürlich wanderte Martins Blick zu ihrem Mund. Er räusperte sich verhalten. »Ich fürchte, das steht hier nirgends auf der Speisekarte.«

Lena hob den Kopf. »Tut es nicht?«

»Nein.« Er trat nah an sie heran. »Satt wird man davon auch nicht. Ich fürchte eher, wenn ich einmal davon koste, werde ich Hunger nach mehr bekommen.«

Ihre Augen weiteten sich leicht. »Und das wollen wir lieber nicht riskieren, meinst du?«

»Es entbehrt nicht einer gewissen Gefahr«, gab er zu denken.

»Schade.« Unvermittelt grinste sie. »Dann musst du mit dem vorliebnehmen, was hier im Angebot ist.« Unternehmungslustig ergriff sie seine Hand und zog ihn mit sich durch den Torbogen.

Schon von außen waren die Geräusche des Weihnachtsmarktes zu vernehmen gewesen, doch kaum, dass sie den Platz betreten hatten, waren sie geradezu eingehüllt von weihnachtlichen Klängen und Gerüchen, Stimmengewirr und Gelächter. Aus versteckten Lautsprechern bei den einzelnen Ständen ertönten deutsche, englische und sogar französische Weihnachtslieder, überall glitzerten LED-Lichter in

Tannenbäumen und -girlanden. Kinder tollten umher, für die eigentlich die Schlafenszeit schon gekommen war. Menschen aller Altersgruppen und Hautfarben standen in Grüppchen beieinander an den Getränkeständen oder wanderten paarweise oder als Familienverbund zwischen den liebevoll dekorierten Buden umher. Überall waren lachende Gesichter zu sehen; an einem Glühweinstand wurde sogar geschunkelt. In der Luft hing der Duft von Tannengrün, Popcorn, Maroni und Frittiertem, vermischt mit gebrannten Mandeln und einer Mischung aus Zimt und Vanille.

Martin atmete tief ein und spürte ein angenehmes Kribbeln in der Magengrube. Lena hatte gesagt, der Weihnachtsmarkt in dieser Stadt sei magisch, und er war geneigt, ihr zuzustimmen. Die Atmosphäre strahlte etwas Einzigartiges, Heimeliges aus, obwohl er nicht genau benennen konnte, woran das lag. Vielleicht an der entspannten, friedvollen Stimmung, die keinen Raum ließ für die Probleme der Welt. Vielleicht an dem alten, gut erhaltenen Karussell gleich links neben dem Torbogen, auf dem er zu seiner Überraschung keine Kinder erblickte, sondern lauter erwachsene Paare, die zu den romantischen Klängen von Mariah Careys *All I want for Christmas is you* ihre Runden drehten. Vielleicht rührte der Eindruck auch von dem Gospelchor her, der auf einer Bühne im Zentrum des Platzes ein Konzert gab, oder von den Grüppchen junger Frauen und Männer, die sich zwischen den Budengängen postiert hatten und Weihnachtslieder sangen. Schräg gegenüber von der Bühne entdeckte er zudem eine lebende Krippe.

»Wunderbar, nicht wahr?« Lena machte vor einem Imbissstand Halt und bestellte eine Portion Pommes mit Currywurst und eine Extrabratwurst für Buddy. Fragend sah sie Martin an. »Was möchtest du? Ich lade dich ein.«

Die durchaus unanständigen Gedanken, die ihm sofort durch den Kopf schossen, verdrängte er rasch und entschied sich ebenfalls für Currywurst mit Pommes. Als sie mit dem Essen an einem Biertisch saßen, kicherte sie. »Zählt das hier heute eigentlich als echtes Date?«

Martin hob den Kopf. »Gibt es auch unechte Dates?«

»Keine Ahnung.« Wieder kicherte sie. »Wenn Lennart uns so sehen würde …«

»Dein Bruder?«

Sie nickte. »Er würde uns sagen, dass wir so nicht die geringste Chance haben.«

»Aus welchem Grund?« Er tauchte eine Fritte in die Mayonnaise, die sie sich in ein separates Schälchen aus stabilem Esspapier abgefüllt hatten, und schob sie sich in den Mund.

»Weil das hier garantiert auf seiner Romantikskala ganz weit unten steht.«

»Es gibt eine Romantikskala?« Er schmunzelte. »Ich dachte, der Weihnachtsmarkt sei ganz eindeutig romantisch.«

»Mhm, ja, schon.« Sie aß ebenfalls eine Fritte. »Aber ich weiß nicht, ob die Gesamtatmosphäre das hier wieder rausreißt.« Sie deutete auf das eher unspektakuläre Essen. »Er würde bestimmt behaupten, das sei zu wenig …«

»… romantisch«, folgerte Martin.

»Ja. Nein, eigentlich zu wenig von allem. Seiner Meinung nach sollte das erste Date etwas ganz Besonderes sein. Verrückt, wenn du mich fragst, denn sein erstes Date mit Melissa fand bei *Jupps Burger* statt – und Andy war auch mit dabei.«

»Das zeigt doch nur, dass es am jeweiligen Paar liegt, was als romantisch empfunden wird.«

Lena nickte enthusiastisch. »Meine Rede! Man kann sich bei Kaffee und Kuchen – oder Currywurst – genauso gut verlieben wie bei einem teuren Candle-Light-Dinner. Aber das lässt er nicht gelten. Er behauptet einfach, das Treffen bei *Jupps Burger* sei kein offizielles Date gewesen. Albern, oder? Ich meine, was soll denn daran inoffiziell gewesen sein?«

»Hast du denn vor, dich zu verlieben?« Martins Stimme klang etwas heiser. »Also mal ganz unabhängig von der Örtlichkeit?«

Lena hielt mitten in der Bewegung inne, sodass das Stück Currywurst, das sie aufgegabelt hatte, auf halbem Weg zwischen Teller und ihrem Mund schwebte. Etwas Soße tropfte auf den Tisch. Hastig legte sie die Gabel zurück auf den Teller und wischte mit einer Serviette an dem Fleck herum. »Kann man so etwas planen oder vorhaben?«, konterte sie schließlich mit einer Gegenfrage.

»Ich weiß es nicht.« Er lächelte erleichtert, weil sie ihn nicht gleich in seine Schranken verwiesen hatte. »Du bist die Planerin mit dem Ordnungstick. Ich lasse mich gerne vom Leben überraschen.«

»Und wie ... überrascht bist du gerade?« Ihr Blick traf auf seinen, irrte aber gleich wieder zur Seite.

In seiner Magengrube flatterte es angenehm. »Das verrate ich dir, wenn du meine letzte Frage beantwortet hast.« Sie schluckte sichtbar und stocherte in ihren Fritten herum. Nach einigen Augenblicken hob sie den Kopf wieder. »Ich hatte nichts dergleichen geplant.«

Das Flattern verstärkte sich. »Kommt da noch ein Aber?«

Ihr Blick streifte seinen. »Ja.«

Da sie nichts weiter sagte, beugte er sich ein wenig vor und berührte sie am Handrücken. »Dito.«

Als sie ihn nun doch länger ansah, durchzuckte ihn ein erregender Stich. Im nächsten Moment musste er lachen, weil Buddy seine Nase gegen Lenas Kinn stieß und ihr daraufhin fast eine Fritte aus dem Mund gefallen wäre, die sie sich mit, wie er konstatierte, leicht zitternder Hand zwischen die Lippen geschoben hatte.

»Hey!« Sie hustete und tastete nach der Serviette. »Ich glaube, unser kleiner Freund hier hat auch Hunger.«

Klar hab ich Hunger, wenn ihr so leckeres Zeug in euch reinschaufelt. Gebt mir auch was ab!

Martin klaubte eine Fritte von seinem Teller und hielt sie dem Hund hin.

Endlich! Eine Frechheit, dass ihr mir erst jetzt etwas abgebt, wenn ich das mal so sagen darf! Mampf.

»Fritten sind kein Hundefutter«, tadelte Lena prompt. »Ich habe für Buddy extra eine Bratwurst gekauft.« Sie zog die Schale mit der bereits klein geschnittenen Wurst näher heran. »Sie muss aber noch abkühlen.«

Nein, muss sie gar nicht. Her damit! Wuff! Buddy zappelte etwas und versuchte, mit langem Hals an die Wurst zu gelangen.

»Ich glaube nicht, dass Bratwurst dem Begriff Hundefutter mehr entspricht als Fritten.« Lachend hielt Martin dem Hund ein Stückchen Wurst hin. »So heiß ist sie übrigens nicht mehr.«

Oh, danke, mjam! Mehr bitte. Buddy schlang die Wurst in einem Happs hinunter und leckte sich über die Schnauze.

Nun griff auch Lena nach einem Stück Wurst und kam prompt Martin ins Gehege. Er zog seine Hand lächelnd zurück und überließ es ihr, den kleinen Hund zu füttern. Dabei konnte er nicht umhin, darüber zu sinnieren, dass sie und Buddy zusammen einfach unwiderstehlich süß aussahen. Sein Herz weitete sich regelrecht bei diesem Gedanken, doch er sagte nichts. Der Abend hatte schließlich gerade erst angefangen.

***

Knapp zwei Stunden später waren sie schwer beladen mit Tüten voller Einkäufe, die sie nun zum Auto trugen, um endlich die Hände wieder frei zu haben. Sie waren nach dem Essen zunächst in das Zelt der Glaskünstlerin Jana Weißmüller-Jones gegangen, die eine gute Freundin von Lena war. Dort hatte er ein Windspiel für seine Mutter entdeckt sowie einen Traumfänger ganz in Blau- und Rosatönen für Jeanine. Beides hatte ein erhebliches Loch in sein Budget gerissen, aber widerstehen hatte er nicht können. Auch Lena hatte etwas für eine Freundin erstanden und war eine Weile um die ausgestellten Ketten und Ohrringe herumgeschlichen, jedoch ohne etwas anzuprobieren.

Während die Frauen noch ein wenig miteinander geplaudert hatten, war Martin mit dem Kollegen von *Securifant* ins Gespräch gekommen, der heute für die Sicherheit der filigranen und wertvollen Glaskunstwerke verantwortlich war. Danach hatten sie eine ausgiebige Runde über den Platz gedreht, waren bei jedem Stand stehen geblieben. Sie hatten wunderschönes Kunsthandwerk bestaunt und sich über zehennagelaufrollenden Kitsch amüsiert. Als sie nun die unhandlichen Tüten auf dem Rücksitz von Lenas Wagen verstaut hatten, blieben sie einen Moment auf dem Parkplatz stehen. Hier war es nicht ganz so laut, doch die fröhlich-festliche Stimmung lag trotzdem noch in der Luft.

»Was nun?« Martin ergriff beiläufig Lenas Hand. »Sollen wir noch etwas trinken? Dieser alkoholfreie Glühwein reizt mich.«

»Wenn ich jetzt zum Glühweinstand gehe, komme ich dort so schnell nicht wieder weg.« Lena hob schmunzelnd die Schultern. »Lennart und Melissa sind dort, hast du sie nicht bemerkt? Und die ganze Sternbach-Sippe hat sich ebenfalls versammelt, genau wie Janas Mann Oliver und ihre Schwester

Ellie. Jana wird bestimmt ihr Zelt gleich schließen und ebenfalls dazustoßen. Das ist zwar eine große, wunderbare Freunderunde, aber sind wir nicht bei einem Date?«

»Na und?« Forschend musterte Martin sie. »Möchtest du dich deinen Freundinnen und Freunden gerne anschließen? Ich bin für alle Schandtaten offen. Auf diese Weise lerne ich auch ein paar neue Leute kennen. Wenn sie alle zu deinem Freundeskreis gehören, wäre es wahrscheinlich sogar sinnvoll, wenn ich mich mit ihnen bekannt mache. Es sei denn, es ist dir nicht recht.«

»Doch, doch.« Lena grinste schief. »Ich fürchte nur, wir werden in die Spanische Inquisition geraten, wenn wir zusammen dort auftauchen. Und nicht nur von meinem Bruder, dem ich noch nichts davon gesagt habe, dass … wir … na ja …«

»Dass wir die Möglichkeit ausloten, uns ineinander zu verlieben?« Martin zog sie näher zu sich heran. »Dann sollten wir die Gelegenheit ergreifen, denn in Gesellschaft wird er mich doch hoffentlich dafür nicht umbringen wollen.«

»Umbringen?« Lena prustete. »So weit kommt es noch. Dazu hat er ja wohl weder das Recht noch einen Grund. Er wird aber vielleicht darauf herumreiten, dass wir Kollegen sind. Und was die anderen angeht – die sind alle nicht ohne. Versteh mich nicht falsch, es sind die liebsten Menschen, die ich kenne, aber sie haben alle eins gemeinsam: Sie sind furchtbar neugierig. Die eben erwähnte Spanische Inquisition lautet heutzutage auf den Namen Sternbach.«

Martin lachte auf. »Jetzt hast du mich überzeugt. Lass uns rübergehen und uns ihnen anschließen.« Diesmal übernahm er die Führung und zog sie an der Hand zurück auf den Weihnachtsmarkt.

Nanu, wo geht es denn jetzt hin? Ich dachte, wir fahren

nach Hause. Offenbar doch nicht. Na ja, eigentlich kann es mir egal sein. Ich fühle mich in diesem Tuch ausgesprochen wohl. Vorhin durfte ich kurz mal runter und mich erleichtern, aber ich habe Frauchen gleich signalisiert, dass ich wieder rauf will. Das hat sie zum Glück gleich verstanden. Dieses Transportmittel muss unbedingt in unseren Alltag aufgenommen werden, das steht fest.

***

»Da brat mir doch einer ’nen Storch. Was ist das denn?« Lennart starrte Lena perplex an, als Martin und sie beim Glühweinstand eintrafen. Mit gerunzelter Stirn blickte er auf ihre ineinander verflochtenen Finger. »Habe ich etwas verpasst?« Sein Blick wanderte zu Martin: »Ich verlange eine Erklärung.«

»O mein Gott, wie süß ist das denn?«, rief eine sportliche Frau etwa Mitte oder Ende zwanzig mit dunkelbrauner Pixie-Frisur und ebenfalls dunkelbraunen, von geschicktem Make-up und einer großen, dunkelrot gerahmten Brille betonten Augen. Sie stürzte sich auf Lena, um den Hund in Augenschein zu nehmen. »Das ist ja Zucker!« Sie lachte. »Und dabei habe ich Angst vor Hunden. Aber das hier … Das ist Buddy, nicht wahr? Du hast mir ja schon Fotos geschickt, aber in echt ist er noch viel niedlicher.«

»Du darfst ihn gerne streicheln.« Lena strich Buddy über den Kopf.

Ja, bitte streicheln! Das mag ich doch so sehr. Buddy reckte sich ein wenig.

»Ähm, ich weiß nicht.« Nun wich die Brünette doch etwas zurück. »Er beißt nicht, oder?«

Beißen? Ich? Weshalb sollte ich?

»Nein, bestimmt nicht. Halt ihm vorsichtig deine Hand hin, dann kann er deinen Geruch kennenlernen«, erklärte Lena.

»Okay.« Die Brünette tat, wie ihr geheißen, und lächelte, als Buddy sie mit der Nase anstieß. Schließlich streichelte sie ihn tatsächlich kurz am Kopf, wandte sich dann aber Martin zu. »Hallo, ich bin Ellie.« Sie hielt ihm ihre rechte Hand hin, die er sogleich ergriff.

»Die Friseurin«, erinnerte er sich. »Lena hat schon mal von Ihnen gesprochen.«

»Das will ich doch hoffen.« Ellie grinste breit. »Immerhin sind wir gute Freundinnen. Aber gesiezt wird hier nicht, okay? Wenn ihr schon Hand in Hand hier aufschlagt, ist das Du obligatorisch. Damit redet es sich doch viel einfacher.«

»Du meinst, man kann ihn dann leichter ausquetschen«, warf Melissa ein.

»Das auch«, gab Ellie zu, woraufhin ringsum zustimmend gelacht wurde.

Nach und nach stellten sich nun alle vor und betüddelten Buddy in seinem Tragetuch, dem diese Art der Aufmerksamkeit ausgesprochen gut zu gefallen schien.

Die ganze Zeit spürte Martin Lennarts Blick auf sich ruhen, doch erst, nachdem alle mit neuen Getränken versorgt waren, kam Lenas Bruder auf seine Frage von zuvor zurück, die er diesmal jedoch an seine Schwester richtete: »Was genau ist mir hier entgangen?«

»Nichts.« Sie warf Martin einen kurzen Blick zu. »Es ist alles noch etwas … neu.«

»Ach.« Auch Lennarts Blick wanderte zu Martin. »Wie neu?«

»Ziemlich.« Martin lächelte verbindlich. »Das ist heute unser erstes Date.«

»Und da schließt ihr euch uns an?«, warf Ellie ein, die alles mitangehört hatte. »Wollt ihr nicht lieber erst mal für euch sein?«

Martin wandte sich ihr zu. »Ich finde, es schadet nicht, Lenas Freundinnen und Freunde kennenzulernen. Ich bin ja neu in der Stadt und noch nicht dazu gekommen, allzu viele neue Bekanntschaften zu schließen.«

»Außer mit Lena.« Ellie lächelte breit.

Er nickte vage. »Wie gesagt, erstes Date. Wir stehen noch ganz am Anfang.«

»Darauf sollten wir anstoßen«, rief Ellie und signalisierte allen Umstehenden, näher zu kommen, und sie stießen mehr symbolisch mit ihren Tassen an.

Martin hatte gerade an seinem alkoholfreien Glühwein genippt, als sein Handy klingelte. Rasch zog er es aus der Innentasche seines Mantels. Der Klingelton hatte ihm bereits verraten, wer die Anruferin war. »Ja, Jeanine? Was gibt es?«

***

Lena beobachtete, wie Martin den Anruf seiner Tochter annahm. Zunächst las sie Verblüffung auf seiner Miene, dann bildete sich eine steile Falte auf seiner Stirn. Sein Blick streifte Lena. »Ich bin gleich da.« Mehr sagte er nicht, sondern schob das Handy zurück in die Mantelinnentasche.

»Ist etwas passiert?« Besorgt legte Lena ihm eine Hand auf den Arm.

»Könnte man so sagen.« Mit einer ungehaltenen Bewegung fuhr er sich durchs Haar. »Das war Jeanine. Sie sagt, Alice habe für heute Abend ein paar Kolleginnen und Kollegen eingeladen und dass die Sache gerade gehörig aus dem Ruder läuft.«

»Aus dem Ruder?« Lena runzelte die Stirn. »Feiern sie eine Party?«

»Jeanine hat sich in ihrem Zimmer eingeschlossen, weil fremde Leute unser ganzes Haus okkupiert haben.« Er sah sich um. »Ich muss sofort los, und der Sache ein Ende bereiten.«

»Das ist nicht wahr, oder?« Entgeistert starrte Lena ihn an. »Fremde Leute? Das kann sie doch nicht einfach so zulassen.«

»Sie kann.« Er legte kurz den Kopf in den Nacken. »Bei Alice muss man mit so etwas immer rechnen. Ihre spontane Art ist leider eng verquickt mit einem Hang zur Gedankenlosigkeit.« Mit einem gequälten Blick sah er ihr in die Augen. »Kann ich mir deinen Wagen leihen? Ich weiß, es ist nicht gerade die feine englische Art, aber …«

»Ich fahre dich.« Lena ergriff seine Hand und wollte ihn mit sich ziehen, doch er hielt sie zurück.

»Nein.« Er schüttelte den Kopf. »Das ist nett von dir, aber … das muss ich allein klären. Es ist eine Familienangelegenheit, und ich will nicht, dass du da hineingezogen wirst.«

»Aber …«

»Nein«, wiederholte er ernst. »Glaub mir, es ist besser, wenn du nicht dabei bist. Ich … komme später wieder her, um dich nach Hause zu fahren, wenn du willst. Oder ich gebe dir das Geld für ein Taxi oder …«

»Quatsch, vergiss es!« Lena suchte seinen Blick. »Ich fahre dich, keine Widerrede. Ein bisschen Familiendrama halte ich schon aus.« Sie wandte sich an die Umstehenden. »Entschuldigt bitte, aber wir haben etwas Wichtiges zu erledigen. Habt noch einen schönen Abend, ja?« Damit ging sie einfach los zum Ausgang des Weihnachtsmarktes. Nach einigen Schritten drehte sie sich noch einmal um. »Was ist, Martin? Kommst du endlich? Ich dachte, Jeanine hätte gesagt, es sei dringend.«

Nun setzte auch Martin sich in Bewegung, obgleich sie ihm ansah, dass ihm die Sache äußerst unangenehm war. »Du musst das nicht tun, Lena.«

»Will ich aber, und damit Ende der Diskussion.«

Hey, wohin rennen wir denn jetzt so plötzlich? Ich war gerade so schön kuschelig eingeschlafen, und jetzt schüttelst du mich durch.

»Hilf mir mal bitte mit Buddy.« Lena nestelte an dem Tragetuch herum, als sie das Auto erreichten, während sie gleichzeitig die Türen per Fernbedienung öffnete.

»Willst du dir wirklich unser Date auf diese Weise verderben?« Während er sprach, hob er Buddy vorsichtig aus dem Tuch und setzte ihn in eine Transportbox, die Lena rasch geöffnet hatte.

»Das Date ist doch so oder so beendet.« Lena verschloss die Box. »Jetzt lass uns nicht noch mehr Zeit verlieren.«

Auf dem Weg zu Martins Haus schwiegen sie. Lena hatte zwar eine Menge Fragen, doch sie hielt sie zurück, weil sie Martin ansah, dass er kurz vor dem Platzen war.

Schon von Weitem waren im Vorgarten und auf der Straße vor dem hell erleuchteten Haus mehrere Grüppchen Männer und Frauen zu erkennen, die sich prächtig zu amüsieren schienen. Lena sah sie lachen, gestikulieren und einige sogar tanzen. Aus der weit offen stehenden Haustür drang Musik nach draußen.

»Shit.« Martin löste den Sicherheitsgurt und riss die Beifahrertür auf. »Hoffentlich haben die Nachbarn nicht auch noch die Polizei alarmiert. Das ist doch Ruhestörung.« Schon rannte er los.

Lena beeilte sich, den Motor abzustellen, und eilte ihm nach ins Haus.

Frauchen? Warte doch mal! Wohin wollt ihr denn? Nehmt

mich mit. Sie vernahm Buddys empörtes Bellen, beachtete es aber ausnahmsweise nicht. Als sie durch die Haustür trat, blieb sie für einen Moment perplex stehen, denn die Szenerie hatte etwas Unwirkliches, fast so, als sei sie in eine schräge Filmszene geraten. Im gesamten Erdgeschoss tummelten sich Menschen, fläzten sich auf dem Sofa und saßen sogar auf dem Esstisch und auf der Küchenarbeitsinsel. Überall standen Gläser, Bierflaschen sowie Bierkästen herum; dazwischen lagen unzählige leere oder halb volle Pizzaschachteln und Chipstüten.

»Himmel!« Entsetzt fasste sie sich an den Kopf. »Was ist denn hier los?« Sie trat beiseite, als zwei Frauen kichernd die Treppe aus dem Obergeschoss herunterkamen. »Klo oben ist wieder frei!«, verkündete die eine.

»Papier geht zur Neige«, fügte die andere hinzu. Prompt drängten sich zwei andere Frauen und ein Mann an Lena vorbei und rannten fast nach oben.

»Das ist jetzt echt nicht dein Ernst, oder?«, vernahm Lena Martins erboste Stimme aus dem Wohnzimmer. »Hast du irgendwas eingeworfen?«

Dort angekommen entdeckte sie Alice, die auf der Lehne eines Sessels hockte. Sie trug ein knallrotes Wollkleid, das ihr nur bis zur Mitte der Oberschenkel reichte und ihre langen Beine gut in Szene setzte. Zu Lenas Befremdung lächelte sie fröhlich. »Aber nein, du weißt doch, dass ich keine Drogen nehme. Ich bin aktiv in der Anti-Drogenkampagne meiner Schauspielervereinigung und habe sogar schon mehrere Werbespots gegen Drogenmissbrauch gedreht. Ich trinke nicht mal Alkohol.«

Martin hatte die Hände in die Seiten gestemmt. »Dann lässt du also mein Haus bei vollem Bewusstsein von einer Horde fremder Leute demolieren?«

»Niemand demoliert hier etwas.« Alice hatte die Worte kaum ausgesprochen, als irgendwo ein Gegenstand aus Glas klirrend zu Bruch ging. Sie verdrehte kichernd die Augen. »Passt doch bitte ein bisschen besser auf, ihr Lieben«, rief sie in die entsprechende Richtung. »Ich sorge dafür, dass zu Bruch gegangene Gläser ersetzt werden«, fügte sie an Martin gewandt hinzu.

»Nein, du sorgst dafür, dass dieses Haus innerhalb der nächsten zehn Minuten frei von jedweden Gästen ist.« Mit einem Ruck zog er sie an der Hand auf die Füße. »Die Party ist vorbei!«, rief er, um Musik und Stimmengewirr zu übertönen.

Lena eilte zu der kleinen Stereoanlage, die sie im Regal entdeckt hatte, und schaltete sie aus. Sofort verstummten ringsum alle Gespräche, und die Blicke der Anwesenden richteten sich auf sie. »Ihr habt gehört, was der Hausherr gesagt hat.« Auch Lena stemmte die Hände in die Hüften. »Für heute ist hier Feierabend. Nehmt auf dem Weg nach draußen euren Müll wieder mit.«

Ringsum wurde gemurmelt und getuschelt, doch der größte Teil der Gäste gehorchte sofort.

»Ist das wirklich nötig?« Alice seufzte und verabschiedete sich mit sichtlichem Bedauern von ihren Gästen. »Es ist doch noch gar nicht spät. Ich hätte gerne noch ein wenig länger gefeiert. Warum bist du, pardon, seid ihr überhaupt hier? Ich wollte die Spuren der Party bis zu deiner Rückkehr morgen ganz in Ruhe beseitigen«, wandte sie sich an Martin und brachte es fertig, dass ihre Worte sogar glaubhaft klangen.

»Wie wolltest du das denn anstellen?« Martin runzelte die Stirn. »Und warum morgen? Lena und ich waren nur auf dem Weihnachtsmarkt.«

»Ja, sicher.« Alice lächelte fein. »Aber so, wie du sie dauernd ansiehst, ging ich davon aus, dass ihr hinterher noch zu ihr geht, um … du weißt schon. Dass du sie dazu nicht hierherbringst, wo nicht nur ich, sondern auch Jeanine euch hören können, ist doch klar.«

Lena verschluckte sich fast ob dieser unverblümten Offenheit.

Martin starrte Alice ungläubig an. »Das dachtest du also und fandest, das sei die perfekte Gelegenheit für eine deiner abgedrehten Spontanpartys? Wie alt bist du eigentlich?«

»Nun reg dich doch nicht so auf.« Alice verdrehte die Augen. »Wie ich schon sagte, ich hätte die Spuren schon rechtzeitig beseitigt. Jeanine wird mir bestimmt dabei helfen. Wo steckt sie eigentlich?«

»Jeanine wird den Teufel tun.« Zornig funkelte Martin Alice an. »Weißt du nicht mal, dass sie sich schon seit einer Weile in ihrem Zimmer verbarrikadiert hat, weil es ihr unangenehm ist, dass unzählige Fremde unser Haus belagern?«

»Was?« Alice riss die Augen auf. »Oh.« Nun wirkte sie tatsächlich zerknirscht. »Sie hat gar nichts gesagt.«

»Du hast ihr wahrscheinlich nicht richtig zugehört, Alice.« Martin atmete einmal tief durch. »Du hörst weder ihr noch mir je richtig zu, sonst wüsstest du, dass so was hier«, er machte mit beiden Händen eine ausholende Bewegung, »einfach nicht geht. Wenn du eine Party feiern willst, miet dir die passenden Räumlichkeiten oder zieh in deine eigenen vier Wände.« Er fasste sich an die Stirn. »Unsere Tochter ist vierzehn! Wehe, wenn ich erfahre, dass einer der Typen, die heute hier waren, ihr auch nur auf Armeslänge zu nahe gekommen ist.«

»Um Himmels willen!« Alice schlug die Hände vor den Mund. »Meine Freunde sind nicht so, das würden sie nie tun, dafür lege ich meine Hand ins Feuer.«

»Du willst mir also weismachen, dass du jede einzelne Person, die heute hier war, persönlich kennst?« Martin rüttelte Alice leicht an der Schulter. »Im Ernst?«

»Martin.« Beschwichtigend legte Lena ihm eine Hand auf die Schulter, obgleich sie inzwischen genauso aufgebracht war wie er.

»Tut mir leid.« Alice hatte den Kopf gesenkt. »Ich war doch die ganze Zeit dabei.«

»Und hast nicht mal bemerkt, dass Jeanine nicht mehr hier unten ist.« Abrupt ließ er Alice los.

»Es wird nicht wieder vorkommen. Ich hatte einfach nur Lust auf ein fröhliches Zusammensein mit netten Leuten. Kann sein, dass jemand das auf Instagram geteilt hat, deshalb sind noch ein paar andere Leute dazugestoßen.«

»Wunderbar. Meine Adresse kursiert jetzt also auf Instagram.« Martin schloss für einen Moment die Augen. »Sieh zu, dass diese Posts gelöscht werden. Allesamt und sofort.«

Lena blickte zwischen den beiden hin und her und beschloss, dass es besser war, sich etwas zurückzuziehen. »Ich sehe mal nach, ob oben noch Leute sind und wie es Jeanine geht.« Ohne auf Martins Zustimmung zu warten, wandte sie sich ab. Auf der Treppe kam ihr der Mann entgegen, der vorhin nach oben verschwunden war, um die Toilette zu benutzen. Er grinste ihr schief zu, verzog sich jedoch wortlos, als sie nur mit einer knappen Geste auf die Haustür wies, die nach wie vor weit offen stand. Sie konnte sehen, dass sich draußen noch immer Leute aufhielten. Einige von ihnen sammelten allerdings tatsächlich Flaschen und Müll ein, sodass sie nichts sagte und sie gewähren ließ.

Auch wenn es sich eigentlich nicht gehörte, öffnete sie jede Tür im Obergeschoss und fand so Martins Computer- und Arbeitszimmer, einen Raum, in dem nichts stand, außer einem Bügelbrett und drei vollen Wäschekörben, das Gästezimmer, in dem Alice wohnte und das überraschend aufgeräumt wirkte, und Martins Schlafzimmer, in dem sich zum Glück ebenfalls niemand aufhielt und das unberührt aussah.

Für einen etwas zu langen Moment betrachtete sie die Einrichtung aus schnörkellosem hellen Pinienholz und das massive schmiedeeiserne Doppelbett mit der weinroten Bettwäsche zu schwarzem Spannbetttuch. Auf der Decke verteilt lagen mehrere Paar Jeans und vier verschiedene Shirts, so als habe Martin sich nicht entscheiden können, was er heute Abend anziehen sollte. Diese Erkenntnis ließ Lenas Herz aus unerfindlichen Gründen höherschlagen, denn auf ihrem Bett sah es ganz ähnlich aus.

Als sie hinter sich ein Geräusch vernahm, schrak sie zusammen und fuhr herum. Aus der Tür, die offensichtlich zum Badezimmer führte, traten die beiden Frauen von vorhin.

»Das Toilettenpapier ist alle.« Die eine der beiden, zierlich und hellblond, lächelte schief. »Ich schätze, die Party ist vorbei? Zumindest sah es so aus, als wir durchs Fenster nach draußen geguckt haben.«

»Ja. Bitte gehen Sie beide jetzt auch.« Lena nickte verbindlich.

»Kein Problem.« Die andere Frau, etwas größer, füllig und brünett, lächelte entwaffnend. »Wir sind schon so gut wie weg. Hat Alice Martin wieder mal nichts von der Party gesagt? So typisch. Sie ist echt manchmal so *head in the clouds*! Aber man kann ihr nicht lange böse sein, dazu ist sie zu lieb.« Sie nickte Lena zu. »Also dann, vielleicht bis zum nächsten Mal. Du bist Martins neue Freundin, oder? Dann begegnen wir uns früher oder später bestimmt noch mal. Ich bin Claudia und das ist Britta.«

Die Blonde lächelte ebenfalls. »Lena, oder? Alice hat uns schon von dir vorgeschwärmt. Also dann … bis irgendwann!« Die beiden zogen Hand in Hand ab.

Lena sah ihnen kurz hinterher und warf dann sicherheitshalber einen Blick ins Badezimmer. Zwar hielt sich dort niemand mehr auf, aber es lagen mehrere Handtücher auf dem Boden, im Waschbecken und in der Badewanne. Auch auf dem Boden der Dusche lag ein noch gefaltetes, vollkommen durchnässtes Badetuch. Lena fragte sich kurz, was hier wohl im Laufe des Abends vor sich gegangen sein mochte, beschloss dann aber, dass sie es vermutlich gar nicht wissen wollte. Zumindest fand sie im Schrank unter dem Doppelwaschbecken noch ein ganzes Paket Toilettenpapier, das sie auf den heruntergeklappten Deckel der Toilette legte. Hier musste wohl oder übel geputzt werden.

»Sind alle weg?« Jeanines Stimme riss sie aus den Gedanken. Das Mädchen hatte das Bad betreten und sah sich mit großen Augen um. »Was ist denn hier explodiert? Da wird Papa aber meckern, weil er gerade erst alle Handtücher gewaschen hat. Ich musste sie zusammenlegen. Toll, die ganze Arbeit für die Katz. Danke vielmals, Mama.« Den letzten Satz hatte sie nicht nur lauter ausgesprochen, sondern er wurde auch von einem grimmigen Blick über die Schulter begleitet. »Ich mach das nicht sauber, das steht fest. Und die Handtücher kann sie auch selbst waschen.« Abrupt drehte das Mädchen sich wieder um und ging zu ihrem Zimmer schräg gegenüber.

Lena folgte ihr rasch und blieb in der Tür zu Jeanines Zimmer stehen. »Ist mit dir alles okay?«

»Klar.« Jeanine warf sich auf ihr Bett, das ein etwas schmalerer Zwilling von dem ihres Vaters zu sein schien, höchstens einen Meter vierzig breit und mit pink-blauer Bettwäsche. An den Wänden hingen unzählige Poster zwischen gerahmten

Fotos, der Schreibtisch war so aufgestellt, dass Jeanine die Tür im Auge behalten konnte. Es gab mehrere weiße und gelbe Lilien auf der Fensterbank und eine üppige Efeutute im Bücherregal neben dem Fenster, deren Ausläufer fast bis zum Fußboden reichten. Das Mobiliar war ähnlich schnörkellos wie bei Martin, jedoch in Cremeweiß, und überall standen oder klebten Postkarten oder Karten mit witzigen Sprüchen. Diverse Zeitschriften und Klamotten bedeckten fast jede freie Oberfläche. Genauso, nur noch ein wenig unordentlicher, hatte Lenas Mädchenzimmer ausgesehen, bis sie beschlossen hatte, ihr Leben neu zu ordnen.

»Die Partygäste sind jetzt so gut wie alle weg, bis auf ein paar, die beim Aufräumen helfen.« Kurz blickte Lena über die Schulter, als sie von unten ganz kurz erhobene Stimmen vernahm. »Soll ich dich allein lassen?«

Jeanine setzte sich auf und rutschte hin und her, bis sie im Schneidersitz auf dem Bett saß. »Papa wäscht Mama den Kopf. Wie immer. Und wie immer wird sie Stein und Bein schwören, sich zu bessern. Ich wünschte nur …«

»… dass ihre guten Vorsätze länger halten würden?«, vervollständigte Lena den Satz.

»Ja.« Jeanine klopfte einladend auf die Bettdecke und wartete, bis Lena sich zu ihr gesetzt hatte. »Sie kann echt lieb sein und toll. Sie versteht immer alles, wenn ich mit ihr über die Schule oder Jungs oder meine Freundinnen rede. Aber sie ist … ich weiß auch nicht. Manchmal habe ich das Gefühl, dass sie auch eine meiner Freundinnen sein will und nicht meine Mutter. Klingt das bescheuert?«

»Nein, überhaupt nicht.« Lena lauschte noch einmal, doch nun war von unten nichts mehr zu hören, nur das Anspringen mehrerer Automotoren. »Nicht jede Frau ist dazu gemacht, eine Mutter zu sein, und viele von denen, die es trotzdem werden, machen eine Menge Fehler. Deine Mutter war erst sechzehn, als sie dich bekommen hat, nicht wahr?« Jeanine nickte.

Lena versuchte, sich eine sechzehnjährige Alice vorzustellen. »Sie hatte also gar keine Gelegenheit, selbst erwachsen zu werden, bevor sie ein Kind in die Welt gesetzt hat.«

»Papa war aber auch erst siebzehn, und er ist nicht so chaotisch und verantwortungslos wie Mama«, gab Jeanine zu bedenken. »Sie ist manchmal total crazy! Papa ist nicht so. Er ist sogar manchmal richtig streng. Strenger als die Eltern meiner Freundinnen.«

»Wahrscheinlich ist er für deine Mama mit erwachsen geworden.« Lena suchte nach den richtigen Worten. »Er ist ein anderer Typ Mensch als deine Mutter.«

»Zum Glück!« Jeanine seufzte. »Zwei von Mamas Kaliber würde ich nicht überleben.«

Fast hätte Lena über die Wortwahl des Mädchens gelacht. »Du brauchst dich jedenfalls heute nicht mehr hier oben zu verstecken. Die Luft ist wieder rein.«

»Nee.« Jeanine grinste. »Dazu muss erst mal überall gelüftet werden.« Sie ließ sich wieder in die Kissen fallen. »Ich geh schlafen, sonst muss ich am Ende noch beim Aufräumen helfen.«

Lena erhob sich. »Ich sorge dafür, dass du unbehelligt bleibst.«

»Lena?«

»Mhm?«

Offenbar verlegen verzog Jeanine das Gesicht. »Tut mir leid, dass ich euer Date vermasselt habe.«

»Hast du nicht.« Verschwörerisch zwinkerte Lena dem Mädchen zu. »Das hier war wichtiger.«

»Trotzdem.« Jeanine suchte ihren Blick. »Papa hatte irgendwie noch nie ein Date. Kein richtiges, meine ich, wo was draus werden kann. Willst du … also … Wird es ein weiteres Date geben?«

Lena schmunzelte. »Das will ich doch schwer hoffen. Ich will unbedingt mal mit deinem Vater mit dem Karussell auf dem Weihnachtsmarkt fahren.«

»Mit dem Karussell?« Verblüffung zeigte sich auf Jeanines Gesicht. »Ist das nicht für Kinder?«

»Nicht abends, wenn Klaus die Pärchenrunden fährt.« Lena zwinkerte ihr zu. »Gute Nacht, Jeanine.«

»Gute Nacht, Lena.« Jeanine zwinkerte zurück.

***

Martin war gerade dabei, einen schwarzen Müllsack auseinanderzuschütteln, um die Überreste der Pizzaschachteln darin zu sammeln, als Lena in der Küchentür erschien.

»Stopp! Keine Bewegung.« Sie stemmte die Hände in die Seiten. »Lass den Müllsack sofort fallen und wag es nicht, in diesem Chaos auch nur einen Finger zu rühren.«

»Martin, schau mal, ein paar Leute haben draußen schon fast alles aufgeräumt und die leeren Flaschen eingesammelt.« Alice tauchte neben Lena auf und deutete heiter in Richtung Haustür, die nach wie vor sperrangelweit offen stand.

Lena schloss sie energisch, weil es mittlerweile kalt im Haus wurde. »Schön für Sie.« Mit in die Hüften gestemmten Händen baute sie sich vor Alice auf. »Dann können Sie sich ja ganz dem Haus widmen.« Sie ließ ein grimmiges Lächeln folgen. »Sie. Allein. Ohne Martins Hilfe oder die von Jeanine. Sie schläft nämlich schon, und Sie werden sie nicht wecken.«

»Lena …« Martin wollte etwas einwenden, doch Lena schnitt ihm mit einer knappen Handbewegung das Wort ab.

»Nein. Alice hat die Party veranstaltet, also wird sie auch

das Chaos beseitigen. Das Bad oben muss grundgereinigt und alle Handtücher gewaschen werden. Warum haben Sie überhaupt erlaubt, dass die Leute das private Bad oben benutzen? Es gibt doch bestimmt ein Gästebad hier unten, oder?«

»Die Tür gleich neben der Kellertreppe«, bestätigte Martin.

»Bei so vielen Leuten reicht eine Toilette eben einfach nicht.« Alice musterte Lena mit einem Gesichtsausdruck, der besagte, dass sie mit der strengen Ansprache nicht gerechnet hatte und jetzt versuchte, die Situation neu einzuschätzen. »Was haben Sie denn jetzt vor? Fahren Sie nach Hause oder … bleiben Sie hier?«

»Ich glaube nicht, dass …«, setzte Martin an, wurde jedoch erneut von Lena unterbrochen.

»Ich fahre jetzt nach Hause.« Lena ergriff seine Hand. »Und du folgst mir unauffällig.«

Verblüfft starrte Martin sie an. »Ich tue was?«

»Du setzt dich in dein Auto und fährst mir nach«, präzisierte Lena in einem Ton, der keine Widerrede zuließ. »Wenn du hierbleibst, wirst du Alice am Ende doch wieder helfen. Deshalb übernachtest du bei mir. Ob auf der Couch oder … anderswo, klären wir später. Ihr braucht dringend Abstand voneinander, und Alice hat die ganze Nacht Zeit, das hier«, sie breitete kurz die Arme aus, »wieder in seinen ursprünglichen Zustand zu versetzen. Das werden Sie doch tun, nicht wahr?« Sie maß Alice mit hochgezogenen Brauen.

Zu Martins Überraschung nickte Alice, ohne zu protestieren. Er glaubte zwar nicht, dass sie tatsächlich noch in dieser Nacht alle Spuren der Party beseitigen würde, aber er kannte sie gut genug, um ihr anzusehen, dass sie grundsätzlich mit dem Arrangement einverstanden war. Natürlich sah sie ein, dass sie mit der Party zu weit gegangen war. Sie gehörte zu der Sorte Mensch, die ihre Fehler kannten und dazu standen.

Nur am nachhaltigen Lernen daraus haperte es leider allzu oft.

»Also gut, dann komm jetzt.« Lena zog ihn an der Hand mit sich.

Martin sträubte sich kurz. »Sollte ich nicht ein paar Sachen zum Wechseln mitnehmen?«

»Ich werfe dich früh genug raus, dass du dich zu Hause umziehen kannst.« Sie lächelte leicht. »Und eine zweite Zahnbürste findet sich schon noch bei mir. Ich will nur, dass du jetzt sofort von hier abhaust, bevor du einen Anfall bekommst.«

»Ich bekomme keinen Anfall.« Überrascht, weil sie ihm offenbar ansah, wie er sich fühlte, musterte er sie von der Seite. »Ich bin okay.«

»Ja, klar.« Sie hob erneut vielsagend die Brauen. »Los jetzt.« Diesmal zog sie ihn bis zur Haustür. »Hast du deinen Autoschlüssel?«

***

Lena ließ Buddy von der Leine und schloss energisch ihre Wohnungstür hinter Martin. Dann hängte sie ihren Mantel an die Garderobe. »Mach es dir bequem.«

Wuff, ja, mache ich. Endlich sind wir zu Hause! Ich werde mich gleich mal in meinem Körbchen zusammenrollen und … Oh, du hast gar nicht mit mir geredet. Aber egal. Ich bin das, was man hundemüde nennt. Havanesermüde, ihr wisst schon. Also entschuldigt mich, ich muss schlafen. Buddy gähnte ausgiebig, flitzte ins Wohnzimmer und machte einen regelrechten Hechtsprung in sein Körbchen, das daraufhin vernehmlich knarzte. Er drehte sich mehrmals um die eigene Achse und ließ sich schließlich schwer auf sein Kissen fallen.

Martin, der Lena inzwischen seinen Mantel ausgehändigt hatte, deutete lächelnd auf den Hund. »Da ist jemand müde. Ich schätze, das war heute ein bisschen viel für den Kleinen.« Er wusste nicht so recht, wie er sich verhalten sollte. Alices kindisch-gedankenloses Verhalten war ihm peinlich, und es ärgerte ihn nicht wenig, dass sie ihm und Lena das erste Date vermasselt hatte. Dass sie jetzt auch noch in Lenas Wohnung gelandet waren, empfand er nicht gerade als sinnvoll. So gerne er ihr nähergekommen wäre; er wollte nichts überstürzen, weil er nicht sicher war, ob sie beide wirklich schon auf derselben Seite ihrer Geschichte angekommen waren.

Eine falsche Bewegung, so fürchtete er, konnte alles kaputt machen. Besonders nach einem Tag wie heute, der Lena recht deutlich gezeigt haben dürfte, worauf sie sich bei ihm einließ. Wenn sein Hang zum kreativen Chaos sie anfangs schon abgeschreckt hatte, konnten Ereignisse wie das heutige der Sache den Todesstoß versetzen, bevor sie überhaupt richtig begonnen hatte. »Lena, ich möchte mich bei dir entschuldigen«, setzte er an. »Für …«

»Vergiss es.« Zu seiner Überraschung ging Lena an ihm vorbei, schaltete das TV-Gerät ein und wählte aus dem Musik-Streamingdienst *Walking in a Winter Wonderland* von Dean Martin. Nur Augenblicke später erklangen leise die weihnachtlichen Klänge. »Wir tanzen jetzt.«

»Was?« Verblüfft ließ er sich von ihr zu dem freien Platz zwischen Couchtisch und Balkontür ziehen. Dort ergriff sie seine Hand und legte ihm die andere auf die Schulter.

»Wir tanzen. Wenn wir schon keine romantische Karussellfahrt erleben dürfen, machen wir es uns eben hier schön. Die passende Musik haben wir ja schon mal, jetzt fehlt nur noch die romantische Stimmung. Also vergiss Alice und das

Chaos bei dir zu Hause mal für eine Weile, damit wir unser Date fortsetzen können.«

Wie von selbst passte er sich ihrem Schritt an und spürte, wie sie ihm nur einen Moment später die Führung überließ.

»Das ist einfacher gesagt als getan«, gab er zu. »Es ist nicht das erste Mal, dass Alice so etwas abzieht, und ich fürchte, es wird auch nicht das letzte Mal gewesen sein. Sie ist …« Er suchte nach den richtigen Worten. »Sie wird immer unberechenbar sein.«

»Ich kann mir inzwischen ganz gut vorstellen, warum du ihr als Teenager verfallen bist, wenn sie damals schon so war wie jetzt.«

Er kam aus dem Takt. »Verfallen?«

Sie lachte. »Das ist es doch, was passiert ist, oder? Sie hat so eine magnetische Art an sich. Selbst wenn sie sich total idiotisch verhält, kann man ihr nicht richtig böse sein. Ein Lächeln von ihr, und man ist hin und weg.«

Stirnrunzelnd dachte er über ihre Worte nach. »Dafür warst du aber ziemlich streng mit ihr. Ihr Charme scheint an dir abzuprallen.«

»Tut er nicht.« Sie wurde wieder ernst. »Mir war nur in dem Moment wichtiger, dich aus ihrem Einflussbereich zu entfernen, damit du nicht überschnappst.«

»Und da nimmst du mich einfach in deine Wohnung mit. An unserem ersten Date.«

Das Lächeln kehrte auf ihre Lippen zurück. »Na und? Wir sind erwachsen. Und immerhin ist es ein äußerst denkwürdiges erstes Date. Vielleicht würde das sogar Lennart durchgehen lassen. Zumindest, wenn wir die Romantik jetzt noch nachholen.«

»Woher kommt eigentlich der Sinneswandel?« Inzwischen drehten sie sich zu Judy Garlands *Have yourself a merry litte christmas* im Kreis. »Bisher hatte ich den Eindruck, dass du einer Beziehung mit jemand Chaotischem wie mir eher skeptisch gegenüberstehst.«

»Das liegt daran, dass ich von falschen Voraussetzungen ausgegangen bin. Ich hatte falsche Vorstellungen davon, was sich gut und richtig anfühlen würde.«

»Ach?« Gespannt musterte er sie. »Und ich fühle mich also gut an, ja?«

»Und richtig«, bestätigte sie grinsend.

»Dabei hast du noch gar nicht viel von mir zu spüren gekriegt.« Schalkhaft grinste er zurück.

»Daran lässt sich ja arbeiten.«

***

Obwohl ihr Herz bereits bis in ihre Kehle hinauf pochte, schmiegte Lena sich enger an Martin und schlang ihre Arme um seinen Hals. Sogleich zog er sie fester an sich, und sie drehten sich nur noch ganz sachte zur Musik. Als sich ihre Blicke ineinander verwoben, kribbelte es tief in ihrer Magengrube. Das Gefühl verstärkte sich, als ihre Lippen sich näherten, und wandelte sich in ein elektrisierendes Ziehen, als sie sich schließlich küssten. Für Lena war es, als schließe sich ein Stromkreis, der bislang unterbrochen gewesen war. Ein seltsames Gefühl, aber so wunderschön, dass ihr fast ein wenig schwindelig davon wurde.

Martins Lippen wanderten warm, fest und zärtlich zugleich über die ihren, gemächlich, ohne Hast, jedoch mit einer darunter verborgenen Leidenschaft, die jederzeit hervorbrechen konnte. Unterbewusst nahm sie wahr, dass die Musik gewechselt hatte zu etwas ganz und gar nicht Weihnachtlichem. Diesen Song hatte sie doch ganz sicher nicht in ihrer Weihnachts-Playlist abgespeichert! Etwas atemlos löste sie sich eine Winzigkeit von Martin und lauschte Kelly Clarkson, die gerade sang: »*Some people wait a lifetime for a moment like this.*« Eine Gänsehaut rieselte ihr über den Rücken. Im nächsten Moment trafen ihre Lippen zu einem weiteren Kuss aufeinander. Diesmal hungriger. Martins Zunge strich über ihre Unterlippe, und sie ließ sie, ohne zu zögern, ein. Als ihre Zungenspitzen sich berührten, wandelte sich das Ziehen in ihrem Inneren in ein heißes Pulsieren. Sie ließ ihre Hände in seine kurzen, dichten Haare gleiten und spürte, wie er wohlig erschauerte. Sein Griff um ihre Mitte wurde fester, sein Becken drängte sich gegen das ihre, sodass sie seine Erregung spüren konnte. Prompt verstärkte sich das Pulsieren in ihrer Körpermitte.

Natürlich wusste sie, dass das alles viel zu schnell ging, aber sie konnte sich der Versuchung des Augenblicks nicht entziehen. Ihre Zungen rangen mittlerweile gierig miteinander. Sie zupfte, dann zerrte sie an Martins Hemd, bis sie es aus dem Bund seiner Jeans befreit hatte, und schob ihre Hände darunter, spürte warme, glatte Haut über drahtigen Muskeln und wie er erneut erschauerte.

»Das ist gefährlich«, murmelte er dicht an ihren Lippen.

»Kann sein.« Nun nestelte sie an den Knöpfen seines Hemdes, bis er ihr half, das Kleidungsstück nur wenig später abstreifte und auf einen Sessel warf. Sie zog ihren weichen schwarzen Rollkragenpullover über den Kopf und hätte dabei fast ihre Brille von der Nase gerissen. Hastig warf sie den Pullover ebenfalls auf den Sessel und legte die Brille auf dem Fensterbrett ab. Da sie leicht kurzsichtig war, blinzelte sie ein paarmal, bis ihre Augen sich an die neuen Sichtverhältnisse gewöhnt hatten.

»Wir sollten vielleicht den Schauplatz wechseln«, schlug sie grinsend vor und wies mit dem Kinn auf Buddy, der den

Kopf gehoben hatte und sie mit aufgerichteten Ohren ansah. »Wir haben minderjähriges Publikum.«

Hä? Was ist minderjährig? Ich gucke eigentlich nur, um herauszufinden, was ihr vorhabt. Ich würde nämlich gerne endlich in Ruhe schlafen, also macht mal allmählich das Licht aus!

Martin schmunzelte. »Wahrscheinlich hast du recht. Also … Ich folge dir erneut unauffällig.«

Kichernd ergriff sie seine Hand und führte ihn nach nebenan in ihr Schlafzimmer. Und löschte auf dem Weg hinaus das Licht im Wohnzimmer.

Endlich! Gute Nacht.

Erst jetzt fiel ihr ein, dass sie den Inhalt ihres Kleiderschranks zur Hälfte auf dem Bett ausgebreitet hatte. Martin blieb davor stehen, betrachtete das Durcheinander. Im nächsten Moment zog er sie lachend mit einem Ruck in die Arme. »Also doch eine kleine Chaos-Queen da drinnen.« Er tippte sanft gegen ihre linke Brust, dann ließ er den Zeigefinger federleicht über den Rand ihres schwarzen Spitzen-BHs wandern.

Diesmal erschauerte Lena unter der Berührung. »Ich hatte keine Zeit mehr zum Aufräumen.«

»Die hast du jetzt auch nicht.« Grinsend trat Martin an das Bett heran, raffte die Hosen, Shirts, Blusen und Pullis rücksichtslos zusammen und warf sie einfach auf den Fußboden.

»Hey!« Nicht sicher, ob sie sich ärgern oder lachen sollte, bückte Lena sich, um die Kleidungsstücke wieder aufzuheben, doch Martin hielt sie davon ab, indem er sie erneut impulsiv an sich zog. »Lass alles liegen. Das hier ist viel wichtiger.« Er küsste sie. »Und schöner«, raunte er an ihrem Mund.

Wieder trafen ihre Zungen aufeinander, gleichzeitig löste er den Verschluss ihres BHs und streifte ihn ihr ab. Kurz darauf ging er mit dem Mund auf Erkundungstour über ihre Schultern, ihren Hals und zuletzt hinab zu ihren Brüsten.

Lena sog scharf die Luft ein, als sie seine Zungenspitze um ihre aufgerichtete Brustwarze kreisen spürte, und vergaß das Klamottenchaos auf dem Fußboden. Heiße, scharfe Blitze zuckten hinab in ihre Mitte. Für eine kurze Weile legte sie den Kopf in den Nacken und genoss die sich steigernde Erregung, doch lange konnte sie nicht untätig bleiben. Sie streifte ihre Stiefeletten ab und tastete gleichzeitig nach seinem Gürtel, öffnete ihn und gleich darauf die Knöpfe seiner Jeans. Martin atmete hörbar ein, unterbrach den Kuss und suchte ihren Blick. »Bist du sicher, dass dir das nicht zu schnell geht?«

Sein dunkler, von Erregung verhangener Blick bereitete ihr wildes Herzklopfen. »Geht es dir denn zu schnell?«

Er lehnte seine Stirn gegen ihre. »Ja und nein. Ich wäre wohl kein Mann, wenn ich behaupten würde, das hier gefiele mir nicht ausgesprochen gut.« Er zog sie wieder so fest an sich, dass sie seine Erektion spüren konnte. »Aber es ist nach wie vor erst unser erstes Date.«

Durch den engen Kontakt wandelte sich das Pulsieren in ihrem Schoß in ein wildes Pochen. »Gibt es irgendein Gesetz, das Sex beim ersten Date verbietet?«

Martin lachte rau auf. »Mir ist keins bekannt. Es ist nur … Ich will nicht, dass es bloß nichtssagender Sex ist. Nicht mit dir.«

Ihr Herz machte einen beinahe schmerzhaften Satz. »Niemand hat etwas von nichtssagend gesagt, oder?« Sie hatte es scherzhaft gemeint, merkte aber, dass das nicht reichte. Deshalb setzte sie erneut an: »Ich will das hier, Martin. Ich möchte … dir nah sein.«

Er schluckte hart. »Okay.« Im nächsten Moment küsste er sie und schob sie auf das Bett. Zärtlich und hungrig zugleich erforschte er erneut jeden Zentimeter nackte Haut ihres Oberkörpers und half ihr schließlich, Jeans, Slip und Socken abzustreifen. Dann entledigte auch er sich seiner verbliebenen Kleidungsstücke.

Ehe er sich erneut mit dem Mund über sie hermachen konnte, drückte sie ihn rücklings auf die Matratze und begann ihrerseits, ihn mit Lippen und Fingerspitzen zu erforschen. Seine Bauchdecke flatterte unter den Küssen, die sie darauf hauchte; er keuchte unterdrückt, als sie sein aufgerichtetes Glied sanft umfasste.

Heiße Schauer des Begehrens durchrieselten sie, als sie ihn weiter erkundete und erregte. Irgendwann zog er sachte ihre Hände zu seinen Lippen, küsste beide und drängte sie sanft in eine liegende Position. Sein Blick tauchte in ihren ein. »Du hast mich überrumpelt.« Um seine Mundwinkel zuckte es. »Ich habe Kondome in der Manteltasche. Die hätte ich vielleicht gleich mitbringen sollen.«

»Und das von dem Mann, der wissen will, ob Sex beim ersten Date zu früh ist.« Lena gluckste. »Ich habe welche in der Nachttischschublade. Ganz neu gekauft.«

In seinen Augen glitzerte es amüsiert. »Sag bloß, du hast das hier geplant.«

»Nein!« Empört und erheitert zugleich richtete sie sich auf und angelte nach der Kondompackung in der Schublade. »Ich wollte bloß … nicht unvorbereitet sein.«

Lächelnd ergriff er die Schachtel, entnahm ihm ein verschweißtes Päckchen und öffnete es. Der Anblick erregte sie aufs Neue, sodass sie ihm half, das Präservativ überzustreifen.

***

Als er erneut Lenas Hände zu spüren bekam, wurde ihm beinahe schwarz vor Augen. Seine Erregung steigerte sich gefährlich, sodass er sich zunächst noch einmal ausgiebig über ihre Brüste hermachte und gleichzeitig zärtlich über die Innenseiten ihrer Schenkel immer weiter nach oben strich, bis er ihre Mitte erreichte. Dort hielt er inne, suchte ihren Blick und tastete sich weiter vor, als er das Einverständnis in ihren Augen las.

Lena bäumte sich auf, als er die heiße Feuchtigkeit ertastete und begann, ihre empfindlichste Stelle zu liebkosen. Ihr Atem ging schneller, flacher, sie spannte sich leicht an. Zu gerne hätte er sie ewig in diesem Zustand beobachtet, doch sein eigenes Verlangen steigerte sich viel zu rasch ins Unermessliche.

»Lena?« Wieder suchte er ihren Blick. Sie nickte und zog ihn zu sich heran, bis er auf ihr lag. Ihre Beine schlangen sich um seine Hüften und er glitt beinahe wie von selbst in sie. Sterne rieselten vor seinem inneren Auge nieder, als sie ihn heiß und feucht empfing. Er hatte Mühe, die Beherrschung nicht zu verlieren. Vielleicht lag es daran, dass sein letzter Sex schon Jahre zurücklag, vielleicht auch einfach nur daran, dass Lena seine Gedanken und Empfindungen so vollständig vereinnahmte, wie er es zuvor noch nie erlebt hatte. Dabei war an ihrer ersten Begegnung – sein neuer Job in der Firma ihres Vaters – doch eigentlich nichts Spektakuläres. Zwar hatte sie ihm zugegebenermaßen auf den ersten Blick gefallen, doch mit dem Rausch, in den sie ihn nun versetzte und der sein ganzes Wesen und Fühlen vereinnahmte, hätte er nie gerechnet. Etwas machte klick in seinem Kopf, eine beängstigende und zugleich seltsam beruhigende Gewissheit ergriff ihn.

»Martin.« Ihre Stimme war nur ein erregtes Raunen dicht bei seinem Ohr.

Er suchte und fand ihren Mund, ebenso wie ihren Blick, und bewegte sich ein wenig in ihr, erst träge, bald aber schon drängender, als sie ihm entgegenkam. Sie fanden einen elektrisierenden Rhythmus, rollten über das Bett, wechselten in dem fieberhaften Verlangen, einander immer und immer näherzukommen, mehrmals die Stellung.

***

Lena atmete keuchend, war vollkommen vereinnahmt von den lustvollen, tiefen, drängenden Stößen, mit denen Martin sie antrieb. Sie lag inzwischen auf dem Bauch, das Gesicht halb in ein Kissen gedrückt. Mit der linken Hand hatte sie sich in die Decke unter ihr gekrallt, die Finger ihrer rechten Hand waren mit denen von Martin fest verflochten. Er hatte sich tief über sie gebeugt und reizte mit der Zunge einen empfindlichen Punkt hinter ihrem Ohr. Ihre Körper waren erhitzt, Schweiß perlte zwischen ihnen. Sie wollte, dass dieser irrsinnige, wunderbare Rausch niemals endete, wusste aber, dass sie unhaltbar auf den Gipfel zustürmte. Etwas, das sie bisher noch nicht hatte erleben dürfen.

Sie hatte zwar in der Vergangenheit hin und wieder Sex gehabt und ihn auch durchaus genossen, doch das hier war anders, wilder und so ursprünglich, dass sie all ihre Hemmungen vollkommen vergaß. Sie umklammerte Martins Hand immer fester, spürte den Gegendruck seiner Finger und seinen heißen, lauten Atem dicht an ihrem Ohr. Als er ihren Namen raunte, rieselte eine Gänsehaut über ihren Rücken. Sie spannte sich unwillkürlich an, umschloss ihn bei jedem köstlichen Stoß mit den Muskeln in ihrem Inneren und konnte genau erspüren, wie er seine Beherrschung verlor.

Wild und gierig stieß er schneller und schneller zu, bis er sich dem Höhepunkt ergab. Als sie spürte, wie die Lustwellen ihn erfassten, umschloss sie ihn noch einmal fast verzweifelt und verspürte im nächsten Moment eine fast schmerzhafte Explosion in ihrem Unterleib, die ihr den Atem nahm und wie ein brennendes Zehren bis in ihren Bauch ausstrahlte. Für einige Sekunden barsten rote und goldene Kringel vor ihren Augen. Sie rang wild nach Atem, doch es dauerte eine ganze Weile, bis sie wirklich wieder Luft bekam.

Erst nach und nach entspannte sich ihr Körper und die Befriedigung, die zurückblieb, war fast schon schmerzlich intensiv.

Martin lag halb auf, halb neben ihr und atmete ebenfalls heftig und unstet. Nur ganz allmählich lockerte er seinen Griff um ihre Finger. »Das war unglaublich«, flüsterte er ihr ins Ohr. »*Du* bist unglaublich.« Ein raues Lachen folgte. »Ich fürchte, ich kann mich nie wieder bewegen.«

Ein Glucksen stieg in ihr auf. »Ich auch nicht.« Sie staunte, dass die Stimme ihr gehorchte. »Übrigens.« Entgegen ihrer Aussage drehte sie sich auf den Rücken, um ihm ins Gesicht sehen zu können, und schlang ein Bein um seine Hüften. »Nur für den Fall, dass ich es noch nicht deutlich genug gesagt habe: Du entsprichst ziemlich genau meinen Vorstellungen.« Martin spielte mit einer ihrer Haarsträhnen. »Ist das so?«

»Wie ich schon sagte, ich bin zuvor von falschen Voraussetzungen ausgegangen.« Am liebsten hätte sie wie eine Katze geschnurrt, als er sie fest in seine Arme zog. »Von völlig falschen Voraussetzungen.«

»Die da wären?«

Sie küsste ihn auf den Mundwinkel. »Das erkläre ich dir, wenn ich wieder denken kann.«

»Okay.« Zu ihrer Enttäuschung rückte er von ihr ab, jedoch nur, um das Kondom abzustreifen und zu entsorgen. Als er sich nur wenig später wieder an sie kuschelte, war ein schalkhaft-neugieriges Funkeln in seinen Blick getreten. »Warum nur *ziemlich genau*?«

Sie schlang erneut ein Bein um ihn. »Hey, das ist erst unser erstes Date! Ich muss dich doch erst noch viel besser kennenlernen, um zu einhundert Prozent sicher zu sein.«

»Bei wie viel Prozent liegt denn *ziemlich*?«

Sie grinste. »Neunundneunzig Komma neun.«

21. Kapitel

Maria saß im Schneidersitz auf dem Fußboden vor ihrem bunt geschmückten und hell erleuchteten Weihnachtsbaum und ließ sinnierend ihren Blick über die einzelnen Äste wandern. Karl-Gustav und Lilly-Anne lagen ineinander verknäuelt in ihrem Schoß und ließen sich laut schnurrend von ihr kraulen. Aus ihrer kompakten Stereoanlage im Bücherregal ertönte *Maria durch ein Dornwald ging* von einer alten Weihnachts-CD mit klassischen deutschen Weihnachtsliedern, gesungen von diversen Chören und Kinderchören, die sie gekauft hatte, als Melissa noch ganz klein gewesen war. Zunächst war sie nicht ganz sicher gewesen, als sie die CD aus der Hülle genommen hatte, weil sie zu ihrem alten Leben gehörte, doch die Musik hatte ihr schon immer gut gefallen. Und dies war eines ihrer absoluten Lieblingsweihnachtslieder. Es zauberte zuverlässig ein Lächeln auf ihre Lippen; ganz automatisch sang sie mit.

Die Katzen blickten zwar leicht erstaunt zu ihr auf, machten aber keine Anstalten, ihre Position zu verändern.

Eigentlich müsste sie längst im Bad stehen und sich für den Weihnachtsball fertig machen. Arndt wollte sie in etwas mehr als einer Stunde abholen und mit ihr gemeinsam zur Stadthalle fahren. Das war nur vernünftig, denn da sie im selben Haus wohnten, wäre es eine unnötige Verschwendung, mit zwei Autos zu fahren. Ursprünglich hatten sie auch Lena mitnehmen wollen, aber sie würde von Martin abgeholt. Seit die beiden ein Paar waren, also seit etwa zwei Wochen, hatte sich die Stimmung in der Firma auf interessante Weise gewandelt. Zwar beschwerte Lena sich immer noch häufig über das kreative Chaos, das Martin hinterließ, wo er ging und stand, doch den daraus resultierenden Auseinandersetzungen fehlte nun die ursprüngliche Schärfe. Stattdessen wurde mehr gelacht und gescherzt, und Maria hatte bereits mehrfach beobachtet, dass auch Lena hin und wieder etwas liegen oder stehen ließ. Einen Hefter, eine Tasse, einen USB-Stick. Martin zog sie manchmal damit auf und provozierte sie mit dem Kosenamen Chaos-Queen, den, wie Maria erfahren hatte, ursprünglich Arndt für seine Tochter erfunden hatte.

Zwar war Lena nach wie vor alles andere als chaotisch, sie schien aber nicht mehr ganz so versessen auf makellose Ordnung zu sein wie noch vor einiger Zeit. Das wäre allerdings auch auf Dauer schwierig geworden, weil Buddy, so putzig und lieb er auch sein mochte, zu einem kleinen Satansbraten mutieren konnte, wenn ihm langweilig wurde. Dann zerrupfte er schon mal ein Plüschtier, seine Decke oder Papier, das er irgendwo fand.

Besonders angetan hatten es ihm Toilettenpapierrollen, weshalb sie inzwischen alle sehr genau darauf achteten, dass die Türen zu den Toiletten stets von außen abgeschlossen waren, wenn niemand sie benutzte. Als der kleine Havaneser sich weitgehend von seinen Verletzungen erholt hatte, war ihnen nämlich aufgefallen, dass er ganz genau wusste, wie man Türen öffnete. Dazu sprang er erstaunlich behände und zielgenau an einer Tür hoch und betätigte mit den Pfoten die Klinke. Das musste ihm sein früheres Frauchen beigebracht haben. Auch Schranktüren und -schubladen wusste er zu öffnen. Daher waren nun überall Kindersicherungen angebracht, um zu verhindern, dass er den Inhalt der Schränke in einem unbeobachteten Moment zerlegte.

Maria amüsierte sich zwar darüber, wusste aber auch, dass Lena und Martin – und wohl auch seine Tochter Jeanine – sich viel Zeit nahmen, den kleinen Hund anderweitig zu beschäftigen, damit er nicht auf dumme Gedanken kam. Lena hatte ihr erzählt, dass sie außerdem ganz gezielte Ruhe-Übungen mit Buddy in den Alltag einbauten, die sie in einem Video-Tutorial einer Hundetrainerin namens Christina Brungsdahl aus einer kleinen Stadt namens Lichterhaven an der Nordseeküste entdeckt hatte.

Lena und Martin sprachen sogar davon, in den Osterferien zwei Wochen Urlaub in Lichterhaven zu machen und dort in Christinas Hundeschule einen Intensivkurs zu belegen.

Maria freute sich für die beiden. Obgleich es zwischen Martin und Lena eindeutig holprig begonnen hatte, schienen sie sich nun geradezu perfekt zu ergänzen. Sie fragte sich nur manchmal, wie sie auf Dauer damit umgehen wollten, dass Jeanines Mutter sich offenbar dauerhaft in Martins Haus eingenistet hatte.

Maria fand, dass Martin Alice an die Luft setzen müsste, doch sie ahnte, dass das aus irgendwelchen Gründen nicht so einfach zu sein schien. Immerhin handelte es sich um Jeanines Mutter; vermutlich war das Mädchen glücklich darüber, beide Elternteile in der Nähe zu haben, sodass er ihr diese Freude nicht nehmen wollte.

Inzwischen erklang *Es ist ein Ros' entsprungen*, was Maria erneut daran gemahnte, sich endlich umzuziehen. Das Kleid, das sie sich für den heutigen Abend gekauft hatte, war nachtblau und mit silbernen und zart rosafarbenen Rosenblüten bestickt. Sie hatte es in einer Boutique in der Annastraße entdeckt und sich sofort darin verliebt. Es passte ihr wie angegossen und verlieh ihr sogar eine sehr sexy Figur.

Als sexy hatte sie sich noch nie betrachtet, doch der gewollt altmodische Schnitt mit engem Oberteil und weit schwingendem Rock bis zu den Knien schmeichelte ihr sehr. Vorne hatte es einen eher braven, nicht zu tiefen U-Boot-Ausschnitt, auf der Rückseite hingegen war es bis zur Mitte des Rückens ausgeschnitten, und darunter befanden sich bis fast zur Hüfte raffiniert geschnittene Bänder, durch die weitere Haut hervorblitzte.

Vielleicht war es doch zu gewagt, überlegte sie. Immerhin war sie keine dreißig mehr. Die beiden Verkäuferinnen hatten sie jedoch davon überzeugt, dass das Kleid wie für sie gemacht war. Warum sollte sie jetzt plötzlich daran zweifeln? Sie hatte doch selbst im Spiegel gesehen, wie gut es ihr stand. Vielleicht lag es daran, dass sie dem bevorstehenden Abend generell mit gemischten Gefühlen entgegensah.

Arndt hatte bis vor drei Tagen eine Fortbildung in Hamburg besucht, ganze zehn Tage lang. Geplant war das nicht gewesen, doch er hatte die Gelegenheit ergriffen, als ein Seminarplatz frei geworden war. Zunächst hatte Maria sich regelrecht erleichtert gefühlt, ihm nicht begegnen zu müssen, weil sie dadurch ständig an seine Küsse erinnert wurde und daran, dass zwischen ihnen einiges in der Schwebe hing. Doch dann hatte er angefangen, ihr Fotos und kurze, meist launige oder witzige Nachrichten aufs Handy zu senden.

Obwohl er die Situation zwischen ihnen nie auch nur mit einem Wort erwähnte, vielleicht aber auch genau deshalb, fand sie sich bald in einem regen Austausch von Kurznachrichten mit ihm wieder, und wenn sie sich so überlegte, was für einen albernen Quatsch sie meistens dabei verzapften, wurde ihr klar, dass er mit ihr flirtete – und sie flirtete zurück. Sie konnte gar nicht anders, so wie damals. Er hatte eine so einnehmend sympathische Art und teilte viele ihrer Ansichten. Auch sein Sinn für Humor gefiel ihr ausnehmend gut. Es war so einfach, sich mit ihm über die Kurznachrichten-App auszutauschen, doch nun war er wieder da, und sie verspürte die alten Hemmungen. Sie traute sich einfach nicht zu, ihm persönlich genauso locker und manchmal sogar frech gegenüberzutreten wie per Textnachricht. Sie war eben auch keine achtzehn Jahre mehr, sondern wurde im Januar siebenundvierzig.

Alles war so anders, auch wenn sich das Kurznachrichten-Geplänkel manchmal durchaus vertraut angefühlt hatte. Sie wusste einfach nicht, was sie tun und wie sie sich verhalten sollte. Ihr Herzklopfen in Arndts Gegenwart war unbestreitbar, doch etwas in ihr, die Angsthäsin wohl, sträubte sich gegen den Gedanken, mehr zuzulassen. Obwohl sie rund fünfzehn Jahre lang verheiratet gewesen war, kam sie sich so fürchterlich unerfahren vor. Außerdem hatte sie eine Heidenangst davor, sich erneut zu verlieren, wenn sie einem Mann gestattete, sich in ihrem Leben breitzumachen. In ihrem Leben und diesmal auch in ihrem Herzen.

Sie zuckte heftig zusammen, als ein kurzes Glöckchenklingeln sie darauf aufmerksam machte, dass sie eine Textnachricht erhalten hatte. Dass sie von Arndt stammte, verriet ihr der Klingelton. Sie hatte ihm einen eigenen Ton zugewiesen, und als sie einen aus der Vorschlagsliste hatte wählen wollen, war er jedes Mal auf das Glöckchenklingeln umgesprungen. Es klang wie das Glöckchen, mit dem sie als Kind von ihren Eltern zur Weihnachtsbescherung gerufen worden war. Eine der wenigen wirklich netten und angenehmen Erinnerungen an ihre Kindheit. Da das Smartphone aus unerfindlichen Gründen bei diesem Klingelton blieb, hatte sie ihn schließlich belassen.

Das Mobiltelefon lag auf dem Couchtisch, deshalb musste sie sich ein wenig verrenken, um es an sich zu nehmen. Das daraus resultierende Schaukeln veranlasste die beiden Katzen, protestierend zu maunzen und sich von ihrem Schoß zu erheben. Beide schüttelten sich und trollten sich hinüber zu dem großen Kratzbaum an der Wand.

»Entschuldigt bitte.« Mit leicht erhöhtem Puls rief sie die Textnachricht auf.

Arndt: Na, schon aufgeregt?

Verflixt, warum konnte dieser Mann nur so leicht ihre Gedanken lesen? Ehe sie wirklich darüber nachgrübeln konnte, hatte sie bereits viel zu spontan eine Antwort getippt.

Maria: Sollte ich?

Arndt: Du darfst, musst aber nicht.

Ein Zwinker-Emoji folgte.

Arndt: Welche Farbe hat dein Kleid?

Verblüfft starrte sie auf die Frage.

Maria: Nachtblau. Warum?

Arndt: Weil ich gerade nach einer passenden Krawatte suche. Denn nein, in einen Smoking quetsche ich mich nicht.

Maria: Warum willst du eine passende Krawatte zu meinem Kleid tragen?

Arndt: Weil das einen guten Eindruck macht.

Maria: Auf wen?

Arndt: Auf alle Männer, die sonst vielleicht auf die Idee kommen könnten, sich dir zu nähern.

Ihr Herzschlag beschleunigte sich noch mehr, doch sie wollte es ihm auf gar keinen Fall so leicht machen.

Maria: Wie kommst du darauf, bestimmen zu dürfen, wer sich mir nähert und wer nicht?

Arndt: Ein Mann muss sein Territorium markieren.

Maria: Sind wir nicht längst aus den Höhlen ausgezogen?

Arndt: Ein bisschen Höhlenmensch steckt in jedem von uns.

Maria: Und wenn ich etwas gegen Höhlenmenschen habe?

Arndt: Hast du?

Verflixt! Ihr fiel partout nicht ein, was sie darauf antworten sollte.

Arndt: Ich bin in vierzig Minuten an deiner Tür. Zieh die Tanzschuhe an.

Am liebsten hätte sie sich die Haare gerauft. Dabei fiel ihr ein, dass sie selbige noch waschen und frisieren musste. Vierzig Minuten! Warum saß sie eigentlich noch hier herum?

***

Die Stimmung an dem langen Tisch, den Arndt für die Belegschaft von *Securifant* und deren jeweilige bessere Hälften reserviert hatte, war fröhlich und ausgelassen. Obwohl Arndt die Platzkarten natürlich so verteilt hatte, dass Maria direkt neben ihm saß, hatte sie sich mittlerweile einigermaßen entspannt. Das Essen, dieses Jahr vom Bonner Sterne-Restaurant *Chez Manuel* zubereitet und gespendet, war vorzüglich gewesen, und obwohl sämtliche Getränke an diesem Abend, selbst Wein, Sekt und Bier, vollständig alkoholfrei waren, hielt Maria sich eifrig an ihrem Sektglas fest und bildete sich ein, dass das Getränk auch ohne Alkohol seinen Dienst tat und ihr half, lockerer zu werden.

Die allgemeine gute Laune ließ es allerdings auch kaum zu, dass sie sich großartig Gedanken darüber machte, wie sie sich verhalten sollte. Sie lachte und scherzte mit ihren Kolleginnen und Kollegen und genoss dabei die gute Musik.

Es gab keine Liveband, sondern einen weiblichen DJ ungefähr in ihrem Alter. Die Frau hatte rabenschwarzes Haar bis fast zu den Hüften und trug ein langes, fließendes weißes Abendkleid. Vorgestellt hatte sie sich als Franziska; Arndt hatte Maria erklärt, dass diese Frau wohl einen eigenen Tanzclub in Köln besaß und auch dort oft selbst die Musik auflegte. Ihr Mann Tino, ein schlanker, hochgewachsener Mann mit kurzem blonden Haar, steckte in einem stilechten, ebenfalls weißen Smoking und war sowohl für die Soundtechnik zuständig als auch für das Sammeln und Ordnen von Musikwünschen der Gäste.

Tatsächlich war Arndt vor Kurzem ebenfalls zu ihm gegangen, um einen Wunsch zu äußern, Maria war sich aber nicht sicher, ob das entsprechende Lied bereits gespielt worden war. Er hatte nicht ein Wort darüber verloren, und mittlerweile kam sie sich ein bisschen albern vor, weil sie diesen Musikwunsch auf sich bezogen hatte. Dabei konnte sie sich nicht einmal mit größter Anstrengung vorstellen, um welches Lied es sich handeln könnte. Sie waren ja schließlich kein Paar und hatten kein besonderes gemeinsames Lied. Deshalb schob sie rigoros alle entsprechenden Gedanken beiseite.

»Darf ich um den nächsten Tanz bitten?« Neben ihr war Lennart aufgetaucht und lächelte ihr zu.

Überrascht erhob sie sich. »Ja, sicher, warum nicht?« Kurz blickte sie zu Melissa hinüber, die gerade mit Andy tanzte. Der Anblick wärmte ihr Herz.

Lennart führte sie zur Tanzfläche, und sie begannen, sich mit flotten Schritten zu *Major Tom* im Kreis zu drehen. Sie hatte seit einer Ewigkeit nicht mehr getanzt, lachte aber ausgelassen, als der Rhythmus sie packte. Nie hatte sie ausreichend Gelegenheit zum Tanzen gehabt, es aber schon immer geliebt. Anscheinend verhielt es sich damit wie mit Radfahren oder Schwimmen – man verlernte es nicht.

Auch Lennart lachte ausgelassen und ließ sie ein paar gewagte Pirouetten drehen. Als die Musik zu Phil Collins' *You can't hurry love* wechselte, war sie bereits leicht außer Atem, doch Lennart wirbelte sie einfach weiter über die Tanzfläche. »Ich wusste gar nicht, dass du so gut tanzt«, rief er ihr zu.

»Ich auch nicht«, gab sie zu. »Ich hatte ewig keine Gelegenheit mehr dazu. Du bist aber ebenfalls ein ausgezeichneter Tänzer.«

»Danke. Papa hat es mir und Lena beigebracht.«

»Tatsächlich?«

»Ja, als wir Teenager waren. Er ist allerdings noch um Längen besser als ich.«

Maria lachte. »Das sehe ich.«

Lennart folgte ihrem Blick. Inzwischen tanzte Arndt mit seiner Tochter, und die beiden machten dabei einen regelrecht professionellen Eindruck. Für einen Moment streifte sie die Erinnerung an damals, doch sie verdrängte die Bilder rasch, als die Musik erneut wechselte. Diesmal zu *Ich liebe dich* von Clowns & Helden. Das Lied begann ruhig, sodass Maria ein wenig zu Atem kam, doch sehr bald setzte der Takt ein, und Lennart wirbelte erneut mit ihr los. Diesmal tanzten sie wie durch Zauberhand immer wieder an Arndt und Lena vorbei, und jedes Mal traf ihr Blick auf den von Arndt. Er lächelte unverwandt und redete mit Lena, doch in seinen Augen, die bald ausschließlich auf Maria zu ruhen schienen, las sie eine Botschaft, die ihr zusammen mit dem eindringlichen Refrain des Liedes eine Gänsehaut und wildes Herzklopfen verursachte.

Als auch dieses Lied endete, entstand eine kurze Pause, denn Franziska hatte das Mikrofon ergriffen. Alle Blicke richteten sich auf sie. Sie lächelte charmant in die Runde: »Ich hoffe, ihr seid jetzt ordentlich aufgewärmt?«

Gelächter, Applaus und zustimmende Rufe waren die Antwort.

Franziska wartete, bis es wieder ruhiger wurde. »Sehr gut, dann dürft ihr mich jetzt weiter auf einen *Trip down Memory Lane* begleiten, wie es so schön heißt. Dabei geht es speziell um ganz besondere Erinnerungen, die einer der Anwesenden gerne mit uns und ganz besonders mit einer Frau teilen möchte, die heute ebenfalls hier ist. Ich soll die Namen der beiden nicht nennen, aber die betreffende Frau, so wurde mir versichert, wird sofort wissen, dass sie gemeint ist, sobald sie den ersten Song hört. Also sperrt die Ohren auf – und eure Herzen – und schwelgt in Erinnerungen!« Sie gab das Mikro an Tino weiter und ging zu ihrem Schaltpult zurück.

»Darf ich?« Arndt war neben Lennart aufgetaucht und streckte seine Hand in Marias Richtung aus.

Lennart grinste. »Klar, gerne. Ich habe Andy versprochen, auch noch mit ihm zu tanzen.« Er nickte Maria zu. »Danke und viel Spaß mit dem Meister des exzellenten Tanzbeins.«

»Ich sagte ja, dass wir heute miteinander tanzen werden.« Arndt ergriff ihre Hand und zog sie mit einem eleganten Ruck zu sich heran. Im selben Moment begann nach einem kleinen Trommelwirbel die Musik, und Arndt begann sofort zu tanzen.

Maria erschrak und passte sich mehr automatisch denn willentlich seinem Schritt an. Sie hatte das Lied natürlich sofort erkannt. Es war das erste gewesen, auf das sie damals mit ihm getanzt hatte. In einem anderen Leben, das nur ein Wochenende gedauert hatte.

»*Our love is alive. And so it begins*«, sangen Suzi Quatro und Chris Norman. »*Foolishly layin' our hearts on the table, stumblin' in …*«

Arndts Lippen bewegten sich zum Text, in seinen Augen blitzte ein schalkhaftes Lächeln. Maria rang ein wenig nach Atem. »Ich dachte, heute gäbe es nur Musik aus den Achtzigern bis heute.«

Er grinste jungenhaft. »Ich habe um eine kleine Ausnahme gebeten.« Schwungvoll drehte er sie um die eigene Achse, ließ sie auf Armeslänge von sich fort und zog sie gleich darauf wieder an sich. »Wie findest du diese Reise?«

»Reise?« Fast hätte Maria unwillkürlich gelacht, als er sie eine Pirouette drehen ließ, eine zweite und noch eine dritte. Ihre Schritte harmonierten, als hätten sie schon tausendmal miteinander getanzt.

»Auf der Straße der Erinnerung.«

»Ich weiß nicht«, gab sie zu und stieß gleich darauf einen verblüfften Laut aus, als er sie erneut ausgelassen im Kreis herumwirbelte. »Du bist verrückt!« Dennoch oder gerade deswegen konnte sie das Lachen nicht mehr unterdrücken.

»Nur ein bisschen.« Fröhlich zwinkerte er ihr zu. »Aber komm nicht auf die Idee, mir gleich wegzulaufen. Ich habe insgesamt drei Songs bestellt.«

»Drei?« In ihrer Magengrube kribbelte es beängstigend.

»Na klar, aller guten Dinge sind drei, zumindest auf der Tanzfläche.« Mehr sagte er nicht, doch das war auch gar nicht notwendig, denn der Song war viel zu schnell vorbei und wechselte übergangslos zu *I was made for lovin' you* von Kiss.

Ihr Herz machte einen schmerzlichen Satz. »Wie hinterhältig von dir!«

In seinen Augen funkelte es herausfordernd. »Nicht wahr? Ich habe dich ja gewarnt, dass ich die schweren Geschütze auffahren werde. Schön, dass du dich an das Lied erinnerst.«

»Wie könnte ich wohl nicht?« Immerhin war es das Lied, zu dem sie sich das erste Mal geküsst hatten.

»Dann zeigen wir jetzt mal den Amateuren, wie es richtig geht, okay?«

»Was?« Verblüfft rang sie nach Atem, als er sie, ganz wie damals, mit einigen komplizierten Schritten in die Mitte der Tanzfläche dirigierte.

***

»Oh, wow, sieh dir das mal an!« Lena hatte sich zu Melissa gesellt, die bis eben noch mit Andy getanzt, den Jungen nun aber Lennart überlassen hatte. Die beiden hopsten ausgelassen ein paar Meter entfernt herum.

»Was meinst du?« Melissa wandte sich Lena fragend zu.

»Na, da vorne. Deine Mutter und mein Vater.« Lena deutete mit dem Kinn zur Mitte der Tanzfläche, wo Arndt und Maria zu *I was made for lovin' you* eine filmreife Sohle aufs Parkett legten.

»Ach du Sch…reck.« Melissa riss die Augen auf.

»Ja, oder?« Lena folgte den beiden fasziniert mit Blicken. »Ich wusste nicht, dass Maria so gut tanzen kann.«

»Ich auch nicht.« Melissa fasste sich an die Stirn. »Das ist ja irre! Ich hab sie auch noch nie so … lachen gesehen.«

»Sie hat ihren Spaß. Den haben sie beide.« Lena grinste. »Das ist doch gut.«

»Ja, schon. Ich bin nur …« Ungläubig schüttelte Melissa den Kopf. »So habe ich sie noch nie erlebt.«

»Papa scheint endlich eine ebenbürtige Tanzpartnerin gefunden zu haben.« Lena schnappte sich ein Glas Sekt vom Tablett einer vorbeieilenden Kellnerin. »Außer mir natürlich.«

***

»Dein ist mein ganzes Herz«, schallte Heinz Rudolf Kunze aus den Lautsprechern, während Maria sich atemlos weiter von Arndt über die Tanzfläche führen ließ. Seine Musikwahl war in der Tat hinterhältig. Dieser letzte Song barg zwar keinerlei gemeinsame Erinnerungen für sie beide, doch die Botschaft war nicht schwer zu verstehen.

Die Versuchung, seinem Werben nachzugeben, wurde beinahe überwältigend, doch ihr fehlte der Mut. Zu viel stand auf dem Spiel. Sie wollte einfach keinen Fehler machen, der ihr neues Leben gefährdete. Glücklicherweise war auf dem Ball zu viel los, als dass Arndt irgendwelche Anstalten machen würde, sie in ein ernsteres Gespräch oder gar mehr zu verwickeln. Seiner Miene sah sie jedoch an, dass er nur auf eine Gelegenheit wartete, sie allein zu erwischen, um auf das Thema zurückzukommen.

Als das Lied endete, ergriff Franziska wieder das Mikrofon und ließ gleichzeitig noch einmal einen kleinen Trommelwirbel ertönen, um die Aufmerksamkeit aller Anwesenden auf sich zu lenken. »Darf ich noch einmal um eure Aufmerksamkeit bitten! Ich habe hier noch einen besonderen Musikwunsch, den ich liebend gerne erfülle, denn er ist nicht nur hochromantisch, sondern er geht für zwei Menschen – oder eigentlich sind es sogar drei – mit einer sehr wichtigen Frage einher. Melissa!« Sie winkte auffordernd, woraufhin Melissa etwas zögernd zur Bühne ging. Tino tauchte neben ihr auf und befestigte ein kleines Funkmikrofon an ihrem silbernen Abendkleid.

»Entschuldigt bitte die winzige Unterbrechung, aber ein bisschen Technik muss sein, damit alle Beteiligten gleich die Hände frei haben. Also Melissa, du hast das Wort.«

»Okay, danke.« Melissa räusperte sich sichtlich nervös, ihre Wangen hatten sich rosig verfärbt. »Also, erst einmal möchte ich Lennart Overbeck bitten, zu mir nach vorne zu kommen. Ich bin, wie man bestimmt merkt, ziemlich nervös, und Lennart hat ein probates Mittel dagegen.«

Ringsum wurde applaudiert und gelacht.

Maria verfolgte mit neugierigen Blicken, wie Lennart sich von dem breit grinsenden Andy löste, mit dem er bis eben noch getanzt hatte, und sichtlich verblüfft auf Melissa zuging. Auch ihm steckte Tino schnell und geschickt ein kleines Mikro ans Revers. In Maria regte sich ein Verdacht, und sie wusste nicht, ob sie jubeln oder vor Rührung weinen sollte. Unwillkürlich drückte sie Arndts Hand, der sie vom Tanzen noch umfasst hielt.

»Na, so ein Zufall«, murmelte Arndt und erwiderte dabei Marias Händedruck. »Manche Dinge erledigen sich von selbst.«

»Was meinst du?« Fragend blickte sie ihn an, doch er wies nur mit dem Kinn in Richtung Bühne.

»Erinnerst du dich noch an den Abend vor etwas mehr als einem Jahr, als wir die Kisten mit Weihnachtsschmuck vom Sternbach-Resort in Andys und mein neues Domizil gebracht haben?«, wandte Melissa sich an Lennart. »Ich war fürchterlich nervös und verängstigt; du weißt, warum.«

Lennart, immer noch sichtlich verblüfft, nickte nur.

Melissa lächelte. »Du hast mir Angst gemacht, hauptsächlich vor mir selbst. Aber wie gesagt, du hattest ein fantastisches Mittel dagegen.« Sie gab Franziska ein Zeichen, woraufhin die ersten Töne von Metallicas *Nothing else matters* aus den Lautsprechern drangen, jedoch so leise, dass man Melissas weitere Worte mühelos verstehen konnte. »Du hast mich zum Tanzen aufgefordert, mitten in meinem neuen Wohnzimmer.« Während sie sprach, streckte sie die Hand in seine Richtung aus.

Lennart lächelte und zog sie in seine Arme. Obgleich die Musik nicht wirklich tanzbar war, drehten sie sich unter dem Applaus des Publikums langsam im Kreis.

»Du hast mir gesagt, ich sei verrückt«, erinnerte Lennart sich.

Melissa erwiderte sein Lächeln. »Aber erst, nachdem du mich dazu aufgefordert hast. Ich hatte scheußliche Angst, weil …« Sie wurde wieder ernst und blickte ins Publikum. »Mein Ex-Mann hätte mich für solche Worte grün und blau geprügelt.«

Ringsum kam ungläubiges und empörtes Raunen auf.

Melissa sprach jedoch einfach weiter. »Mittlerweile habe

ich mich daran gewöhnt, dass du wirklich ein bisschen verrückt bist, Lennart. Und daran, dass ich dir das einfach so sagen darf.«

Lennart grinste breit.

»Ich bin mutiger geworden«, fuhr sie fort. »Du hast immer daran geglaubt, selbst als ich es noch nicht konnte. Dafür bin ich sehr dankbar, und deshalb habe ich vorhin auch ganz spontan beschlossen, das hier zu tun. Ich habe schon länger darüber nachgedacht, wie ich es anfangen soll, weil, na ja, das Jahr, das wir nun gemeinsam verbracht haben, war das schönste meines bisherigen Lebens, aber es ist eben nur ein Jahr. Nicht sehr lange. Doch dann habe ich mir überlegt, dass das völlig egal ist. Ich meine, ich liebe dich, Andy liebt dich.« Sie warf ihrem kleinen Sohn einen zärtlichen Blick zu, der in einigen Metern Entfernung am Rand der Tanzfläche stand und wie ein Honigkuchenpferd grinste. Nun hüpfte er begeistert auf und ab und klatschte in die Hände.

Melissa blinzelte ein paarmal, wohl um aufsteigende Tränen zurückzudrängen. Maria glückte dies weniger gut als ihrer Tochter. Ihre Wangen wurden bereits feucht.

»Was«, sprach Melissa mit belegter Stimme weiter, »soll sich daran ändern, wenn wir noch mehr Zeit verstreichen lassen?«

Da die Musik endete, gab Melissa Franziska erneut ein kurzes Zeichen. Gleich darauf tönte Katie Meluas *Nine Million Bicycles* aus den Lautsprechern, immer noch so leise wie zuvor.

»Mir geht es so, wie dieser Song es beschreibt, und das möchte ich nie wieder hergeben.« Melissa holte hörbar Luft. »Wie gesagt, das hier ist total spontan, und deshalb habe ich auch keine Ringe oder so etwas, aber ich möchte dich trotzdem gerne fragen …«

»Ja.« Auf Lennarts Miene breitete sich ein Strahlen aus, sein Blick drückte all die Liebe aus, die er für sie empfand. Er zog eine kleine Schachtel aus der Hosentasche.

Ringsum wurde gelacht und gejubelt, als er den Deckel aufschnappen ließ, sodass zwei Ringe zu erkennen waren. »Die Antwort ist ganz eindeutig ja.« Er nahm einen der beiden Ringe und steckte ihn der vollkommen perplexen Melissa an den Finger. »Wie es aussieht, bin ich nicht der einzige Verrückte in dieser Partnerschaft.« Er blickte ins Publikum. »Ich hatte etwas ziemlich Ähnliches für heute Abend geplant.«

Gelächter und frenetischer Jubel brandete erneut auf, als Lennart Melissa an sich zog und sie innig küsste.

Nach einer Weile ließ er wieder etwas von ihr ab. »Die nächsten Schritte sollten wir aber doch vielleicht gemeinsam planen.« Er winkte Andy zu sich, der mit Anlauf und strahlenden Augen regelrecht in seinen Arm sprang. »Und du hilfst uns dabei, okay?«

Andy nickte heftig und schlang seine Arme um Lennarts Hals. Maria konnte sehen, dass der Siebenjährige vor Freude weinte. Bei diesem Anblick war es endgültig um sie geschehen. Fahrig wischte sie an den Tränen herum, die ihr nun in ganzen Strömen aus den Augen rannen. Sie schluchzte, als Arndt sie in seine Arme zog, und drückte ihr Gesicht gegen seine Schulter.

Da Melissa, Lennart und Andy nun von begeisterten Gratulierenden umringt waren, hatte Maria ein wenig Zeit, sich wieder zu fangen, was gar nicht so einfach war, denn Arndts Nähe und sein Geruch trugen nun nicht gerade zu ihrem Seelenfrieden bei, ganz zu schweigen von der Tatsache, dass sie nun bald eine Familie sein würden. Familie!

***

Lena und Martin standen so günstig, dass sie dem glücklichen Paar als Erste gratulieren konnten. Lena umarmte erst ihren Bruder, dann Melissa und gab beiden je einen Kuss auf jede Wange.

»Gut gemacht«, flüsterte sie ihnen zu und umarmte zu guter Letzt auch Andy, der immer noch zwischen Weinen und Strahlen schwankte. Sie sah, wie auch Martin Melissa kurz umarmte und Lennart kräftig auf die Schulter klopfte. Dann griff er jedoch mit gerunzelter Stirn in seine Hosentasche und zog sein Handy hervor. Nach einem Blick aufs Display vertieften sich die Furchen auf seiner Stirn.

Lena erhob sich rasch und trat auf ihn zu.

»Wo seid ihr jetzt?«, hörte sie Martin fragen.

Sie trat näher zu ihm. »Jeanine?«, formte sie tonlos mit den Lippen, woraufhin er gleichzeitig nickte und gebieterisch den Zeigefinger hob.

»Na, wunderbar. Ich dachte, so etwas ist bei neuen Automodellen gar nicht möglich.« – »Batterie leer? Aber wie konnte sie dann überhaupt …« Er verdrehte die Augen. »Vergiss es. Ja, ich bringe euch den Ersatzschlüssel.« Er unterbrach die Verbindung. »Ist ja nicht so, dass ich auf einem Date bin. Schon wieder.« Mit wütend verkniffenen Lippen schob er das Handy zurück in seine Tasche. »Ich muss leider gehen.«

Lena berührte ihn am Arm. »Was ist passiert?«

Sichtlich genervt legte er den Kopf in den Nacken. »Ich hatte dir erzählt, dass Alice heute mit Jeanine eine Wohnungsbesichtigungstour in Köln gemacht hat, nicht wahr?«

Sie nickte nur.

»Sie wollten jetzt nach Hause fahren, und dabei hat Alice festgestellt, dass sie ihren Autoschlüssel im Auto eingeschlossen hat. Frag mich nicht, wie sie das geschafft hat. Jeanine meinte, der Mann vom Parkhauspersonal hätte gesagt, so etwas geht nur, wenn die Batterie im Schlüssel leer ist. Keine Ahnung, ob das stimmt.« Er seufzte ungeduldig. »Jedenfalls muss ich jetzt nach Hause, den Ersatzschlüssel suchen und ihn nach Köln bringen. Anderenfalls muss der ADAC das Auto öffnen, und das kann natürlich teuer werden – und aufwendig.«

»So ein Mist.« Lena ergriff seine Hand. »Ich begleite dich.«

»Das ist doch nicht nötig«, wehrte er ab. »Das ist mein Problem.«

»Hatten wir diese Diskussion nicht schon mal?« Lena zog ihn einfach mit sich. »Ellie passt auf Buddy auf, also ist er so oder so erst mal versorgt. Du siehst ziemlich angefressen aus …«

»Habe ich etwa kein Recht dazu?«, fuhr er auf. »Das ist schon das zweite Date in kurzer Zeit, das Alice uns mit ihrer Gedankenlosigkeit vermasselt!«

»Deshalb ist es besser, wenn ich als Puffer mitfahre«, fuhr Lena unbeirrt fort. »Ich sage nur rasch Papa Bescheid, dass wir weg sind.«

***

Arndt war kurz abgelenkt, weil Lena ihm mitteilte, dass sie zusammen mit Martin früher vom Ball verschwinden musste. Irgendetwas wegen dieser Alice. Ein wenig machte es ihm Sorgen, dass diese Frau offenbar ständig Grund zur Aufregung bot und obendrein noch bei Martin wohnte. Ob das auf Dauer gut gehen konnte?

Als er sich nun wieder dem glücklich verlobten Paar zuwandte, beobachtete er, wie Maria erst ihre Tochter, dann Lennart umarmte und auf die Wangen küsste. Danach nahm sie Andy auf den Arm und machte Arndt Platz. Er hätte gerne etwas zu ihr gesagt, doch sie konzentrierte sich so demonstrativ auf den Jungen, dass er beinahe das Gefühl hatte, gegen die unsichtbare Mauer zu prallen, die sie um sich herum errichtet hatte. Dabei hatte er gehofft, dass ihr gemeinsames Tanzen das Eis stark angetaut hätte. Seinen Unmut über ihren erneuten Rückzug unterdrückte er jedoch, bis er seinem Sohn und seiner zukünftigen Schwiegertochter gratuliert und ihnen die besten Wünsche für die gemeinsame Zukunft übermittelt hatte.

***

Maria hätte sich gerne noch länger mit ihrem Enkel beschäftigt, doch nachdem gefühlt jeder einzelne Gast des Weihnachtsballs Lennart und Melissa gratuliert hatte, machten die beiden sich auf den Heimweg. Hauptsächlich natürlich Andys wegen, dessen Schlafenszeit schon um einige Stunden überschritten war. Aber natürlich wollten die beiden auch noch ein wenig zu zweit feiern. Nachdem sie aufgebrochen waren, versuchte Maria, sich fast anderthalb Stunden lang abzulenken und Arndt auszuweichen, indem sie sich den Gesprächen ihrer Kolleginnen und Kollegen anschloss und sogar mit zwei Kollegen tanzte.

Sie war innerlich aufgewühlt, weil sie wie selbstverständlich ihre Freudentränen an Arndts Schulter vergossen hatte. Er war jetzt so gut wie Melissas Schwiegervater, sie Lennarts Schwiegermutter. Das war eine wichtige familiäre Verbindung, die sie unmöglich gefährden durften, indem sie etwas miteinander anfingen. Ganz zu schweigen davon, dass ihr allein der Gedanke eine Heidenangst einjagte. Sie fand gerade erst das Vertrauen in sich selbst, wie um alles in der Welt sollte sie welches in einen Mann aufbringen? Und vertrauen müsste sie ihm, dass er sie nicht so vollständig beherrschen und ihr Leben und ihre Entscheidungen vereinnahmen würde, wie Jens es getan hatte. Wie sollte das gehen? Nein, lieber wich sie ihm aus und überlegte sich, wie sie ihm klarmachen konnte, dass sie bestenfalls gute Freunde sein konnten. Dass dieser Gedanke ihr das Herz erst recht schwer werden ließ, darüber wollte sie lieber nicht nachdenken. Es war einfach alles zu verwirrend.

»Komm mit.« Arndts Stimme dicht neben ihrem Ohr ließ Maria erschrocken zusammenzucken. Sie stand nach ihrem letzten Tanz immer noch am Rand der Tanzfläche und hatte gerade überlegt, ob sie eine Runde durch den Raum gehen sollte. Als sie sich umdrehte, begegnete sie Arndts ernstem Blick. Er lächelte, ohne dass es seine Augen erreichte. »Wir müssen uns unterhalten.«

»Worüber?« Sie schnappte nach Luft, als er ihre Hand ergriff und sie sanft mit sich zog. »Wo willst du denn hin?«

»Über dich und mich. Über Melissa und Lennart.« Arndt steuerte den Ausgang des Saales an. »Wir suchen uns einen Ort, an dem es sich besser reden lässt.«

»Jetzt?« Sie sträubte sich nicht, dazu war sie zu überrumpelt.

»Unbedingt.« Mehr sagte er nicht, bis sie an der Garderobe ihre Mäntel erhalten und angezogen hatten. Erst, als sie vor der Stadthalle auf dem Parkplatz standen, erwachte ihr Widerstand. »Was soll das eigentlich? Du kannst mich nicht einfach so … entführen! Was, wenn ich noch gar nicht gehen will?« Sie schluckte hart. »Ich habe es satt, dass mir ein Mann vorschreibt, was ich tun und lassen soll. Du willst mit mir reden? Gut, dann ruf mich morgen an. Was auch immer es sein mag, es hat ganz bestimmt noch Zeit bis morgen. Außerdem ist es doch die Weihnachtsfeier deiner Firma, die du auf den Ball verlegt hast. Ist es nicht unhöflich, dass du dich so früh verabschiedest?«

»Es ist halb elf.« Er versenkte die Hände in den Taschen seines Wintermantels. Seine Miene wirkte zerknirscht. »Tut mir leid. Ich will dich nicht bevormunden.« Er blickte zur Halle, dann wieder in ihr Gesicht. »Also gut, geh wieder rein. Wir sprechen uns ein andermal.« Mit einem knappen Nicken wandte er sich zum Gehen. »Viel Spaß noch auf dem Ball.« Seine Stimme klang gleichmütig und nicht aufgebracht oder wütend.

Maria sah ihm nach, wie er mit ausholenden Schritten auf sein Auto zuging, und fluchte innerlich. »Arndt!«

Er blieb stehen, drehte sich aber nicht zu ihr um. Sie ging ein paar Schritte in seine Richtung. »Wohin wolltest du jetzt noch fahren?«

»Zum Weihnachtsmarkt.« Nun wandte er sich doch zu ihr um. »Entschuldige bitte, ich hätte dich fragen sollen. Die Vorstellung fällt mir schwer, dass du dein Leben lang nach der Pfeife deines Mannes oder deiner Eltern getanzt bist und mein Verhalten deshalb jetzt mit ihrem vergleichst. Du musst nichts tun, was du nicht willst. Wenn du ein andermal reden willst, akzeptiere ich das. Geh wieder rein. Du hattest doch jede Menge Spaß. Tanz für mich ein, zwei Tänze mit.«

Stirnrunzelnd ging sie noch einen Schritt auf ihn zu. »Warum auf den Weihnachtsmarkt?«

»Weil es dort schön ist.«

»Und das ist es auf dem Ball nicht?«

Er lächelte leicht. »Dort habe ich dich nicht für mich.«

Sie schluckte. »Arndt … Wir sollten nicht … Ich meine … Melissa und Lennart sind jetzt verlobt und …«

»Genau darüber wollte ich mit dir reden.« Nun kam Arndt

einen Schritt auf sie zu. »Bevor du dich in irgendeinen Unsinn hineinsteigerst.«

»In irgendeinen Unsinn?«, echote sie empört. »Was daran ist bitte schön unsinnig?« Sie warf einen Blick über die Schulter zur Stadthalle, dann strebte sie entschlossen seinem Wagen zu. »Also gut, fahren wir zum Weihnachtsmarkt.«

Arndt nickte, doch er sagte kein Wort, bis sie die kurze Strecke zum Weihnachtsmarkt zurückgelegt und einen Parkplatz gefunden hatten. Maria fragte sich, ob er sich wohl in Gedanken zurechtlegte, was er zu ihr sagen wollte, denn genau das tat sie oder vielmehr versuchte sie es, doch die Gedanken verhedderten sich heillos in ihrem Kopf.

Kaum, dass sie aus dem Auto ausgestiegen waren, ergriff Arndt bereits ihre Hand, wartete diesmal aber, bis sie sich selbst in Richtung des beleuchteten Torbogens in Bewegung setzte. Sie überließ ihm ihre Hand, weil sie nicht wusste, wie sie sich verhalten sollte. Sie hätte sie ihm entziehen müssen, doch schließlich entschuldigte sie ihr Zögern damit, dass sie keine Handschuhe dabeihatte und es eisig kalt war. Arndts Hand war warm – wärmer als ihre Manteltasche.

»Lass uns eine Runde mit dem Karussell fahren.« Arndt deutete auf das altmodische Fahrgeschäft mit den liebevoll in Schuss gehaltenen Pferdchen und Gondeln.

»Ich weiß nicht.« Zögernd folgte sie ihm zur Kasse, wo er bei einem sympathischen Mann etwa Ende zwanzig oder Anfang dreißig zwei Fahrkarten kaufte. Auf dem Namensschild des Mannes stand der Name Michael, und Maria meinte, sich zu erinnern, dass er einer der Söhne des Karussellbesitzers Klaus war. Klaus selbst saß am Schaltpult und schien gerade etwas neu einzustellen, denn er wirkte sehr konzentriert. »Ist das jetzt wirklich so eine gute Idee?« Skeptisch beobachtete sie, während sie auf das Ende der laufenden Runde warteten, die offensichtlich verliebten Paare aller möglichen Altersgruppen, die in den Gondeln saßen.

»Absolut.« Arndt stützte sich mit den Unterarmen auf das hüfthohe Geländer des Fahrgeschäfts. »Auf dem Karussell kannst du mir nicht weglaufen, bis ich dir alles gesagt habe, was du hören solltest.«

Ihr Herz verkrampfte sich bei seinem ernsten Ton. »Was hast du mir denn zu sagen? Oh!« Sie horchte auf, als aus den Lautsprechern *Codo … ich düse im Sauseschritt* erklang. Eine Gänsehaut rieselte ihr das Rückgrat hinab. »Das ist ja …«

»Das Lied wurde gespielt, als ich dich in dem Club in Düsseldorf entdeckt habe.« Arndt klang so überrascht wie sie. »Ich glaube, ich habe es seitdem nie wieder gehört.«

»Du hast *mich* entdeckt?« Maria hüstelte. »Ich dachte immer, es wäre umgekehrt gewesen.« Wenn sie so darüber nachdachte, war es wohl eher einfach so gewesen, dass sich ihre Blicke in dem Gewühl rein zufällig begegnet waren.

»Und ich bin zu dir gedüst, bevor du in dem Gewimmel wieder verschwinden konntest.«

Dieser Teil stimmte. Kaum, dass sich ihre Blicke begegnet waren, hatte er seinen Platz an der Theke verlassen und war auf sie zugekommen.

Ihr Herz machte bei der Erinnerung einen wilden Satz. »Du hast mich zum Tanzen aufgefordert.«

»Und getanzt haben wir.« Arndt nahm lächelnd ihre Hand. »Welche Gondel nehmen wir? Die dunkelrote Kutsche gleich hier vorne?« Er deutete auf eine Gondel, und erst jetzt registrierte sie, dass das Karussell angehalten hatte.

»Warum nicht?« Plötzlich war sie viel zu nervös, um ihre Umgebung wirklich wahrzunehmen. Sie stieg vor Arndt ein und versuchte, so weit wie möglich in die Ecke zu rücken, als er sich neben sie setzte.

»Hier, nimm die Decke.« Er breitete die ebenfalls dunkelrote Wolldecke über ihnen aus. »Die Temperaturen sind noch mal gesunken. Wir haben gut und gerne fünf Grad unter null.«

»Danke.« Fahrig zupfte sie an der weichen Decke herum und stieß leicht gegen ihn, da das Karussell mit einem kleinen Ruck anfuhr. »Entschuldige.«

»Wofür?« Er stieß sie leicht mit der Schulter an. »Auf das Lied haben wir damals auch getanzt. Erinnerst du dich?«

Sie lauschte kurz. Nick Kamen sang *I promised myself*. »Ja, kann sein.«

»Wenn ich es recht bedenke, habe ich mir damals auch geschworen, auf dich zu warten, wie es in dem Lied heißt.« Arndts Stimme war leicht rau geworden. »Ich habe dir meine Nummer gegeben und lange darauf gewartet, dass du sie wählen würdest – dass du *mich* wählen würdest. Vielleicht warte ich sogar heute noch darauf. Das Handy gibt es schließlich immer noch, auch wenn es seit einer Ewigkeit nur in der Schublade liegt. Ich checke hin und wieder den Akku …«

»Arndt, nicht«, unterbrach sie ihn mit einem flauen Gefühl in der Magengrube und viel zu schnellem Puls. »Wir sollten die Vergangenheit ruhen lassen. Du hast vorhin selbst gesagt, dass wir reden müssen. Wegen Lennart und Melissa. Sie sind jetzt verlobt, und …«

»Und was?« Sein Ton hatte sich verändert, klang nun leicht ungeduldig.

»Wir sind jetzt praktisch miteinander verwandt.« Verzweifelt suchte sie nach den richtigen Worten. »Das sollten wir nicht auf die leichte Schulter nehmen. Ich will nicht riskieren, dass …, dass …«

»Dass was?« Zwischen seinen Augen war eine senkrechte Falte entstanden.

»Dass es nicht funktioniert und wir uns dann nicht mehr verstehen und damit dann Melissas und Lennarts Beziehung oder Ehe belasten. Auch für Andy wäre das schlimm. Ich will einfach nichts tun, was meiner Tochter schaden könnte. Es ... geht einfach nicht. Ich habe in meinem Leben und gerade, was meine Tochter angeht, so wahnsinnig viel falsch gemacht. Das kann ich nie wiedergutmachen. Aber ich kann verhindern, dass ich sie in der Zukunft irgendwie verletze oder ihr schade.«

»Und deshalb willst du auf deine eigene Chance, glücklich zu werden, verzichten?« Rau war seine Stimme nun wieder, aber seine Verärgerung war nicht zu überhören.

»Glücklich?« Das Wort blieb ihr beinahe in der Kehle stecken, weil diese sich bedrohlich verengt hatte.

Ausgerechnet jetzt wechselte die Musik zu *She drives me crazy* von den Fine Young Cannibals. Auch ein Song, zu dem sie getanzt hatten. »Wie kannst du wissen, ob wir glücklich würden? Ich weiß ja nicht einmal, was ich für mich selbst will, geschweige denn, wie ich mich in einer Beziehung verhalten soll.«

»Jetzt kommen wir der Sache allmählich näher«, brummte er und lächelte grimmig. »Dieser Song passt gerade perfekt. Du treibst mich nämlich auch allmählich in den Wahnsinn, Maria.«

Erschrocken starrte sie ihn an. »Das lag nie in meiner Absicht.«

»Das ist mir schon klar.« Er richtete den Blick geradeaus. »Deine Familie und dein Mann haben dich ganz schön verkorkst. Entschuldige, man soll nicht schlecht über andere reden, über einen Toten schon gar nicht, aber ganz ehrlich? Wenn ich damals das Ausmaß erfasst hätte, in dem dein Mann dich kaputtmachen würde ...«

»Arndt«, protestierte sie verblüfft, doch er redete einfach weiter. »… dann hätte ich alles getan, um zu verhindern, dass du ihn heiratest. Verflucht noch mal, merkst du eigentlich, dass du die Verlobung von Melissa und Lennart nur als Vorwand benutzt, um dich nicht mit meinen Gefühlen für dich auseinandersetzen zu müssen? Und mit deinen für mich?«

Sie erschrak. »Mit deinen Gefühlen?«

»Ja, verdammt.« Er wandte sich ihr wieder zu. »Ich liebe dich, Maria. Ich habe mich an diesem Abend in Düsseldorf in dem Club in dich verliebt, und das Gefühl ist nie wieder verschwunden. Wenn überhaupt, ist es nur stärker und erwachsener geworden. Ich habe es siebenundzwanzig Jahre lang erfolgreich ignoriert, aber als du vergangenes Jahr an Heiligabend vor mir standest, war es sofort wieder da, ganz genau so wie damals.« Er atmete tief durch. »Seit diesem Abend versuchst du, mir, aber vor allem dir selbst glaubhaft zu versichern, dass es dir nicht ganz genauso geht. Ist es nicht so?«

Für einen Moment sprachlos, starrte sie in seine dunkelblauen, zornig funkelnden Augen. Als sie endlich doch versuchte, Worte zu formen, hob er abwehrend die Hand.

»Nein, denk erst eine Weile darüber nach, bevor du mir eine Antwort gibst.« Er stieß ein grimmiges Lachen aus, als die Musik zu einer Instrumentalversion von *Strangers in the night* wechselte. Zu ihrer grenzenlosen Verblüffung nahm er ihr Gesicht in beide Hände. »Hör dir dieses Lied an! Kennst du den Text? Das sind wir, Maria. Das können wir sein, wenn du es zulässt.« Dann küsste er sie.

***

Elfe-Acht und Elf-Zwei, die auf dem Dach des Kassenhäuschens saßen, gaben sich ein High five.

Elf-Zwei grinste verschwörerisch. »Das haben wir wieder mal gut hinbekommen, findest du nicht? Ich könnte mich jedes Mal kringelig lachen, wenn wir Klaus' Playlist manipulieren, und er dann total verwirrt reagiert.«

»Ja, obwohl er, glaube ich, inzwischen ahnt, dass da jemand heimlich an der Technik herumspielt.« Elfe-Acht lachte, wurde gleich darauf aber wieder ernst. »Hoffentlich haben wir damit jetzt nicht unsere Kompetenzen überschritten. Glaubst du, die himmlischen Mächte oder das Universum werden böse, weil wir den beiden ein bisschen geholfen haben, obwohl wir keinen Wunsch und damit keinen konkreten Auftrag von Santa Claus haben?«

»Ich weiß es nicht.« Elf-Zwei hob die Schultern. »Wir könnten ja sagen, dass das alles für Andys Wunsch ist. Der geht ja jetzt in Erfüllung. Wir sorgen doch nur dafür, dass dann alle in der Familie glücklich sind.«

»Nicht alle«, korrigierte Elfe-Acht mit plötzlich sehr besorgter Miene.

»Was meinst du?« Elf-Zwei folgte überrascht ihrem Blick. »Oh, das ist ja Lena. Was macht die denn so spät auf dem Weihnachtsmarkt? Und ist sie etwa allein? Wo ist denn Martin?«

»Keine Ahnung.« Elfe-Acht war aufgesprungen und sah sich nach allen Seiten um. »Er ist nicht mit ihr hier. Und sieh dir nur mal ihr Gesicht an! Als wäre sie furchtbar wütend und enttäuscht. Oje, was mag da vorgefallen sein? Hätten wir die beiden besser nicht aus den Augen gelassen?«

»Verflixt, das sieht gar nicht gut aus.« Elf-Zwei kratzte sich am Kopf. »Was macht sie denn jetzt? Ach herrje, weint sie etwa? Nein, doch nicht, aber sie scheint sehr unglücklich zu sein. Was sollen wir denn jetzt tun?«

»Ich weiß auch nicht.« Elfe-Acht konnte ihren Blick nicht

von Lena losreißen. »Vielleicht sollten wir Santa Claus Bescheid geben.«

»Und was dann?« Verzagt ließ Elf-Zwei den Kopf hängen. »Er kann doch auch nichts tun, solange sie sich nichts wünscht. Oder ein anderer Mensch aus ihrer Umgebung.«

»Trotzdem«, beharrte Elfe-Acht. »Irgendetwas muss uns einfallen. Siehst du? Da, es wird noch schlimmer!«

***

Ohne weiter darüber nachzudenken, war Lena, nachdem sie Martin zu Hause abgesetzt hatte, weiter zum Weihnachtsmarkt gefahren. Sie konnte noch nicht ganz fassen, was soeben vorgefallen war, und schwankte zwischen Zorn und Verzweiflung. Mit allem hatte sie gerechnet, aber nicht damit, dass ihr an diesem Abend das Herz brechen würde.

Sie hatte sich erst eine ganze Weile den Gospelchor auf der Bühne im Zentrum des Weihnachtsmarktes angehört, nun stand sie etwas abseits von dem alten Karussell, mit dem sie so gerne zusammen mit Martin gefahren wäre. Doch das stand nun offenbar nicht mehr zur Debatte. Sie wollte ihn am liebsten erwürgen! Diesen verfluchten, sturen, idiotischen Mann!

Sie blinzelte mehrmals, denn weinen wollte sie um keinen Preis der Welt. Aus den Lautsprechern tönte eine romantische Instrumentalversion von *Strangers in the night*. Ein leichter Wind raschelte um sie herum in den Tannengirlanden und ließ sie frösteln.

Sie blinzelte noch einmal – und hielt verblüfft inne. Waren das ihr Vater und Maria dort in der Kutsche? Sie folgte dem Gefährt mit Blicken, bis die beiden wieder in Sicht kamen. Lena stockte der Atem, denn nun wurde sie unfreiwillig Zeugin eines ausgesprochen zärtlichen und innigen Kusses. Ihr Puls beschleunigte sich, es fiel ihr schwer, den Blick abzuwenden.

Diesen Ausdruck auf dem Gesicht ihres Vaters hatte sie noch nie gesehen, und er versetzte ihr einen heftigen Stich. Ihr fiel ein, wie die beiden heute Abend miteinander getanzt hatten. Deshalb also hatte es zwischen ihrem Vater und Linda nicht gefunkt. Sein Herz war längst vergeben, das war nicht zu übersehen.

Für einen Moment vergaß sie ihren Zorn und den Schmerz in ihrem Herzen, doch dann wechselte die Musik zu Kelly Clarksons *A moment like this*. Ihr stockte erneut der Atem; in ihrer Kehle bildete sich ein schmerzhafter Kloß. Sie atmete mehrmals tief ein und aus, doch vergeblich. Ihr Herz verkrampfte sich schmerzhaft, und auch der Zorn war wieder da.

Nein, sie würde nicht weinen. Auf gar keinen Fall. Sie war tough! Sie war … »Scheiße!«

»Wie bitte?«, fragte eine rundliche Frau mittleren Alters neben ihr irritiert.

Lena antwortete nicht, sondern drängelte sich an den Paaren vorbei, die darauf warteten, dass das Karussell anhielt, damit sie zusteigen konnten. Sie stürmte auf den Parkplatz zu. Als sie nur wenig später hinter dem Steuer ihres Wagens saß, rannen ihr heiße Tränen über die Wangen. Aus der Ferne vermeinte sie noch immer Kelly Clarkson Stimme zu hören: *»Some people search a lifetime … for that one special kiss … I can't believe it's happening to me.«* Sie schlug verzweifelt auf das Lenkrad ein. »Scheiße, Scheiße, Scheiße! Verdammter Idiot!«

22. Kapitel

»Da seid ihr ja!« Melissa lächelte erfreut, als sie die Haustür öffnete. »Oh, Moment, ich nehme dir etwas ab.« Sie griff nach dem Karton, den Lena auf dem Arm balancierte. Er enthielt Mehl, Zucker und diverse Backzutaten, die Lena am Vormittag noch im Supermarkt erstanden hatte. »Kommt herein.« Melissa trug den Karton in den offenen Küchenbereich und stellte ihn auf der Anrichte ab. »Wir haben schon mal angefangen, weil Andy es nicht erwarten konnte.« Sie wies auf ihren Sohn, der auf einem der Barhocker an der Frühstückstheke saß und mit einer Gabel in einer kleinen Plastikschüssel rührte, während Maria neben ihm stand und von einer Teigrolle dünne Scheiben abschnitt und auf einem mit Backpapier ausgelegten Backblech verteilte. »Lennart kommt auch gleich. Er musste noch etwas in der Firma erledigen.«

Oh, wau, hier riecht es aber interessant nach süßen Sachen! Da muss ich gleich mal inspizieren, was es hier alles gibt und ob etwas für mich abfällt.

»Moment mal, Buddy, lass mich erst einmal dein Geschirr ausziehen.« Lena kniete sich neben den Hund und brachte gleich darauf sein Geschirr und die Leine sowie ihren Mantel zur Garderobe. »Er ist ganz schön vorwitzig geworden«, erklärte sie, als der Havaneser sich sofort zu einem Schnüffel-Rundgang durch die Küche aufmachte. »Wo ist denn Sissi?«

»Mit Lennart unterwegs.« Melissa zog eine Packung nach der anderen aus dem Karton und ordnete alles nach Sorten auf der Anrichte an. »Wenn sie zurück sind, können die beiden Hunde miteinander spielen. Zum Glück vertragen sie sich ja sehr gut.« Sie warf Buddy einen prüfenden Blick zu. »Er hat sich gut erholt, oder?«

»Ja, Fiona sagt, er ist wieder weitgehend in Ordnung. Übertreiben sollen wir es noch nicht, aber wenigstens ist er jetzt diesen Body los, und er kann auch schon etwas länger spazieren gehen. Außerdem habe ich ihm beim Hundefriseur das Fell komplett kurz scheren lassen, damit es überall gleichmäßig nachwachsen kann.« Lena lachte betont fröhlich, obwohl ihr eigentlich gar nicht danach war. »Er hat sich aber, fürchte ich, schon sehr daran gewöhnt, herumgetragen zu werden. Ich habe jetzt sogar eine spezielle Tragetasche für ihn im Internet gefunden. Sie ist handgefertigt und auf seine Größe angepasst. Eigentlich ist so was für Hunde mit Behinderungen, aber wir mögen es beide total, nicht wahr, Buddy?«

Was? O ja, wenn du es sagst. Ich habe gerade nicht zugehört. Hier riecht es nach Sissi, aber sie scheint nicht da zu sein. Buddy tappte zu Lena und wedelte mit der Rute.

Lena bückte sich und wuschelte ihm durchs Fell. »Wir kuscheln nämlich gerne.«

Das stimmt. Kuscheln mit Frauchen ist toll. Wuff!

Melissa lachte über Buddys kurzes helles Bellen, das wie eine Zustimmung klang.

»Darf ich nachher auch mit Sissi und Buddy spielen?« Andy hatte mit dem Rühren aufgehört und warf dem Havaneser aufmerksame Blicke zu.

»Erst einmal backen wir doch alle gemeinsam.« Maria war mit dem Schneiden der Teigrolle fertig und verschob das volle Backblech so, dass es direkt vor dem Jungen stand. »Bist du mit dem verquirlten Eigelb fertig? Lass sehen. Perfekt!« Sie griff nach einem bereitliegenden Lebensmittelpinsel aus Silikon. »Dann pinseln wir jetzt jedes Plätzchen mit dem Eigelb ein.« Erst jetzt lächelte sie Lena zu. »Guten Tag, Lena. Wie ist dein Urlaub? Ich habe dich ja seit dem Weihnachtsball nicht mehr gesehen, dabei wohnen wir doch im selben Haus. Warst du verreist?«

Lena nickte vage. »Ich war ein paar Tage weg, ganz spontan. Also, nicht wirklich weg, sondern ich habe meine Beziehungen spielen lassen und über Ricarda ein Zimmer im Sternbach-Resort ergattert. Buddy und ich haben dort Wellness-Urlaub gemacht. Wir hatten riesiges Glück; normalerweise ist das Resort um diese Jahreszeit ausgebucht, aber ein Paar hatte gerade gecancelt, und Ricarda konnte da etwas für mich drehen.«

»Aha, wie schön.« Maria lächelte ihr zu, wechselte aber mit ihrer Tochter einen kurzen Blick, der Lena nicht entging. »Das hat dir bestimmt gutgetan, nicht wahr? So ein Wellnessurlaub ist doch was Tolles, auch wenn er quasi direkt vor der Haustür stattfindet. Das Sternbach hat in dieser Hinsicht einen ausgezeichneten Ruf.« Sie lachte, und es klang ebenfalls ein wenig angestrengt. »In der Firma ist derweil der Teufel los. Lennart sagt, das sei um diese Jahreszeit normal, weil wir so viele Security-Aufträge auf Märkten und bei Weihnachtsfeiern haben und sich da ständig irgendetwas kurzfristig ändert. Aber ich fange am besten gar nicht erst davon an. Du sollst ja schließlich deinen Urlaub genießen. Dein Vater und Martin haben sich deine Aufgabenbereiche untereinander aufgeteilt. Das klappt ganz gut, wenn auch längst nicht so reibungslos wie bei dir. Mach dir aber keine Gedanken, der Laden läuft auch mal eine Weile ohne dich.«

Lena nickte nur dazu, ging aber nicht weiter darauf ein. Sie hatte diesen Weihnachtsurlaub ganz spontan genommen, denn im Moment wollte sie Martin noch nicht wieder begegnen. Deshalb hatte sie sich auch mit Buddy in das Resort zurückgezogen, denn dort war sie ein paar Tage regelrecht abgeschottet gewesen. Wie es im Januar weitergehen sollte, würde sich schon noch herausstellen. »Was soll ich tun?«, wechselte sie das Thema und deutete auf das aufgeschlagene Rezeptbuch auf der Arbeitsinsel. »Welche Sorten wollen wir heute backen?«

»Ich weiß es, ehrlich gesagt, noch gar nicht.« Melissa lachte vergnügt. »Vanillekipferl natürlich und das Schwarz-Weiß-Gebäck, das liebt Lennart.«

»Kokosmakronen«, schlug Maria vor. »Da können wir das ganze Eiweiß verwerten, das bei den Rezepten übrig bleibt.«

»Ich will Ausstechplätzchen!« Andy hüpfte auf seinem Hocker auf und ab. »Und die malen wir dann bunt an.«

»Du möchtest bitte, junger Mann«, tadelte Melissa milde.

»Jaaa.« Andy zog für eine Sekunde den Kopf ein. »Ich möchte bitte Ausstechplätzchen, weil die am leckersten sind und bunt und alles. Und weil der Nikolaus alle weggeputzt hat, die wir ihm hingestellt haben, und jetzt sind keine mehr für den Weihnachtsmann übrig.«

»Dann setzen wir die Ausstechplätzchen auch noch auf die Liste«, befand Maria. »Den Weihnachtsmann dürfen wir auf gar keinen Fall vergessen. Ich wäre ja außerdem noch für die Heidesandplätzchen, die sind so ähnlich wie Shortbread und schmecken durch die gebräunte Butter wunderbar aromatisch.«

»Also gut, das klingt nach einem Plan.« Melissa nickte zustimmend. »Viel mehr werden wir wahrscheinlich heute nicht schaffen. Aber schauen wir mal. Das ist immerhin der allererste gemeinsame Familienbacknachmittag für uns. Viola und Ricarda, von deren Großfamilie ich mir die Idee abgeschaut habe, haben mir übrigens ein paar gute Tipps zur Organisation gegeben, als ich neulich wieder in Violas Pilateskurs war.

Sie sagen, es ist ganz wichtig, dass die einzelnen Aufgaben ganz genau aufgeteilt werden, damit wir uns möglichst nicht ins Gehege geraten. Ich staune trotzdem, wie sie das jedes Jahr mit so vielen Menschen in einer Küche hinbekommen. Also«, sie sah sich aufmerksam um, »Mama, du bereitest den Teig für die Ausstechplätzchen.« Kurz warf sie einen Blick in das entsprechende Rezept. »Der muss dann für eine Stunde in den Kühlschrank.« Sie kratzte sich am Kopf. »Das müssen fast alle Sorten, wenn ich es richtig sehe. Wir könnten also in den Pausen entweder mit den Hunden rausgehen oder …«

»Oder andere Rezepte ausprobieren, die nicht gekühlt werden müssen«, schlug Lena vor. »Die Kokosmakronen zum Beispiel oder Spritzgebäck.«

»Alles klar.« Melissa nickte. »So machen wir es. Ich übernehme das Schwarz-Weiß-Gebäck, Lena, du die Vanillekipferl und …«

»Und was bleibt mir dann noch zu tun?«, erklang von der Tür her Lennarts heitere Stimme. Er betrat zusammen mit Sissi das Haus, die sogleich mit freudigem Gebell Buddy begrüßte.

Wau, hallo, Sissi! Da bist du ja! Buddy und die viel größere Boxerhündin umkreisten einander fröhlich wedelnd. *Ich habe mich schon gefragt, wo du wohl stecken magst. Ich glaube, das wird heute ein sehr spaßiger Tag. Wir sollten unsere Menschen ganz genau im Auge behalten, die hantieren da in der Küche nämlich mit lecker riechenden Essenssachen.*

»Lennart, du bist schon zurück.« Melissas Augen leuchteten auf.

»Und schaut mal, wen ich noch aufgegabelt habe.« Lennart trat zur Seite und machte Platz für Arndt, der mit einem kurzen Gruß in die Runde ebenfalls eintrat und sich aus seinem Mantel schälte.

»Ich glaube, die Wetterfrösche behalten recht.« Er hängte das Kleidungsstück in den Garderobenschrank. »Es wird bald schneien. Die Luft riecht schon danach.«

»Au ja, ich will Schnee zu Weihnachten!« Andy klatschte begeistert in die Hände. »Ähm, also, ich möchte bitte Schnee zu Weihnachten.«

Die Erwachsenen lachten erheitert.

»Welche Aufgabe hast du mir zugedacht?«, kam Lennart auf seine Frage zurück. »Oder soll ich schon mal meine berühmt-berüchtigte Lasagne vorbereiten, damit wir heute Abend etwas Herzhaftes zu essen haben?«

»Das ist eine gute Idee.« Melissa trat ein wenig beiseite, um ihm Platz an der Anrichte zu verschaffen. »Und zwischendurch könntest du beim Spülen helfen.«

»Wird gemacht.« Lennart drehte sich zu seinem Vater um. »Du hast ja selbst etwas mitgebracht, oder?«

»Ich wusste nicht genau, wann ich mich aus der Firma loseisen kann, und ich bin natürlich weiterhin für unsere Mitarbeiterinnen und Mitarbeiter auf Abruf, aber ich dachte mir, zwischen all den Plätzchen wird bestimmt ein guter Mohnstollen fehlen.« Er deutete auf eine große Einkaufstüte aus Papier, die er neben der Haustür abgestellt hatte. »Ich habe alle Zutaten mitgebracht. Da der Stollen eine Weile gehen muss, kann er am besten gebacken werden, wenn wir zu Abend essen. Dann ist der Ofen von der Lasagne auch noch gut durchgeheizt. Ich kann zwischendurch auch gerne aushelfen, wo ihr mich gerade braucht, oder mit den Hunden rausgehen.«

Lena sah, wie der Blick ihres Vaters Maria streifte, doch die beiden wirkten nicht wie ein Paar oder so, als ob der Kuss, den sie versehentlich beobachtet hatte, jemals stattgefunden hätte. Für einen Moment fragte sie sich, ob sie sich das alles vielleicht nur eingebildet oder geträumt haben mochte. Dann aber bemerkte sie, dass Maria sichtlich fahrig mit der Mehltüte hantierte, die Melissa vor ihr abgestellt hatte.

Arndt runzelte ganz kurz die Stirn und warf Maria einen weiteren eindringlichen Blick zu.

Irgendetwas ging zwischen den beiden vor, doch da sie offenbar beide nicht wollten, dass es publik wurde, würde sie vorerst nicht daran rühren.

***

Etwa drei Stunden später hatten sich bereits fast alle vorhandenen Plätzchendosen bis zum Rand gefüllt. Lennart spülte die benutzten Schüsseln und Küchenutensilien, und Arndt knetete eine zweite Portion Hefeteig für die Mohnstollen, die er backen wollte. Lena und Maria saßen jeweils auf einem Sessel, die Beine weit von sich gestreckt, während Melissa mit Andy auf der Couch lag. Der Junge döste vor sich hin, eine Hand auf Sissis Kopf, die wie eine Wächterin vor der Couch lag und den Jungen beobachtete.

Lena hatte Buddy auf ihren Schoß gehoben und kraulte ihn sanft hinter den Ohren; zu mehr fühlte sie sich im Augenblick nicht in der Lage. »Ich bin total k. o. Wie halten die Sternbachs das bloß einen ganzen Tag lang durch? Meine Füße tun weh, ich bin müde und ich glaube, ich habe so etwas wie einen Zuckerschock, obwohl ich fast gar keinen Teig genascht habe. Der Zucker ist durch meine Haut in meine Blutbahn geraten.«

Ringsum wurde gelacht.

»Ich nehme an, da gibt es nur eine logische Erklärung.« Träge bewegte Melissa die Füße hin und her. »Jahrelange Übung.«

»Ja, wahrscheinlich.« Lena streckte sich vorsichtig.

Hey, Vorsicht! Wirf mich nicht von deinem Schoß! Buddy trippelte auf ihren Beinen, drehte sich einmal um sich selbst und ließ sich mit einem demonstrativen Gähnen wieder fallen.

»Verzeihung, Buddy.« Lena kicherte. »Ich wollte dich nicht stören.«

Schon gut, solange du jetzt ruhig sitzen bleibst und mich weiter so schön kraulst. Schnüff.

Melissa gluckste. »Buddy weiß definitiv, was gut ist. So eine Kopf- und Nackenmassage würde ich mir jetzt auch gefallen lassen.«

Ja, nicht wahr? Schnauf. Hach!

Wieder lachten alle, weil Buddys Schnauben wie eine Zustimmung klang.

»Leider sind meine Hände gerade anderweitig beschäftigt.« Lennart klapperte mit dem Besteck in der Spüle. »Aber ich eile zu dir, sobald ich hier fertig bin.«

»Hast du es gut.« Lena zwinkerte Melissa zu. »Verlobt zu sein, hat definitiv Vorteile.« Sie versuchte, vollkommen gleichmütig zu bleiben, damit niemand auf die Idee kam, sich nach Martin zu erkundigen. Bisher hatte die Strategie funktioniert.

»Das hat es auf jeden Fall.« Melissa lächelte versonnen. »Wir möchten übrigens Mitte März heiraten, falls ihr euch schon mal ein Zeitfenster blocken möchtet. Den genauen Termin legen wir noch fest.«

»Im März?« Lena hob die Augenbrauen. »Das geht aber jetzt wirklich fix.«

»Warum warten?« Lennart griff nach einem Backblech, um es zu reinigen. »Da wir beide wissen, was wir wollen, sehen wir keinen Grund, den Termin noch weiter in die Zukunft zu legen.«

»Finde ich gut.« Lena nickte ihrem Bruder zu. »Genügend Zeit, alles vorzubereiten, bleibt ja trotzdem.«

»Genau«, stimmte Melissa zu. »Es wird ja auch keine Mega-Hochzeit. Die Gästezahl ist überschaubar, und wir haben schon ganz genaue Vorstellungen, wie alles werden soll.«

»Ich darf die Ringe zum Altar bringen.« Andy grinste breit. Er wirkte immer noch erschöpft, aber sichtlich glücklich. »Und danach heiße ich dann anders mit Nachnamen, genau wie Mama, weil nämlich Lennart dann mein richtiger Papa wird.«

Überrascht hob Arndt den Kopf und ließ von seinem Hefeteig ab. »Geht das mit der Adoption denn klar? Ich dachte …« Er verstummte mit einem kurzen Blick auf den Jungen.

Melissa strich Andy übers Haar. »Matthias hat der Adoption zugestimmt. Er wird ja noch einige Jahre im Gefängnis sitzen, und seine Anwälte haben ihm offenbar nahegelegt, sich nicht querzustellen. Wie es nach seiner Entlassung weitergehen wird, steht in den Sternen; sicher ist aber, dass das Kontaktverbot zu uns bis auf Weiteres bestehen bleiben wird. Inzwischen vertritt uns ja Ricardas Mann Frank, und er hat bereits dafür gesorgt, dass das Urteil in dieser Hinsicht vorerst nicht angefochten oder geändert werden kann. Und selbst wenn Matthias es irgendwann noch einmal versucht, gibt es genügend Rechtsmittel, die wir einlegen können, um das zu verhindern.«

»Das sind ja wunderbare Neuigkeiten!« Lena streckte die Hand nach der Freundin aus, erreichte sie jedoch nicht und grinste schief. »Entschuldige bitte, die Umarmung folgt später. Ich kann mich immer noch nicht rühren, und selbst wenn, würde ich seine königliche Hoheit Buddy niemals von seinem Schlafplatz aufscheuchen.«

Ich schlafe zwar nicht, bin dir aber äußerst verbunden für deine Rücksichtnahme. Schnüff.

Buddys erneutes Schnauben veranlasste wieder alle zum Lachen.

»Schon okay.« Melissa lächelte ihr zu. »Dafür haben wir jetzt genügend Plätzchen gebacken, dass wir alle sowohl den Weihnachtsmann als auch das Christkind am Heiligen Abend ausreichend damit versorgen können.«

Lena reckte sich vorsichtig. »Wir haben als Kinder zwar Wunschzettel geschrieben, aber ich kann mich nicht daran erinnern, dass wir für den Weihnachtsmann einen Teller mit Plätzchen rausgestellt hätten.« Sie warf Lennart einen fragenden Blick zu. »Oder?«

»Nope.« Lennart hatte sich mittlerweile ein Küchenhandtuch geschnappt und trocknete das Geschirr ab. »Das war damals wohl noch nicht so in.«

»Ich will dem Weihnachtsmann unbedingt Plätzchen rausstellen.« Andy setzte sich halb auf. »Und für das Christkind auch, weil es letztes Jahr auch da war. Oma hat gesagt, sie hat es getroffen.«

»Ja, genau.« Mit ernster Miene nickte Maria dem Jungen zu. »Ich bin dem Christkind begegnet, und es hat mir ja auch Geschenke für dich mitgegeben.«

»Dabei hab ich gar keinen Wunschzettel an das Christkind geschickt.« Ein nachdenklicher Ausdruck erschien auf Andys Gesicht. »Auch dieses Jahr nicht. Ich hab nur an den Weihnachtsmann geschrieben, und da ist mein größter Wunsch jetzt schon in Erfüllung gegangen.« Mit einem breiten Lächeln blickte er hinüber zu Lennart.

»Wie wunderbar.« Marias Stimme klang belegt und sie blinzelte mehrmals. »Das hast du dir gewünscht?«

»Ja, am allerallermeisten.« Andys Lächeln wurde sogar noch breiter. »Lennart wird mein echter Papa, und Mama und Lennart haben sich lieb, und alles ist wieder gut.«

»Oje.« Maria schniefte und suchte fahrig in ihrer Hosentasche, bis sie ein zerknittertes Taschentuch hervorzog, mit dem sie sich über die Augen tupfte.

»Warum weinst du, Oma?« Andy sprang auf und kletterte auf Marias Schoß. »Bist du jetzt traurig?«

»Aber nein, im Gegenteil!« Maria schniefte erneut. Zärtlich umarmte sie den Jungen. »Ich freue mich nur so für euch.«

»Ich hab auch geweint, auf dem Ball, wegen Mama und Lennart.«

»Genau. Manchmal weint man auch vor Freude.« Kurz vergrub Maria ihr Gesicht in Andys Haaren.

Lena bemerkte, wie Maria gleich darauf Arndt einen langen, eindringlichen Blick zuwarf. Als sie zu ihrem Vater hinüberblickte, bemerkte sie gerade noch den äußerst merkwürdigen Ausdruck, mit dem er Marias Blick erwiderte. Er schien über etwas, das sie gesagt oder mit Blicken übermittelt hatte, aufgebracht zu sein. Der Eindruck verflog jedoch so rasch, dass Lena erneut nicht sicher war, ob sie sich nicht doch alles nur eingebildet hatte. Arndt lächelte nämlich im nächsten Moment, deckte die Hefeteigschüssel mit einem Tuch ab und gesellte sich zu ihnen. Melissa setzte sich auf, und er nahm neben ihr auf der Couch Platz. »Wenn der Weihnachtsmann so einen großen Wunsch schon vor Weihnachten erfüllt hat, dann sollten wir ihm wohl alle am Heiligen Abend zum Dank einen Teller Plätzchen rausstellen.« Auf das allgemeine Schmunzeln hin fügte er hinzu: »Tatsächlich bin ich geneigt, mir vielleicht dieses Jahr selbst etwas zu wünschen.«

Diesmal war Lena überzeugt, dass sie sich nicht getäuscht hatte. Arndt hatte Maria einen eindeutig alles andere als nur freundschaftlichen Blick zugeworfen, woraufhin diese ganz rasch den Kopf zur Seite gedreht hatte.

»Ich bin nicht sicher, ob der Weihnachtsmann – oder das Christkind – auch Erwachsenen noch Wünsche erfüllt. Das ist doch eigentlich nur etwas für Kinder.« Marias Stimme klang ein wenig gepresst.

»Ich wüsste nicht, warum«, widersprach Arndt. »Ich kenne keine Regel, wonach das Wünschen zu Weihnachten nur für Kinder gilt. Versuchen kann man es zumindest, würde ich sagen, insbesondere, wenn alles andere nicht zu funktionieren scheint.«

Lena hüstelte. »Alles andere?«

»Manche Dinge sind kompliziert«, warf Melissa ein, bevor Arndt reagieren konnte. »Ich wollte mir letztes Jahr auch fast schon etwas beim Weihnachtsmann wünschen.« Sie streckte die Hand nach Lennart aus, der nun auch dazukam und sich hinter Melissa aufbaute, um ihr den Nacken zu massieren. Sie seufzte wohlig auf und rekelte sich. »Aber dann habe ich mich wohl doch nicht getraut.« Sie lächelte Andy zu. »Zum Glück hat dein Wunsch für mich mit ausgereicht.«

Lena spürte dem flauen Gefühl in ihrer Magengrube nach. Warum hatte sie ausgerechnet jetzt das dringende Bedürfnis, sich etwas zu wünschen? Tatsächlich vermeinte sie fast, ein leises Stimmchen dicht an ihrem Ohr zu vernehmen, das wisperte: »Wünsch dir was! Wünsch dir was!« Irritiert schüttelte sie den Kopf.

»Stimmt etwas nicht?« Arndt beugte sich vor und musterte sie aufmerksam.

»Was?« Sie erschrak. »Nein, ich meine doch. Alles gut. Ich war nur in Gedanken, weil …« Fieberhaft suchte sie nach den richtigen Worten. »Na ja, Weihnachten ist schon in wenigen Tagen. Heute ist Samstag, Heiligabend am Dienstag. So viel, wie der Weihnachtsmann zu tun hat, wird es jetzt wohl ein bisschen arg spät sein, ihm noch mit irgendwelchen

Wünschen zu kommen. Die kann er doch in so kurzer Zeit gar nicht mehr erfüllen. Wahrscheinlich käme der Wunschzettel mit der Post gar nicht mehr rechtzeitig an.«

»Man kann dem Weihnachtsmann auch eine E-Mail schicken.« Andy grinste sie an. »Das haben welche aus meiner Klasse gemacht. Und Kemal aus meiner Klasse hat gesagt, dass er sich sogar nur was gewünscht hat, ohne dass er einen Wunschzettel geschrieben hat, nämlich, dass er mit seinen Eltern und seiner Schwester hierbleiben darf, weil eigentlich müssten sie wieder in die Türkei zurück, weil sein Vater nur zwei Jahre hier gearbeitet hat. Aber jetzt hat es ihnen so gut gefallen, und Kemal und seine Schwester wollten auch hierbleiben. Und dann hat sein Papa eine neue Arbeit gefunden und so und seine Mama auch, und jetzt bleiben sie ganz hier. Das war letztes Jahr, und dieses Jahr kriegt Kemal sogar noch ein Schwesterchen. Zu Weihnachten, hat seine Mama gesagt, was lustig ist, weil sie ja Moslems sind und Weihnachten da nicht so wichtig ist. Aber feiern tun sie es trotzdem, sogar mit einem Baum und so.« Andy holte tief Luft. »Man kann sich also auch was wünschen ohne Wunschzettel. Ich schreibe aber trotzdem nächstes Jahr wieder einen.«

Arndt beugte sich erneut in Lenas Richtung. »Einen Versuch ist es allemal wert.«

Sie runzelte die Stirn, als sein Blick erneut kurz zu Maria wanderte. »Glaubst du?«

»Allerdings.« Er wandte sich ihr wieder zu. »Versuch macht klug.«

Gegen ihren Willen musste sie lachen. »Du immer mit deinen Sprichwörtern.«

»Was denn?« Ihr Vater schmunzelte. »Die sind schützenswertes Kulturgut. Aber mal etwas ganz anderes: Habt ihr nicht auch Hunger?«

»Und wie!« Melissa verdrehte unter Lennarts Massage immer noch genüsslich die Augen, dann legte sie den Kopf in den Nacken, um ihn anzusehen. »Wann, hast du gesagt, ist die Lasagne fertig?«

Lennart drückte ihr einen Kuss ins Haar. »Jetzt, wo du es sagst … Ich muss nachsehen.« Schon war er auf dem Weg in die Küche.

Melissa stöhnte. »Hätte ich doch nichts gesagt!«

»Essen ist in fünf Minuten fertig«, verkündete Lennart nach einem Blick in den Ofen. »Ihr dürft also schon mal den Tisch decken. Papa, willst du dann gleich die erste Charge Stollen in den Ofen packen, sobald die Lasagne draußen ist?«

»Ja, auf jeden Fall.« Arndt sprang ebenfalls auf.

»Ich gebe Sissi dann auch rasch ihr Futter.« Melissa streckte sich. »Soll Buddy auch etwas bekommen?«

Das will ich doch schwer hoffen! Mit einem Satz sprang Buddy zu Boden und bellte auffordernd. *Na los, Frauchen, ich habe auch Hunger!*

Prustend stand Lena auf. »Seine königliche Hoheit haben gesprochen. Ich hole schnell sein Futter aus dem Auto.«

Perfekt. Wuff.

Gelächter folgte ihr auf dem Weg nach draußen. Als sie ihr Auto erreichte, warf Lena einen Blick zum sternenklaren Himmel hinauf. Wünschen sollte sie sich etwas? Sie unterdrückte ein halb wütendes, halb trauriges Seufzen. Als ob das alles so einfach wäre!

»Wünsch dir was! Wünsch dir was!«, glaubte sie erneut, dieses seltsame Stimmchen an ihrem Ohr wispern zu hören. Erneut wanderte ihr Blick zu den Sternen. Obgleich es völlig verrückt war, formte sich ganz von selbst ein Wunsch in ihrem Kopf.

»Na ja«, murmelte sie, als sie mit dem Hundefutter den Rückweg zum Haus antrat. »Schaden kann es ja wahrscheinlich wirklich nicht.«

Hinter ihr gaben sich Elf-Zwei und Elfe-Acht wieder mal ein begeistertes High five und wären dabei fast vom Ast der Buche gepurzelt, auf dem sie sich versteckt hatten. Kichernd hielten sie sich gerade noch fest und tauschten einen verschwörerischen Blick.

***

Ein schriller Alarmton riss Santa Claus aus dem Schlaf. Verdattert richtete er sich im Bett auf und tastete nach dem Schalter der Nachttischlampe.

»Was ist das denn?«, murmelte seine Frau verschlafen und rappelte sich ebenfalls auf. »Brennt es?«

»Nein, das kommt aus meinem Büro.« Der Weihnachtsmann war bereits auf den Beinen und lief barfuß in seinem rot-weiß karierten Schlafanzug die Treppe ins Erdgeschoss hinab.

Seine Frau eilte mit wehendem Morgenmantel hinter ihm her. »Klingt wie das Gefühlsradar.«

»Ja, aber das ist es nicht allein.« Santa Claus knipste das Licht in seinem Büro an. In der Zimmerecke hinter seinem Schreibtisch blinkten alle Lichter des Gefühlsradars, doch dessen schriller Warnton mischte sich mit noch einem weiteren, der aus dem Computer kam. Dieser hatte sich offenbar von selbst eingeschaltet. »Das Weihnachtswunsch-Radar hat angeschlagen.« Er hustete erschrocken. »Und wie! Sieh dir das an! Das gibt es doch nicht. Das sind … Moment mal … Eins, zwei, drei Wünsche gleichzeitig. Nein, vier. Oder …? Herrje, und alle kommen vom selben Ort.«

In diesem Moment schaltete sich auch noch der Drucker ein und spuckte mehrere Blätter aus. Santas Frau schnappte sie sich. »Liebe Zeit, das sind Wünsche von Lena, Maria, Arndt und ... das hier kommt von Jeanine. Du lieber Himmel, hast du mal gelesen, was diese Wünsche beinhalten? Was machen wir denn jetzt? In drei Tagen ist schon Heiligabend. Das schaffen wir doch nie und nimmer!«

»Sagt mal, was ist denn hier los?« Elfe-Sieben kam, ebenfalls im Nachthemd, zur Tür herein. Sie versuchte, sich ihre Mütze aufzusetzen, doch so richtig wollte es ihr mit den verstrubbelten Haaren nicht gelingen. »Was ist das denn für ein Lärm? Hat das Gefühlsradar angeschlagen? Ich dachte, wir hätten für dieses Jahr alle wichtigen Wünsche schon erfüllt.«

»Es sind gerade mehrere neue Wünsche hereingekommen.« Santas Frau reichte ihr die Ausdrucke und überprüfte die Ausschläge am Gefühlsradar. »Die Elfenbrigade war endlich erfolgreich bei Lena, Maria, Arndt und sogar bei Jeanine.«

»Was?« Ungläubig starrte Elfe-Sieben auf die Ausdrucke. »Jetzt haben sich alle gleichzeitig etwas gewünscht? So kurz vor Weihnachten? Wie sollen wir diese Wünsche denn jetzt bitte noch alle erfüllen?«

»Meine Rede«, bestätigte die Frau des Weihnachtsmannes besorgt. »Wir haben viel zu wenig Zeit.«

»Keine Panik.« Santa Claus hatte sich inzwischen den Livestream auf dem Videobildschirm angesehen. »Es ist zwar wenig Zeit, aber ich glaube, ich habe schon eine Idee, nein, zwei. Dazu benötige ich aber ganz viel Hilfe. Elfe-Sieben, weck bitte die anderen Elfen; ich berufe eine Dringlichkeitssitzung ein. Elf-Siebzehn muss sich außerdem für einen Ausflug zur Erde fertig machen, am besten zusammen mit Elf-Zwei und Elfe-Acht. Und Schatz, statte bitte rasch Petrus einen Besuch ab. Er muss uns mit dem Wetter helfen.«

»Mit dem Wetter?« Seine Frau runzelte skeptisch die Stirn. »Um diese Zeit? Es ist mitten in der Nacht. Bestimmt schläft er schon.«

»Du musst ihn einfach überreden. Bring ihm von deinen guten Plätzchen und Lebkuchen mit.«

»Ich soll Petrus bestechen?«

Santa Claus grinste schalkhaft. »Als hättest du das nicht früher auch schon erfolgreich getan.«

Um die Mundwinkel seiner Frau zuckte es. »Was ist das für ein Plan, den du da gerade ausheckst?«

»Ein guter, hoffe ich.« Der Rauschebart des Weihnachtsmannes sträubte sich von seinem Lächeln. »Allerdings beinhaltet er eine Menge Überstunden … und wir müssen augenblicklich beginnen.«

23. Kapitel

Sag mal, Frauchen, was ist denn los mit dir? Du sitzt jetzt schon seit Stunden oder so da auf der Couch und starrst auf das Ding mit den bunten Bildern und Stimmen an der Wand. Fernseher heißt das, aber ich weiß nicht, was das soll. Zwar haben wir das früher auch schon mal zusammen gemacht, aber dann war es immer lustig oder wenigstens kuschelig. Aber jetzt guckst du ganz komisch. Geweint hast du vorhin auch und dann ganz furchtbar geschimpft. Erst dachte ich, du bist böse mit mir, aber das ist wohl doch nicht so. Ich wüsste nur so gerne, warum du in so einer merkwürdigen Stimmung bist und nicht mit mir spielst oder lachst. Guck mal, ich habe dir meinen Froschi mitgebracht. Vielleicht muntert dich das ja auf.

Als Buddy einen Laut irgendwo zwischen Winseln und Bellen ausstieß, riss Lena ihren Blick für einen Moment von der romantischen Komödie los, die sie auf Netflix gefunden hatte und in der eine berühmte Schriftstellerin sich auf eine Reise nach Schottland begibt, um ihre Wurzeln zu erkunden, dort spontan ein altes Schloss kauft und sich in den knurrigen ehemaligen Schlossherrn verliebt. Wahrscheinlich war es nicht gerade die beste Therapie gegen ihren derzeitigen Gemütszustand, aber sie wollte verdammt sein, wenn sie sich von einem Mann ihre Tradition, vor Weihnachten so viele Weihnachtsfilme wie nur möglich anzusehen, verderben ließ. Außerdem mochte sie diesen Film besonders gern. Doch nun war sie abgelenkt.

»Was ist denn, Süßer? Oh.« Sie blinzelte ein paarmal, als Buddy, seinen Plüschfrosch in der Schnauze, an der Couch hochkrabbelte. »Ist der für mich?«

Ja, damit du wieder fröhlich bist.

Gerührt hob Lena Hund und Frosch auf ihren Schoß. »Willst du spielen?« Rasch drückte sie Pause auf der Fernbedienung.

Na klar, sehr gerne! Buddy wedelte heftig mit der Rute.

Lena musste erneut blinzeln. Ihr war schon oft aufgefallen, dass der kleine Hund sehr sensibel auf Stimmungen reagierte. »Na gut, dann spielen wir ein bisschen. Ich …« Sie hielt inne, als es an der Tür klingelte. Als sie ihr Tablet einschaltete, sah sie in der Sicherheits-Software, die sie seit einiger Zeit mit ihrem Vater testete, dass Melissa draußen stand. »Moment, Buddy. Ich muss mal gerade zur Tür.«

Na gut, aber beeil dich. Spielen ist jetzt angesagt!

Lena betätigte den Summer, sah sich kurz um und verdrehte erschrocken die Augen. Seit ihrer Rückkehr aus dem Resort hatte sie noch keine Energie zum Aufräumen aufbringen können. Rasch öffnete sie die Tür, aber nur einen Spalt weit, und wartete, bis Melissa auf der Treppe erschien. »Hallo. Was machst du denn hier? Wir waren doch nicht etwa verabredet, oder?«

Melissa blieb vor der Tür stehen. »Nein, wir waren nicht verabredet. Ich bin spontan hergekommen, weil ich mir Sorgen um dich gemacht habe.«

»Sorgen?« Lena biss sich auf die Unterlippe. »Warum? Mir geht es gut. Ich habe auch eigentlich gerade gar keine …«

»Quatsch, natürlich hast du Zeit. Vor dem Haus steht kein fremdes Auto, also gehe ich davon aus, dass du mit Buddy allein bist. Du warst gestern beim Backen so seltsam drauf, das hat mir keine Ruhe gelassen.« Energisch drückte Melissa die

Tür auf und trat an Lena vorbei ein. Mit wenigen Schritten war sie im Wohnzimmer und sah sich mit großen Augen um. »Was ist denn hier los? Es sieht ja aus, als wäre ein Hurrikan hier durchgerast.« Abrupt drehte sie sich zu Lena um. »Was ist passiert?«

Mit einem Mal schien Lena alle Kraft zu verlassen. Mit hängenden Schultern kehrte sie zur Couch zurück, ließ sich darauf fallen und zog den zappelnden Buddy, der eigentlich Melissa begrüßen wollte, wieder auf ihren Schoß. »Martin.« Mehr brachte sie wegen des ärgerlichen Kloßes nicht heraus, der ihre Kehle zuschnürte.

Sofort war Melissa bei ihr, legte ihr einen Arm um die Schultern und drückte sie leicht. »Was hat er getan?«

***

»Du hast mit ihr Schluss gemacht, oder?« Jeanine stand mit verschränkten Armen in der Küchentür.

»Was?« Irritiert hob Martin den Blick von der Tageszeitung, in die er sich schon seit geraumer Weile zu vertiefen versuchte. Es gelang ihm nur leider nicht. Er war müde und erschöpft. Die Arbeitslast in der Firma war nicht nur exorbitant gestiegen, seit Lena ihren Urlaub angetreten hatte, es war auch nicht mehr dasselbe ohne sie. Sein Privatleben sah gerade ebenfalls nicht rosig aus, nein, es war einfach nicht mehr existent, aber das hatte er selbst zu verantworten. Am liebsten hätte er sich irgendwo verkrochen.

»Lena.« Seine Tochter stieß sich mit erboster Miene vom Türrahmen ab. »Du hast mit ihr Schluss gemacht. Wegen Mama.«

»Und?« Seine unbeteiligte Stimme bereitete ihm selbst Magenschmerzen, doch ohne die Distanz, die er innerlich aufzubauen versuchte, würde er verrückt werden.

»*Und?*« Jeanines Stimme wurde lauter. »Einfach nur *und*? Sag mal, geht's noch? Warum hast du das getan?«

Er atmete tief ein und ganz langsam wieder aus. »Schrei mich nicht so an. Ich habe die Notbremse gezogen, das ist alles. Du weißt selbst, was hier immer los ist. Glaubst du allen Ernstes, irgendeine Frau macht das auf Dauer mit?«

»Lena ist aber nicht irgendeine Frau.« Jeanine starrte ihn verständnislos an. »Ich dachte, du würdest sie lieben.«

Ihre Worte versetzten ihm einen schmerzhaften Stich. »*So what?* Glaubst du, es würde mir besser gehen, wenn ich die Sache in die Länge ziehe und sie dann abhaut, weil es ihr zu viel wird?«

»Das ist doch ...« Jeanine ballte die Hände zu Fäusten. »Totaler Bullshit, Papa!«

Er runzelte die Stirn. »Mäßige dich bitte.«

»Nein, ich mäßige mich nicht! Das ist alles so schittig! Es ist einfach nicht richtig. Und Mama will sowieso in eine eigene Wohnung ziehen. Wir waren doch sogar schon welche besichtigen.«

»Und wie ist das ausgegangen?« Martin verabschiedete sich endgültig von seiner Zeitung. Er faltete sie sorgfältig zusammen und legte sie neben sich auf die Eckbank. »Mit totalem Chaos«, gab er sich selbst die Antwort. »Du weißt doch ganz genau, wie unser Leben bisher war. Glaubst du, daran wird sich so schnell irgendetwas ändern? Auch wenn Alice nicht hier wohnt, wird sie ständig präsent sein. Sie ist ein Teil der Familie und wird immer Aufmerksamkeit fordern.«

»Wer fordert Aufmerksamkeit?«, erklang vom Flur her Alices Stimme. Offenbar war sie früher als geplant von einem weiteren Ausflug nach Köln zurückgekehrt. Ihre Wangen waren leicht gerötet und ihre Augen funkelten vergnügt. »Ich hatte einen tollen Tag! Jeanine, du hast wirklich etwas verpasst auf dem Kölner Weihnachtsmarkt. Ich habe übrigens meinen Kollegen Mark getroffen, und er hat mir versprochen, dass er und sein Mann Simon sich für mich nach einer bezahlbaren Wohnung umhören werden.«

»Von mir aus.« Jeanine verschränkte die Arme vor der Brust. »Hoffentlich beeilen sie sich damit.«

Überrascht hob Alice den Kopf. »Hast du es denn so eilig, dass ich hier ausziehe?«

»Ja.« Jeanine presste die Lippen aufeinander. »Habe ich.«

»Jeanine«, mahnte Martin, doch seine Tochter achtete gar nicht darauf. Sie ging auf ihre Mutter zu und baute sich direkt vor ihr auf. »Du machst hier alles kaputt, Mama, merkst du das eigentlich nicht? Jetzt hat Papa sogar wegen dir mit Lena Schluss gemacht. Das ist so scheiße und ungerecht! Er hat doch wohl auch mal ein bisschen Glück verdient, aber dauernd funkst du dazwischen. Ich hasse das! Lena ist total nett und hübsch und auch noch total klug. Ich finde, sie passt perfekt zu Papa, aber nein, jetzt ist es vorbei, weil wir immer auf dich Rücksicht nehmen müssen.« Abrupt drehte sie sich um und stürmte aus der Küche.

Alice blickte ihr betroffen nach, dann wandte sie sich Martin zu. »Ist das wahr? Hast du mit Lena Schluss gemacht? Meinetwegen? Das ist doch …«

»Was?«, unterbrach er sie.

»Unnötig.« Sie hob die Schultern. »Ich ziehe noch heute aus.«

»Red keinen Unsinn.« Martin verdrehte die Augen. »Wohin willst du denn gehen? Du hast doch noch gar keine neue Wohnung.«

»Dann ziehe ich in ein Hotel.«

»Und wie willst du das bezahlen?« Er winkte ab. »Vergiss es.«

»Das kann ich nicht, wenn du meinetwegen auf Lena verzichtest. Das will ich wirklich nicht. Ich mag sie sehr.«

»Das ist ja gut und schön, aber es ändert nichts am Status quo.« Er fuhr sich resigniert durchs Haar. »Selbst wenn du mir zehnmal versprichst, dass sich ab morgen alles ändert, dass du *dich* änderst, wissen wir doch beide, dass das nicht passieren wird.«

Alice senkte den Kopf.

Er seufzte. »Wir lieben dich und sind an dich gewöhnt, aber keine Frau mit einem Funken Verstand macht dieses Affentheater auf Dauer mit.«

Vor der Küche polterten Schritte, im nächsten Moment erschien Jeanine in der Tür. Ihre Wangen waren gerötet, ihre Augen sprühten vor Zorn. »Das kannst du überhaupt nicht wissen, Papa. Du hast ja nicht mal versucht, es herauszufinden.«

»Das muss ich nicht herausfinden, das sagt mir der gesunde Menschenverstand, Jeanine. Im Ernst, würdest du so etwas wollen?«

Jeanine starrte ihn wütend an. »Ja, würde ich, wenn ich jemanden richtig lieben würde. Aber du gibst ihr ja nicht mal eine Chance. Das ist so idiotisch! Ich fasse es einfach nicht! Und du …« Sie fuhr zu ihrer Mutter herum.

»Ja, ja, ich weiß schon.« Alice hob beide Hände. »Ich bin an allem schuld.«

»Du bist auch idiotisch. Das ist alles totale Scheiße, wisst ihr das eigentlich? Wie im Irrenhaus.« Diesmal knallte Jeanine die Tür hinter sich zu, als sie die Küche verließ. Nur Augenblicke später polterten ihre Schritte auf der Treppe und die Tür zu ihrem Zimmer krachte ins Schloss.

»Fehlt nur noch die laute Musik.« Alice zog die Augenbrauen hoch. »Sie hat eindeutig einen Hang zur Dramatik.« Fast klang es ein wenig stolz.

Martin fasste sich an die Stirn. »Alice …«

»Du hättest nicht mit ihr Schluss machen müssen.«

Er ließ die Hand wieder sinken. »Sie hat das nicht verdient, Alice. Diese ständige Unruhe, das Chaos, geplatzte Dates, weil du wieder mal in irgendeinen Schlamassel geraten bist … Wie lange, glaubst du, wird sie das mitmachen, bevor sie das Handtuch wirft?«

»Du hast dich wirklich in sie verliebt.« Alice musterte ihn aufmerksam.

»Das ändert nichts an den Tatsachen.« Obwohl ihm nun erst recht nicht mehr nach den Neuigkeiten des Tages zumute war, griff er demonstrativ nach der Zeitung. »Lass mich jetzt allein, Alice. Ich hatte einen anstrengenden Tag.«

»Wie du meinst.« Alice öffnete die Küchentür, warf ihm über die Schulter aber noch einen bezeichnenden Blick zu. »Für solch einen Feigling hätte ich dich, ehrlich gesagt, nicht gehalten.«

Ehe er darauf reagieren konnte, schloss sich die Küchentür leise hinter Alice.

***

»… sind in der Nacht zum Montag erste, teilweise schwere Schneefälle bis in die Niederungen zu erwarten. Stellenweise können sich Unwetter bilden. Die Temperaturen werden null Grad auch im Flachland nicht übersteigen. Entgegen der ursprünglichen Prognose dürfte also einer weißen Weihnacht in diesem Jahr nichts entgegenstehen, denn die derzeitige Anordnung der Hoch- und Tiefdruckgebiete über Europa wird sich voraussichtlich so schnell nicht ändern …«

Maria schaltete das Radio aus. Sie hatte nur rasch die Nachrichten und den Wetterbericht hören wollen, aber keine Lust auf das fröhliche Geschnatter der beiden Moderatoren, die gleich im Anschluss die größten Hits aus den Charts der vergangenen Woche präsentieren würden. Stattdessen öffnete sie die Musik-App auf ihrem Handy und suchte sich das Album mit internationalen Weihnachtshits heraus, das sie neulich gekauft hatte. Sie stellte die Wiedergabe auf Shuffle ein und machte es sich auf einem Sessel bequem.

Ihr Weihnachtsbaum war die einzige Lichtquelle, sah man einmal von den Lichterketten an den Fenstern ab. Sie liebte es inzwischen, den Baum einfach nur still anzusehen und ihre Gedanken zur Ruhe kommen zu lassen. Sie benutzte dazu eine Technik, die ihre neue Psychotherapeutin ihr beigebracht hatte, und es dauerte wie immer nicht lange, bis sie sich spürbar am gesamten Körper entspannte.

Überhaupt war die neue Therapeutin ein absoluter Glücksgriff gewesen. Frau Dr. Elvira Thums war bereits Anfang sechzig und hatte eine geradezu mütterliche Ausstrahlung, was Maria ausgesprochen guttat, vielleicht, weil sie mit ihrer eigenen Mutter nicht besonders innig verbunden war. Frau Dr. Thums verfolgte in den Therapiesitzungen auch eine völlig andere Strategie als Marias früherer Therapeut in Berlin. Nachdem sie sich von Maria ausführlich hatte schildern lassen, was sie dazu veranlasst hatte, eine Therapie zu beginnen, war sie gar nicht mehr so sehr auf die zugrunde liegenden Probleme eingegangen, sondern hatte Maria mit einer ganzen Reihe von Ideen und Techniken bekanntgemacht, die ihr im Alltag helfen sollten, ihre Gedanken, wenn sie wieder einmal Karussell fuhren, einzufangen, zu sortieren und sowohl negative als auch positive Gefühle zu identifizieren, für sich selbst zu bewerten und schließlich zu verarbeiten.

In der kurzen Zeit, die sie nun mit der Therapeutin zusammenarbeitete, hatte sie schon eine Menge über sich gelernt und über die vielfältigen Möglichkeiten, ihr Umfeld und sich selbst wahrzunehmen. Dabei war so gut wie alles erlaubt, und wie auch schon in Berlin konnte sie hier ganz auf eine Medikation verzichten. Frau Dr. Thums war, genau wie der Therapeut in Berlin, der Ansicht, dass Maria früh genug Hilfe gesucht hatte, bevor eine psychische Erkrankung wirklich hatte Fuß fassen können. Diese Tatsache erleichterte Maria sehr, auch wenn sie wusste, dass sie trotzdem noch einen langen Weg vor sich hatte, bis sie alle Leichen im Keller, wie sie es nannte, verarbeitet haben würde.

Bislang hatte sie mit der Therapeutin noch gar nicht über Arndt und die Gefühle zwischen ihnen oder ihre gemeinsame Vergangenheit gesprochen. Sie hätte darauf bestehen können, doch die Gespräche über die neuen Entspannungs-, Meditations- und Denktechniken, die sie mit Frau Dr. Thums geführt hatte, waren so spannend und motivierend gewesen, dass sie sich beide erst einmal darauf konzentriert hatten. Die Umsetzung und das Einüben dieser Techniken halfen ihr sehr, und inzwischen konnte sie so einige Dinge viel ruhiger und unaufgeregter, vor allem aber mit deutlich mehr innerem Abstand und weniger Selbstvorwürfen betrachten.

Natürlich war das der Plan dahinter – sie sollte das Rüstzeug erlernen, um eines Tages ohne Hilfe von außen mit allem fertigzuwerden. Deshalb fragte die Therapeutin kaum einmal aktiv nach den Ereignissen in Marias Leben. Maria wusste, dass sie jederzeit ein Problem ansprechen konnte, doch sie tat es nicht, weil sie sich immer sicherer damit fühlte, die Dinge selbst in die Hand zu nehmen. Einzig die Sache mit Arndt gestaltete sich so kompliziert, dass sie versucht war, hierzu doch einmal die Hilfe der Therapeutin einzuholen.

Die einzige Frage, die sie ihr in der letzten Sitzung dazu gestellt hatte, war, ob Frau Dr. Thums es als problematisch ansehen würde, wenn in ihrer Situation eine neue Beziehung zu einem Mann hinzukommen würde.

Die Antwort der Therapeutin war ihr wörtlich in Erinnerung geblieben: »Tun Sie ausschließlich das, was sich für Sie gut und richtig anfühlt. Herz und Bauch wissen in aller Regel ganz genau, was sie wollen, während der Kopf gerne mal Zweifel sät. Es ist *Ihre* Heilung, Frau Seifert, und wenn eine neue Liebe dazu beiträgt, sollten Sie sie zulassen. Behalten Sie nur stets im Kopf, denn der ist nicht nur für Zweifel zuständig, sondern auch für den gesunden Menschenverstand, dass eine neue Liebe oder eine neue Beziehung nicht das Problem löst. Dafür sind Sie gänzlich selbst zuständig. Beides kann aber ganz erheblich zu Ihrem Wohlbefinden beitragen, und alles, was Ihnen guttut, sollten Sie als aktiven Schritt in die Zukunft sehen.«

Tief atmete Maria ein und wieder aus. Ihr Blick war auf eine Baumkugel gerichtet, die Andy in der Schule gebastelt und ihr zu Nikolaus geschenkt hatte. Die Antwort der Therapeutin war klug und nachvollziehbar. Das Problem an der Sache war, dass die Situation zwischen Arndt und ihr derzeit so gar nicht zu ihrem Wohlbefinden beitrug.

Ganz gleich, wie sie es auch drehte und wendete, sie fühlte sich unwohl, überwältigt und hilflos. Arndts Vorwurf, sie schöbe Melissas und Lennarts Verlobung nur vor, um sich nicht mit ihren eigenen Gefühlen auseinanderzusetzen – und mit den seinen – hatte sie betroffen gemacht, weil sie im Grunde ihres Herzens wusste, dass er recht hatte. Sie versteckte sich.

Nach ihrer komplizierten Ehe und den vielen Fehlern, die sie gemacht hatte, verspürte sie einfach kein Vertrauen mehr in ihr Bauchgefühl. Ihr Herz wollte sie lieber ganz außen vor lassen, denn das hatte ja leider so überhaupt keine Erfahrung in derartigen Angelegenheiten. Sie war nur ein einziges Mal verliebt gewesen, an jenem Wochenende vor achtundzwanzig Jahren, und hatte dieses Gefühl gleich darauf wieder zu Grabe tragen müssen, weil sie verlobt gewesen war – oder so gut wie – und weil ihre Familie es schlicht und ergreifend nicht zugelassen hätte, dass sie wegen eines einzigen kurzen Wochenendes die für sie geplante Zukunft weggeworfen hätte.

Ihre Eltern hatten stets dafür gesorgt, dass ihr die Abhängigkeit von ihnen bewusst war, und Jens hatte es ebenso gehalten. Selbst eine Ausbildung, sah man einmal von der als perfekte Vorzeigegattin ab, hatte sie nie absolviert. Kein Studium, nichts. Sie hatte das nicht nötig, war der Tenor gewesen. Sie würde in der Ehe versorgt sein und hätte lediglich die Aufgabe, ihren Mann in allem zu unterstützen, die Familie zu repräsentieren und eine gute Mutter zu sein. Die Ironie, die darin steckte, wenn sie daran dachte, was sie bei Melissa alles falsch gemacht hatte, tat ihr geradezu körperlich weh, dabei hatte sie von außen betrachtet und aus Sicht ihrer Familie alles richtig gemacht.

Sie war zu jung, zu unsicher und voller Angst vor den Konsequenzen gewesen, die sie erwartet hätten, wenn sie damals auf ihr Herz gehört und Arndts Handynummer gewählt hätte.

Maria schrak heftig zusammen, als ihr Handy in diesem Moment einen lauten Warnton von sich gab. Im ersten Moment wusste sie gar nicht, was los war, bis sie auf dem Display die Anzeige der Wetter-App sah, die auf ein heftiges Unwetter hinwies, das unmittelbar bevorstand. Rasch öffnete sie die Meldung und las von extremen Schneefällen, stürmischem Wind, Glätte und eisigen Temperaturen. Eine Wetterberuhigung war erst für die frühen Morgenstunden des kommenden Tages angesagt.

Unwillkürlich schauderte sie, erhob sich und trat an die Terrassentür. Von der Wohnung über ihr fiel ein ganz leichter Lichtschein in den Garten, der ansonsten gänzlich im Dunkeln lag. Von Schneefall war im Augenblick nichts zu sehen, auch Wind schien noch nicht aufgekommen zu sein. Merkwürdig, dass die Wetter-App angegeben hatte, das Unwetter hinge bereits über der Stadt. Neugierig geworden, legte sie ihr Handy auf der Rückenlehne des Sessels ab, der der Terrassentür am nächsten stand, und öffnete die Tür, um sich draußen umzusehen.

Karl-Gustav und Lilly-Anne maunzten und folgten ihr, blieben jedoch, als die eisige Luft von draußen hereinwehte, mit angewiderten Mienen und in angemessenem Abstand zur Tür sitzen. Schmunzelnd, weil sie die Gedanken der beiden Samtpfoten von deren Gesichtern ablesen konnte, trat Maria hinaus auf die katzensichere Terrasse und sah sich um. Das Thermometer an der Hauswand zeigte minus ein Grad an, also war es wahrscheinlich in etwas Entfernung vom Haus mindestens noch zwei Grad kälter.

Maria rieb sich über die Oberarme, kehrte ins Haus zurück und warf sich ein großes flauschiges Dreieckstuch aus Wolle über, das sie am Freitag bei einem kurzen Besuch des Weihnachtsmarktes auf dem Rückweg von der Arbeit entdeckt hatte. Dann trat sie erneut durch die Tür und diesmal auch durch die Schleuse in den offenen Teil des Gartens. Ein leiser Wind raschelte in den kahlen Ästen der Bäume und in den teilweise immergrünen Büschen und Sträuchern, die das Grundstück umgaben. Von Sturm keine Spur, befand sie bei sich, und als sie zum Himmel hinaufblickte, konstatierte sie erstaunt, dass dort unzählige Sterne zu sehen waren und geradezu um die Wette zu funkeln schienen.

»Na, so was.« Sie bemerkte gar nicht, dass sie laut sprach. »Hat unsere Wetter-App eine Fehlfunktion?«

Nein, das war höchst unwahrscheinlich, denn der Wetterbericht im Radio hatte ja ebenfalls ergiebige Schneefälle für die kommenden Tage angekündigt. Im Augenblick war der frühe Sonntagabend allerdings noch so herrlich sternenklar, dass Maria fasziniert den Kopf in den Nacken legte und den Verlauf der Milchstraße bewunderte. So deutlich war sie schon lange nicht mehr zu erkennen gewesen! Ein seltsames Gefühl streifte Maria, denn der Anblick der tausend und abertausend funkelnden Sterne am Firmament machte ihr bewusst, wie klein und unbedeutend sie war – und wie klein und unbedeutend ihre Probleme.

Seltsamerweise spielte ihr Handy drinnen plötzlich nicht mehr das von ihr eingestellte Weihnachtsalbum, sondern *Major Tom*. Irgendwie passend, auch wenn sie nicht sicher war, wie dieses Lied in die Playlist geraten sein mochte. Je länger sie die Sterne betrachtete, desto mehr fühlte auch sie sich losgelöst, nicht so sehr von der Erde, sondern von den beängstigenden Gedanken, die sie nun schon so lange verfolgten. Ein eigentümliches Gefühl der Leichtigkeit durchrieselte sie und verursachte ein angenehmes Kribbeln in der Magengrube. Es verstärkte sich noch, als sie vermeinte, ein helles Glitzern in der Luft wahrzunehmen. Erst glaubte sie, sich getäuscht zu haben, doch je länger sie hinsah, desto mehr nahm das Funkeln und Glitzern in der Luft sie ein. Es faszinierte sie so sehr, dass sie den Blick gar nicht mehr abwenden konnte.

Ob das ein seltenes Wetterphänomen war? So etwas wie Polarlichter? Auf sie wirkte es wie ganz feiner, glitzernder Staub. Sternenstaub, dachte sie, obwohl sie nicht sicher war, ob es so etwas überhaupt gab. Eine Gänsehaut breitete sich über ihren Rücken aus, als ihr Handy nun Frank Sinatras *Strangers in the night* spielte. Gleichzeitig meinte sie zu erkennen, dass sich der glitzernde Staub zu Bildern formte, die sich vor dem sternenklaren Abendhimmel besonders deutlich hervorhoben.

Sie sah sich selbst als junges Mädchen mit zwei Freundinnen in einem Tanzclub – etwas nervös und verloren – und wie ihr Blick ganz zufällig an einem Mann an der Theke hängen blieb. Arndt. Er sah im selben Moment in ihre Richtung, ihre Blicke trafen sich.

Maria verspürte exakt den gleichen Stich, der sie auch damals durchzuckt hatte. »*Strangers in the night exchanging glances wondering in the night what were the chances … something in my heart, told me I must have you …*«

Ihre Kehle schnürte sich schmerzhaft zu. Sie hatten damals tatsächlich nicht geahnt, dass diese kurze Begegnung für zwei einsame Menschen so viel verändern würde. Doch das alles war so lange her!

Das können wir sein, hörte sie den Widerhall von Arndts Worten von gestern Abend.

Konnten sie das wirklich? Nach so vielen Jahren?

Ihr blieb fast die Luft weg, als sie weitere Bilder zu erkennen glaubte. Sie tanzte mit Arndt, sie lachte, fühlte sich so unsagbar leicht und glücklich. Und ihr Handy spielte *I was made for lovin' you* von Kiss. Was war eigentlich mit dem Ding los? Das war ja geradezu unheimlich!

Sie konnte ihren Blick immer noch nicht von den sich immer neu formenden Bildern am Himmel abwenden. Weitere Erinnerungen an das Wochenende mit Arndt spülten an die Oberfläche: Gefühle, Berührungen, Gespräche und schließlich ihr Abschied. Zu allem Überfluss spielte auf ihrem Handy nun auch noch Nick Kamens *I promised myself*, so als hätte das Gerät sich auf kosmische Weise mit dem Sternenstaub verbündet.

Das könnten wir sein.

Marias Augen brannten.

Ich liebe dich.

Arndts Worte hatten sie bis in ihre Grundfesten erschüttert. Denn ja, verdammt, seit jenem Heiligen Abend vor einem Jahr versuchte sie sich tatsächlich einzureden, dass es ihr mit ihm nicht ganz genauso ging. Weil es so unglaublich, so unwirklich, so märchenhaft war. Den Glauben an Märchen hatte man ihr jedoch schon so früh ausgetrieben, dass sie ihn jetzt nur mit großer Mühe zulassen konnte.

Tränen stiegen ihr in die Augen; die Bilder am Firmament verschwammen ... und lösten sich schließlich auf. Eine kräftige Windbö fuhr sie an und riss ihr beinahe das Dreieckstuch von den Schultern. Aus ihrem Handy erklang Bing Crosbys *White Christmas*, und als habe der Himmel ganz plötzlich seine Schleusen geöffnet, rieselten dicke Schneeflocken auf sie herab, legten sich auf ihr Haar, ihre Schultern, bedeckten schon bald jede verfügbare Oberfläche. Die Sterne waren fort, durch das Schneegestöber jedoch die Wolken, die es entließen, nicht zu erkennen.

Maria fühlte sich, als würde sie aus einem Traum erwachen oder aus einer Trance. Da der Schnee immer dichter und dichter fiel und der Wind inzwischen regelrecht an ihr zerrte, beeilte sie sich, zurück ins Haus zu kommen. Rasch verschloss sie die Terrassentür und blickte durch die Scheibe ungläubig auf das Unwetter, das über sie hereingebrochen war.

Mit wild pochendem Herzen griff sie nach ihrem Smartphone und swipte sich durch die Playlist des Weihnachtsalbums, doch von der Musik, die sie eben gehört zu haben glaubte, war nichts zu finden. Stattdessen wechselte Bing Crosby nun zu Judy Garlands *Have yourself a merry little Christmas*, so als wäre rein gar nichts geschehen.

Zunächst versuchte sie, sich durch tiefes, gleichmäßiges Atmen zu beruhigen. Als das nicht funktionierte, setzte sie sich auf die Couch und ließ den Oberkörper zwischen den Knien so weit nach unten sinken, wie es nur ging. Doch auch diese Übung half nicht gegen das wilde Pochen ihres Herzens und das Gefühlschaos, das in ihr tobte.

Schwer atmend richtete sie sich wieder auf und erhob sich. Mit wackeligem Schritt ging sie in ihr Schlafzimmer und zog ihre alte Schmuckschatulle aus der obersten Schublade des Sideboards. Im untersten Schubfach der Schatulle befand sich der kleine, abgerissene, zweimal gefaltete und schon leicht vergilbte Notizzettel mit Arndts alter Handynummer.

Ihre Hände zitterten scheußlich, als sie die Nummer in ihr Smartphone tippte. Es klingelte nur einmal, bevor die Mailbox ansprang. Natürlich. Arndt hatte das Handy schon seit einer Ewigkeit nicht mehr eingeschaltet. Dennoch begann sie nach dem Signalton zu sprechen.

***

Arndt hatte sich im Licht des Weihnachtsbaumes auf der Couch ausgestreckt und zappte sich durch das sonntagabendliche TV-Programm. Vom Hocker riss ihn das Angebot nicht gerade, doch er entschied sich schließlich für die Sportschau. Später würde er sich vielleicht auch noch den Tatort ansehen oder einen Film im Streaming. Mit irgendetwas musste er sich ablenken, um nicht ununterbrochen an Maria zu denken.

Er hatte ihr nahegelegt, erst nachzudenken, bevor sie etwas auf seine Liebeserklärung antwortete, doch verflixt noch mal, wie lange würde er darauf warten müssen? Hatte er sie vielleicht sogar ganz verschreckt? Die Worte waren einfach aus ihm herausgeflossen, ohne dass er sie hätte stoppen können. Nun saß er tief in der Tinte. Und gleichzeitig wie auf heißen Kohlen. Wenn sie jetzt nicht reagierte, war die Sache vermutlich vorbei. Dann musste er akzeptieren, dass sie entweder doch nichts für ihn empfand oder, sehr viel wahrscheinlicher, dass sie einfach nicht bereit war, es vielleicht niemals sein würde.

Da die Berichterstattung über die aktuellen Sportereignisse sein Interesse nicht fesseln konnte, ließ er seinen Blick träge zur Balkontür wandern. Schon vor einer Weile hatte seine Wetter-App eine Unwetterwarnung versendet, doch bis eben hatte es nicht so ausgesehen, als würde der Schneesturm so pünktlich wie angekündigt hier eintreffen. Nun jedoch setzte er sich erstaunt auf, denn vor den Fensterscheiben war eine von kräftigem Wind verwirbelte weiße Wand zu erkennen.

Fasziniert stand er auf und trat an die gläserne Fensterfront, um sich das Schneegestöber näher anzusehen. Sein Handy gab einen Signalton von sich, und als er es aus der Hosentasche zog, fand er eine Nachricht des Mitarbeiters vor, der heute Dienst auf dem Weihnachtsmarkt bei Janas Glaskunstzelt hatte. Wegen des Schneesturms hatte der Markt frühzeitig seine Pforten geschlossen.

Arndt tippte eine kurze Antwort, in der er dem jungen Mann einen schönen Feierabend und eine wohlbehaltene Rückkehr nach Hause wünschte.

Er hatte das Smartphone gerade auf dem Couchtisch abgelegt und sich wieder auf der Couch ausgestreckt, als ein Signalton eine weitere Kurznachricht ankündigte. Diesmal wusste er anhand des Tons sofort, wer ihm geschrieben hatte.

Maria: Bitte schalt das alte Handy ein.

Dieser eine Satz ließ sein Herz heftig in seiner Brust zucken. Beinahe fegte er die Fernbedienung vom Tisch, so eilig stand er auf und rannte zu dem Sideboard, in dem er das alte Mobiltelefon aufbewahrte. Als er es einschalten wollte, fluchte er laut, denn selbstverständlich war der Akku leer. Mit fliegenden Fingern schloss er das Gerät ans Stromnetz an und tigerte ungeduldig vor der Küchenanrichte auf und ab, auf der er das Handy zum Aufladen abgelegt hatte, bis die Anzeige wenigstens zwei Prozent meldete und er sich traute, das Gerät einzuschalten. Es dauerte noch einmal zwei oder drei Minuten, bis das Gerät bereit war und auf Empfang ging. Dann, endlich, empfing es eine Nachricht.

Es war ein Anruf auf der Mailbox eingegangen. Fast hätte Arndt den Kopf über sich geschüttelt, weil seine Hände vor Aufregung zitterten, als er die Mailbox anwählte. Sein Blutdruck schoss in ungesunde Höhen, als er Marias Stimme vernahm.

»Arndt … Ich wähle diesen Weg, weil du damals wolltest, dass diese Nummer, also dieses Handy, also … Na ja, dass ich die Nummer jederzeit wählen kann, wenn …, wenn …« Es entstand eine kurze Pause, in der er sie leise atmen hörte. *»Ich fange am besten noch mal von vorne an.«* Nun lachte sie hörbar nervös. *»Das war jetzt sogar doppelsinnig. Ich … also ich …«* Wieder entstand eine Pause, die Arndts Puls beinahe durch die Decke jagte. *»Ich liebe dich auch. Ich habe mich damals an diesem viel zu kurzen Wochenende in Düsseldorf in dich verliebt, und dieses Gefühl ist seitdem immer geblieben. Ich habe es weggesperrt, weil ich zu schwach und zu verängstigt war, um die Konsequenzen daraus zu ziehen. Ich war erst achtzehn und … verlobt und … Ich habe die falsche Entscheidung getroffen, das weiß ich jetzt, aber ich sah damals keinen Ausweg, keine Möglichkeit, dem goldenen Käfig zu entfliehen, in den meine Eltern und dann auch Jens mich gesperrt hatten.«* Sie atmete nun deutlich hörbar ein und wieder

aus. »*Als ich dir letztes Jahr an Heiligabend so unverhofft gegenüberstand, waren all die Gefühle, die ich damals für dich hatte, auf einen Schlag wieder da, aber … ich wusste nicht, wie ich damit umgehen sollte. Wegen Melissa und Lennart, weil ich niemals damit gerechnet hätte, dir jemals wieder zu begegnen, aber vor allem, weil ich nicht glauben konnte, dass das Leben oder das Universum oder das Schicksal – was auch immer – mir, nein, uns noch eine zweite Chance einräumen würde. Also habe ich versucht, mir einzureden, dass das alles nicht sein kann, nicht sein darf. Dabei ist es das, was ich mir am sehnlichsten wünsche. Ich weiß nur nicht, wie wir das anfangen sollen. Ich muss noch so viel verarbeiten und … lernen, vor allem über mich selbst. Ich … weiß jetzt einfach nicht, was der nächste Schritt ist, aber zumindest ist mir heute klar geworden, dass ich so mutig sein will, ihn zu gehen. Mit dir. Wenn … du das wirklich willst.*« Es knisterte kurz, dann war die Nachricht beendet. Das Handy piepste und schaltete sich aus, weil die geringe Akkuladung aufgebraucht war.

Für einen langen Moment starrte Arndt das alte Mobiltelefon an und versuchte, mit dem Aufruhr in seinem Inneren fertigzuwerden. Schließlich kam Leben in ihn. Er schnappte sich sein Smartphone, tippte mit fliegenden Fingern eine Nachricht an Maria, verschrieb sich mehrmals, fluchte laut und rannte schließlich einfach zur Tür. Was er ihr zu sagen hatte, konnte er ihr auch persönlich mitteilen, schließlich wohnte sie nur eine Etage unter ihm.

Als er schwungvoll die Tür öffnete, blieb ihm kurz die Luft weg, denn Maria stand direkt vor ihm, die Hand in Richtung seiner Klingel ausgestreckt. Nun zog sie sie sichtlich erschrocken wieder zurück.

***

»Hallo … Arndt.« Mit wild klopfendem Herzen starrte Maria Arndt an. »Ich … war mir nicht sicher, ob du meine Nachricht überhaupt abhören kannst. Wahrscheinlich musst du erst den Akku aufladen, oder? Na ja, eigentlich war es ja sowieso eine blöde Idee, auf dem alten Handy anzurufen, wo du ja nur ein paar Schritte entfernt wohnst. Ich dachte nur …«

»Komm her.« Arndt trat auf sie zu und zog sie fest in seine Arme. »Ich habe deine Nachricht erhalten.«

»Oh?« Sie hob den Kopf und blickte geradewegs in seine wunderschönen dunkelblauen Augen. Seine Pupillen weiteten sich; zärtlich legte er seine rechte Hand an ihre Wange. »Ja. Und ich hätte da einen Vorschlag, was den nächsten Schritt angeht.« Ehe sie darauf etwas erwidern konnte, lagen seine Lippen fest auf den ihren.

Eine blitzartige Schockwelle durchtoste sie, sodass sie erschrocken nach Atem rang. Tief in ihrem Inneren flatterte und kribbelte es schmerzlich schön, als sein Mund forschend und kosend über ihren wanderte.

Sie erwiderte den Kuss mit all der Liebe und Zärtlichkeit, die sie für ihn empfand, und mit zunehmender Leidenschaft, denn bald schon spürte sie, wie seine Zunge sich vortastete, nach der ihren suchte, sie fand. Heißes, brennendes, sehnsüchtiges Verlangen nahm von ihr Besitz, wie sie es noch niemals verspürt hatte. Oder vielmehr war es schon eine Ewigkeit her, dass solche Empfindungen sie erfasst hatten.

Schweigend nahm er sie bei der Hand, zog sie mit sich in seine Wohnung und schloss die Tür hinter ihr. »Ich hoffe, deine beiden Stubentiger kommen eine Weile ohne dich aus.« Seine Stimme war rau und so tief, dass es ihr eine Gänsehaut verursachte.

Nur mit Mühe fand sie ihre Stimme. »Ich denke ja. Auch wenn sie nicht daran gewöhnt sind, eine ganze Nacht allein zu sein. Aber das geht schon irgendwie.«

»Du willst die ganze Nacht hier verbringen?« In seinen Augen blitzte es gleichermaßen schalkhaft wie erfreut auf.

Hitze stieg in ihre Wangen. »Also, ich …«

»Ein ausgezeichneter Plan.« Er küsste sie erneut, diesmal mit noch mehr Nachdruck, mehr Hunger. Mit den Fingern beider Hände fuhr er in ihr Haar, bog ihren Kopf leicht nach hinten, um den Kuss zu vertiefen. Ihr wurde gleichzeitig heiß und kalt, das Flattern in ihrem Inneren nahm stetig zu und mischte sich mit dem brennenden Verlangen, mehr von ihm zu spüren. »Komm mit.« Als hätte er ihre Gedanken gelesen, führte er sie an der Hand hinüber in sein Schlafzimmer.

Er knipste über einen Schalter neben der Tür nur die beiden Nachttischlampen rechts und links von dem etwa einen Meter vierzig breiten Bett an. Die grau-weiß gestreifte Tagesdecke lag geknautscht am Fußende, Kissen und Decke waren ein wenig geknittert, doch es hing ein leichter Duft von Waschmittel oder Weichspüler in der Luft, der verriet, dass Arndt die Bettwäsche erst kürzlich gewechselt haben musste. »Diesmal habe ich auch Kondome im Haus.« Mit einem jungenhaften Grinsen zog er sie wieder in seine Arme, küsste sie und ließ seine Lippen anschließend über ihr Kinn und ihren Hals bis zu ihrem Schlüsselbein wandern. Vorsichtig öffnete er die oberen beiden Knöpfe ihrer grünen Bluse und schob sie so weit zur Seite, dass er mit dem Mund fast ihre Schulter erreichte.

Wohlige Schauer durchrieselten sie, und schon wieder bekam sie eine Gänsehaut. Prompt hielt Arndt inne und sah sie forschend an. »Wenn dir das zu schnell geht, musst du es mir sagen. Ich habe jetzt so lange auf diesen Moment gewartet, da werde ich mich auch noch ein Weilchen länger gedulden können.« Sein hungriger Blick strafte seine Worte Lügen, dennoch wusste sie, dass er es ernst meinte.

»Es geht mir nicht zu schnell.« Sie versuchte sich an einem Lächeln. »Ich bin höchstens ein bisschen überwältigt … und ganz grässlich aus der Übung.«

»Geht mir nicht anders.« Während er sprach, öffnete er auch noch die restlichen Knöpfe ihrer Bluse und streifte sie ihr von den Schultern. Dann sah er sie einen langen Moment nur schweigend an. »Ich bin sehr glücklich, dass du meine Nummer endlich gewählt hast, Maria.« Mit beiden Händen umfasste er sanft ihre Brüste und reizte mit den Daumen durch den Stoff ihres weißen Spitzen-BHs ganz leicht die Brustwarzen, bis sie sich aufrichteten. »Ich weiß nicht, wie ich es verkraftet hätte, wenn du es nicht getan hättest.« Vorsichtig zog er den Stoff über ihrer linken Brust herunter und glitt mit Lippen und Zunge über die empfindliche Spitze.

Nadelfeine Stiche des Begehrens durchzuckten Maria, sie sog unwillkürlich die Luft ein und klammerte sich an seinen Schultern fest.

Dann ging plötzlich alles ganz schnell. Wie in einem Rausch küssten sie sich wieder und wieder, zerrten an den Kleidern des jeweils anderen und warfen ein ums andere Stück zu Boden, bis kein Stoff mehr ihre Körper voneinander trennte.

Wenn Maria sich Sorgen gemacht hatte, dass sie sich unbeholfen anstellen oder etwas falsch machen könnte, so waren ihre Bedenken spätestens in dem Moment vergessen, als sie Arndts nackten Körper dicht an ihrem spürte. Seine Erregung spiegelte die ihre, seine Leidenschaft feuerte die ihre an. In ihrem Schoß pochte und pulsierte es wild, sodass sie sich instinktiv an ihn schob, nach ihm tastete.

Er keuchte unterdrückt und drängte sie rücklings in die Kissen, um sie weiter zu erkunden, weiter zu erregen. Sie bäumte sich auf, als sie seine Zunge an ihrer empfindlichsten Stelle zu spüren bekam. Zwar hatte Jens sie ebenfalls auf diese Weise liebkost, doch erst jetzt begriff sie, wie groß der Unterschied war, wenn nicht bloß die Pflicht, sondern das Herz mit von der Partie waren – ebenso wie ein wundervoller Cocktail an Hormonen, der inzwischen durch ihre Adern rauschte.

Wieder tastete sie nach ihm, umschloss seine köstliche Erektion mit den Fingern und hörte ihn erneut ein unmissverständliches Keuchen ausstoßen.

»Du lebst wohl gern gefährlich.« Seine Stimme war noch rauer als zuvor, doch sein schalkhaftes Grinsen reizte sie zum Lachen.

»Definiere gefährlich.« Sie griff nach seiner Schulter und zog ihn zu sich herauf, um ihn zu küssen.

»Willst du das wirklich wissen?«

»Unbedingt.« Suchend sah sie sich um. »Hattest du nicht etwas von Kondomen gesagt?«

»Das hatte ich.« Er rollte sich zur Seite und zerrte die Schublade am Nachtschränkchen auf der rechten Bettseite auf. »Voilà.« Er riss die Kondomschachtel beinahe entzwei, weil sie sich nicht schnell genug öffnen ließ.

Lachend schnappte sie sich eines der verschweißten Päckchen, öffnete es und sah dann mit heftig pochendem Herzen zu, wie er sich das Präservativ überstreifte. Das Pulsieren in ihrer Körpermitte nahm wieder zu, und für einen kurzen Moment fragte sie sich, wovor genau sie sich eigentlich so gefürchtet hatte. Mit Arndt war alles so natürlich, so echt. Sie vertraute ihm. Und sie wollte ihn. Jetzt.

»Bevorzugst du eine bestimmte Stellung?« Er hatte seinen Mund ganz dicht an ihr Ohr gebracht, sodass sein warmer Atem sie wohlig erschauern ließ.

»Ich weiß nicht genau«, gab sie zu. »Und du?«

»Ich hätte da so ein paar Ideen«, raunte er erneut so dicht an ihrem Ohr, dass sie eine Gänsehaut bekam. »Vielleicht probieren wir einfach alle nacheinander durch.« Noch während er sprach, war er auf ihr und nur einen Atemzug später in ihr.

Sie rang erschrocken nach Atem, als er sie so rasch und unerwartet eroberte, sie ausfüllte, vollkommen vereinnahmte. Erst jetzt wurde ihr bewusst, wie bereit sie für ihn war, wie lange und wie sehr sie diesen Augenblick herbeigesehnt hatte.

Arndt hielt inne, damit sie sich an ihn gewöhnen konnte, doch diese regungslose Verbundenheit befeuerte ihre Lust umso mehr. Sie drängte ihm entgegen, vergrub ihre Finger in seinem Haar und suchte begierig mit den Lippen nach den seinen. Als er sich endlich, endlich in ihr bewegte, brandeten herrliche Lustwellen durch sie hindurch, die sich immer mehr steigerten, je schneller, tiefer er in sie stieß. Alle zusammenhängenden Gedanken verwirbelten und flohen schließlich aus ihrem Kopf. Sie konnte nur noch spüren. Ihn. Sie beide.

Ehe sie auch nur ahnen konnte, was mit ihr geschah, rissen Lust und Begierde sie gnadenlos mit sich. Sie kam ihm bei jedem Stoß entgegen, spürte, wie er die Kontrolle verlor, und ließ die ihre ebenfalls gänzlich los. Ein wilder, geradezu urtümlicher Rausch erfasste sie und fegte sie gleich darauf über eine Klippe, die sie so rasch nicht hatte kommen sehen. Der zehrende, geradezu messerscharfe Höhepunkt verschlug ihr vollständig den Atem. Den leisen Schrei, der sich ihrer Kehle entrang, konnte sie nicht unterdrücken, doch Arndt milderte ihn ab, indem er sie wild und tief küsste.

Ihr schwindelte geradezu, weil er sie in den Wellen des Orgasmus weiter und weiter vorantrieb, bis eine zweite Schockwelle folgte, in die er selbst sich ebenfalls ergab.

Eine geraume Weile lagen sie dicht aneinandergedrängt und versuchten beide, wieder zu Atem und Verstand zu kommen. Irgendwann spürte sie, wie seine Schultern leicht zuckten, und sah, dass er lachte.

Erstaunt musterte sie ihn. »Was ist so lustig?«

Auf seinen Lippen erschien das jungenhafte Grinsen, in das sie sich schon vor achtundzwanzig Jahren verliebt hatte und das sie, da war sie sich vollkommen sicher, bis an ihr Lebensende lieben würde.

»Nichts.« Er küsste sie auf den Mundwinkel. »Ich dachte nur gerade: so viel zum Thema Ausprobieren sämtlicher möglichen Stellungen. Du bist ein ganz schön heißes Weib, wenn ich das mal so sagen darf.«

Maria prustete. »Was bin ich?«

»Heiß.« Wieder küsste er sie. »Und wunderschön.«

Sie lächelte geschmeichelt. »Du kannst dich aber auch durchaus sehen lassen.«

»Für einen Mittfünfziger?« Er lachte. »Danke für die Blumen.« Rasch erhob er sich und entsorgte das Kondom im Mülleimer im Bad. Als er zurückkam, brachte er zwei Flaschen Mineralwasser mit.

Verwundert sah sie ihn an. »Was hast du denn damit vor?«

»Verhindern, dass wir dehydrieren, was sonst?« Er stellte die Flaschen neben dem Bett ab.

»Glaubst du, diese Gefahr könnte bestehen?« Interessiert musterte sie ihn. »Was hast du denn noch alles vor?«

In seine Augen trat ein mutwilliges Funkeln. »Die Sache mit den anderen Stellungen ist noch nicht vom Tisch, mein Schatz. Wenigstens die eine oder andere will ich heute Nacht definitiv noch mit dir ausprobieren.«

»O ja?« Obgleich noch von angenehmer Erschöpfung vereinnahmt, hob sie mit dem Anflug neuer Erregung den Kopf.

»Und was wir heute Nacht nicht schaffen, verschieben wir auf morgen.« Seine Lippen berührten die ihren. »Und auf übermorgen.« Ein weiterer Kuss folgte.

»Und auf überübermorgen«, ergänzte sie glücklich.

***

Als sich die Wohnungstür hinter Arndt und Maria geschlossen hatte, führten Elf-Zwei und Elfe-Acht sowie die vier Elfen, die ihnen an diesem Abend mit den Sternenstaub-Bildern und der Musik geholfen hatten, einen begeisterten Freudentanz auf.

»Wir haben es geschafft!«, jubelte Elf-Zwei. »Geschafft! Geschafft! Zwei Wünsche erfüllt. Wir sind sooo guuut!«

»Und wie wir das sind«, stimmte Elfe-Acht zu. »Obwohl wir auch Petrus ein riesiges Dankeschön schulden. Das mit dem sternenklaren Himmel trotz des herannahenden Unwetters war einsame Spitzenklasse. Das muss ihm erst mal jemand nachmachen. Jetzt müssen wir uns aber sputen, um Santa Claus alles zu berichten. Der Schneefall wird immer stärker, das macht den Heimweg ein bisschen anstrengend.«

»Ja, los, lasst uns zum Nordpol zurückkehren.« Elf-Zwei bedeutete den anderen, sich ihnen anzuschließen. Den Beutel mit dem restlichen Sternenstaub warf er sich lässig über die Schulter. »Und morgen müssen wir ganz früh wieder raus. Schließlich haben wir noch zwei Wünsche zu erfüllen.«

»Wohl wahr«, befand Elfe-Acht. »Und die werden ganz schön tricky. Ich hoffe, Buddy wird uns helfen, so wie Santa Claus es sich vorstellt.«

24. Kapitel

Also ... mal sehen. Hier stehen jede Menge Papiertüten mit Sachen drin, die auch wieder in Papier eingepackt sind. Um die meisten sind auch noch lustige bunte Bänder geschnürt, aber an die darf ich nicht ran, das hat Frauchen mir streng verboten. Und da in der Tasche steckt mein Froschi, und Frauchen hat auch meine Näpfe und jede Menge Leckerchen eingepackt. Ob wir wieder in Urlaub fahren, so wie neulich? Aber diesmal hat sie gar keinen Koffer gepackt.

»Wir fahren gleich zu Melissa und Lennart und Andy und Sissi«, hat sie gesagt, aber nicht, warum wir heute so viele Sachen mitnehmen. So richtig fröhlich ist sie auch immer noch nicht, das spüre ich genau, auch wenn sie immer so tut, als wäre alles ganz toll. Manchmal steht oder sitzt sie nämlich einfach da und starrt in die Luft, obwohl es da gar nichts zu sehen gibt. Jedenfalls nichts Interessantes. Dabei sieht sie dann immer so traurig aus oder wütend. Manchmal auch beides gleichzeitig. Ich wünschte, ich wüsste, was mit ihr los ist. Immer, wenn ich dann zu ihr gehe, lächelt oder lacht sie ganz plötzlich und spielt dann mit mir oder geht mit mir raus oder so. Darüber freue ich mich natürlich, aber so richtig toll ist es trotzdem nicht. Viel schöner war es, als wir dauernd mit Martin und Jeanine zusammen waren. Da war Frauchen so richtig glücklich und ausgelassen und alles war supertoll. Leider haben wir die beiden schon ganz lange nicht mehr besucht, und im Büro waren wir auch gar nicht mehr. Schon seltsam. Vielleicht vermisst Frauchen die beiden

ja ebenfalls, das wäre eine Erklärung. Wo Martin und Jeanine wohl abgeblieben sind? Frauchen redet gar nicht darüber.

Im Moment ist sie im Bad. Sie hat geduscht, das habe ich genau gehört. Mir wird allmählich langweilig. Ob ich mal ein bisschen an dieser Tüte hier knabbere? Papier knistert so lustig, wenn man es zerreißt. Das macht riesigen Spaß. Oder ich gehe kurz raus auf den Balkon. Frauchen hat nämlich die Tür aufgemacht. Zum Stoßlüften, hat sie gesagt, was auch immer das bedeuten mag. Auf dem Balkon liegt immer noch Schnee, weil es in den letzten Tagen so viel geschneit hat. Auf manchen Wegen oder auf der Wiese im Garten muss ich richtig hochspringen, um voranzukommen. Das ist anstrengend, deshalb lasse ich mich lieber tragen.

Ach nein, ich glaube, ich habe keine Lust auf Schnee. Ich gucke mir lieber mal die Tüten genauer an. Das ist …

»Pst.«

Was?

»Pssst! Buddy!«

Wer spricht denn da mit mir?

»Ich, hier auf dem Balkon. Schau mal her!«

Auf dem Balkon? Ui, wer bist du denn? Dich habe ich ja noch nie gesehen. Wuff! Wie kommst du denn auf unseren Balkon? Bist du ein Einbrecher? Buddy bellte erschrocken.

»Schschsch! Ich bin kein Einbrecher, Buddy. Bitte beruhige dich. Ich heiße Elf-Siebzehn und gehöre zu den Elfen von Santa Claus.«

Elf-Siebzehn ging vorsichtig auf Buddy zu und hielt ihm seine Hand zum Beschnüffeln hin.

Elf-Siebzehn? Buddy reckte den Hals und sog neugierig den Geruch des Elfen ein. *Kenne ich nicht. Und wer ist Santa Claus?*

»Er wird auch Weihnachtsmann genannt. Vielleicht hast du schon mal von ihm gehört.«

Ja, kann sein. Buddy wedelte leicht mit der Rute. *Das Wort habe ich schon mal gehört, aber ich weiß nicht, was es bedeutet.*

Elf-Siebzehn betrat vorsichtig das Wohnzimmer und sah sich prüfend um. »Gut, Lena ist noch im Bad. Dann können wir ja kurz ungestört miteinander reden. Der Weihnachtsmann ist ein wichtiger Glücksbote und Wunscherfüller zur Weihnachtszeit, weißt du?«

Weihnachtszeit? Wieder wedelte Buddy leicht. *Das ist doch jetzt gerade, nicht wahr? Frauchen und alle Menschen reden dauernd davon und überall sind Lichter und Bäume mit buntem Schmuck, sogar in den Häusern. Ich darf aber nicht mein Bein daran heben, hat Frauchen gesagt.*

»Ja, genau.« Elf-Siebzehn lachte. »Heute ist sogar Heiligabend, das ist ein ganz wichtiger Tag für die Menschen, genau wie der morgige erste Weihnachtsfeiertag und der zweite übermorgen. Da gibt es Geschenke und gutes Essen, und Freunde und Familie kommen zusammen und begehen das Weihnachtsfest. Viele gehen auch in die Kirche und feiern dort ebenfalls.«

Aha, das klingt ja spannend, vor allem das mit den Geschenken und dem guten Essen.

»Wie es aussieht, seid ihr auch schon so gut wie startklar, um nachher bei Melissa und Lennart den Heiligen Abend zu verbringen.« Elf-Siebzehn deutete auf die Tüten und die Tasche neben der Wohnzimmertür.

Ja, stimmt, jetzt wo du es sagst, Lena hat heute Morgen gesagt, wir fahren dorthin. Ich wünschte nur, sie wäre ein bisschen fröhlicher. Dieses Weihnachtsfest klingt doch so lustig, Aber sie scheint traurig zu sein.

»Das ist sie auch.« Mitfühlend verzog Elf-Siebzehn das Gesicht. »Bei Martin sieht es nicht besser aus. Deshalb bin ich hier, weißt du?«

Wegen Martin? Buddy ließ sich auf sein Hinterteil sinken und legte erwartungsvoll den Kopf schräg. *Was ist denn mit ihm? Wir haben ihn und Jeanine schon total lange nicht mehr gesehen, was schade ist, weil ich die beiden so gerne mag.*

»Ja, weißt du, das ist ein bisschen kompliziert.« Der Weihnachtself hielt kurz inne, als aus dem Badezimmer ein leises Klappern zu vernehmen war. Dann sprach er rasch weiter: »Martin hat zu Lena gesagt, dass sie sich nicht mehr sehen können oder ein Paar sein. Er hat sich da in etwas verrannt, und nun hat Lena sich gewünscht, dass alles wieder gut wird, weil sie ihn so gernhat und er sie übrigens auch. Wir Elfen sind die Helferinnen und Helfer des Weihnachtsmannes und haben nun den Auftrag von ihm, dafür zu sorgen, dass die beiden noch eine Chance bekommen, glücklich zu werden, und zwar bis heute. Und dazu brauchen wir nun auch deine Hilfe.«

Aber was kann ich denn da tun? Buddy neigte den Kopf erneut, erst auf die eine, dann auf die andere Seite. *Ich bin doch nur ganz klein und kann nicht einmal die Menschensprache sprechen. Wie soll ich denn da helfen?*

»Das erkläre ich dir jetzt ganz genau. Wir haben nämlich mit Santa Claus einen Plan geschmiedet.« Elf-Siebzehn senkte verschwörerisch die Stimme. »Hör zu, wir haben uns das folgendermaßen gedacht …«

***

Prüfend musterte Lena sich im Spiegel in ihrem Schlafzimmer und nickte schließlich beifällig. Sie sah gut aus. Sie trug ein knielanges, figurbetontes Wollkleid in Oliv zu schwarzer

Thermostrumpfhose und einem ebenfalls schwarzen Jäckchen, das die kurzen Ärmel des Kleides ein wenig ausglich. Dazu schwarz-rote Stiefeletten und eine zweireihige rote Kette, die sie im Sommer bei Jana erstanden hatte. Die Glassteine waren ganz unterschiedlich geformt, dennoch strahlte die Kette eine angenehme Ruhe aus. Die passenden Ohrringe hatte sie ebenfalls angelegt. Zwar ging es zu einer Familienweihnachtsfeier und sie hätte dort auch in Jeans und Sweatshirt aufschlagen können, aber das war nicht ihr Stil. Bloß, weil sie sich mies fühlte, würde sie nicht darauf verzichten, sich zurechtzumachen. Kein Mann, schon gar nicht so ein sturer, dummer Esel wie Martin, war es wert, dass sie sich hängenließ, jawohl! Sie war ja bisher auch gut ohne ihn ausgekommen – und gut aussehen wollte sie sowieso nicht besonders für ihn, sondern generell, für sich selbst.

Nach einem kurzen Blick auf die Uhr schnappte sie sich Smartphone und Handtasche, eilte damit ins Wohnzimmer und griff nach zwei der Geschenketüten. »Ich bringe das schon mal ins Auto, Buddy, okay?«, wandte sie sich an den kleinen Havaneser, der in seinem Körbchen lag und ihr aufmerksam zusah. »Ich bin gleich wieder da.«

Schon gut, ich warte hauptsächlich auf das mit Elf-Siebzehn ausgemachte Signal. Buddy wedelte leicht mit der Rute.

Lena schmunzelte, weil sie immer wieder den Eindruck hatte, dass der Hund jedes ihrer Worte ganz genau verstand. Rasch machte sie sich auf den Weg zu ihrem Auto und verstaute Tüten und Handtasche im Kofferraum. Dann eilte sie zurück nach oben, brachte die restlichen Geschenketüten zum Auto und kehrte schließlich ein drittes Mal in ihre Wohnung zurück, um Buddys Tasche – und ihn – zu holen. Dabei fiel ihr auf, dass die Balkontür noch sperrangelweit offen stand. Hastig schloss sie sie, stellte die Hundetasche neben der Wohnungstür ab und griff nach der Leine, dem Hundegeschirr und sicherheitshalber auch nach der Hundetragetasche. Melissas und Lennarts Haus stand mitten im Wald auf einer Lichtung. Der Weg dorthin wurde zwar regelmäßig geräumt, die Wege und Pfade ringsum jedoch ganz sicher nicht. Da war es bestimmt besser, wenn sie die Möglichkeit hatte, den kleinen Hund, falls nötig, zu tragen, wenn er mal rausmuss.

»Komm, Buddy, es wird Zeit. Melissa und Maria haben Kaffee und Kuchen versprochen. Wir werden so was von gemästet, und das noch vor Abendessen und Bescherung.« Grinsend warf sie einen Blick zum Hundekörbchen und stutzte, weil Buddy nicht mehr darin lag. »Buddy?« Suchend sah sie sich um. »Wo bist du denn? Komm her, Süßer, ich muss dir doch noch dein Geschirr anziehen.«

Da sich nichts rührte, ging Lena in die Küche, doch auch dort war der Hund nicht. »Buddy?« Stirnrunzelnd begab sie sich ins Schlafzimmer. »Wo versteckst du dich denn schon wieder? Soll das ein neues Spiel sein?« Obwohl sie sich ein wenig lächerlich vorkam, sah sie unters Bett. Nichts.

»Buddy!« Sie eilte hinüber ins Bad und dann leicht panisch in ihr kleines Arbeitszimmer. »Buddy, wo steckst du denn? Komm zu mir!«

Ratlos blieb sie im Flur stehen. Die Wohnungstür stand einen Spalt offen. Ihr Herzschlag beschleunigte sich. Ob Buddy, als sie kurz nicht achtgegeben hatte, nach draußen gelaufen war? Das hatte er bislang noch nie getan. Lena riss die Tür auf und rannte die Treppe hinab.

»Buddy? O nein!« Auch die Haustür stand ein Stückchen offen. Mit wenigen Schritten war sie draußen und sah sich panisch um.

»Buddy!« Ihr Ruf verhallte unbeachtet. Das Herz schlug ihr mittlerweile bis in die Kehle hinauf. Wo mochte der kleine

Hund nur hingelaufen sein? Unentschlossen blickte sie die Straße hinab und wieder hinauf. Was sollte sie tun? Auf den vom Schnee befreiten Bürgersteigen waren keinerlei Spuren zu sehen.

Ihr fiel die Überwachungskamera über der Haustür ein. Vielleicht half deren Aufzeichnung. So schnell sie konnte, rannte Lena in ihre Wohnung zurück und schaltete das Tablet ein. Tatsächlich war Buddy auf der Aufzeichnung zu sehen, doch leider war die Kamera nur auf den unmittelbaren Bereich vor der Haustür ausgerichtet. Ganz kurz war zu sehen, wie der Havaneser sich nach links wandte. Lena schaltete das Tablet wieder aus, schnappte sich erneut Leine, Geschirr sowie Hunde- und Tragetasche und kehrte zum Auto zurück. Sie warf alles auf den Beifahrersitz, startete den Motor und fuhr nach links.

***

»Ich mache mich dann mal auf den Weg zur Party.« Alice gab erst Jeanine, dann Martin je einen Kuss auf die Wange. »Unsere Bescherung machen wir dann morgen früh, ganz im amerikanischen Stil, okay? Habt einen schönen Abend und guckt nicht zu viel *Stirb langsam*!« Alice winkte noch einmal und wirbelte, in eine Wolke von Parfüm gehüllt, aus dem Haus. Jeanine ließ sich stöhnend auf die Couch fallen. »Ob sie immer noch nicht kapiert hat, dass der *Stirb-langsam*-Marathon das Beste überhaupt nach der Bescherung ist?« Sie stockte. »Wir machen unsere Bescherung doch heute, Papa? Mama kann ihre ja dann morgen veranstalten. Sie verschläft sowieso, wenn sie heute bis wer weiß wann auf dieser Party ist.«

»Natürlich bleiben wir bei unserem regulären Heiligabendprogramm.« Martin hatte es sich mit einem Krimi in einem Sessel bequem gemacht, auch wenn er die letzten beiden Absätze schon zweimal gelesen hatte. Ihm fehlte heute einfach die Konzentration. »Kartoffelsalat und Würstchen stehen schon bereit.« Er blickte auf seine Armbanduhr. »Fürs Abendessen ist es aber noch zu früh. Schalt doch mal den Fernseher ein. Wir könnten uns noch einen Weihnachtsfilm ansehen. *Der Grinch* vielleicht oder *Das Wunder von Manhattan*. Wir haben auch schon lange nicht mehr …« Er brach ab, als sein Handy klingelte. Dem Klingelton nach kam der Anruf von Alice. Ahnungsvoll angelte er nach dem Mobiltelefon in seiner Hosentasche. »Was hast du denn jetzt wieder vergessen?«, meldete er sich halb sarkastisch, halb amüsiert.

»Gar nichts.« Alice klang ungewöhnlich ernst. »Ich wollte dir nur Bescheid sagen, weil ich Lenas Nummer nicht habe.«

»Lenas Nummer?« Verblüfft setzte er sich auf, und auch Jeanine wurde aufmerksam. »Was ist denn mit ihr?«

»Ich bin gerade losgefahren. Vielleicht hundertfünfzig Meter vom Haus läuft ein kleiner Hund, der haargenau so aussieht wie Buddy. Ich habe angehalten und ihn gerufen, und er hat darauf reagiert, also scheint er es zu sein. Er lässt sich aber nicht einfangen. Ich habe es schon versucht, aber er rennt immer wieder weg. Von Lena ist allerdings nichts zu sehen. Vielleicht ist der Kleine ihr ausgebüxt. Das ist doch gefährlich, weil es schon langsam dunkel wird und man ihn im Schnee so schlecht sieht.«

»Okay, okay.« Martin war bereits aufgesprungen. »Ich komme sofort. Behalt Buddy bitte im Auge, bis ich da bin.«

»Buddy?« Alarmiert rannte Jeanine hinter ihm her in den Flur. »Was ist mit ihm?«

»Ich warte, bis ihr da seid«, versprach Alice. »Aber ich glaube, er läuft sowieso in eure Richtung. Vielleicht will er euch besuchen.« Schon hatte sie aufgelegt.

Martin schob das Mobiltelefon in die Tasche seines Mantels, den er sich bereits übergeworfen hatte.

»Warte mal, ich komme mit!« Auch Jeanine schlüpfte in ihren lila Wintermantel. »Ist Buddy abgehauen?«

»Anscheinend.« Martin eilte auf die Straße. »Er soll in unsere Rich… Da ist er!« Er deutete nach rechts und lief los. »Buddy!«

Hallo, Martin, wie schön, dich wiederzusehen! Mit einem freudigen Bellen schoss der Havaneser auf Martin zu und sprang begeistert an ihm hoch. *Ich freue mich so! Und da ist ja auch Jeanine. Das ist toll. Streichelt mich bitte ganz viel, ja?*

Martin ging in die Hocke und nahm den kleinen Hund auf den Arm, der ihm fröhlich übers Kinn leckte. »Wo kommst du denn her, Kumpel? Und wo hast du dein Frauchen gelassen?«

»Lena ist weit und breit nirgends zu sehen.« Alice hatte ihren Wagen heranrollen lassen und war ausgestiegen. »Buddy scheint tatsächlich allein unterwegs zu sein.«

Ja, bin ich, aber nur, weil Elf-Siebzehn gesagt hat, das soll ich so machen. Er hat mir den Weg hierher gezeigt. Jetzt soll ich hier bei euch warten.

»Wenn der Hund ihr ausgerissen ist, macht Lena sich bestimmt schon große Sorgen.« Alice trat näher und streichelte Buddy über den Kopf. »Wir sollten ihr sofort Bescheid sagen.«

»Ja, du hast recht.« Martin zog erneut sein Handy aus der Manteltasche und entsperrte es. Da Buddy ihm dabei fast aus dem Arm gerutscht wäre, reichte er das Smartphone an Alice weiter. »Übernimm das mal bitte.«

»Das kann ich auch machen.« Jeanine griff nach dem Smartphone, doch Alice hatte bereits Lenas Nummer gefunden und angewählt.

***

Nachdem sie fast fünfhundert Meter gefahren war, drehte Lena wieder um. Tränen brannten in ihren Augen. Wie hatte sie nur so gedankenlos sein können? Sie hatte einfach nicht damit gerechnet, dass Buddy ausbüxen könnte, aber sie war auch seit Tagen mit den Gedanken woanders. Bei Martin, präzisierte sie und ärgerte sich über sich selbst. Das hatte sie nun davon, dass sie begriffen hatte, wie falsch ihre Vorstellungen vom richtigen – passenden – Mann für sie gewesen waren. Sie hatte sich verliebt, und nun war nicht nur der Mann weg, sondern auch ihr Hund.

»Shit, shit, shit!« Verzweifelt rüttelte sie am Lenkrad. Sie wollte nicht weinen, aber die Tränen rannen ihr bereits heiß über die Wangen. Als ihr Handy klingelte, durchfuhr sie ein heftiger Stich. Der Klingelton verriet, wer anrief. Sie wollte, nein, konnte nicht mit ihm reden. Trotzdem nahm sie das Gespräch an. »Was willst du?« Sie hatte ihrer Stimme einen zornigen Ton verleihen wollen, doch stattdessen klang sie dünn und erstickt.

»Lena? Hier ist Alice. Martin hat mir sein Handy gegeben, damit ich dir Bescheid gebe. Ich sage jetzt einfach mal du, weil das einfacher ist. Wir haben Buddy gefunden. Er wollte anscheinend Martin und Jeanine besuchen, also, zumindest sah es so aus, weil er hierher unterwegs war.«

Lena schloss die Augen. Die Erleichterung, die sie erfasste, machte sie geradezu schwindelig. »Buddy ist bei euch? Geht es ihm gut? Ich habe nur ein paar Sachen ins Auto gebracht, und plötzlich war er verschwunden. Er ist noch nie ausgerissen.«

»Es geht ihm sehr gut.« Aus Alices Stimme war ein Lächeln herauszuhören. »Sollen wir ihn zu dir bringen?«

»Nein, ich komme ihn holen. Ich bin eigentlich sowieso auf dem Weg zu meinem Bruder und seiner Verlobten, da liegt ihr mehr oder weniger auf dem Weg. Ich bin in ein paar Minuten da!«

***

Da bist du ja endlich, Frauchen. Das hat aber gedauert. Aber Elf-Siebzehns Plan scheint zu funktionieren. Buddy rannte freudig bellend zur Haustür, als nur wenige Minuten nach dem Telefonat die Türklingel schellte.

Martin folgte dem kleinen Hund und öffnete Lena mit gemischten Gefühlen die Tür. Ihr Anblick verschlug ihm für einen Moment die Sprache. Sie sah in dem olivfarbenen Kleid, dem schwarzen Jäckchen und dem roten Glasschmuck einfach umwerfend aus – und sie trug keinen Mantel, dabei waren es mehrere Grad unter null. Er räusperte sich. »Hallo, Lena, komm herein. Dir muss doch eiskalt sein.«

Lena beachtete ihn gar nicht, sondern trat ein und ging sofort vor dem sich wie wild freuenden Buddy in die Hocke. »O Mann, Buddy, da bist du ja!«

Ja, da bin ich. Und du auch. Auftrag ausgeführt.

»Ich habe mir solche Sorgen um dich gemacht. Du darfst doch nicht einfach so abhauen!«

Ich weiß. Das hätte ich ja auch niemals getan, wenn Elf-Siebzehn nicht gesagt hätte, dass es extrem wichtig ist, damit dein Wunsch in Erfüllung geht.

»O Gott, wenn dir auf dem Weg hierher etwas passiert wäre …« Lena presste ihr Gesicht in Buddys weiches Fell.

Martin musste sehr an sich halten, weil er Lena am liebsten in den Arm genommen hätte. »Es geht ihm wirklich gut. Er muss sogar viel fitter sein, als wir dachten, da er ja den ganzen Weg hierher gelaufen ist, und das sind bestimmt anderthalb Kilometer oder so.«

»Ja.« Lenas Stimme klang belegt, und als sie sich erhob, wich sie Martins Blick aus. »Danke, dass ihr ihn eingefangen und mir Bescheid gesagt habt.« Sie stockte. »Wo ist denn Alice?«

»Zu ihrer Party nach Köln gefahren«, antwortete Jeanine, die sich zu ihnen gesellt hatte. »Sie geht am Heiligabend immer auf eine fancy Party. Ihre Geschenke kriegt sie dann morgen und wir unsere. American Style Christmas nennt sie das. Ich find's blöd, und Papas und meine Bescherung ist ganz normal heute Abend.«

»Aha.« Lena hob den freudig wedelnden und zappelnden Buddy auf den Arm. »Dann will ich euch nicht länger stören. Ich muss ja auch weiter. Lennart und Melissa warten auf mich – uns. Na ja, … also …« Sie öffnete die Haustür und trat nach draußen, immer noch, ohne Martin anzusehen. »Danke noch mal und frohe Weihnachten. Also … wir fahren dann mal wieder.« Während sie sprach, ging sie auf ihr Auto zu.

Hey, warte mal, so war das aber nicht gedacht! Elf-Siebzehn hat gesagt, dass ihr jetzt miteinander redet und so was, aber nicht, dass wir gleich wieder wegfahren. Das geht nicht! Ich muss doch dabei helfen, dass ihr wieder glücklich seid, aber glücklich seht ihr gerade alle überhaupt nicht aus. Was mache ich denn jetzt? Nein, Frauchen, ich will nicht in meine Box. Ich will Santa Claus helfen, deinen Wunsch zu erfüllen. Also mache ich das auch. Hundeehrensache. Nur, wie? Ach, ich weiß was. Wenn das einmal geklappt hat, dann auch zweimal.

Lena fummelte umständlich ihren Autoschlüssel aus der Handtasche, als Buddy auf ihrem Arm plötzlich wie wild zappelte, bellte und fiepte und mit einem Satz zu Boden sprang. Wie der Blitz flitzte er auf das Haus zu, schoss an Martin und Jeanine vorbei nach drinnen und bellte dort noch einmal.

Erschrocken kehrte auch Lena zur Haustür zurück. »So ein Mist. Entschuldigt bitte. Ich weiß auch nicht, was mit ihm los ist.«

»Na, ist doch klar.« Jeanine verdrehte die Augen. »Er will noch hierbleiben.«

»Warte.« Martin drehte sich um. »Ich hole ihn rasch. Bestimmt ist er nur aufgeregt nach seinem großen Spaziergang.«

»Vielleicht will er ja auch einfach dafür sorgen, dass Lena hierbleibt«, schlug Jeanine vor.

Abrupt drehte Martin sich wieder um. »Was?«

»Ja, genau«, bekräftigte Jeanine. »Bestimmt ist er deshalb ausgebüxt und hierhergelaufen. Damit Lena ihm folgt und ihr euch aussprecht.« Zu Martins Entsetzen und Lenas offensichtlicher Verblüffung ergriff Jeanine Lenas Handgelenk und zerrte sie beinahe hinter sich her ins Haus und bis zum Wohnzimmer, wo Buddy es sich bereits auf einem Sessel bequem gemacht hatte. »Nun komm endlich, Papa, oder willst du da festwachsen?« Mit blitzenden Augen warf seine Tochter ihm einen Blick über die Schulter zu. Als er das Wohnzimmer ebenfalls betrat, nickte sie zufrieden. »Gut. Und jetzt klärt das endlich.«

Martin rieb sich verlegen über den Nacken. »Jeanine, es gibt nichts zu klären. Wir sollten Lena nicht so lange aufhalten. Es ist schließlich Heiligabend.«

»Ja, genau, Weihnachten«, erwiderte Jeanine giftig. »Das Fest der Liebe. Aber du kapierst ja immer noch gar nichts.«

»Jeanine …«, setzte Lena in einem beschwichtigenden Ton an, doch Jeanine hob gebieterisch die Hand.

»Nein, ich bin es jetzt leid. Das ist alles so kindisch und scheiße – und nein, ich mäßige mich nicht, Papa. Ihr sprecht euch jetzt aus! Ich sehe mir dieses blöde Elend nämlich nicht mehr länger an. Du hängst doch schon seit Tagen hier herum wie ein Zombie. Und alles nur wegen Mama! Mich nervt sie ja auch, aber ich würde mir eher alle Haare einzeln ausreißen, als wegen ihr auf meine große Liebe zu verzichten. Das ist doch krank! Lena, sag ihm endlich, dass das total idiotisch ist!«

Lena lachte unfroh auf. »Das habe ich ihm bereits gesagt, Jeanine, aber er will es nicht hören. Und ich werde ganz sicher nicht betteln. Wir gehen jetzt. Buddy, komm her.«

Nö.

»Komm schon!«

Doppel-Nö. Ich bleibe jetzt hier, bis sich dein Wunsch erfüllt hat. Wenn du versuchst, mich rauszutragen, springe ich wieder runter.

»Martin, hol bitte seine Leine und das Geschirr aus meinem Auto. Ich halte ihn hier so lange fest.« Lena reichte ihm den Autoschlüssel.

Oh, Mist, an diese Möglichkeit hatte ich nicht gedacht. Okay, dann verstecke ich mich eben. Buddy sprang vom Sessel und flitzte zwischen ihnen hindurch zur Treppe. Wie der Blitz sauste er nach oben.

»Das gibt es doch nicht.« Perplex blickte Martin dem kleinen Hund nach.

»Ich hole ihn.« Lena nahm die Verfolgung auf.

»Geh mit, Papa!« Jeanine fixierte ihn mit wütender Miene. »Und wagt es nicht, wieder herunterzukommen, bevor ihr euch versöhnt habt.« Sie stemmte die Hände in die Seiten. »Ich meine es ernst. Lena liebt dich, das sieht sogar ein Blindfisch. Und du liebst sie auch, sonst würdest du dich nicht so idiotisch benehmen. Los jetzt, geh rauf und bring das in Ordnung!« Seine Tochter schob ihn geradezu rabiat bis zur Treppe. »Ich warte hier unten.«

Langsam stieg Martin die Stufen ins Obergeschoss hinauf. In seinem Magen hatte sich ein Stein von der Größe eines

Fußballs gebildet. Er hatte Lena vermisst, wie sehr, war ihm in dem Moment klar geworden, als sie vor seiner Tür gestanden hatte. An seinen Gefühlen für sie bestand gar kein Zweifel.

Er fand sie in seinem Schlafzimmer, die Hände ähnlich wie seine Tochter in die Hüften gestemmt, den Blick auf das Bett gerichtet. Ihre Schultern zuckten leicht. »Buddy hat sich unter dem Bett versteckt.« Ihre Stimme klang gepresst. Erst, als sie sich zu ihm umdrehte, erkannte er, dass sie lachte. Sie wurde jedoch so rasch wieder ernst, dass er erschrak. »Warum vertraust du mir eigentlich nicht?«

»Wie bitte?« Perplex starrte er sie an.

»Wirke ich auf dich so schwach und armselig, dass ich nicht mit jemandem wie Alice fertigwerde?«

»Lena …« Er wusste nicht, was er darauf antworten sollte.

»Mein Bruder sagt immer, ich sei die tougheste Frau, die er kennt. Ich habe lange und intensiv an diesem Ruf gearbeitet, Martin. Aber anscheinend noch nicht genug, wenn du glaubst, ein paar unterbrochene Dates würden ausreichen, um mich in die Flucht zu schlagen.«

»Ich halte dich nicht für schwach.« Er schüttelte den Kopf. »Und schon gar nicht für armselig.«

»Und trotzdem traust du mir nicht.«

***

Lena konnte sehen, wie es in Martin arbeitete. Schließlich hob er den Kopf und erwiderte ihren Blick. »Du kennst Alice jetzt seit ein paar Wochen. Ich schon weit mehr als mein halbes Leben. Das hier, ihr Verhalten, ist nicht die Ausnahme, sondern die Regel. Sie hat ein überbordendes Bedürfnis nach Aufmerksamkeit und nicht einen Funken Zurückhaltung. Sie ist Jeanines Mutter und wird für immer ein Teil dieser Familie sein. Wir haben gelernt, mit ihr zu leben, mit ihr umzugehen, aber, Lena, du weißt nicht, worauf du dich da einlassen willst. Du hast … Besseres verdient als einen Mann, der ständig seine Ex an der Hacke kleben hat.«

»Du traust mir also nicht zu, dass ich ebenfalls lerne, damit umzugehen?« Lena machte einen Schritt auf ihn zu. »Du willst mich vor einer Situation beschützen, die ich bereits kannte, noch bevor ich mit dir ins Bett gegangen bin. Denkst du wirklich, ich wüsste nicht, worauf ich mich einlasse? Ich bin weder blind noch taub noch dumm. Ist eure Situation ungewöhnlich? Ja, ganz sicher. Hat mich das daran gehindert, mich in dich zu verlieben? Nein, ganz offensichtlich nicht. *Du*«, sie stach mit dem Zeigefinger auf seine Brust ein, »bist genau das, was ich will. Weißt du, wann ich das wusste? Schon nach unserem ersten Kuss. Ich dachte immer, ich hätte eine genaue Vorstellung davon, wie der Mann sein muss, in den ich mich verliebe, aber in dem Moment war mir klar, dass das alles Quatsch ist. Ich dachte, ein Mann müsse meinen Vorstellungen perfekt entsprechen, und das tust du, nur auf eine ganz andere Weise, als ich erwartet hatte. Hier drin«, sie tippte, »weiß ich das jetzt, weil ich noch bei keinem Kuss zuvor jemals ein solches Gefühl hatte. Ich war … sicher. Ich wusste, das ist es jetzt. Und einfach so, ohne großartige Dates oder Brimborium oder Ritter auf weißem Ross. Einfach so«, wiederholte sie. »Wie in dem Lied von Kelly Clarkson. Manche Menschen warten ein Leben lang – vergeblich – auf so einen Moment, auf solch einen Kuss. Wir hatten ihn, und noch viel mehr. Glaubst du allen Ernstes, das lasse ich mir von einem verrückten Huhn wie Alice kaputt machen? Ich werde schon mit ihr fertig, glaub mir. Aber genau das scheinst du nicht zu wollen, mir glauben, meine ich. Ich frage mich nur, warum. Immerhin warst du es, der sich ab Tag eins an mich herangemacht hat, nicht umgekehrt.«

»Ich weiß.« Martin schluckte. »Ich war … Ich hatte nicht damit gerechnet … mit diesem besonderen Moment, weißt du? Ich war interessiert, ja, aber ich konnte doch nicht wissen, dass …«

»Dass was? Dich der Blitz treffen könnte?«

Er nickte. »So was in der Art. Als dann Alice unser erstes Date gesprengt hat, wurde mir klar, dass es schwierig werden könnte. Auf dem Weihnachtsball dann …«

»… bist du ausgeflippt.«

Martin seufzte, ballte die Fäuste. »Ja. Weil ich weiß, dass es dauernd so sein wird. Irgendetwas wird sie immer anstellen, und ziemlich wahrscheinlich genau zur unpassendsten Zeit. Ich fürchte einfach, dass dir das irgendwann so auf den Geist gehen wird, dass du es nicht mehr aushältst. Bis dahin werde ich dich aber so … sehr … lieben, dass es mir das Herz herausreißen wird, wenn du dann gehst.«

Für einen langen Moment sah Lena ihn schweigend an. Ihr Herz pochte schnell und unstet gegen die Rippen, in ihrer Magengrube flatterten hundert kleine Vögelchen. »Und da dachtest du, du reißt es dir lieber prophylaktisch sofort heraus?«

Mit einer fahrigen Geste strich Martin sich durchs Haar. »So in etwa.«

»Und mir gleich mit.« Sie trat ganz nah an ihn heran. »Tu das gefälligst nie wieder. Deinetwegen habe ich fast tausend Euro ausgegeben, nur um im Sternbach-Resort eine Woche lang nicht an dich denken zu müssen. Rausgeschmissenes Geld, dass ich viel lieber in einen gemeinsamen Urlaub mit dir investiert hätte. Irgendwo, wo sie Alice nicht reinlassen.« Sie grinste. »Ich würde sogar einen Babysitter für sie finden.«

Martin hustete. »Lena …«

»Nein, wirklich. Ich leite schon seit Jahren mit Papa und Lennart unsere Firma. Ich hatte schon mit allen möglichen seltsamen Leuten zu tun und hatte sie bisher alle gut im Griff. Warum sollte das bei Alice anders sein? Sie ist nicht leicht zu nehmen, das habe ich längst bemerkt, Martin. Aber sie gehört nun einmal zu euch, sie ist Familie, Jeanines Mama. Und sie erhebt ja auch, wenn ich das richtig sehe, keinerlei Ansprüche, auf dich, meine ich.«

»Nein, das hat sie nie getan. Sie ist ein Freigeist, und das zwischen uns ist lange Vergangenheit. Im Grunde war es nie mehr als eine Teenagerschwärmerei.«

»Siehst du.« Lena schlang ihre Arme um seinen Hals und erschauerte wohlig, als er seine um ihre Hüften legte. »Also steht sie uns in dieser Hinsicht nicht im Weg.«

Er lehnte seine Stirn gegen die ihre. »Aber auf so viele andere Weisen wird sie es tun. Alice Henderson ist eine Naturgewalt.«

»Mag sein, aber du hast mich noch nicht in Aktion gesehen.« Lena stellte sich auf die Zehenspitzen. »Ich bin die stärkere Naturgewalt und außerdem besser organisiert als sie.«

Um Martins Mundwinkel zuckte es. »Obwohl du neuerdings ein wenig lasch geworden bist, was deinen Ordnungswahn angeht?«

Sie lächelte. »Ich habe festgestellt, dass ein klein wenig kreative Unordnung durchaus inspirierend wirken kann. Außerdem werde ich die überschüssige Energie darauf verwenden, dir zu beweisen, dass ich Alice durchaus in ihre Schranken zu weisen weiß.«

»Das hat bisher noch niemand geschafft.«

»Bisher war ja auch ich noch nicht da. Ich habe da schon die eine oder andere Idee.«

»Ach ja?« In einer Mischung aus Skepsis und Neugier musterte er sie. »Und was für Ideen sind das?«

»Das erfährst du, wenn sie ausgereift sind.« Sie berührte seine Lippen kurz mit den ihren. »Aber eins sollte dir trotzdem klar sein.«

»Und das wäre?«

Sie lächelte ein feines, grimmiges Lächeln. »Glaub ja nicht, dass du ab sofort eine Freikarte hast, unser Büro in ein wildes Chaos zu verwandeln.«

Sein Griff um ihre Mitte wurde fester. »Auch nicht, wenn ich verspreche, es immer wieder aufzuräumen?«

»No, Sir. Obwohl … Das könnte klappen.« Energisch verschloss sie seine Lippen mit ihren.

Ähm, hallo? Seid ihr noch da? Es ist ja plötzlich so still. Ich glaube, jetzt muss ich doch mal unter dem Bett hervorkommen und nachsehen, was da vor sich geht. Aha, Frauchen und Martin küssen sich, so nennen die Menschen dieses Mund auf Mund. Sie sehen auch sehr glücklich aus, also scheint der Plan des Weihnachtsmannes tatsächlich funktioniert zu haben. Nun ja, nachdem ich ihn etwas modifiziert habe. Ich glaube, das wäre nichts geworden, wenn ich nicht das zweite und das dritte Mal weggelaufen wäre. Wie gut, dass mir das eingefallen ist!

***

»Nervös?« Arndt schmunzelte, als Maria heftig zusammenzuckte. Er hatte ihr das Wort im Vorübergehen ins Ohr geflüstert. Sie stand gerade an der Anrichte und rührte im Kartoffelsalat.

»Hey!« Ihre Stimme klang leicht erstickt. »Was machst du denn da?« Sie wand sich verlegen, weil er ihr sachte über den

Rücken gestreichelt hatte. »Ja, ich bin nervös. Was, wenn uns jemand beobachtet?«

»Niemand achtet auf uns.« Als wäre nichts geschehen, öffnete er die Besteckschublade und zählte Messer, Gabeln und Vorlegelöffel ab. »Alle sind mit Lena und Martin beschäftigt. Und mit Jeanine. Sie ist ein sehr kluges Mädchen, finde ich.«

»Ja, das ist sie.« Maria blickte hinüber zum Wohnbereich, wo die Familie sich auf Couch und Sesseln ausgebreitet hatte. »Ich finde es schön, dass Lena die beiden spontan hierher eingeladen hat.«

»Weil sie von uns beiden ablenken?« Arndt blinzelte ihr vielsagend zu.

»Nein, weil ...« Sie seufzte. »Na gut, ja, vielleicht ein bisschen. Aber hauptsächlich, weil ich es schade gefunden hätte, wenn die drei ihr erstes Weihnachtsfest getrennt gefeiert hätten. Es scheint ja doch ziemlich ernst zwischen Lena und Martin zu sein. Was auch immer in den letzten Tagen zwischen ihnen gestanden hat, sie scheinen es geklärt zu haben.«

»Alice.«

Maria hob den Kopf. »Was meinst du?«

»Jeanines Mutter.« Er trug das Besteck zum Esstisch, legte es dort ab und kehrte in die Küche zurück, um Teller und Gläser zu holen. »Ich nehme stark an, dass sie der Grund für die Missstimmung war.«

Nachdenklich blickte Maria erneut zu Lena und Martin, die nebeneinander auf der Couch saßen. »Glaubst du, sie hat Lena Anlass zur Eifersucht gegeben?«

»Nein.« Entschieden schüttelte Arndt den Kopf. »Nach allem, was ich mitbekommen habe, war Martin derjenige, der sich idiotisch verhalten hat.«

»Idiotisch?«

»Allerdings.« Er verzog missbilligend das Gesicht. »Wahrscheinlich aus irregeleiteter Rücksichtnahme. Du hast vermutlich auch schon mitbekommen, dass diese Alice eine ziemlich schwierige Persönlichkeit ist. Lena hat mir ein paar Dinge erzählt, da kann ich nur den Kopf schütteln. Ich hatte schon befürchtet, dass das noch problematisch werden könnte. Allerdings nicht von Lenas Seite. Sie ist willensstark und weiß sich durchzusetzen und mit allen Arten von Menschen umzugehen.«

»Du bist stolz auf sie.« Maria lächelte ihm zu.

»Sehr.« Nach einem Atemzug fuhr er fort: »Martin ist ein gebranntes Kind. Er lebt seit Jeanines Geburt mit dieser Frau. Nicht in einer Partnerschaft, aber familiär verbunden. Nun hat er die Frau gefunden, mit der er wirklich zusammen sein will, und fürchtet, sie wird früher oder später vor dieser herausfordernden Situation die Segel streichen und abhauen.« Sein Blick wanderte in eine unbestimmte Ferne. Als er Marias Hand auf seinem Arm spürte, sah er sie überrascht an.

»Du hast so etwas erlebt, mit deiner Frau.« Er nickte, schüttelte aber gleich darauf den Kopf. »Das war nicht ganz dasselbe. Lennarts und Lenas Mutter hat mich aus anderen Gründen verlassen. Sie fühlte sich nicht in der Lage, Mutter zu sein. Das ist ihr reichlich spät eingefallen, aber sie war nicht wie diese Alice und ist auch nicht wie Lena. Sie war … oder vielmehr ist einfach sehr ich-bezogen und unfähig, eine Beziehung zu führen, auch heute noch. Sie lässt sich alle Jubeljahre mal blicken, schickt Weihnachts- und Geburtstagskarten und lebt ansonsten völlig von uns losgelöst. Wir haben gelernt, ohne sie auszukommen, und auch, wenn es hart klingt: Wir vermissen sie nicht.«

»Nicht mehr.«

Er nickte. »Nicht mehr. Dabei hatte ich wohl am längsten daran zu knabbern, denn Lennart war ja erst drei und

Lena noch ein Baby. Sie kennt sie überhaupt nicht als Mutter. Trotzdem oder gerade deshalb ist sie eine so starke Persönlichkeit geworden. Ich vermute, Martin hat deutlich unterschätzt, wie stark sie ist und dass sie sein Leben bald besser im Griff haben wird als er selbst.« Erheitert lachte er auf. »Wahrscheinlich hat sie bereits einen Masterplan, was Alice angeht.«

»Oje.« Auch Maria gluckste. »Hoffentlich weiß er, worauf er sich einlässt.«

»Ich habe den Eindruck, dass er es irgendwann heute im Laufe des Tages begriffen hat.« Arndt öffnete den Geschirrschrank, um die Teller abzuzählen. »Anderenfalls wären er und seine Tochter jetzt wohl nicht hier.«

»Wahrscheinlich nicht.« Nachdem sie den Kartoffelsalat abgeschmeckt hatte, rührte sie ein letztes Mal um. »Damit ist diese Familie ja sehr schnell ganz ordentlich gewachsen.«

»Da sagst du was.« Ehe sie protestieren konnte, hatte er die riesige Salatschüssel zum Esstisch getragen.

Sogleich übernahm sie die Teller.

Bevor sie den Tisch erreichte, stellte er sich ihr in den Weg. »Wie sollen wir es machen? Vor dem Essen oder danach, quasi passend zur Bescherung?«

Sie schluckte hörbar. »Also … ich denke, nach dem Essen ist vielleicht besser.«

Er grinste. »Du bist ein kleiner Feigling, mein Schatz.« Rasch strich er ihr eine Haarsträhne hinters Ohr. »Aber wie du willst. Decken wir erst mal den Tisch fertig.«

***

»Du liebe Zeit, was bin ich voll!« Stöhnend ließ Melissa sich auf einen Sessel fallen und streckte die Beine weit von sich.

»Mama, was hast du an geheimen Gewürzen in den Kartoffelsalat geschmuggelt, dass man nicht mehr mit essen aufhören kann, wenn man einmal angefangen hat?«

Ringsum wurde gelacht, als alle sich um den Couchtisch versammelten, während im Hintergrund leise klassische Weihnachtsmusik spielte.

»Das ist mein Geheimnis.« Maria lächelte geschmeichelt. »Es freut mich, dass es euch allen geschmeckt hat.«

Wau, ja, der Kartoffelsalat war sehr gut.

Auf Buddys fröhliches Gebell hin erhob sich erneut Gelächter.

Lena versuchte, eine strenge Miene aufzusetzen. »Ja, Buddy, ich habe mitbekommen, dass auch du mehr als einmal davon gekostet hast.«

Das fand ich ausgesprochen nett von euch.

Sie wandte sich Martin zu. »Glaub ja nicht, dass ich nicht genau gesehen habe, wie du immer wieder eine Gabel voll auf den Boden hast fallen lassen.«

Martin, der sich neben sie auf die Couch gesetzt hatte, ergriff mit einem schiefen Grinsen ihre Hand. »Es ist doch Weihnachten, da kann man schon mal eine Ausnahme machen.«

»Mhm.« Sie bedachte ihn mit einem bezeichnenden Blick. »Solche Ausnahmen«, sie begleitete das Wort mit in die Luft gezeichneten Anführungszeichen, »kenne ich. Aber Kartoffelsalat ist kein Hundefutter.« Sie blickte zu Jeanine, die neben Martin saß. »Das gilt auch für dich.«

Jeanine kicherte, zog aber pflichtschuldig den Kopf ein. »In Buddys Hundefutter sind doch auch Kartoffeln.«

Lena musste sehr an sich halten, um bei ihrer strengen Miene zu bleiben. »Das ist nicht der Punkt, Fräulein Neunmalklug. Kartoffelsalat ist …«

»Gib dir keine Mühe«, unterbrach Melissa sie lachend. »Glaub mir, wenn ich aus Erfahrung sage, dass du gegen Windmühlen ankämpfst. Ich habe hier auch zwei Experten, einen großen und einen kleinen«, ihre Worte wurden von liebevollen Blicken zu Lennart und Andy begleitet, »die die sogenannte Ausnahmeregel inzwischen auf jede Mahlzeit anwenden, wenn ich nicht rabiat werde.«

»Vielleicht mögen wir es ja, wenn du rabiat wirst«, gab Lennart mit einem breiten Grinsen zu bedenken. Er hatte sich auf der Armlehne von Melissas Sessel niedergelassen und kraulte sie zärtlich im Nacken. Andy war auf Melissas Schoß geklettert, und Sissi hatte sich dicht neben ihren Füßen zusammengerollt.

Unwillkürlich lehnte Lena sich beim Anblick dieser glücklichen Familie gegen Martin, woraufhin er ihr einen Arm um die Schultern legte. Mit der rechten Hand wuschelte sie Buddy durchs Fell, der sich dicht neben ihr zusammengerollt hatte, mit der linken tastete sie hinter Martins Rücken vorbei nach Jeanine und drückte sanft den Arm des Mädchens.

Jeanine warf ihr daraufhin ein strahlendes Lächeln zu.

»Da wir nun alle satt und zufrieden sind«, hub Lennart an, »sollten wir allmählich zum nächsten Tagesordnungspunkt kommen, nämlich der Bescherung.«

»Ja, ja, ja!« Andy zappelte begeistert auf Melissas Schoß, woraufhin wieder alle lachten.

»Da wir vorhin schon zusammen Weihnachtslieder gesungen haben«, fuhr Lennart fort, »möchte ich gerne einen Vorschlag machen. Wenn er euch gefällt, könnten wir daraus eine neue Familientradition entstehen lassen. Denn wie ich das hier und heute sehe, werden wir ja zukünftig jedes Jahr in dieser oder vielleicht sogar noch erweiterter Zusammensetzung gemeinsam Weihnachten feiern.«

Ringsum wurde genickt und zustimmend gemurmelt und gelächelt.

»Was ist eine Tradition?«, wollte Andy wissen.

»Das ist etwas, was man jedes Jahr zu einem bestimmten Anlass immer wieder macht«, erklärte Arndt. »Ich finde die Idee mit dem gemeinsamen Singen übrigens auch wert, in diese Tradition aufgenommen zu werden.«

»Ganz meine Meinung«, stimmte Lennart zu. »Aber mir schwebt noch etwas anderes vor. Die Idee kam mir, als du mich vorhin gebeten hast, dir vor der Bescherung kurz noch das Wort zu erteilen, Papa.«

Als Maria unterdrückt hustete, blickte Lena neugierig zu ihr. Im glitzernden Licht des Weihnachtsbaumes war sie sich nicht ganz sicher, aber sie glaubte, einen rosigen Hauch auf Marias Wangen wahrzunehmen. Da Arndt auf der Armlehne von Marias Sessel Platz genommen hatte, bemerkte Lena auch dessen Schmunzeln und das Zwinkern, das Maria galt.

Interessiert richtete Lena sich auf. »Dann spuck mal aus, Bruderherz, was für eine neue Tradition dir vorschwebt.«

Lennart lächelte ihr zu. »Wie wäre es, wenn immer eine oder einer von uns eine Geschichte, natürlich mit weihnachtlichem Inhalt, erzählt oder vorliest, bevor die Bescherung beginnt. Papa, du hast uns früher ja auch oft etwas vorgelesen, bevor wir unsere Geschenke bekommen haben.«

»Das ist eine gute Idee«, befand Melissa. »Ich habe ein Buch mit ganz wunderschönen Weihnachtsgeschichten. Daraus könnte ich gleich etwas beisteuern.«

»Sehr gut.« Lennart räusperte sich. »Dann halten wir fest, dass du diesen Part nächstes Jahr innehaben wirst.«

»Warum erst nächstes Jahr?« Überrascht sah Melissa zu ihm auf.

»Weil der diesjährige Platz schon von mir besetzt ist.« Arndt richtete sich ein wenig auf, weil sich nun alle Blicke auf ihn richteten.

»Willst du das wirklich jetzt tun?« Maria sah ihn so verlegen an, dass Lena zu ahnen begann, was hier vorging.

»Und wie ich das will.« Arndt legte Maria eine Hand auf die Schulter.

Maria schluckte, legte dann aber ihre Hand über die seine. »Also gut.«

»Ich habe euch nämlich eine Geschichte zu erzählen«, fuhr Arndt fort, und weil Lena ihren Vater so gut kannte, konnte sie genau erkennen, wie bewegt er war. »Wir beide haben das, um genau zu sein«, sprach er weiter und blickte dabei Maria kurz an, »aber ich habe mich bereiterklärt, den Löwenanteil der Erzählung zu übernehmen. Es ist keine richtige Weihnachtsgeschichte, aber sie hat ihre entscheidende Wendung vergangenes Jahr an Heiligabend genommen.« Für einen Augenblick hielt er inne. »Ihr erinnert euch vielleicht noch daran, dass Maria damals als Letzte zu unserer Feier hier«, er breitete kurz die Arme aus, »erschienen ist und dass sie, als sie mich sah, fluchtartig das Haus wieder verlassen hat.«

»Nicht fluchtartig«, protestierte Maria.

»O doch.« Arndt lachte. »Und ich kann es verstehen. Ich war auch vollkommen … überrumpelt. Wir hatten beide nicht damit gerechnet, uns jemals wiederzusehen«, wandte er sich wieder an die Runde, »und schon gar nicht unter den gegebenen Umständen.«

»Ihr kennt euch von früher.« Melissa beugte sich, die Arme fest um Andy gelegt, ein wenig vor. »Mama wollte mir aber keine Details verraten.«

»Die Zeit dazu war noch nicht reif.« Arndt drückte gut sichtbar Marias Schulter. »Wir mussten uns erst einmal selbst damit auseinandersetzen. Denn ja, wir sind uns vor sehr langer Zeit schon einmal begegnet, vor achtundzwanzig Jahren, um genau zu sein. Es war mein Geburtstag, den ich damals in einem Tanzclub gefeiert habe.« Er wandte sich Lennart zu. »Ihr wart bei euren Großeltern untergebracht, weil sie fanden, mir stünde mal ein freier Abend zu, um ausgiebig zu feiern.«

»Ich hatte damals gerade das Abitur in der Tasche, lebte aber noch im Internat, weil meine Eltern wollten, dass ich dort noch ein paar zusätzliche Kurse zur Etikette belege«, übernahm Maria überraschend das Wort. »Meine … Kindheit und Jugend war extrem behütet, und meine Eltern hatten mich bereits so gut wie verlobt – mit deinem Vater, Melissa. Sie wollten, dass ich mich auf meine neue Rolle intensiv vorbereite.«

Ringsum kam überraschtes Gemurmel auf.

Maria hüstelte. »Das klingt wie aus dem vorletzten Jahrhundert, ich weiß, aber meine Familie ist erzkonservativ und hat, nun ja, sagen wir mal so: sehr viel Geld. In diesen Kreisen macht man das heute noch so, zumindest, wenn man es schafft, die eigene Tochter so zu indoktrinieren, dass sie sich nicht traut, nein, nicht einmal in Erwägung ziehen würde, sich dagegen aufzulehnen.« Sie seufzte. »Zwei Schulfreundinnen hatten mich dann aber doch überredet, auf ein kleines Abenteuer zu gehen. So etwas hatte ich noch nie getan, und meine Eltern hätten es auch niemals erlaubt. Wir sind vom Internat aus heimlich zum Bahnhof gegangen, hatten jede nur eine kleine Tasche mit Sachen zum Wechseln dabei, und haben auf dem Fahrplan mit geschlossenen Augen auf ein Ziel getippt.« Eine kurze Pause folgte. »Wir wählten auf diese Weise Düsseldorf. Von Berlin aus durchaus weit weg und, wenn auch nicht unbedingt exotisch, so doch zumindest aufregend. Wir kauften uns die Fahrkarten und stiegen in den Zug.«

»Meine Geburtstagsfeier hatte gerade ein wenig Fahrt aufgenommen, obwohl es noch nicht sehr spät war«, übernahm Arndt das Wort. »Ich saß an der Theke und war, wie ich zugeben muss, in Gedanken mehr bei meiner Arbeit und meinen Kindern, deren Mutter mich erst im Jahr zuvor verlassen hatte. Mit der Situation war ich heillos überfordert, immerhin war Lennart erst dreieinhalb und Lena noch ein Baby. Außerdem war mir klar geworden, dass meine Ehe von Anfang an zum Scheitern verurteilt gewesen war. Wir waren zu verschieden gewesen, und die Gefühle, die zu Anfang mal da gewesen sein müssen, waren zu schnell verflogen. Tja …« Ein Lächeln erschien auf seinen Lippen. »Ich saß also an der Theke, als drei junge Frauen zur Tür hereinkamen. Ich hatte zwar einen Raum in dem Club gemietet, aber von den anderen Räumen aus konnte man trotzdem ungehindert herüberkommen. Zwei der drei Frauen mischten sich so schnell unter die Leute, dass ich nicht einmal wahrgenommen habe, wie sie aussahen.« Er lachte leise. »Vielleicht war ich aber auch einfach zu abgelenkt von Nummer drei.« Sein Blick zuckte zu Maria. »Sie war nämlich das schönste weibliche Wesen, das mir je begegnet ist.«

»Arndt!« Nun errötete Maria tatsächlich. »Übertreib doch nicht so!«

»Doch, doch, was wahr ist, bleibt wahr«, beharrte er. »Unsere Blicke trafen sich, und ich wusste sofort, dass ich sie kennenlernen musste. Also bin ich zu ihr gegangen und habe sie angesprochen.«

»Ich war schrecklich erschrocken, als dieser gut aussehende Mann plötzlich auf mich zukam.« Maria biss sich sichtlich verlegen auf die Unterlippe. »Ich meine, unsere Blicke waren sich rein zufällig begegnet, und da … tja.«

»Wie romantisch!«, seufzte Jeanine, woraufhin Martin sie mahnend anstieß.

»Das war es«, stimmte Arndt ihr zu. »Fast wie im Film. Maria war so entzückend nervös, ein bisschen so wie jetzt.«

»Hey!« Empört sah Maria ihn an, schmunzelte dann aber.

»Genau.« Er ließ seine Hand von ihrer Schulter in ihren Nacken wandern und streichelte sie für alle gut sichtbar dort. »Ich sprach sie also an, und für den Rest des Abends waren wir unzertrennlich. Wir haben getanzt – viel getanzt – und gelacht. Später, als meine Gäste sich verabschiedet hatten, sind wir zum Rheinufer gegangen und haben geredet bis in den frühen Morgen.«

»Wir … also, wir haben das ganze Wochenende miteinander verbracht«, ergänzte Maria. »Bis ich mit meinen Freundinnen nach Berlin zurückfahren musste.«

»Zu dem Zeitpunkt hatten wir uns bereits sehr ineinander verliebt«, fügte Arndt hinzu.

»Aber die Umstände …« Maria seufzte und senkte den Kopf. »Wie gesagt, ich war so gut wie verlobt und in allem grässlich abhängig von meinen Eltern. Die hatten natürlich längst von meiner Eskapade erfahren, und als ich wieder in Berlin eintraf, erwartete mich ein fürchterliches Donnerwetter inklusive einer guten Dosis Schuldgefühle, die sie mir verabreichten. Sosehr ich es mir in der kurzen Zeit in Düsseldorf gewünscht haben mochte, ich war nicht stark genug, mich gegen den Willen meiner Familie zu stellen. Sie redeten mir natürlich auch ein, dass Arndt mir das Blaue vom Himmel herunter versprochen hätte, nur damit ich mit ihm …« Sie brach nach einem kurzen Blick auf Andy ab.

»Wie gemein«, befand Jeanine mit angewiderter Miene.

»Da hast du recht«, pflichtete Arndt ihr bei. »Aber sie konnten auch nicht wissen, dass ich wochen- und monatelang gewartet und gehofft habe, Maria würde sich bei mir melden. Für sie war ich wohl nur ein skrupelloser Verführer.«

»Du hast uns nie davon erzählt.« Lennart blickte aufmerksam zwischen Arndt und Maria hin und her.

»Was hätte ich euch Kindern auch sagen sollen?« Arndt hob die Schultern. »Bis ihr alt genug wart, um die Sache zu verstehen, war so viel Zeit vergangen, dass Maria nur noch eine schöne Erinnerung für mich war.«

Lena blinzelte mehrmals heftig gegen die aufsteigenden Tränen an. »Und dann stand sie vergangenes Jahr plötzlich hier vor der Tür.«

»Ich war regelrecht zu Tode erschrocken«, gab Maria zu. »Vor allen Dingen, weil, weil …«

»Uns ist beiden unabhängig voneinander klar geworden, dass die Gefühle von damals immer noch da waren.« Arndt legte ihr den Arm um die Schultern. »Du hast dich allerdings ziemlich lange dagegen gesträubt.«

»Aus Gründen.« Maria blickte erneut verlegen zu Boden.

»Mit anderen Worten: Ihr seid jetzt ein Paar«, fasste Lena zusammen, was allzu offensichtlich war. Sie sprang auf und umarmte erst ihren Vater, dann Maria. »Gratuliere!«

Maria fuhr sich mit den Händen an die Wangen. »Das ist alles noch so … unwirklich und kommt für euch alle wahrscheinlich etwas plötzlich.« Sie wandte sich Melissa zu, die ebenfalls aufgestanden war. »Und unerwartet obendrein, weil wir … ich … mir solche Mühe gegeben habe, mir nichts anmerken zu lassen.«

Melissa schmunzelte. »Mama, ich weiß schon seit Sonntag davon.«

»Was?« Entgeistert starrte Maria ihre Tochter an.

»Ich schon seit dem Abend des Weihnachtsballs«, fügte Lena grinsend hinzu.

»Hey, und du hast mir nichts gesagt?« Lennart tat empört. »Treulose Tomate!«

»Aber … Woher denn?« Fassungslos blickte Maria von Lena zurück zu Melissa. »Wir haben doch nichts verlauten lassen.«

»Also, eigentlich war es schon offensichtlich, als ihr auf dem Ball getanzt habt«, warf Martin ein.

»Ich habe zufällig später an dem Abend auf dem Weihnachtsmarkt gesehen, wie ihr euch auf dem Karussell geküsst habt.« Lena grinste schief. »Was ich eigentlich mit Martin tun wollte, wenn er nicht diesen … Aussetzer gehabt hätte. Jetzt müssen wir ein ganzes Jahr lang warten, um das nachzuholen.«

»Au ja, und ich mache Fotos«, rief Jeanine begeistert.

»Untersteh dich!« Spielerisch drohte Martin ihr mit dem Zeigefinger.

»Ich war gerade auf dem Heimweg von meinem Besuch bei Lena am Sonntagabend«, fügte Melissa lachend hinzu. »Mir sind, ehrlich gesagt, fast die Augen aus dem Kopf gefallen, als ich von der Treppe aus gesehen habe, wie ihr euch vor Arndts Wohnungstür geküsst habt. Ich werde jetzt noch rot, wenn ich nur daran denke, Mama, vom Kopfkino, nachdem ihr in der Wohnung verschwunden wart, ganz zu schweigen.« Kichernd umarmte sie ihre Mutter. »Ich habe die halbe Nacht kein Auge zugemacht!« Sanft drückte sie Maria an sich. »Ich freue mich sehr für euch beide.« Wieder kicherte sie. »Damit sind wir wohl offiziell die verrückteste Patchwork-Familie dieser Stadt.«

»Was ist denn jetzt mit der Bescherung?«, wollte Andy ungeduldig wissen. »Ist die Geschichte jetzt vorbei?«

Alle lachten, und Arndt hob den Jungen impulsiv auf den Arm. »Nein, Andy, unsere Familiengeschichte fängt gerade erst an.« Er zwinkerte fröhlich. »Aber trotzdem machen wir jetzt erst mal Bescherung.« Schwungvoll stellte er den Jungen wieder auf dem Boden ab. »Frohe Weihnachten!«

»Frohe Weihnachten!«, echoten alle Anwesenden und machten sich lachend und scherzend über die Berge von Geschenken rund um den Weihnachtsbaum her, während Sissi und Buddy bellend und hechelnd in die Fluten von knisterndem und raschelndem Geschenkpapier eintauchten.

***

Zufrieden schaltete Santa Claus den letzten Bildschirm an der großen Videowand aus. »Das war ja wirklich ein Weihnachtswunder praktisch in letzter Sekunde.«

Elfe-Sieben tupfte sich ein paar Tränchen aus den Augenwinkeln. »Sogar zwei, auch wenn das mit Arndt und Maria etwas schneller ging.«

»Das gehörte alles zu meinem ausgeklügelten Plan.« Mit einem stolzen Lächeln strich der Weihnachtsmann sich durch den Bart. »Das muss mir erst mal jemand nachmachen! Na gut, unser kleiner Freund auf vier Pfoten hat uns ein wenig geholfen, aber trotzdem! Vier Wünsche so kurz vor Weihnachten, und alle perfekt erfüllt. Ich glaube, das hat nicht einmal das Christkind bisher vollbracht.«

»Jetzt sag bloß nicht, ihr wollt wieder in Wettstreit gehen.« Besorgt hob Elfe-Sieben den Kopf. »Da wird deine Frau aber gar nicht begeistert sein.«

»Nein, keine Sorge.« Schmunzelnd schüttelte Santa Claus den Kopf. »Eigentlich hatte ich ja vor, es ein Jahr mal ruhiger angehen zu lassen. Vielleicht klappt das ja im nächsten Jahr.«

»Vielleicht.« Die Elfe kicherte. »Vielleicht aber auch nicht.«

»Doch, doch, du wirst schon sehen. Nächstes Jahr wird ein ganz friedliches und entspannendes Jahr ohne jeglichen Stress«, beharrte der Weihnachtsmann. »Das habe ich im Gefühl.«

»Ja, klar.« Die Elfe grinste von einem Ohr zum anderen.

»Doch, wirklich!« Santa Claus nickte bekräftigend.

»Wir werden ja sehen.« Vergnügt zwinkerte die kleine Elfe.

»Das werden wir auch!« Selbstsicher stemmte Santa Claus die Hände in die Seiten. »Ich bin ganz fest davon überzeugt.«

»Mein Lieber?« Santas Frau steckte den Kopf zur Tür herein. »Bist du so weit? Der Schlitten ist angespannt und die Rentiere scharren schon ungeduldig mit den Hufen.«

»Ja, selbstverständlich!« Rasch warf der Weihnachtsmann sich seinen roten Mantel über und setzte seine Mütze auf. »Ich bin schon unterwegs!«

Er eilte, dicht gefolgt von Elfe-Sieben und seiner Frau nach draußen und kletterte auf den Schlitten, um sich auf seine Reise um die Welt zu begeben.

Während er sich auf dem Rentierschlitten mit einem fröhlichen »Ho, ho, ho!« in die Lüfte aufschwang, begannen in seinem Büro alle Lichter am Gefühlsradar wild zu blinken. Gleichzeitig fing das Weihnachtswunsch-Radar einen so intensiven Wunsch auf, dass die Software einfror und abstürzte. Auf dem Computerbildschirm erschien eine Warnmeldung, die aber gleich darauf wieder erlosch, weil die Software sich automatisch neu startete. Dabei wurde der eingegangene Wunsch, ebenso wie die Dringlichkeitsnachricht des Gefühlsradars, in den Ordner für das nächste Jahr verschoben.

25. Kapitel – 1. Weihnachtsfeiertag

Es war sehr früh am Morgen; vor den Fenstern herrschte noch Dunkelheit. Lena lag eng an Martin gekuschelt in dessen Bett und genoss seine Nähe und Wärme. An seinem nicht mehr ganz gleichmäßigen Atem hörte sie, dass er ebenfalls erwacht war. Sie drehte ein wenig den Kopf und küsste ihn auf den Mundwinkel. Sogleich zog er sie noch fester in seine Arme.

»An diese Art des Aufwachens könnte ich mich leicht gewöhnen.« Aus seiner Stimme war ein Lächeln herauszuhören.

»Das solltest du wohl auch.« Lena tastete nach seiner Hand und verflocht ihre Finger mit seinen. »Ich muss nämlich hier einziehen.«

Martin setzte sich auf. »Tatsächlich?«

»Ja, unbedingt.« Sie gluckste vergnügt. »Ich kann nämlich unmöglich länger mit meinem Vater und Maria unter einem Dach leben und mir jeden Tag vorstellen müssen, wie sie heißen Sex miteinander haben. Versteh mich nicht falsch, ich freue mich wie verrückt für die beiden, aber manche Sachen will man dann doch lieber nicht so im Detail wissen.«

»Also möchtest du lieber meine Tochter in dieser Hinsicht traumatisieren?« Er lachte auf. »Dafür wird sie uns ewig dankbar sein.«

Lena prustete. »Verdammt, daran habe ich gar nicht gedacht.« Sie zögerte. »Also doch keine so gute Idee?«

»Die beste überhaupt.« Martin küsste sie auf die Schläfe, dann auf die Stirn und schließlich auf die Lippen. »Jeanine wird sich schon daran gewöhnen. Sie ist hart im Nehmen.«

»Und ich offenbar doch nicht so sehr, wie ich dachte. Zumindest was das Liebesleben meines Vaters angeht.« Lena lächelte versonnen. »Jeanine ist ein ganz tolles Mädchen. Wenn Buddy nicht gestern zu euch gelaufen wäre, hätte sie dich so lange gepiesackt, bis du vor mir zu Kreuze gekrochen wärst, oder?«

»Zuzutrauen wäre es ihr.« Er seufzte. »Tut mir leid, das mit meinem … Aussetzer. Ich weiß ehrlich gesagt immer noch nicht, womit ich so eine toughe Frau wie dich verdient habe. Ich glaube nicht, dass es viele andere Frauen gibt, die sich auf so eine chaotische Familiensituation einlassen würden.«

»Tja, da hast du mit deiner Bewerbung bei *Securifant* wohl einfach das große Los gezogen.« Lena schlang ihren Arm um seine Mitte. »Apropos Familiensituation, ich hätte da noch eine weitere Idee.«

»Oha.« Er hob leicht den Kopf.

»Aber hallo!« Sie grinste. »Damit schlagen wir zwei Fliegen mit einer Klappe.«

»Ich höre!«

»Wenn meine Wohnung demnächst frei wird, könnte Alice …«

»Oh, oh. Nein.« Martin legte sich wieder hin und drehte sich auf die Seite, um sie in der Dunkelheit direkt anzusehen.

»Warum nicht?«

Er atmete tief durch. »Wenn Alice hier in der Stadt wohnt, werden wir kaum jemals Ruhe vor ihr haben.«

»Wenn sie hier in der Stadt eine Wohnung hat, lebt sie zumindest nicht mehr hier im Haus«, gab Lena zu bedenken. »Sie kann Jeanine sehen, wann immer sie will, hat aber ihr eigenes Reich. Nur das mit den Partys sollte sie nicht übertreiben, sonst kriegt sie es mit Papa zu tun. Er hat übrigens angedeutet, dass er ein bisschen umbauen will, um seine und

Marias Wohnung zu verbinden. Die beiden werden ein Auge auf Alice haben, da bin ich ganz sicher, und wenn sie uns doch mal auf die Nerven geht, nehme ich sie mir so lange vor, bis sie Vernunft annimmt.«

»Das ist bisher noch niemandem geglückt, zumindest nicht dauerhaft.«

Wieder grinste Lena. »Dann ist es ja gut, dass ihr jetzt mich habt. Ich werde schon mit ihr fertig.«

Hey, wau, guten Morgen. Ihr seid ja schon total früh wach und redet ganz laut. Wie soll denn da ein Hund in Ruhe schlafen? Buddy, der sich vor dem Bett auf einem improvisierten Schlafplatz aus einer gefalteten Wolldecke zusammengerollt hatte, schüttelte sich heftig und kletterte winselnd am Bett hoch. *Das ist nicht sehr nett. Dann lasst mich jetzt wenigstens zu euch hoch, wenn ihr schon die Nacht zum Tag macht!*

»Oh, Verzeihung, Buddy, haben wir dich geweckt?«

Ja, und wie!

Glucksend hob Lena den Hund aufs Bett, woraufhin er es sich sofort zwischen ihr und Martin bequem machte.

Okay, es sei euch verziehen. Und jetzt bitte beide – ja, genau so! – kraulen. Am Ohr und am Hals und am Rücken. Hach, ist das gut! Daran könnte wiederum ich mich ganz gut gewöhnen.

»Hast du keine Angst vor Hundehaaren im Bett?« Martin ergriff über den kleinen Hundekörper hinweg ihre Hand.

Sie lachte. »Warum sollte ich? Ich habe doch jetzt einen Mann, der liebend gerne putzt und saugt und wäscht und …«

»Ach, deshalb bist du also mit mir zusammen.« Er tat empört. »Na warte, ich kann auch ganz viel Unordnung anrichten!« Schon tat er so, als wolle er sich auf sie stürzen.

Kichernd wehrte sie ihn ab. »Das weiß ich doch längst.«

Hey, was für ein lustiges Spiel! Fröhlich hechelnd hüpfte

Buddy auf den beiden auf und ab, während sie spielerisch miteinander rangen.

Unvermittelt hielt Lena inne. »Was war das?«

Martin hob den Kopf. »Was war was?«

»Da redet jemand.«

»Mama!«, war nun ganz deutlich Jeanines verschlafene Stimme zu vernehmen. »Es ist sechs Uhr! Warum verschläfst du denn nicht nach deiner Party gestern?«

Alices unbekümmertes Lachen drang herein. »Weil heute Weihnachten ist! Na los, raus aus den Federn, die Geschenke warten unten im Wohnzimmer! Und danach mache ich uns allen Pancakes und Waffeln und knusprigen Speck zum Frühstück.« Noch während sie sprach, stieß sie die Tür zum Schlafzimmer auf. »Na los, ihr zwei, nein, drei, aufgestanden! Wir feiern jetzt den Weihnachtsmorgen!« Schon knallte die Tür wieder zu.

Martin ließ sich stöhnend auf den Rücken sinken. »Und schon geht es los mit dem Familienchaos.«

Lena rollte sich auf ihn und küsste ihn zärtlich. »Ach was, so schlimm ist das doch nicht. Und außerdem: Geschenke gehen immer.« Lachend ließ sie von ihm ab, sprang auf und zog ihn an der Hand mit sich. »Komm, ziehen wir uns etwas an. Nur das mit dem üppigen Frühstück sollte ich Alice ausreden. Schließlich sind wir heute Mittag bei Arndt und Maria zum Essen eingeladen, und ihre Festtagsgans, das weiß ich noch vom vergangenen Jahr, ist legendär!«

»Viel Vergnügen bei dem Versuch, Alice etwas auszureden.« Martin hatte inzwischen das Oberlicht eingeschaltet und suchte seine Kleidung zusammen.

»Du unterschätzt mich noch immer.« Kichernd schlüpfte Lena in ihre Unterwäsche. »Warte es nur ab, ich werde gleich Waffeln und Speck den Kampf ansagen!«

Was, wie? Keine Waffeln und kein Speck? Das geht doch nicht! Buddy bellte empört.

Martin feixte. »Buddy scheint mit deiner Kampfansage nicht ganz einverstanden zu sein.«

Bin ich auch nicht. Waffeln und Speck sind köstlich und genau richtig zum Frühstück.

»Na gut, dann lassen wir nur die Waffeln weg.« Lena schlüpfte in die Jeans und den Pulli, die sie am Abend zuvor noch rasch aus ihrer Wohnung geholt hatte. »Auf Pancakes mit Bacon hätte ich jetzt durchaus Appetit.«

Yay, so gefällt mir das schon viel besser! Hach, was habe ich ein Glück mit meinem Frauchen und mit Martin und Jeanine und allen Menschen um mich herum! Die schlimme Zeit, wo mir alles so arg wehgetan hat, habe ich schon fast vergessen. Jetzt ist alles ganz wunderbar, findet ihr nicht auch? Ich hatte wirklich großes Glück im Unglück, aber noch besser ist, dass ich dem Weihnachtsmann helfen durfte, den Wunsch meines Frauchens zu erfüllen.

Na ja, so sehr viel musste ich dafür ja gar nicht tun, aber ein gutes Gefühl ist es trotzdem.

Ui, jetzt muss ich aber los. Lena und Martin sind schon auf dem Weg nach unten. Da muss ich hinterher, damit ich auf keinen Fall das Frühstück verpasse. Euch allen eine fröhliche Weihnacht und dass ihr auch Glück habt – nicht nur im Unglück, sondern immer. Wuff!